동화 속 악역의
완벽한 엔딩 플랜

동화 속 악역의
완벽한 엔딩 플랜 2

피치파이 장편소설

초판 1쇄 찍은 날 | 2023년 6월 23일
초판 1쇄 펴낸 날 | 2023년 6월 30일

지은이 | 피치파이
펴낸이 | 권태완 우천제

편집책임 | 이고은
편집 | 박가연 박은정 장현아 이예린 양별 이지아 구정은 강명은 김솔

펴낸곳 | (주)케이더블유북스
등록번호 | 제25100-2015-43호
등록일자 | 2015. 5. 4
WFN | 제3-083호

주소 | 서울특별시 구로구 디지털로31길 38-9 에이스테크노타워 1차 401호
전화 | 02-867-4626　팩스 | 02-866-4627
E-mail | cl_production@kwbooks.co.kr

ISBN 979-11-404-6908-6 04810
　　　979-11-404-6906-2 (set)

피치파이 장편소설

동화 속 악역의 완벽한 엔딩 플랜

2

위치북

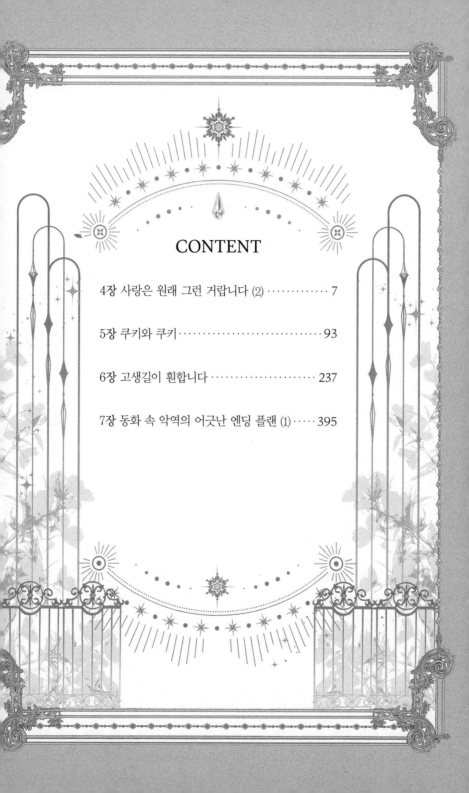

CONTENT

4장

사랑은 원래 그런 거랍니다 (2)

"눈앞에 가져다 떠먹여 줬는데! 그 여자를 쫓아내기는커녕 오히려 돈을 받아 나왔다고? 그것도 케플란 금광을?"

엘로이즈의 분노는 그녀의 전담 하녀인 신시아가 나가고 방 안에 혼자 남겨지고 난 후에야 비로소 터져 나왔다. 누군가 보는 앞에서 화를 낼 만큼 그녀는 어리숙하지 않았다. 그게 설사 아주 어릴 때부터 그녀를 전담해 온 하녀 앞이더라도.

그녀는 깃털로 속을 채운 부드러운 쿠션에 얼굴을 깊숙이 묻고 있는 힘껏 소리 질렀다.

"파비안 오라버니! 가문의 재산을 겨우 이딴 데 낭비하려고 로랑가를 물려받았어? 그 여자가 도대체 뭔데!"

푹신하고 커다란 쿠션은 엘로이즈의 목소리를 효과적으로 차단했다. 비명에 가까운 소리인데도 방 밖으로 결코 새어 나가지 않았다.

"작위도 없는 귀족이 귀족이기는 해? 평민이랑 별다를 것도 없잖아! 가진 건 빚뿐인 가문의 딸을! 교양도 뭣도 없는 여자를!"

사실 파비안이 마르시아를 선택한 것은 바로 그 이유 때문이었지만, 엘로이즈가 그걸 알 리 없었다.

한참 쿠션에 대고 악을 쓰던 엘로이즈의 어깨가 가늘게 떨렸다.

"대체 왜 내가 아닌 거야? 왜 나는 안 되는 건데……."

중얼거림이 쿠션 안으로 먹혀 사라졌다. 그녀는 한참을 그렇게 가만히 있다가 숨이 막히기 시작할 때쯤 고개를 들었다.

파비안을 처음 만났을 때가 떠올랐다.

엘로이즈가 그를 처음 만난 것은 그녀가 겨우 여섯 살 되던 해였다. 그때 파비안은 아홉 살이었다.

그날은 모든 가족이 대공저에 모여 있었다. 엘로이즈는 저택 앞 계단참에 기대어 서 있었다. 대공가의 기사를 태운 말들이 흙먼지를 일으키며 줄줄이 들어왔다.

"자비에 대공 세자를 어서 안으로!"

기사들이 일사불란하게 말에서 내렸다. 그중 한 명이 피투성이 남자를 데리고 있었다. 기절한 모양인지 기사의 어깨에 얹힌 남자의 팔이 힘없이 늘어졌다.

"백부님? 자비에 백부님이야?"

엘로이즈가 깜짝 놀라며 유모를 돌아보았다. 유모는 허둥지둥 그녀를 데리고 저택 안으로 들어가려 했다. 엘로이즈는 그 손길을 뿌리쳤다. 기사들이 흙바닥에 소년 하나를 내동댕이쳤기 때문이었다.

그녀의 눈에 소년은 넝마처럼 보이는 아주 간소한 복장을 입고 있었는데, 그마저도 흙과 그을음투성이였다. 엘로이즈는 그때까지 그렇게 더러운 사람을 본 적이 없었다.

"쟤는 누구야? 평민이야?"

그녀는 속삭이듯 유모에게 물었다.

유모는 고개를 저으며 귓속말을 했다. 마치 입 밖으로 내어선 안 되는 것을 몰래 말하는 것처럼.

"자비에 님의 아들이랍니다. 엘로이즈 아가씨. 아가씨께는 사촌이 되겠네요. 리샤르 도련님처럼요."
"리샤르처럼? 그럼 쟤도 귀족이야? 그런데 왜 저렇게 더러워?"
"글쎄요……."

유모는 난처한 듯 얼버무렸다.

하지만 쓰러졌던 소년이 몸을 일으키고 고개를 들자, 엘로이즈는 설명 따위는 더 필요 없겠다고 생각했다. 살면서 그 소년보다 더 아름다운 사람도 본 적이 없었다.

쭉쭉 뻗은 팔다리, 또래보다 훌쩍 큰 키. 옷은 찢어지고 더러웠지만 얼굴은 그렇지 않았다. 새하얀 얼굴, 발그레한 두 뺨. 깨끗한 이마를 덮은 검은 고수머리는 더없이 부드러워 보였고 한 쌍의 붉은 눈동자는 햇빛을 받아 빛나자 마치 루비 같았다.

하지만 그 아름다운 눈동자에 생기라고는 보이지 않았다. 시선은 갈 곳을 잃은 채 허공을 방황했고, 무슨 일이 있었는지 얼굴에 떠오른 것은 심한 충격이었다. 그러나 여섯 살 엘로이즈는 그의 그늘진 얼굴이 뜻하는 바를 잘 이해하지 못했다.

몇 년이 지난 후에야, 그녀는 그날이 파비안의 어머니가 사망한 날이라는 것을 알게 되었다. 그리고 그 어머니가 어떤 사람이었는지도.

마녀의 아들. 악마의 하수인. 평민보다도 못한 존재.

사람들은 파비안을 그렇게 불렀다.

엘로이즈 역시 그렇게 생각했지만, 이상하게도 그날 단 한 번 본 소년의 얼굴은 한동안 머릿속에 선명하게 남아 있었다.

"꼴도 보기 싫으니, 내 눈앞에서 치워라."

대공 프레데릭은 소년을 제대로 만나보지도 않은 채 곧바로 수도의 아카데미로 보내 버렸다. 그 뒤로 그는 단 한 번도 대공령으로 돌아오지 않았다. 자비에의 장례식에도 모습을 보이지 않았다.

엘로이즈는 소년을 잊고 살았다. 몇 년 후 아카데미에 입학한 리샤르가 가끔 파비안의 험담을 해대면 '아, 그런 애가 있었지' 하고 간혹 흐릿한 얼굴을 떠올리는 정도였다.

그렇게 구 년이 지나고 엘로이즈는 열다섯 살이 되었다. 그리고 마침내 열여덟 살이 되어 아카데미를 졸업한 파비안이 대공저로 돌아오고 말았다.

유약해 보였던 미소년은 완벽하고 냉정하지만 가끔 순수한 장난기를 보이는 청년이 되어 돌아왔다. 그는 한눈에 엘로이즈의 마음을 가져가 버렸다. 그리고 사랑하는 장남을 잃고 노쇠하여 약해진 대공의 마음도 함께 가져갔다.

"약혼까지 깨버렸는데……."

그녀는 쿠션을 끌어안으며 허탈하게 중얼거렸다.

파비안이 대공이 되지 않아도 좋았다. 아니, 대공이 될 거란 생각조차 하지 않았다. 누구나 차기 대공은 차남인 도미닉일 거라고 생각했으니까.

그래도 상관없었다. 그녀가 콘라트 후작가의 유일한 딸이니까. 파비안이 그녀와 결혼하면 후작가를 물려받을 테니 아무 문제도 없었다.

'……내게 마음을 쉽게 주지 않을 거란 건 알고 있었어. 알고 있었다고.'

하지만 그런 건 별로 문제가 되지 않았다. 마녀의 자식, 가문의 오점, 얼룩과도 같은 존재는 그녀가 내미는 손길을 거부할 자격이 없었다. 무엇보다 한번 그녀의 손을 잡으면 자신을 좋아하게 만들 자신이 있었다. 그녀는 참을성 있게 기다렸다.

그런데 그때 난데없는 여자가 벼락처럼 나타나 파비안을 빼앗아가고 말았다.

'마르시아 블리크.'

엘로이즈는 마르시아의 성이 블리크에서 로랑이 되었다는 걸 받아들일 수가 없었다. 파비안 로랑이 파비안 콘라트가 될 날은 영원히 오지 않으리라는 것도. 그녀는 다시금 쿠션에 얼굴을 묻었다.

"아악!"

쿠션을 찢을 듯 움켜쥔 손이 바들바들 떨렸다.

엘로이즈는 할아버지의 장례식에서 돌아온 직후, 곧바로 마르시아의 뒤를 캤다. 혹시나 자기가 모르는 사이에 뒤로 몰래 둘이 만났던 것은 아닌지. 블리크가 파비안의 약점을 쥐고 협박하여 억지로 성사시킨 결혼인 것은 아닌지.

그러나 그녀는 놀라울 정도로 거의 아무것도 알아낼 수 없었다. 둘이 만난 것은 파비안이 말한 대로 개인 사업차 외출했다가 돌아온 그날이 처음이었으며, 그전까지 아무런 접점도 없었다.

저를 보고도 눈 하나 깜짝 안 하던 파비안이었다.

'그런데 여행 중에 마주친 여자에게 한눈에 반해 그 자리에서 청혼했다니.'

그럴 리 없다. 인정할 수 없었다.

"일부러 친히 찾아가서 알려줬건만!"

그녀는 이고르의 얼굴을 떠올리며 이를 갈았다. 정말이지 조금도 도움이 안 되는 놈이었다.

그때 똑똑, 하고 노크 소리가 들렸다. 엘로이즈는 쿠션에서 튕기듯 몸을 일으켰다.

"엘로이즈 아가씨, 신시아입니다. 들어가도 될까요?"

"잠시 기다려."

거울, 거울이 어디 있지? 그녀는 황급히 거울을 찾아 흐트러진 곳이 없는지 살피고 머리를 매만졌다.

잠시 후 전담 하녀 신시아가 방으로 들어왔다. 신시아는 가면을 쓴 듯 무표정한 얼굴로 무릎을 굽혀 인사하며 말했다.

"손님을 모셔왔습니다."

"누구지?"

"전에 말씀하신 그분입니다. 그, 블리크 영애의……."

전 약혼자. 엘로이즈가 준비한 두 번째 카드였다.

"아! 마침 잘됐네. 응접실로 데려가도록 해. 그리고 내 몸단장을."

"알겠습니다, 아가씨."

엘로이즈는 완벽하게 치장을 마치고 응접실로 향했다. 응접실엔 남자 하나가 다리를 떨며 소파에 앉아 있다가 그녀를 보고 자리에서 벌떡 일어섰다.

"콘라트 영애……! 만나 뵙게 되어서 영광입니다. 칼 클레브라고 합니다."

"엘로이즈 콘라트예요."

'수수하게 생겼네.'

엘로이즈는 칼에게 손을 내주면서 그가 참 특징 없고 밋밋하게 생겼다고 생각했다. 칼은 헤벌쭉 웃으며 엘로이즈의 손등에 가볍게 입을 맞추었다.

'마르시아 블리크의 남편이라면 이런 자가 분수에 맞고도 남았을 텐데.'

그녀가 그런 생각을 하는지도 모르고 칼은 홀린 듯 엘로이즈를 쳐다보았다.

"그런데 후작 영애께서 저를 무슨 일로 보자고 하셨습니까?"

"약혼녀의 소식은 들으셨나요?"

엘로이즈의 말에 칼은 눈을 두어 번 깜빡거리다가 대답했다.

"약혼녀요? 혹시 블리크 영애 말씀이시라면, 파혼한 지 좀 되었습니다만."

"어머? 파혼하셨다고요? 실례지만 어쩌다가……?"

그녀는 알면서도 모르는 척 순진하게 되물었다.

"그래도 한때는 약혼했던 집안이지만……. 에라 모르겠다. 그 집안은 주제를 몰랐습니다."

어머, 의외로 보는 눈은 정확하네. 엘로이즈는 가만히 속으로 동의했다.

"자기 재산이나 역량을 과대평가한 나머지 사업을 벌이는 족족 말아먹었거든요. 신기하게도 파산만큼은 항상 면했지만……. 그런 집안과 연을 맺어 좋을 게 뭐 있겠습니까? 그런 집안에서 자란 여자가 시집와도 클레브가의 안주인 노릇을 제대로 할 리가 없지요."

"그랬군요."

"블리크 영애가 참 아깝긴 했지만……. 노스트랜드 같은 시골구석에는 그런 미인을 다시 찾아보기 어렵거든요. 아! 물론 그래 봐야 제 눈앞에 계신 콘라트 영애의 눈부신 자태와는 비교할 수도 없습니다만."

수다스러운 남자였다. 게다가 그녀를 끊임없이 훑으며 아부를 하는 것이 어딘가 영 불쾌한 느낌이었다.

하지만 마르시아를 쫓아내기 위해서는 이 남자를 적절히 이용해야만 한다. 엘로이즈는 최대한 상냥한 말투로 물었다.

"그러면 최근에 그녀에게 무슨 일이 일어났는지는 아직 전해 듣지 못하신 모양이지요?"

"……뭐 그렇습니다. 하지만 이 칼 클레브, 한 번 제 손을 떠난 것에는 미련을 갖지 않는 성격입니다. 떠나간 약혼녀의 소식을 알아 뭐 하겠습니까?"

칼이 제 가슴을 주먹으로 가볍게 두드렸다. 엘로이즈는 그 허세를 잠자코 지켜보다가 나긋하게 말했다.

"제가 말씀드리죠. 그녀는 사기 결혼을 했어요."

"사기 결혼이라고요? 상대가 누구입니까?"

"말씀드리기 부끄럽지만……."

엘로이즈가 한껏 가련한 표정을 지었다. 그리고 거짓말을 덧붙였다.

"……제 약혼자예요."

아주 거짓말도 아니다. 마르시아만 없었어도 그녀는 파비안과 결혼했을 테니까.

사람은 모름지기 자기 계급에 맞게 살아야 한다. 마르시아는 파비안을 만날 수 있는 계급이 아니었다. 어쩌다가 운 좋게 대공비 자리를 거머쥐었지만, 작위도 없는 집안의 딸에게는 맞지 않는 자리였다. 그녀도 금세 깨달을 것이다. 사교계의 고위 귀족들이 곧바로 눈총을 줄 테니까.

그러니까 지금이라도 결혼을 취소하고 제자리로 돌아가는 것이 옳았다.

'옛 약혼자를 다시 만나면 결국엔 깨달을 거야. 원래부터 자기 자리가 그곳이었다는 걸.'

돈 때문에 헤어졌다면 돈을 안겨주면 해결되겠지. 엘로이즈는 눈앞의 남자를 쳐다보았다. 이 남자의 곁이 바로 마르시아가 돌아가야 할 곳이었다.

마르시아와 딱 맞을 만한 계급의 남자가 큰 소리로 웃으며 되물었다.

"예? 그러니까 그 여자가 감히 콘라트 영애의 약혼자를 가로채 결혼했다는 말씀입니까?"

그의 어이없는 태도에 엘로이즈가 눈썹을 치켜올리자, 칼은 한 손으로 제 턱을 쓰다듬으며 웃음을 멈췄다.

"저와 파혼한 지 두 달 만에……. 그렇게 안 봤는데 대단한 구석이 있는 여자였군요."

의외로 마르시아를 칭찬하는 듯한 반응에 엘로이즈는 눈을 흡떴다. 그것도 아주 잠시, 그녀는 심호흡으로 마음을 가라앉히고는 말했다.

"도와주세요."

칼은 능구렁이처럼 싱글싱글 웃었다. 그는 어떤 면에서 그것이 사기 결혼이냐고 묻지 않았다. 대신 다른 질문을 했다.

"제가 왜 그래야 합니까? 우린 이미 파혼한 사이인데요. 남이나 마찬가지예요."

"블리크 가문이 부유했더라면 클레브 씨는 약혼을 취소하지 않았을 거 아닌가요?"

"흠…… 그렇죠."

"블리크 영애를 놓치게 되어 아쉽잖아요?"

"뭐, 그렇다고 칩시다."

엘로이즈는 조금 초조해졌다. 대화가 의도한 방향으로 흘러가지 않고 있었다.

"……별로 아쉽지 않으신 모양이군요."

"아까부터 말씀드렸지 않습니까. 남의 것이 된 여자를 제가 이제 와서 왜 탐내겠습니까?"

남의 것……? 엘로이즈는 어딘가 모르게 조금 화가 났다.

'내 말을 들으면 재산도 불려주고 그 여자도 도로 손에 넣게 해주겠다고 하려고 했는데.'

칼은 히죽히죽 웃으며 그녀의 시선을 맞받아쳤다.

'뭐가 좋아서 아까부터 저렇게 기분 나쁘게 웃는 거지?'

엘로이즈의 뾰족한 눈초리에 칼은 어쩔 수 없다는 듯 어깨를 으쓱하더니 말했다.

"좋습니다. 아름다운 영애의 체면을 봐서 제가 양보해 드리지요. 도와드리면 제게 뭘 주실 겁니까?"

엘로이즈가 반색하며 입을 열었다.

"도⋯⋯."

"참고로, 저는 돈에는 별로 관심이 없습니다. 자작위를 승계하고 나면 얻게 될 가문의 재산으로 충분하거든요."

말이 입 밖으로 나가기도 전에 칼이 그녀가 하려던 말을 가로챘다.

"제가 바라는 것은 신붓감입니다, 영애."

그러면서 그는 마치 먹잇감이라도 되는 듯 엘로이즈를 눈으로 천천히 훑어내렸다. 엘로이즈는 등줄기에 오싹 소름이 돋는 것 같았다.

그녀는 살면서 이렇게까지 노골적인 시선을 받아본 적이 없었다. 지금까지 만난 사람들은 모두 그녀를, 정확하게 말하면 후작가의 외동딸을 존중했기 때문이었다.

하지만 칼은 엘로이즈를 후작가의 사람 이전에 미혼 처녀로 보고 있었다. 그것도 한입에 꿀꺽 잡아먹기 쉬운 사냥감처럼.

엘로이즈는 기가 찼다.

'지금 감히 날 넘보는 거야?'

"클레브 씨, 말씀 조심하세요."

지금까지 한 발짝 물러나 서서 조용히 듣고만 있던 신시아가 참지 못하고 한마디 던졌다.

"콘라트 후작 영애 앞이십니다."

칼은 가소롭다는 듯 픽 웃었다. 그러고는 양손을 들어 보이며 바로 꼬리를 내렸다.

"오해하지 마십시오. 저도 제 분수를 아니까요. 저를 수도 사교계에 소개해 주시는 걸로 만족하겠습니다."

그가 말하는 건 고위 귀족들이 모이는 사교계였다. 시골 자작가의 아들인 그가 쉽사리 발을 붙일 수 있는 곳이 아니었다.

"콘라트 영애의 소개라면 절 무시할 수 없을 테죠."

자격이 없는 사람을 사교계에 소개한다는 건, 단순히 입구를 열어 주는 것이 아니었다. 콘라트가의 후광을 입힌다는 말과 같았다. 그가 문제를 일으키면 엘로이즈에게, 콘라트 후작가에 비난이 돌아올 여지가 있었다.

그럼에도 그녀는 위험을 감수하기로 했다. 파비안을 되찾을 수 있다면 그 정도는 아무것도 아니었다.

"……좋아요."

"좋습니다."

칼이 만족한 듯 웃었다.

"그래서…… 누굽니까? 콘라트 영애를 두고 잘못된 선택을 한 바보 같은 작자는?"

"로랑 대공이에요."

"뭐라고요?"

그때까지 여유로운 태도를 보이던 칼은 화들짝 놀랐다. 그의 안색이 창백해졌다.

"지금 대공의 새신부를 빼앗으란 말씀입니까?"

"도와주겠다고 했잖아요?"

"그것도 정도껏이죠. 대공에게 밉보이고도 제가 맘 편하게 수도 사교계에 발을 들일 수 있을 것 같습니까?"

엘로이즈가 양손을 모아 쥐었다. 그녀는 초조함을 감추고 당당하게 말했다.

"안심하세요. 클레브 씨 탓이 아니라, 전부 그 여자가 잘못한 걸로 만들어 버릴 테니까. 그리고 대공은 내 사촌이에요. 후작가와 대놓고 반목할 수는 없어요. 물론 내가 비호하는 사람을 적대시할 수도 없고요."

"허, 참……"

칼이 곤란하다는 듯 연신 턱을 문질렀다. 그는 잠시 고민하는 듯하다가 입을 열었다.

"뭐, 좋습니다. 받아들이죠. 대신 제 신붓감 찾는 걸 적극적으로 도와주셔야 합니다."

엘로이즈는 생긋 웃었다.

"좋아요."

칼도 그녀를 따라 웃었다.

"아주 적극적으로."

"오늘 오후에 도착한 우편물입니다."

포투스가 봉투 더미를 들고 집무실로 들어왔다. 그는 재빠른 손길로 편지를 두 무더기로 나누었다. 그리고 한쪽을 파비안 앞에 내려놓았다.

"이쪽은 직접 열어보시는 게 나을 것 같습니다."

다른 무더기는 발신인 이름을 봤을 때 상대적으로 덜 중요하리라 여겨지는 우편물이었다. 그런 것은 보좌관인 포투스가 대신 읽어보고 처리했다. 아예 뜯지도 않고 버려지는 우편물은 거의 없었다.

"고맙군."

편지는 대부분 초대장이거나 대공가의 투자를 바라는 사업 제안서, 이미 투자한 사업의 보고서였다. 파비안은 편지를 재빨리 훑으며 바로 답장하지 않아도 되는 것들을 한쪽으로 치우기 시작했다.

그는 기계적으로 편지를 분류하면서 지나가듯 말했다.

"포."

뜬금없이 애칭으로 불린 포투스가 눈썹을 찌푸렸다. 뭔가 뒤가 켕기는 일이나 귀찮은 일을 시킬 때 파비안이 입에 담는 말버릇이었다.

"왜요?"

"아무래도 요즘 기분 전환이 좀 필요한 것 같아."

"그건 저도 필요합니다. 그런데요?"

애칭으로 불린 김에 포투스가 조금 깐족거려 보았지만, 파비안은 개의치 않았다.

"기분 전환 삼아 춤을 좀 배웠으면 하니까 춤 선생을 하나 섭외해 주게."

"예?"

포투스는 깜짝 놀라 보고 있던 편지에서 눈을 떼고 파비안을 쳐다보았다. 파비안은 여상하게 손안의 편지에 시선을 두고 있었다.

"춤이라고요? 춤은…… 대단히 싫어하지 않으셨습니까? 그딴 것,

아무짝에도 쓸모가 없다면서요."

"예전에야 작위 하나 없는 애송이였으니 상관없지만, 이젠 대공이 아닌가. 전처럼 사교계를 피해 다닐 수는 없어. 그러다 보면 조만간 춤도 추게 되겠지."

포투스는 믿을 수 없다는 듯 입을 벌린 채 고개를 저었다.

"도대체가 왜 굳이 외간 여자의 손을 잡고 춤을 춰야 하냐고 했던 분이……."

"불평은 그만하고, 그렇게 됐으니 선생이나 하나 모셔 와."

"살다 보니 제가 전하께서 춤추는 장면도 보는 날이 오는군요."

"외간 여자 손 잡기 싫으니 남자 선생으로."

"어차피 무도회에 가시면 외간 여자 손을 잡아야 하는데요? 아예 지금부터 연습하시지……."

파비안이 편지에서 눈을 떼고 그를 노려보자, 포투스는 냉큼 대답했다.

"노력해 보겠습니다."

포투스가 낮게 웃은 것을 끝으로, 그들은 다시 조용히 편지를 읽기 시작했다.

방 안에 팔랑팔랑 종이 넘기는 소리만 들리던 것도 잠시였다. 얼마 지나지 않아 포투스가 의자에서 일어서며 말했다.

"음…… 전하. 아무래도 이 편지는 직접 보셔야 할 것 같은데요."

그는 자기 몫의 편지 무더기에서 하나를 가져와 파비안에게 내밀었다.

"죄송하지만 앞쪽 절반은 이미 읽었습니다."

"뭔데 그러지?"

파비안이 이미 열린 봉투와 편지지를 받아 들었다. 봉투부터 살펴보니, 그것은 마르시아에게 온 편지였다.

발신인의 이름은 존 존스였다. 웃기지도 않는 이름이었다. 가명이 분명했다.

그는 눈썹을 찌푸리며 편지지를 펼쳤다.

[마르시아, 내 사랑.

진정한 사랑을 떠나 다른 사람을 사랑하는 척하려니 얼마나 힘들지. 그 마음을, 괴로움을 나로서는 짐작도 할 수가 없소. 하지만 사랑하는 사람과 억지로 떨어져 있어야 한다는 점에서 내 고충도 그리 작지는 않은 듯하오.]

아주 골 때리는 문장으로 시작하는 편지였다.

파비안은 당장 편지지를 우그러뜨리고 싶은 것을 가까스로 참으며 다음 대목을 읽었다.

[목마른 당신의 연인에게 달콤한 꿀을 한 입 맛보게 해줄 날이 다가왔구려. 나는 그 꿀 한 모금으로 또 며칠을, 몇 주를 그대 없이 간신히 버티곤 한다오. 언제나처럼 두헤브 오페라 극장의 발코니를 예약해 두었소.]

두헤브 극장. 어디선가 들어본 듯한 이름이었다.

'어디서였지?'

그는 그 뒤로 이어지는 쓸데없는 미사여구를 흐린 눈으로 훑어내렸다.

[그 약도 준비했소. 전에 말했듯, 양에 주의해서 아주 조금씩만 섞어야 하오. 하루 한 번, 한두 방울로도 충분히 효과를 볼 수 있을 거요. 절대로 조바심을 내면 아니 되오. 우리가 다시 당당히 사랑을 나누며 세상을 즐길 수 있게 되려면.]

"이 웃기지도 않은 편지는 도대체 누가 보낸 거지?"

파비안은 결국 화를 내며 말했다. 포투스가 편지 봉투를 집어 들며 순순히 대답했다.

"존 존스 씨로군요."

"가명이잖아."

"그렇죠."

그는 봉투에 찍힌 소인을 가리켰다.

"대공령 안에 있는 우체국이네요. 당장 사람을 시켜서 보낸 이가 누군지 알아보라고 하겠습니다."

"그전에……."

파비안이 눈살을 찌푸렸다. 그는 절대로 말하고 싶지 않았던 문장을 결국 입 밖으로 내어야 했다.

"……마르시아에게 따로 마음에 둔 이가 있었나?"

말을 하면서도 그는 그럴 리가 없다고 생각했다. 조금만 되새겨 봐도 알 수 있는 일이었다. 처음 만난 날부터 마르시아의 머릿속에 있는 것은 라리사의 안전뿐이었다.

"그런 분이 계신다면 아마도 라리사 아가씨밖에 없지 않을까 싶은데요."

포투스도 마찬가지 의견이었다. 파비안은 가볍게 한숨을 내쉬었다. 그 한숨 소리가 채 가시기도 전에 포투스가 말을 이었다.

"비전하께 약혼자가 있었던 걸로 압니다."

"약혼자라고?"

약혼자? 결혼을 약속한 사람이 따로 있었단 말인가?

파비안의 눈이 서슬 푸르게 빛났다.

'그렇다면 대공가의 돈을 노리고……'

그럴 리가 없지.

약 어쩌고 하는 부분이 이 편지가 거짓으로 점철되어 있다는 것을 명백하게 보여주었다. 마르시아가 어떻게 그의 목숨을 구했는지 모르는 자의 소행일 것이다. 뻔한 거짓말에 휘둘리고 있다는 걸 파비안도 알고 있었다.

그런데 왜 화가 나지?

"진정하세요. 과거형이니까요. 상대방이 먼저 약혼을 파기했습니다. 물론 전하를 만나기도 전이지요."

"이름은?"

"잠시만 기다려 주십시오."

포투스가 품에서 수첩을 하나 꺼내 잠시 뒤적거렸다.

"칼 클레브로군요. 비전하와 같은 노스트랜드 출신으로, 클레브 자작의 장남입니다. 파혼 사유는 블리크가의 빚이었네요."

파비안은 손끝으로 이마를 문지르며 씹어먹을 듯한 눈길로 편지를 내려다보았다.

"마님, 다과를 가져왔습니다."

하녀가 쟁반 가득 차와 간식을 가져왔다.

벌써 시간이 이렇게 됐나.

"응, 고마워. 테이블에 놔줘."

애프터눈 티타임이었다. 나는 라리사에게 읽어주던 책을 덮고 의자에서 일어섰다.

"차 마시자, 라리사. 오늘 간식은 뭘까?"

언제나처럼 호들갑을 떨며 라리사를 자리에 앉혀주고, 나는 그 맞은편에 앉았다. 하녀는 재빨리 가져온 것을 테이블 위에 내려놓았다. 제일 큰 접시는 은 클로슈로 덮여 있었다.

"그럼 맛있게 드세요. 마님, 아가씨."

하녀는 상을 차린 뒤 방을 나갔다.

소피아가 클로슈를 열자, 그 아래 딸기 타르트가 나타났다. 고소한 향기가 나는 타르트지 위에 시럽을 발라 반짝거리는 딸기가 올려져 있었다.

"와아, 맛있겠다!"

이번엔 라리사 들으라고 한 게 아니라 진짜 감탄이었다. 아직 딸기 철이 되려면 멀었으니, 아마도 온실에서 재배한 것이 아닐까. 온실을 유지하는 데는 돈이 든다. 아무나 먹을 수 있는 간식이 아니었다. 역시 대공가라니까.

옆에서 소피아가 라리사의 찻잔에 김이 모락모락 올라오는 차를 따라주었다.

"이건 허브 차예요. 심신을 안정시키는 효과가 있대요. 마님은 홍차가 좋으신가요, 아님 같은 허브 차를 드릴까요?"

"음, 난 홍차로. 향기만 좋으면 아무 홍차나 괜찮아."

그러자 내 취향을 잘 아는 소피아는 찻잔에 얼그레이를 채우고 물러났다.

"그럼 어서 먹어볼까!"

맛있는 것은 언제나 옳다. 특히 어린아이를 위한 간식이라면 더더욱.

나는 나이프로 타르트를 큼직하게 한 조각 잘라 먼저 라리사의 접시에 얹어놓았다. 라리사가 타르트를 빤히 쳐다보았다. 나는 흐뭇하게 웃으며 접시를 라리사 쪽으로 밀어주었다.

"어서 먹어봐."

라리사는 먹으려 하지 않았다. 나를 기다리느라 그런 것 같아, 얼른 한 조각을 더 잘라서 이번엔 내 접시에 놓으며 말했다.

"애들은 먹고 싶은 걸 실컷 먹어야 해. 그래야 잘 자라는 법이거든. 너 그거 먹어야 키 큰다?"

라리사는 눈을 두어 번 깜박거리더니, 곧 포크를 집어 들었다.

진짜 귀엽다니까. 나는 킥킥 웃으며 타르트를 조금 잘라 입에 넣었다.

타르트지는 버터 향이 물씬 나고 바삭했다. 한 입 깨물자 향긋한 딸기 과즙이 입안을 적셨다. 단맛이 아직 입안에 감돌 때 따끈한 차를 한 모금 마시자 절로 탄성이 나왔다.

'아, 행복해.'

라리사도 타르트를 잘라 입안에 넣었다. 이내 초록 눈이 동그래졌다. 맛있나 보다.

'오늘 간식도 아주 천천히 음미하겠네.'

달면 달수록 천천히 먹는 라리사의 습관을 떠올리며 내 접시로 다시 시선을 내렸다.

'응?'

타르트 아래 뭔가 하얀 게 삐죽 나와 있었다.

'……이게 뭐지?'

나이프 끝으로 끌어당겨 보니, 작게 접힌 종이쪽지였다.

겉면에 쓰인 글귀를 보자 식욕이 싹 가셨다.

[반드시 혼자 읽을 것.]

한눈에 봐도 수상한 쪽지였다.

나는 라리사를 슬쩍 쳐다보았다. 라리사는 어느새 간식을 먹다 말고 나를 바라보고 있었다. 나는 얼른 타르트를 자르는 척하며 능청스럽게 말했다.

"왜 그래, 라리사? 맛이 없어?"

라리사는 두어 번 눈을 깜박거리고는 이내 고개를 저었다.

"어서 먹어. 음, 진짜 맛있다."

내가 다시 타르트를 먹기 시작하자 라리사도 다시 자기 접시로 시선을 내렸다.

'휴, 못 봤나 보네.'

나는 라리사의 시선이 떨어진 틈을 타 얼른 쪽지를 집어 냅킨 속에 숨겼다. 이런 걸 보여줘서 괜히 걱정을 끼칠 필요는 없으니까.

쪽지 내용이 궁금해 죽을 지경이었지만 최대한 아무 일 없는 것처럼 티타임을 마쳤다. 그리고 나서 옆방으로 건너가 아무도 없는 것을 확인하고 쪽지를 펼쳤다.

[오늘 저녁 일곱 시, 두헤브 극장으로 나올 것. 클레브가의 이름으로 발코니가 예약되어 있음. 나오지 않을 시에는 지하실의 비밀을 공개하겠음.

H로부터.]

온몸에서 피가 싸악 빠져나가는 기분이었다.

'H가 누구지?'

일부러 남긴 서명이니만큼 자신이 누구인지 알려주는 힌트였다.

이고르나 빌레인이 아닌 것은 확실했다. 그 두 사람이라면 이런 식으로 불러내지도 않을 것이다. 쪽지를 든 손이 조금 떨려왔다. 나는 심호흡을 하며 잠시 천장을 쳐다보았다.

클레브가의 이름으로 발코니를 빌렸다고? 그럼 이 쪽지를 보낸 사람은 H 클레브인가? 클레브라니, 어디선가 들어본 것 같은 성인데.

심장이 쿵쿵 뛰었다.

'그보다 지하실의 비밀이라니, 어느 쪽일까?'

지하실의 비밀에는 두 가지 가능성이 있었다. 하나는 라리사의 눈물에 대한 것. 다른 하나는 라리사가 갇혀 있었다는 것.

라리사의 눈물에 대해 아는 사람은 가족들뿐이다. 하지만 지하실에 누군가 갇혀 있었다는 것 정도는 고용인들도 눈치를 챘을지도 모르지.

지하실에 갇혀 있던 사람에 대한 협박이라면 굳이 상대해 줄 필요가 없었다. 그러나 요정의 눈물에 대한 것이라면 말이 달라진다.

'고용인 중에 H로 시작하는 이름을 가진 사람이 있었던가?'

나는 입술을 잘근잘근 깨물었다. 직접 내 시중을 들거나 자주 마주치던 몇 명은 기억했지만, 나머지는 알지 못했다. 별로 관심이 없었으니까.

잠시 후, 나는 결국 한 사람을 기억해 냈다.

'……할리.'

그건 유모의 이름이었다. 늘 이름이 아닌 직책으로 불렀기에 이름을 생각해 내는 데 한참 걸렸다.

나는 황급히 자리에서 일어났다. 이 쪽지를 보낸 것이 유모라면 나 가봐야만 했다. 가족 외에 라리사의 눈물에 대해 알고 있는 유일한 사람이니까.

'당장 가봐야겠어.'

소피아를 불러서 외출 채비를 해달라고 해야겠다. 그렇게 생각하고 설렁줄을 당기려는 순간이었다.

누군가가 소맷자락을 잡아당겼다. 깜짝 놀라 옆을 돌아보니, 맑은 초록 눈동자 한 쌍이 눈에 들어왔다. 라리사가 가느다란 눈썹을 모은 채로 내 드레스의 소매 끝자락을 쥐고 있었다.

"라리사, 언제 왔어?"

라리사가 들어오는지도 몰랐던 나는 깜짝 놀라며 얼른 쪽지를 든 손을 등 뒤로 돌렸다. 그리고 재빨리 구겨서 손안에 숨겨 쥐었다.

봤을까?

……봤을지도.

라리사는 걱정스러운 듯한 표정으로 나를 바라보다가 천천히 소매를 놓았다.

'에라, 봤으면 어때. 내용까지 본 건 아니겠지.'

나는 허리를 숙여 라리사와 눈높이를 맞추며 부드럽게 물었다.

"라리사, 언니가 잠깐 나갔다 와야 할 것 같은데, 잠시만 떨어져 있어도 괜찮을까?"

라리사는 머뭇거리다 이내 고개를 끄덕였다.

"고마워."

몰래 빠져나가는 것보다야 차라리 이게 낫지.

나는 라리사의 머리를 가볍게 쓰다듬어 주고 설렁줄을 당겼다. 일곱 시까지는 이제 몇 시간 남지 않았다. 급히 외출 준비를 해야 했다.

'찢어버릴까.'

파비안은 편지를 손끝으로 빙빙 돌리다가 서명을 내려다보았다.

[당신의 존 존스로부터.]

이런 성의 없는 가명을 지은 놈의 편지 따위는 그냥 찢어버리고 아무 일도 없었던 걸로 해도 되지 않을까.

'자신에게 오는 편지를 대신 받아달라고 한 건 그녀였어.'

사적인 편지는 받을 일이 없다고 호언장담했던 마르시아였다.

파비안은 쓴웃음을 지으며 편지를 원래대로 접어 봉투에 넣은 후 자리에서 일어섰다. 어디까지나 신사답게 편지를 마르시아에게 가져다주기로 했다. 내용을 읽어버려서 미안하다는 말과 함께.

그리고 그녀의 반응을 보리라. 만약 정말로 사랑하는 남자가 따로 있었다면, 그때는……

하지만 대공비의 방문을 가볍게 두드렸을 때 나온 것은 소피아였다.

"주인님, 마님께서는 급한 일로 외출하셨습니다. 혹시 찾아오시거든 오늘 저녁 식사 약속을 지키지 못하게 되어 미안하다고 전해달라고 하셨습니다."

"외출이라고?"

"예. 오랜 친구를 만나고 오겠다고 하셨습니다."

그는 소피아의 어깨너머로 방 안을 들여다보았다. 널따란 방 반대편 창가에 은발의 자그마한 소녀가 얌전히 앉아 밖을 내다보고 있었다.

"어디로 간다고 했지?"

소피아가 고개를 숙였다.

"죄송합니다. 행선지는 말씀하지 않으셨습니다. 마차를 준비해 달라고 하셨으니 저택 밖으로 나가셨다는 것 외에는 모르겠습니다."

"비를 잘 보필하라고 널 붙여주었는데, 지금 혼자 보냈단 말이냐?"

"개인적인 일이라 혼자 가시겠다고 고집하셔서……. 그리고 남아서 라리사 아가씨를 돌보라고 하셨습니다."

"개인적인 일까지도 옆에서 시중드는 것이 전담 하녀가 할 일이 아니던가?"

"송구합니다, 주인님……."

파비안의 눈빛이 차갑게 식었다. 그는 마지막으로 질문을 던졌다.

"나가기 전에 이상한 행동을 하거나 불안해하지는 않았나? 혹은…… 뭔가를 기대하는 듯했다거나."

"그러고 보니 확실한 건 아니지만 어딘가 조금 초조하신 것 같기도 했습니다."

소피아는 머뭇거리다가 조심스럽게 덧붙였다.

"갑작스럽게 외출을 결정하신 건 틀림없습니다. 오늘 티타임 직전까지만 해도 저녁 메뉴에 관해 이야기하셨으니까요."

"알겠다."

파비안은 더 말할 것도 없다는 듯 뒤돌았다. 그는 성큼성큼 걸으며 주머니에서 회중시계를 꺼내 시간을 확인했다. 여섯 시가 채 안 된 시간이었다.

'지금까지 단 한 번도 저택을 벗어난 적이 없는데 이렇게 갑자기, 그것도 라리사를 내버려 두고 혼자 나갔다고?'

오늘 저녁 식사에 먼저 초대한 것은 마르시아였다. 그런데 그 약속까지 취소하고 나가다니.

손에 쥔 종이의 감각이 까슬하니 거슬렸다. 그는 편지를 반쯤 구기듯 주머니에 쑤셔 넣었다.

❖

대공령의 번화가는 화려했다. 마르시아는 마차 안에서 차창 밖으로 보이는 풍경을 흘낏 쳐다보았다.

마차는 사, 오 층짜리 높은 건물이 빽빽하게 줄지어 늘어선 상점가를 지나고 있었다. 해가 떨어질 무렵이어서 창가에는 불이 하나씩 켜지기 시작했다. 비쩍 마른 소년들이 바쁘게 뛰어다니며 거리에 설치된 가스등에 불을 밝혔다.

다각거리는 말굽 소리 사이로 거대한 신전에서 울리는 묵직한 종소리가 스며들었다. 여섯 시 반을 알리는 소리였다.

이제 막 산업화가 시작된 세상의 번화가는 화려하면서도 색다른 맛이 있었다. 대공령의 번화가는 수도 중심가와 비교해도 손색이 없기로 유명했다. 마르시아가 자라난 작은 시골 영지와 비교하면 눈이 부실 정도였다.

아름다운 밤 풍경을 보며 감탄하기도 잠시. 도로에 뭔가 있었는지 마차가 덜컹거렸다.

"……!"

그녀는 자기도 모르게 몸서리를 쳤다. 어쩔 수 없이 탔지만, 마차는 싫었다. 조금만 심하게 흔들리면 마차 사고로 목숨을 잃을 뻔했던 기억이 떠올랐기 때문이었다.

'말을 탈 줄 알았더라면 좋았을 텐데.'

승마를 배울 기회는 있었다. 아주 어렸을 때 마르시아는 망아지를 가지고 있었으니까. 탄 적이 있었는지는 기억나지 않았다. 망아지는 기억하지 못하는 사이에 이고르가 팔아치웠다. 아마 라리사를 낳고 모친이 세상을 떠났을 무렵이었을 것이다.

'지금 이런 생각을 할 때가 아냐.'

마르시아는 일부러 힘껏 고개를 흔들었다. 그리고 저 멀리 오페라 극장을 보며 생각을 전환했다. 지금은 마차 따위가 중요한 게 아니었다. 라리사의 비밀이 탄로 났는지 여부를 알아야 했다.

'하필 유모가 따로 날 불러내다니…….'

머릿속에 의문이 오갔다.

유모는 이고르의 심복이었다. 가족이 아닌데도 지하실에 들어갈 수 있었던 유일한 사람. 그녀는 이고르 외 누구의 말도 듣지 않았고, 마르시아가 손 놓고 지내는 동안 저택의 실질적인 안주인 노릇을 해 왔다.

'도대체 유모가 원하는 게 뭘까. 돈이라면 오늘 가지고 나오라고 할 수도 있었을 텐데, 그러지 않았단 말이야……. 어쩌면 두고두고 우려먹으려는 걸지도 몰라.'

마르시아는 괜히 입술만 잘근잘근 깨물었다. 그러다 문득 깨달았다.

'클레브라니, 옛날에 잠깐 약혼했던 남자의 가문이잖아.'

약혼 기간도 워낙 짧았던 데다, 파혼이라는 모욕을 안겨주었던 터라 마르시아가 애써 잊어버렸던 이름이었다. 하지만 옛 약혼자가 이 쪽지를 썼을 리 없었다. 그는 지하실과도, 유모와도 전혀 관련 없는 사람이었으니까. 무엇보다 그의 이니셜은 H가 아니었다.

'유모가 자기 정체는 적당히 숨기면서 날 끌어내리려고 일부러 그 이름을 썼나?'

결국 H라는 인물을 만나기 전까지는 풀리지 않을 의문이었다. 마르시아는 애꿎은 입술만 깨물어 댔다. 덕분에 오페라 극장에 도착했을 때쯤에는 입술이 살짝 붉게 부풀어 버렸다.

사람들이 줄지어 선 매표소 옆에는 오늘 저녁 공연 포스터가 붙어 있었다. 입구에는 말쑥하게 차려입은 직원들이 서서 표를 확인하고 있었다.

"클레브라는 이름으로 예약이 됐을 텐데."

마르시아는 직원에게 클레브의 이름을 댔다. 그러자 곧바로 이 층 발코니 좌석으로 안내되었다. 묵직한 차음문을 열고 커튼을 통과해 들어간 발코니는 비어 있었다.

'……아직 안 왔나?'

발코니 가운데에는 푹신해 보이는 의자 두 개와 탁자, 그리고 간단한 음료가 준비되어 있었다.

난간에 기대어 아래쪽을 보니 무대며 관객석이 훤히 내려다보였다. 객석은 웅성거리는 소리와 함께 사람들로 점차 채워지고 있었다.

고개를 들자, 같은 층에 다른 발코니가 줄지어 있는 것이 눈에 들어왔다.

"왜 이렇게 눈에 띄는 곳을 골랐지?"

마르시아는 반대쪽 발코니에 입장하는 사람들을 보며 고개를 갸웃했다. 그들에게도 이 발코니가 보일 것이 분명했다.

'나랑 만났다는 것이 알려져도 괜찮은 건가? 어차피 무슨 이야기를 나누는지는 들리지 않을 테니까?'

그녀는 손가방에서 아까 받은 쪽지를 꺼내 다시 한번 읽었다. 혹시 놓친 내용이라도 있을까 봐.

그때 누군가가 그녀를 불렀다.

"오랜만이에요."

남자 목소리였다. 마르시아는 깜짝 놀라며 뒤를 돌아보았다. 거기에 서 있는 건 유모가 아니라, 생각지도 못한 사람이었다.

"칼……?"

"내 이름 아직 안 잊어버렸네요."

칼은 능글맞게 웃으며 마르시아의 손등에 입을 맞추었다.

"어떻게……? 여기서 뭐 하는 거죠? 유모는, 할리는요?"

"유모? 당신 유모를 왜 여기서 찾지요?"

마르시아는 당황하고 말았다. 클레브라는 이름을 보고도 칼 클레브 본인이 진짜로 나오리라고는 생각지 못했던 탓이었다.

'그렇다면 H는 이자가 자신의 이름을 숨기려고 엉뚱한 이니셜을 쓴 건가……? 아냐, 그렇다면 대놓고 자기 가문명으로 발코니를 빌릴 이

유가 없는데.'

혼란스러웠다. 어쨌거나 쪽지를 쓴 것이 칼인 줄 알았더라면 그녀는 절대 이곳으로 나오지 않았을 것이다. 마르시아는 은근히 화가 나는 걸 억누르며 물었다.

"그럼 쪽지를 보낸 건 그쪽인가요?"

마르시아의 질문에 칼은 웃음을 머금은 채 되물었다.

"쪽지?"

칼의 시선이 마르시아의 손에 향했다. 그녀는 아까 손가방에서 꺼냈던 쪽지를 아직 손에 쥔 채였다. 마르시아는 황급히 손을 등 뒤로 감추려 했지만, 칼은 순식간에 종잇조각을 낚아챘다.

"무슨 짓이죠? 돌려줘요."

"잠깐만요, 제가 쓴 게 맞는지 봐야겠어요. 흐음…… 어두워서 글자가 잘 안 보이네?"

그는 한 손으로 마르시아를 가볍게 밀치고는 난간 쪽으로 가서 쪽지를 펼쳤다. 그의 얼굴에 순간 비웃는 듯한 표정이 스쳐 지나갔다.

"아, 제가 쓴 게 맞군요."

그는 종이쪽지를 잘게 찢었다. 발코니 바닥에 하얀 종잇조각이 흩뿌려졌다.

"여기 써 있던 말은 다 잊어주세요. 그저 그대를 불러내고 싶어서 아무렇게나 쓴 거니까요. 그대가 나와줬으니 이제 다 필요 없습니다."

마르시아는 가만히 서서 그를 노려보았다. 칼이 한 손으로 제 목 뒤를 만지작거리며 말했다.

"그렇게 쏘아보지 마세요. 오랜만에 만났는데 좀 웃어주면 안 됩니까?"

"글쎄요, 저는 웃고 싶은 생각이 안 드는데요."

마르시아가 싸늘하게 대답하자 칼은 계면쩍게 웃었다.

"너무 그러지 마세요. 그동안 얼마나 후회했는지 모를 겁니다. 그대를 잊을 수가 없어서 블리크가 저택으로 찾아갔더니 그새 행방불명이 되어 있더군요."

그는 마르시아 쪽으로 한 걸음 다가섰다. 어느새 그의 말투는 애절하게 변해 있었다.

"지금이라도 다시 제게 돌아와 주면 안 될까요?"

"웃기지 마세요."

마르시아는 일 초도 지체하지 않고 냉큼 자르듯 말했다.

"마음에도 없는 소리인 거 다 알아요. 약혼을 취소하자고 한 건 그쪽이잖아요. 그때 제가 얼마나 상처받았는지 알아요?"

날카롭게 쏘아붙인 마르시아가 입가에 비웃음을 띠며 덧붙였다.

"그리고 저 유부녀거든요."

"마음에도 없는 소리라니, 전 진심인데요."

칼의 어깨에서 힘이 쪽 빠져나갔다. 그는 고개를 저으며 시선을 내리깔았다.

"아…… 그래요. 이해해요. 남편이 무려 대공이라면서요? 이젠 자작 가문의 후계자 따위가 마음에 찰 리 없겠죠."

"잘 알고 있네요."

마르시아가 코웃음을 쳤다.

발코니 아래쪽에서 박수 소리가 들려왔다. 오페라의 막이 오른 모양이었다. 조명이 어두워지고 음악이 시작되었다.

칼은 잠시 침묵하고 있다가, 고개를 슬며시 들었다.

"……당장 이혼하고 제게 와달라는 건 아닙니다. 다만 오늘처럼, 이런 식으로 만나는 걸로 만족할 테니까요."

'헛소리도 작작해야지.'

마르시아가 대놓고 싫은 기색을 보였다.

"제가 왜요?"

"그냥 친구가 되자는 겁니다."

조금 전까지만 해도 다시 약혼녀가 되어달라고 말했으면서, 순식간에 친구로 말을 바꾸었다. 그는 어깨를 으쓱하며 미소를 지었다.

"정든 고향을 떠나서 갑자기 옮겨간 곳에는 아무래도 마음 붙이기 힘들게 마련이죠. 삶에 회의감이 들어 그냥 아무에게나 아무 말이든 털어놓고 싶어질 때, 그럴 때 저한테 연락해 주신다면 정말 기쁠 겁니다. 저는 항상 여기서 기다릴 테니까요."

"그러니까 당신의 일방적인 호의에 기대란 말인가요?"

혀 하나는 잘도 매끄럽게 굴러간다고 마르시아는 생각했다.

"얼마든지요."

칼이 상큼한 미소를 지었다. 그는 자신이 그다지 잘생기지 않았다는 걸 알았다. 그래서 어떤 식으로 웃어야 그나마 매력적으로 보이는지도 잘 알고 있었다. 그렇게 지은 회심의 미소였다.

그래 봤자 매일같이 잘생긴 얼굴들에 둘러싸여 혹독하게 단련되어 온 마르시아에게는 통하지 않았다. 그녀는 그 미소에 찡그린 표정을 돌려주며 생각했다.

'친구 정도라면 괜찮…… 을 리가 없지.'

마르시아는 입술을 살짝 깨물었다. 하지만 무시하고 되돌아 나가자니, 그녀를 불러낸 쪽지가 마음에 걸렸다.

'아까 그 행동을 보면 분명 자기가 쓴 건 아닐 거야. 그렇다면 혼자 저지른 일이 아니라는 얘긴데⋯⋯.'

쪽지에는 지하실이 언급되어 있었다. 지하실만이라면 그렇게까지 위험하지야 않지만, 그냥 내버려 두기엔 꺼림칙한 건 사실이었다.

'아, 힘들다⋯⋯.'

라리사를 돌보는 것만으로도 할 일이 너무나 많은데 이런 일까지 신경 써야 한다니.

마르시아는 한숨을 쉬며 칼의 얼굴을 올려다보았다.

'우선 이 자식 공범이 누군지부터 알아내야 할 텐데⋯⋯.'

어디서부터 뭐라고 캐물어야 할지 짐작도 가지 않았다.

마르시아가 한동안 말이 없자 미소 짓던 칼의 입가에 경련이 일었다. 너무 오랫동안 같은 표정을 하고 있었기 때문이었다.

"오, 마르시아. 뭘 그렇게 망설이는 거지요? 그대가 손해 볼 건 하나도 없잖아요. 그냥 가끔 만나서 차라도 마시면서 이야기나 나누자는 겁니다."

마르시아는 눈썹 사이에 가볍게 주름을 잡은 채, 아무 말 없이 그를 쳐다보았다.

'망할 년, 정말 안 넘어오네.'

칼이 마음속으로 투덜거렸다. 그도 이런 뻔한 수작에 그녀가 넘어오리라고 생각하지는 않았다.

'멀찍이서 보기에 밀회를 하는 것 같아 보이기만 하면 된다고 한 건 후작 영애 쪽이니까.'

그는 흘끗 발코니 바깥쪽을 곁눈질로 쳐다보았다. 무대에서는 아름다운 노랫소리가 들려오고 있었다. 오페라가 시작한 지 제법 시간이

지났으니 지금쯤이면 이쪽을 보고 있겠지.

'빌어먹을…… 그냥 힘으로 눌러 버릴까? 일단 음료부터 좀 마시게 하고.'

"지금 어딜 보는 거죠?"

마르시아의 목소리가 질책하듯 날카롭게 찔러 들어왔다.

칼은 시선을 돌려 그녀를 쳐다보았다. 어두운 극장 안, 더 어두운 발코니에 무대를 비추기 위한 조명의 한 조각이 떨어졌다. 그 희미한 빛이 마르시아의 갸름한 얼굴선을 따라 흘렀다. 프리마돈나의 아리아 를 배경음악 삼아 그녀는 웃었다.

"방금 사랑 고백을 한 주제에, 다른 곳을 볼 여유가 다 있으시 군요?"

조금 전과는 어딘가 달라진 그녀의 태도에 칼의 입가가 저도 모르게 경직되었다. 물론, 그는 마르시아가 마음의 소리를 듣는다는 사실을 알지 못했다.

✦

마르시아가 발코니에서 칼을 만났을 무렵, 파비안은 급히 달려온 말에서 내렸다. 근처 신전에서 종소리가 일곱 번 울렸다. 일곱 시가 된 것이다.

공연 시작 시간이었다. 오페라 극장의 문지기가 출입문을 닫으려 했 다. 파비안은 얼른 말고삐를 사환에게 건네주고, 문이 닫히기 직전 극 장 안으로 들어섰다.

"입장권을 보여주시겠습니까? 좌석으로 안내해 드리겠습니다."

"파비안 로랑이다. 대공비가 여기 왔을 텐데, 혹시 못 보았나?"

"대, 대공 전하이십니까?"

표를 확인하려고 손을 내밀던 극장 직원이 화들짝 놀랐다. 프레데릭 로랑이 갑자기 세상을 떠나고 그 손자가 새로 대공이 되었다는 소식은 이미 대공령 안에 퍼져 있었다. 단지 새 대공을 본 적이 없어 알아보지 못했을 뿐.

"오시기 전에 언질을 주셨더라면 모시러 갔을 텐데요! 당장 지배인을 불러오겠습니다."

파비안은 당장 뒤돌아 뛰어가려는 직원을 말렸다.

"그럴 필요 없다. 그보다 대공비를 못 보았느냐고 했는데."

"아……! 죄, 죄송합니다. 제가 알기로 오늘 대공가 전용 발코니 좌석을 찾은 분은 없는데, 사람을 보내 확인해 보겠습니다. 아, 아니, 당장 전용 발코니로 안내해 드리겠습니다."

"아마 다른 발코니를 방문했을 것이다."

그는 편지에 쓰여 있었던 내용을 떠올리며 말했다. 하지만 어느 발코니인지는 몰랐다. 설마 존 존스라는 이름으로 빌리지는 않았을 테고.

"친구분의 발코니인가 보지요? 죄송하지만 비전하의 인상착의를 알려주시겠습니까?"

"금발에 초록 눈, 눈에 확 띌 정도로 아름다운 여자다. 성년이 된 지 얼마 안 됐고, 오늘 무슨 옷을 입었는지는 모르겠군. 키는 이 정도."

파비안이 자신의 어깨 즈음에서 손을 흔들어 보였다.

"눈에 띄는 금발 미인…… 있었습니다. 대공비 전하이신지는 모르겠지만요. 분명히 다른 이름을 대면서 발코니 좌석으로 가셨는데……."

"어디였지? 안내하게."

"어느 발코니였는지는 잘 기억이…… 죄송합니다."

"하나씩 돌면서 확인하면 될 텐데."

"지, 지금은 이미 오페라가 시작되어서요……."

파비안이 당장에라도 쳐들어갈 기세라 직원은 이마에서 땀을 뻘뻘 흘리면서 눈치를 보았다.

"조금만 기다려 주시면 공연 중간 휴식 시간에라도 찾아보……."

"파비안 오라버니?"

오페라 극장의 로비에 청아한 목소리가 울려 퍼졌다. 파비안은 목소리의 주인을 향해 천천히 고개를 돌렸다.

"엘로이즈."

몸에 꼭 맞는 푸른 드레스를 한껏 우아하게 차려입은 엘로이즈가 그곳에 서 있었다. 시녀를 데리고 오페라를 보러 온 모양이었다. 엘로이즈는 눈을 동그랗게 떴다가, 부채로 입가를 가리며 사르르 녹을 듯이 웃었다.

"오라버니가 이런 곳에 웬일이시죠? 오페라에 관심이 있으신 줄은 몰랐네요. 진작에 알았더라면 종종 같이 보러 오자고 했을 텐데요."

그녀를 쳐다보던 파비안의 얼굴이 곧 무표정하게 변했다.

"이미 극이 시작되었다고 하니 어서 가보도록."

"어머, 괜찮아요. 앞부분 조금 놓치는 것 정도는요. 전 벌써 몇 번이나 봤거든요."

엘로이즈는 상큼하게 웃으며 파비안 쪽으로 다가가려 했다. 그러나 파비안은 그녀를 외면하고 직원에게 말했다.

"로랑가 발코니로 안내하게. 내가 알아서 찾아보도록 할 테니."

그는 엘로이즈를 로비에 남겨둔 채 빠른 걸음으로 극장 직원을 따라 위층으로 올라가 버렸다.

'인사 한마디 없네.'

엘로이즈는 입 끝을 가볍게 끌어 올리며 웃었다. 파비안이 그녀에게 차갑게 대한 것은 한두 번 있었던 일도 아니었다. 하지만 이제 더는 그럴 일도 없을 것이다.

'이곳에 왔다는 건 오라버니가 편지를 읽었다는 얘기겠지.'

그리고 혼자 왔다는 건, 쪽지도 제대로 전달되었다는 거고. 이제 칼이 자기 역할만 잘 수행하면 된다. 그의 이름으로 빌리도록 한 발코니는 대공가 전용 발코니에서 아주 잘 보이는 자리였다.

'오페라 따위보다 훨씬 재미있는 구경일 거야.'

아아, 재미있겠다. 그 발코니를 멀리서 바라볼 수밖에 없는 파비안의 얼굴을 보는 것도 정말 즐거울 것이다.

"신시아, 우리 자리에 먼저 가 있어. 나는 잠시 오라버니하고 이야기를 나누다 갈 테니까."

"네, 아가씨."

그녀는 전담 하녀를 보낸 후 파비안이 사라진 쪽으로 천천히 걸어갔다. 누가 안내해 주지 않아도 대공가의 발코니가 어디에 있는지는 잘 알고 있었다.

그녀는 오늘 오페라 따위를 보러 온 게 아니었다. 제일 관심을 가진 것은 파비안이 이곳에 나타나는가, 아닌가였다.

엘로이즈의 머릿속이 파비안으로 꽉 찬 것과는 반대로, 파비안의 머릿속에 엘로이즈에 대한 생각은 단 한 조각도 없었다. 조금 전에 그녀를 봤다는 것조차 잊어버렸다. 그는 마르시아에게 온 신경이 쏠려 있었다.

파비안이 발코니로 간 것은, 거기서라면 다른 발코니 좌석을 살펴볼 수 있지 않을까 해서였다. 이미 오페라가 시작되어 극장의 조명은 무대 위를 제외하고는 전부 꺼져 있었다. 그는 난간에 기대어 서서 다른 발코니를 하나하나 주의 깊게 살폈다.

마르시아를 찾는 건 어렵지 않았다.

'저기로군.'

우연인지 그녀가 있는 발코니는 그가 있는 곳에서 아주 잘 보이는 곳에 있었다.

그 발코니에 있는 두 사람만이 좌석에 앉지 않고 서 있었다. 게다가 오페라 무대가 아니라 서로를 쳐다본 채로.

'무슨 이야기를 하는 거지?'

어두워서 표정은 보이지 않았다. 하지만 두 사람은 꽤 친밀해 보였다. 남자가 마르시아에게서 뭔가를 빼앗은 듯 손을 높이 들자, 그녀는 돌려달라는 것처럼 두 팔을 뻗고 종종거렸다. 남자는 심지어 그녀에게 장난치듯 가볍게 밀치기까지 했다!

파비안은 난간을 꽉 움켜쥐었다. 주머니 속의 편지가 떠오르면서 머리에 피가 몰렸다.

"오페라는 안 보고 뭘 보고 있는 거예요?"

등 뒤에서 별로 듣고 싶지 않은 사람의 목소리가 들렸다. 어느새 엘로이즈가 발코니에 들어와 있었다.

"기왕 공연 보러 온 거, 같이 보면서 감상이나 나눌까 해서 와봤어요. 그런데 뭘…… 어머?"

엘로이즈가 조르르 달려와 파비안의 바로 옆에 섰다. 그녀는 정확히 마르시아와 칼이 말다툼하는 발코니를 쳐다보았다.

"저분, 대공비 아니에요? 왜 오페라를 따로따로 보러 오셨죠?"

그녀의 다소 놀란 듯한 연기는 완벽했다.

파비안은 대답이 없었다. 그는 난간을 움켜쥔 자세 그대로 시선을 저쪽 발코니에 고정한 채 움직이지 않았다.

'흐음, 조금 더 찔러볼까?'

엘로이즈는 탁자 위에 놓인 오페라글라스를 집어 들었다.

"저 남자는 누구죠? 굉장히 친한 사이 같은데······."

그녀는 오페라글라스를 눈가에 가져다 대고 마르시아가 있는 발코니를 보는 시늉을 했다. 하지만 실은 곁눈질로 파비안을 살피고 있었다. 그는 얼핏 보면 무표정한 것 같았다.

'하지만 잔뜩 화가 났을 게 틀림없지.'

엘로이즈는 고소해하며 이번엔 진짜로 오페라글라스를 들여다보았다.

칼이 뭐라고 이야기를 하면서 테이블에 놓인 음료수 잔을 집어 들었다. 하나는 마르시아에게 건네주고, 다른 잔을 가볍게 부딪치며 건배했다.

'좋아, 잘하고 있네.'

멀찍이서 보자니 분위기가 상당히 좋아 보였다.

"오페라는 핑계로군요. 지금 오라버니 몰래 외간 남자를 만나고 있는 거죠?"

파비안의 목울대가 움직였다. 마른침을 삼킨 것이다. 그는 한 손으로 초조한 듯 얼굴을 쓸어내렸다. 평소의 그였다면 벌써 뭐라고 가볍게 한마디 했을 것이다.

'어쩌면 나더러 네가 상관할 바 아니니 당장 꺼지라고 했을지도 모르지.'

아무 말도 하지 않는 것은 좋은 신호였다. 그는 지금 상당히 동요하고 있는 것이다.

"정말 너무하네요. 오라버니 같은 남자를 두고 저런 짓을 하다니."

엘로이즈는 이해할 수 없다는 듯, 가볍게 고개를 저었다. 그리고 의기양양하게 회심의 한마디를 했다.

"저런 여자가 대공비라니, 가문의 이름을 더럽히고 있잖아요."

파비안이 어깨를 움찔했다. 잠시 후, 그가 괴상한 소리를 냈다.

"……풋."

예상치 못한 반응에 엘로이즈가 깜짝 놀라며 옆을 돌아보았다.

그는 웃고 있었다.

엘로이즈가 파비안의 반응을 이해하지 못하는 것도 당연했다. 파비안이 마르시아에게 프러포즈할 때 뭐라고 했는지 알 리 없을 테니까.

'가문의 이름을 얼마든지 더럽혀도 좋다고 했었지.'

그는 큭큭 웃으며 생각했다.

'그런 의미에선 잘하고 있는 건가.'

영문을 모르는 엘로이즈가 발끈했다.

"로랑가의 이름이 우습나요? 저런 여자를 대공비로 둘 정도로?"

파비안이 마침내 엘로이즈의 말에 대답했다.

"그게 무슨 상관이지?"

별로 즐겁지 않은 대답이었다. 엘로이즈는 오페라글라스를 꾹 눌러 쥐었다.

"오라버니는 화도 안 나나요? 저 여자는 대공비가 될 자격이 없어요. 결혼 서류에 서명한 지 얼마나 되었다고 다른 남자와 몰래 시시덕 거리는 꼴 좀 보라고요!"

"그래서?"

파비안은 재미있다는 듯 팔짱을 낀 채로 그녀를 내려다보았다. 엘로이즈가 늘 매력적이라고 생각했던 그의 붉은 눈동자가 오늘은 어쩐지 기분 나빠 보였다. 그녀는 나직하게 말했다.

"더 늦기 전에 결혼을 취소하는 게 나을걸요. 저 여잔 분명 떳떳하지 못한 구석이 있을 테니까."

파비안이 입을 조금 벌렸다. 그는 눈을 크게 떴다가, 이윽고 한쪽 눈썹을 찡그리며 픽, 하고 웃었다.

"네 짓이었군."

"무슨 소리죠?"

엘로이즈는 뜨끔했지만, 전혀 내색하지 않았다. 파비안은 그런 그녀를 물끄러미 내려다보며 한숨을 쉬었다.

"진짜로 부적절한 관계를 맺은 사이라면, 연락을 받자마자 이런 식으로 허겁지겁 뛰쳐나갈 리가 없지. 어떻게든 나를 속여넘기고 몰래 만나려 애쓸 테니까."

그는 난간에 기댄 채 한 손으로 이마를 짚었다가 곧이어 흘러 내려온 검은 머리카락을 쓸어넘겼다. 그러더니 혼잣말처럼 작게 중얼거렸다.

"한데 아까는 그런 생각도 안 들더군. 정말 잠깐만 생각해 보면 알수 있는 건데도."

아까는 이성이 나갔었다. 이상한 일이었다. 그는 언제나 논리적으로 생각하고 행동해 왔다. 그런데 마르시아가 연관된 일에는 이성이 한 발짝 뒤로 물러서서 감정에 자리를 내주었다.

지금도 엘로이즈가 그의 결혼 계약을 떠올리게 하지 않았더라면 계속 정신이 나간 채로 저쪽 발코니만 쳐다보고 있을 뻔했다.

파비안은 엘로이즈를 흘끗 쳐다보고는 난간에서 몸을 일으켰다.

"이런 데서 시간 낭비하지 말고 공연 끝나면 바로 집으로 돌아가도록 해. 난 갈 테니까."

어린아이를 꾸짖는 듯한 말투였다. 그는 대답도 듣지 않고 아예 몸을 돌려 발코니를 나가려 했다.

엘로이즈는 모멸감에 손에 쥐고 있던 오페라글라스를 발코니 바닥에 내동댕이쳤다.

"오라버니! 이런 식으로 날 버리고 갈 건가요?"

파비안은 대답도 없이 뚜벅뚜벅 문 쪽으로 걸어가 커튼을 걷었다.

"내 마음 다 알면서! 정말 이러기예요? 날 이렇게까지 모욕해야겠냐고요!"

그녀는 나직하게 외쳤다. 어디까지나, 다른 관객들 귀에 들어가지 않을 정도로.

그 말에 파비안은 결국 그녀를 돌아보았다. 엘로이즈는 드레스 자락을 찢어버릴 듯 말아쥔 채 씨근거리고 있었다.

"내가 오라버니를 사랑하는 거, 다 알잖아! 로랑가 사람들이 전부 오라버니를 경멸해도 나는 그러지 않았어. 그런데 어떻게 내 눈앞에서 다른 여자와 결혼할 수가 있어요? 그것도 만난 지 며칠 되지도 않은 여자하고!"

이제 계획이고 뭐고 없었다. 그녀는 그냥 속에 있는 말을 쏟아놓았다.

"가문도, 재산도, 교양도, 아무것도 없잖아요! 나하고 비교할 수도 없잖아! 저런 여자의 어디가 좋아서!"

파비안은 커튼을 걷었던 손을 내리고 그녀를 향해 완전히 돌아섰다. 그리고 단호하게 말했다.

"내가 죽었다가 도로 살아난다고 해도, 널 사랑할 일은 없어."

"왜죠?"

엘로이즈가 쥐어짜듯 외쳤다.

"대공이 되었으니 이제 후작위 따위는 없어도 되니까? 그래서 내가 필요 없어졌어?"

파비안이 그녀에게 천천히 걸어가며 말했다.

"착각하지 마. 난 단 한 번도 후작위를 탐낸 적 없어. 그리고 무엇보다, 넌 날 사랑한 적이 없어."

엘로이즈의 바로 앞에서 걸음을 멈춘 파비안이 상체를 가볍게 숙였다. 그리고 그녀의 눈을 코앞에서 똑바로 노려보았다.

'무, 무서워……'

이렇게 가까운 거리에서 그의 눈을 쳐다본 적은 없었다. 그녀는 마른침을 삼키며 한 걸음 뒤로 물러섰다.

"너는 그저 예쁜 장식품이 가지고 싶었을 뿐이야. 뭐든 시키는 대로 다 할 장난감. 나라는 인간 자체에 관심을 보인 적은 단 한 번도 없었지."

그는 싸늘한 표정으로 상체를 세웠다.

"가문에서 버려진 취급을 받던 아이라 쉽게 가질 수 있을 줄 알았겠지. 그런데 의외로 마음대로 되지 않으니 오기가 생겼을 뿐."

"그래요, 그렇다고 치죠."

엘로이즈의 목소리가 떨렸다.

"오라버니처럼 아름다운 남자는 본 적이 없었어. 그래서 영원히 내 옆에 두고 싶었어. 그러면 안 돼? 그건 사랑이 아냐?"

내가 가진 걸 전부 주어서라도 갖고 싶었다고. 겉모습을 사랑하는 건 사랑이 아냐? 겉모습도 결국 그 사람의 일부잖아……. 엘로이즈 는 마음속으로 외쳤다.

그러나 파비안의 목소리가 마음의 소리를 끊어내며 치고 들어왔다.

"아니, 그건 소유욕이지."

그녀의 사랑은 단칼에 부정당했다. 파비안의 목소리가 사형 선고를 내리는 것 같았다.

"오라버니도 딱히 저 여자를 사랑하는 건 아니잖아!"

서러움이 복받쳐 올라, 엘로이즈의 눈에 눈물이 고였다. 그러나 자존심이 우는 것을 허락하지 않았다. 그녀는 눈물을 쏟지 않으려고 눈에 힘을 주었다.

"두 사람, 부부 침실을 안 쓴다며? 다 알고 있어. 결혼 첫날부터 단한 번도 침실을 함께 사용한 적이 없다는 거. 서로 사랑하는 부부가따로 잔다니, 잠자리를 전혀 안 가진다니, 그게 말이 돼?"

생각지도 못한 반격에 파비안은 잠시 할 말을 잃었다. 엘로이즈가그거 보란 듯이 말을 이었다.

"어차피 오라버니도 조건 맞춰서 대충 결혼한 거잖아! 뻔하지, 할아버님 유언장 때문이겠지. 대공이 되려고 옆에 있던 귀족 여자 아무하고나 결혼한 거 아니야?"

파비안은 그저 눈만 크게 뜬 채 아무 말도 하지 못했다. 그는 이내뭔가를 생각하는 것처럼 시선을 아래로 떨어뜨렸다.

"목표가 대공이 되는 거였다면, 어느 모로 보나 내가 낫잖아! 나는 왜 안 되는데? 길에서 우연히 만났을 뿐인, 사랑하지도 않는 여자보다……."

"누가 그러지? 내가 그녀를 사랑하지 않는다고?"

파비안의 목소리가 엘로이즈의 말을 끊었다. 그 나직한 되물음에, 그녀는 안색이 새하얘졌다.

"……그럼 저 여자를 사랑한다는 말이야?"

그의 눈이 조금 커졌다. 그의 눈빛은 조금 흔들렸으나, 곧 평정을 되찾으며 부드럽게 변했다. 찌푸렸던 미간이 펴지고, 뭔가를 말하려는 것처럼 입을 열었다.

"안 돼, 말하지 마……!"

엘로이즈는 신경질적으로 외쳤다. 그의 반응이 뭔가 자각하지 못했던 것을 막 깨달은 사람 같아 보였기 때문이었다.

'꼭 내가 가르쳐 준 것 같잖아.'

그녀는 속으로 비명을 지르며 두 손으로 귀를 막았다. 대답을 들을 용기가 없었다.

그런 엘로이즈를 쳐다보던 파비안이 문득 그녀의 등 뒤로 시선을 옮겼다. 그의 얼굴에 놀람과 불안이 스치는 것을 보고, 엘로이즈도 무심코 뒤를 돌아보았다.

저쪽 발코니에서, 마르시아가 손에 쥔 유리잔을 앞으로 뻗고 있었다. 그 앞에 선 칼이 두 손으로 제 얼굴과 머리에서 뭔가를 털어냈다. 마르시아가 잔에 든 것을 칼에게 끼얹은 모양이었다.

칼이 곧장 의자를 거칠게 잡아당겨 바닥에 넘어뜨렸다. 그는 의자를 내동댕이치고 뭐라고 언성을 높이는 것 같았다.

"……마르시아."

파비안이 나직하게 그녀의 이름을 중얼거렸다. 엘로이즈가 돌아본 순간, 그는 이미 거기에 없었다.

칼의 머리카락에서 끈적한 음료가 뚝뚝 떨어졌다. 그는 신경질적으로 음료를 털어냈지만, 프록코트와 셔츠의 앞섶은 이미 축축하게 젖어들었다.

그는 나지막하게 욕설을 중얼거렸다. 무려 후작가의 외동딸이 부탁하기에 가벼운 마음으로 들어주려고 했을 뿐인데, 이 정도로 모욕을 당하다니. 아끼는 프록코트가 엉망이 된 순간, 그는 엘로이즈가 부탁한 것을 잊어버렸다. 밀회하는 것처럼 연기하기엔 너무 화가 났던 것이다.

"참아주려고 했는데 도저히 안 되겠네. 이게 무슨 짓이야, 어?"

칼이 거친 동작으로 그와 마르시아의 사이를 가로막고 있던 의자를 쳐서 쓰러뜨렸다.

"빌어먹을, 마시라고 준 걸 왜 뿌리고 지랄이야."

"마셨다간 어떻게 될지 뻔한데 그걸 내가 왜 마셔?"

마르시아는 흥, 하고 콧방귀를 뀌며 비웃었다. 음료에 뭐가 들었는지는 칼이 다 말해주었다. 매우 친절하게, 마음속으로.

"들긴 뭐가 들어! 샴페인에 과일 주스 좀 탄 걸 가지고, 제길, 비싼 샴페인이라고!"

"아~ 그랬어요? 미처 몰랐네. 난 또 무슨 약이라도 탄 줄 알았지.

일부러 이렇게 마음만 먹으면 남들한테 다 보이는 곳에서, 날 어떻게 좀 해 보려고 말이야."

그녀가 비꼬면서 말하자, 칼이 움찔했다. 그러고는 한 손을 들어 올렸다.

"이, 이게……!"

"왜? 때리게? 쓰레기 같은 놈, 말로 안 되니까 손찌검하려는 것 좀 봐. 파혼하길 정말 백번 천 번 다행이네."

여차하면 뛰쳐나가 소란을 피워야겠다고 생각하며, 마르시아는 슬쩍 동선을 살폈다.

'위치가 조금 안 좋네.'

난간을 등진 데다가, 칼이 문을 막고 서 있었다. 도주가 쉽진 않아 보였다.

어쩔 수 없네……. 그녀는 입술을 깨물었다.

'맞는 건 싫지만, 뺨 한 대 정도로 인연을 끝낼 수 있다면 기꺼이 맞아줄 수밖에.'

마르시아는 양손을 허리에 얹고 상체를 앞으로 내밀었다.

"어디 때려보시지? 내가 대공비라는 거 알면서 손 올린 거지?"

"그렇다고 못 때릴 줄 알아!"

이 유치한 도발에 넘어오다니, 기가 막힐 지경이었다. 그녀는 비웃는 표정으로 칼이 한 손을 머리 위까지 들어 올리는 것을 지켜보았다.

그의 손이 한껏 올라갔을 때였다. 갑자기 칼의 눈이 화등잔만 하게 커졌다. 그는 태세를 바꿔 손을 슬그머니 내리면서 마치 원래부터 그러려고 했던 것처럼 엉거주춤 제 머리를 빗어 넘겼다.

'지금 뭐 하는 거지?'

마르시아가 그 광경에 어이없는 듯한 웃음을 지으려던 참이었다. 그녀의 등 뒤에서 들릴 리가 없는 목소리가 들려왔다.

"지금 감히 내 아내에게 손을 대려 한 것인가?"

마르시아는 뒤를 돌아보았다.

발코니 난간 꼭대기에 사람이 서 있었다. 검은 머리카락과 검은 프록코트. 남성적인 실루엣이 역광에 날카롭게 드러났다. 무대 조명을 등지고 있어 그의 표정은 보이지 않았으나 붉은 두 눈만은 어둠 속의 야생동물처럼 빛을 발했다.

"파비안?"

그녀는 파비안의 이름을 부르면서도 믿지 못하겠다는 듯 입을 다물지 못했다.

"도대체 어떻게……?"

"부인이 위기에 처했는데 가만히 보고만 있을 수가 없어서 이쪽으로 실례했습니다."

이쪽이라니, 난간 말인가?

마르시아는 어떻게 알고 오페라 극장에 와 있느냐는 뜻으로 물은 것이었지만 파비안은 다르게 해석한 듯했다. 그녀는 고개를 내저었다.

"문을 통해 들어오시면 되잖아요?"

"오페라 극장에 온 건 처음이라 구조를 잘 모릅니다. 무엇보다 이편이 훨씬 빠르니까요."

그가 가볍게 발코니 안으로 뛰어내렸다.

칼은 주춤거리며 뒤로 물러섰다. 등을 돌리고 있던 마르시아는 보지 못했지만, 그는 보았다. 나란히 줄지어 선 발코니의 난간 위를 곡예하듯 밟으며 무시무시한 속도로 달려오는 파비안을…….

발코니는 15피트(약 4.5미터)는 족히 되는 높이였고, 물론 그 아래는 일 층 관객석이었다.

'떨어지면 어쩌려고…… 미친놈이다.'

칼은 희게 질렸다. 그냥 미친놈이면 적당히 상대할 수도 있겠지만, 신분이 이렇게나 높은 미친놈을 상대하는 건 무리였다.

대공비라고 해도 마르시아는 한때 그의 약혼녀였고 자신과 대등한 위치에 있던 존재였다. 심지어 그가 차버리기까지 했다. 그런 여자는 가볍게 대할 수 있었다. 그러나 대공에게까지 그럴 수는 없었다.

게다가 저 눈빛. 잘못 건드렸다가는 본전도 못 찾게 생겼다.

'이미 늦은 건 아니겠지?'

칼의 시선이 파비안 너머를 빠르게 살폈다. 다른 발코니에서 손님들이 웅성거리며 몸을 내밀어 이쪽을 쳐다보고 있었다. 파비안이 그들의 발코니 난간을 밟고 달려왔기 때문이었다.

'그냥 튀어야겠다.'

칼은 짧은 순간에 판단을 마치고 급히 뒤로 돌았다. 그러나 발걸음을 떼기도 전에 코트의 목깃이 뒤로 잡아당겨졌다.

"켁."

크라바트가 덩달아 당겨져 칼은 목이 졸리는 소리를 냈다. 파비안이 한 손으로 그를 끌어당기며 나직하게 말했다.

"어딜 가려고? 클레브 소자작."

칼의 얼굴이 허옇게 질렸다. 대공이 그의 이름을 이미 다 알고 왔다.

'이런 미친놈을 상대로 고작 후작가의 딸이 뭘 해주겠다고?'

그는 엘로이즈가 했던 약속을 떠올리며 제 목깃을 움켜쥐었다. 대공과는 사촌이니 적대하지 못할 거라고? 그 여자는 진심으로 그렇게 생각한 걸까? 그렇다면 사람을 심히 잘못 보았다.

그는 파비안의 손아귀에서 풀려나려 안간힘을 썼다. 몸부림을 쳐서 숨통이 조금 트이자마자 칼이 말했다.

"제, 젠장, 비전하에게 손댈 생각은 처음부터 없었다고요! 부탁을 받아서 이야기나 나누려고 온 겁니다. 이거 놓으시죠!"

파비안이 마르시아를 슬쩍 돌아보았다.

이미 들어야 할 것은 전부 들었다. 마르시아는 어깨를 으쓱하며 말했다.

"그냥 보내주세요."

그러자 파비안이 손에서 힘을 풀었다. 칼은 잠시 콜록거리다가 비틀거리며 문을 향해 발걸음을 돌렸다.

"사, 사촌 간수나 좀 잘하십시오!"

그는 마지막으로 그렇게 외치고는 후다닥 발코니 바깥 복도로 나가 사라져 버렸다.

남은 두 사람은 잠시 말없이 칼이 사라진 쪽을 쳐다보았다. 무대에서는 남녀의 이중창이 들려왔다. 서로 주고받는 구조로, 하필 갈등이 고조되는 곡이었다.

"고마⋯⋯."

"이게 도대체 무슨 짓입니까."

두 사람은 동시에 서로를 돌아보며 말했다.

딱 맞춰 와주어서 고맙다고 말하려던 마르시아는 파비안의 얼굴을 보고 입을 다물었다. 그는 차분한 표정으로 고요하게 말했지만 명백히 화를 내고 있었다. 그녀는 파비안의 눈길을 피해 슬그머니 시선을 내렸다.

"아, 저, 우리 아무 사이도 아니에요."

진실을 말하는데도 어쩐지 변명하는 것처럼 말이 나왔다. 그녀는 허둥거리며 얼른 덧붙였다.

"약혼했던 기간은 얼마 되지도 않는걸요. 게다가 저 사람이 먼저 파혼하자고 했었고, 오늘도……."

"압니다."

파비안은 미간을 찌푸리며 고개를 저었다.

'외간 남자와 밀회를 해서 화난 게 아닌가?'

마르시아는 의아해하며 고개를 갸웃했다.

"그, 그럼……?"

"무슨 일이라도 당하면 어쩌려고 그랬습니까?"

"네?"

눈을 동그랗게 뜨는 마르시아에게, 파비안은 답답하다는 듯 말을 쏟아 놓았다.

"저놈이 저렇게 속이 시커먼 놈이란 걸 정녕 모르셨습니까? 하다못해 전담 하녀라도 데리고 나와야 할 것 아닙니까."

"하지만 그러기엔 너무 개인적인 일이었는걸요. 라리사를 혼자 내버려 둘 수도 없었고요."

"그렇다면 어디 간다고 말이라도 남겨놓았어야지요. 무슨 일이 생겨도 바로 찾을 수 있도록 말입니다!"

"제가 어린아이도 아니고, 이 정도 앞가림은 알아서 할 수 있어요."

그녀는 어리둥절해졌다. 그가 도대체 언제부터 그녀를 이렇게 챙겼단 말인가?

"오늘도 아무 일 없었잖아요."

"아무 일도 없었다니요!"

파비안은 한 손으로 제 이마를 부여잡았다.

"조금 전에도 하마터면 그 자식에게 맞을 뻔했지 않습니까! 도대체 당신은 왜 누구를 만나기만 하면 이렇게 얻어맞는 겁니까?"

얼마 전 이고르가 찾아왔을 때도 그랬다. 파비안이 신경 쓰지 못한 사이 마르시아는 뺨이 붉게 부어오를 정도로 맞았다.

오늘도 마찬가지였다. 조금이라도 늦게 달려왔더라면 그녀의 뺨에는 저 망할 놈의 손자국이 남았을 터였다.

"그런 거 아니에요."

그가 이고르 생각을 하고 있다는 걸 읽은 마르시아는 놀라 얼른 손을 내저었다.

'조금 전에 한 대 맞았더라면 상황을 좀 더 유리하게 이끌 수 있을 거라고 생각했는데. 하지만 이렇게 말하면 더 화내겠지?'

그녀는 슬그머니 파비안의 눈치를 보았다. 그는 의심스러운 눈초리로 그녀를 내려다보았다.

"아니긴 뭐가 아닙니까?"

파비안의 눈에는 마르시아가 한 대라도 맞았다가는 어디 한 군데 부러질 것처럼 가녀리게 보였다. 그는 한숨을 푹 쉬었다.

"다음에도 또 이런 식으로 말없이 혼자 외출하시면 그때는 정말로 화낼 겁니다."

"……지금도 화내고 계시잖아요."

"……."

마르시아는 저도 모르게 픽 웃었다. 하지만 파비안이 그녀를 다시 노려보자, 얼른 웃음을 감추었다.

"그게 다예요? 정말 저 혼자 외출해서 화나셨을 뿐인가요? 방금 불륜을 저질렀을지도 모르는데요."

파비안은 어이가 없다는 듯, 고개를 절레절레 흔들었다.

"당신이 그럴 사람이 아니라는 건 이미 파악했습니다."

"그럴 수도 있는데요?"

마르시아가 항의하듯 말했다. 그러나 그는 잘도 그러겠다는 듯, 입꼬리를 끌어 올렸다.

"당신 머릿속에 있는 건 라리사뿐이지 않습니까."

"아, 아니에요."

생각지도 못한 말에 그녀는 당황했다. 파비안은 진실을 모르니까 저런 말을 하는 것이었다.

라리사를 항상 최우선으로 생각하는 건, 다 마르시아 자신이 살아남기 위해서였다. 그리고 지금까지 어린 동생을 괴롭혀 왔던 것에 대한 속죄이기도 했다. 순수하게 동생을 사랑하는 마음뿐인 건 아니다.

그러니까 파비안의 말은 틀렸다. 그녀의 머릿속에 있는 건 라리사가 아니라 스스로의 안위뿐이었다.

'다 내 목숨이 걸려 있으니까 그런 건데.'

그러나 파비안은 비웃는 듯한 표정 그대로 팔짱을 꼈다.

"당신은 거짓말을 잘 못 한다는 거, 알고 있습니까?"

마르시아는 파비안을 쳐다보았다. 붉은 눈동자가 평상시처럼 고요하게 가라앉아 있었다. 화가 풀린 모양이었다.

이렇게 쉽게 화를 풀다니.

문득 마르시아의 머릿속에 작은 의문이 하나 스쳤다.

블리크가의 가족 모두가 라리사를 학대한 것이 밝혀진다면, 그리고 마르시아도 마찬가지란 것을 파비안이 알게 된다면, 과연 그는 정말로 그녀를 처형할까?

원작에서는 그랬다. 그러니까 이렇게 모든 걸 다 포기하고 라리사를 돌보는 것이다. 오늘도 쪽지에 지하실이라는 말이 안 써 있었더라면 그냥 그 자리에서 찢어버렸을 터였다.

파비안이 어떻게 알고 왔는지 마르시아는 알지 못했다. 하지만 분명 그는 마르시아를 보호하려 했고, 혼자 나왔다고 화를 냈다. 그런 사람을 몇 년 뒤에 정말로 죽일 수 있단 말인가?

마르시아는 파비안의 얼굴을 물끄러미 올려다보았다. 남성적인 턱을 굳게 다물고 살짝 찌푸린 눈으로 그녀를 살피듯 내려다보는 남자.

"저 거짓말 잘해요."

그녀는 파비안의 눈동자를 똑바로 쳐다보며 말했다. 그는 뭔가를 말하려는 듯 입을 열었다가, 돌연 뒤를 돌아보았다.

주르륵 늘어선 다른 발코니에서 사람들이 고개를 내밀고 이쪽을 쳐다보고 있었다. 파비안이 뒤로 돌자마자, 그들은 아무 일도 없었다는 듯 얼른 오페라글라스를 눈가에 가져다 대며 무대로 고개를 돌리거나 부채를 파닥이며 좌석으로 돌아가 앉았다.

'다들 보고 있었구나……'

마르시아는 어쩐지 당황스러워졌다. 두 뺨에 따끈하게 열이 오르는 것 같았다.

"일단 나가서 이야기합시다. 아니, 저택으로 돌아가서 계속하죠."

파비안은 성큼성큼 문 쪽으로 걸어가 마르시아를 위해 커튼을 걷어주고 문을 열었다.

"아, 혹시 오페라가 보고 싶으셨던 거라면 나중에 언제든 다시 오시면 됩니다. 로랑가 전용 발코니가 있더군요."

"그런가요?"

마르시아가 조금 반색하며 대꾸했다. 언젠가 라리사가 외출할 수 있게 되면 함께 올 수도 있을 거라는 생각이 들었다. 전용 발코니가 있다면 다른 사람들의 시선을 신경 쓰지 않고 편안하게 관람할 수 있을 테니까.

'라리사가 오페라를 좋아할까?'

그녀는 저도 모르게 입가에 미소를 띠었다. 그리고 파비안이 잡고 있는 문 쪽으로 걸어갔다.

파비안은 마르시아가 문을 통과해 복도로 나가는 것을 바라보며 마음속으로 생각했다.

'엘로이즈 덕분에 쓸데없는 것까지 다 알게 되었군.'

그는 엘로이즈를 원망해야 할지 아니면 고마워해야 할지 알 수 없었다. 그래서 그 둘을 동시에 했다.

그때 마르시아가 발걸음을 멈추었다. 그녀는 고개를 휙 돌려 파비안을 쳐다보았다. 조금 전까지 슬며시 웃고 있던 얼굴은 어느새 안색이 변해 있었다.

"잠깐만요, 혹시 콘라트 영애가 여기 왔나요? 지금 어디 있죠?"

어떻게 알았을까, 파비안은 조금 놀라며 말했다.

"조금 전까지 우리 가문 발코니에 있었습니다."

그는 로랑가 전용 발코니를 가리켰다. 그러나 마르시아가 그가 가리킨 곳을 쳐다보았을 때, 그곳은 이미 텅 비어 있었다.

엘로이즈는 망연해져서 자리에 주저앉았다.

파비안은 아내의 이름을 부르더니 주저하지 않고 난간 위로 뛰어올랐다. 그가 어두운 극장 안의 발코니 난간 위를 달려가는 것을 보고 그녀는 기겁했다. 곧 그 감정은 절망으로 바뀌었다.

파비안이 저토록 물불 가리지 않는 모습을 그녀는 단 한 번도 본 적이 없었다. 그에게 그런 정신이 나갈 정도의 열정이 있는 줄도 몰랐다.

그녀가 업신여겼던 여자가 파비안에게서 그런 모습을 끌어냈다. 엘로이즈는 파비안이 자신을 위해서 까마득한 난간 위를 달리는 모습 따위는 죽어도 상상할 수 없었다.

'……졌어.'

그녀는 절망 속에서 패배를 인정했다. 어떻게 해도 마르시아에게서 파비안을 빼앗을 방법을 떠올릴 수 없었다.

저런 열정이라면 결혼 자체를 무효로 돌리더라도 마르시아에게 다시 청혼하는 게 아닐까?

설령 억지로 이혼시킨다 해도 자신의 옆에 끌어다 놓을 수도 없었다. 이젠 파비안의 지위가 더 높으니까. 설사 그런 일이 생기더라도 파비안은 결국 자기가 원하는 곳으로 돌아갈 사람이라는 것을, 엘로이즈는 이제야 깨달았다.

두 눈에서 하염없이 눈물이 흘러내렸다. 그러나 닦거나 감출 생각조차 들지 않았다. 엘로이즈는 울면서 복도로 향하는 문을 열었다.

"……아가씨!"

신시아가 조그맣게 비명을 지르며 그녀에게 달려왔다.

"자리에 가 있으랬는데, 여기서 뭘 하는 거야."

엘로이즈가 그녀를 가볍게 질책했다. 신시아는 얼른 손가방에서 손수건을 꺼냈다.

"극이 시작된 지 한참이 지나도 아가씨께서 오시질 않아 여기서 계속 기다리고 있었어요. 걱정이 되어서요. 그랬더니……."

평소에는 전담 하녀에게까지 빈틈 하나 보이지 않던 아가씨였다. 언제나 숙녀다운 태도에 흠잡을 곳 없던 엘로이즈가 이렇게 눈물을 보이다니. 신시아는 안타까워하며 손수건을 건네었다.

"마차를 불러줘. 돌아가야겠어."

엘로이즈가 가라앉은 목소리로 말했다. 신시아는 얼른 아가씨의 명에 따라 마부를 부르러 극장 밖으로 달려나갔다.

아직 1막이 끝나기도 전이었다. 마부는 오페라가 끝날 시점에 맞추어 돌아올 생각으로 마차를 세워놓고 근처 펍으로 가볍게 한잔하러 가버리고 없었다. 신시아는 초조한 발걸음으로 마부를 찾아 나섰다.

극장 로비에 혼자 남은 엘로이즈는 손수건으로 눈물을 닦고 얼른 화장을 정돈했다. 눈과 코가 발갛게 되었지만 울었던 흔적은 그럭저럭 옅어졌다.

얼굴은 깨끗해졌지만 마음속은 엉망이었다. 타들어가는 심정으로 비참하게 서서 마차가 오기만을 기다렸다.

"……왜 이렇게 오래 걸리는 거야."

엘로이즈는 부채 끝을 신경질적으로 누르며 중얼거렸다. 그녀는 당장에라도 뛰쳐나가고 싶은 심정을 억지로 참고 있었다.

칼이 엘로이즈의 앞에 나타난 것은 바로 그때였다.

"콘라트 영애."

그녀를 부르는 목소리에 엘로이즈가 무심코 고개를 들었다. 칼의 모습은 엉망이었다. 머리카락은 푹 젖어 아무렇게나 뭉쳐 있었고 몸에서는 단내가 났다.

술 한 잔 뒤집어쓴 것뿐일 텐데 호되게 당한 것 같은 모습이었다. 프록코트가 구겨지고 크라바트도 제자리를 벗어났다. 셔츠 목깃도 엉망이었다. 꼭 누가 멱살을 쥐고 흔들기라도 한 것처럼.

'혹시 파비안 오라버니가……'

그렇게 생각하니 더욱 우울해져, 엘로이즈는 표정을 굳혔다. 그러나 정작 칼은 덤덤하게 말했다.

"바깥에 마차가 준비되었습니다. 어서 가시지요."

절박할 정도로 기다리던 말이었다.

한시라도 빨리 이 자리에서 벗어나고 싶었던 그녀는 신시아가 아닌 칼이 마차를 준비해 왔는데도 딱히 의심하지 않았다. 아랫사람이 그녀를 위해 모든 것을 준비하는 것은 언제나 당연한 일이었고, 일을 시키다 보면 명을 받는 사람과 수행하는 사람이 다른 경우도 종종 있었기 때문이다. 그저 신시아가 밖에서 기다리겠거니, 하고 막연히 짐작했을 뿐이다.

칼이 에스코트하겠다는 듯이 한쪽 팔을 내밀었으나, 엘로이즈는 그의 축축한 옷을 슬쩍 쳐다보았을 뿐 그의 팔을 잡지 않았다. 그는 머쓱하게 팔을 내렸다. 대신 엘로이즈를 앞질러 가서 극장의 출입문을 열었다.

극장의 사환이 그녀가 나서는 것을 보고 얼른 앞에 서 있던 마차의 문을 열었다. 엘로이즈는 사환에게는 눈길도 주지 않은 채 곧바로 마차에 올라탔다.

그녀는 좌석에 앉으려다가 멈칫했다. 마차 내부가 평소 보던 것과는 달랐기 때문이었다.

'내 마차가 아니잖아?'

짜증이 치솟았다. 사환이 실수로 다른 마차의 문을 열어준 모양이었다. 그녀는 뒤돌아서 마차에서 내리려 했다. 좁은 마차 안에서 몸을 돌리기 위해 풍성한 드레스 자락을 갈무리하던 찰나였다. 마차의 열린 문으로 다른 사람이 탔다.

"신시아? 이 마차가 아니잖니."

"이 마차가 맞습니다."

엘로이즈는 하녀일 거라 생각했지만, 그녀를 뒤따라 마차에 오른 것은 칼이었다. 칼은 타자마자 엘로이즈를 확 밀쳤다. 그녀는 균형을 잃고 마차 좌석에 나가떨어졌다.

칼이 즉시 마차 문을 닫고, 마부 쪽으로 난 작은 창을 두드렸다. 마차가 곧바로 출발했다.

"이게 무슨 짓이죠?"

엘로이즈가 화를 내자, 칼은 되레 그녀를 윽박질렀다.

"이제 어떡할 겁니까? 수도 사교계 데뷔는커녕 노스트랜드까지 소문이 다 나게 생겼습니다."

"그 문제는 제가……."

"제 결혼을 책임지겠다고 했죠? 약속 지키실 차렙니다. 전 할 수 있는 데까지 약속을 이행했으니까요."

전혀 도움이 되지 않았으나, 그가 엘로이즈가 시킨 대로 한 것은 사실이었다. 파비안이 읽도록 대공비 앞으로 가짜 밀회 편지를 보내고, 오페라 극장의 발코니를 빌려 그의 눈앞에서 마르시아를 유혹하는 척을 했다.

하지만 칼이 몸을 사리느라 최선을 다하지 않았다는 것을 엘로이즈가 알 리는 없었다. 그녀는 짜증을 감추며 대답했다.

"수도 사교계는 안 되더라도, 어머니께 말씀드려서 좋은 집안과 중매를 서도록 할 테니⋯⋯."

"거참 순진하시네. 지금 로랑 대공 부부 눈 밖에 났는데 도대체 어떻게 중매를 서겠다는 겁니까?"

칼이 비아냥거리며 자리를 옮겨 앉았다. 엘로이즈의 맞은편에서 바로 옆자리로. 엘로이즈는 가볍게 눈살을 찌푸리며 그에게서 조금 떨어져 앉았다.

"대신 저한테 좋은 생각이 있습니다. 이러면 어떻습니까? 영애께서 이대로 잠시 저와 사랑의 도피를 하는 거죠."

"뭐라고요?"

'뭐라는 거야, 이 미친놈이?'

엘로이즈는 머릿속에 떠오른 생각을 그대로 내뱉을 정도로 예의가 없지는 않았다. 대신 그녀의 표정이 그 생각을 여과 없이 드러냈다. 노골적으로 경멸하는 표정에도 칼은 빙긋 웃으며 말을 이었다.

"대공에게 차여서 슬퍼하던 후작 영애를 지나가던 신사가 위로해 준다는 거죠, 뭘."

"무, 무슨 말도 안 되는 소릴⋯⋯."

"아뇨, 꽤 흔한 얘기잖습니까?"

칼이 비열하게 웃었다.

"어디로든 멀리 떠나서 모든 걸 잊고 싶었던 가련한 아가씨를, 마음이 약한 남자는 도저히 혼자 보낼 수가 없는 거죠."

칼은 처음부터 수도 사교계에 데뷔시켜 주겠다는 엘로이즈의 말을 별로 믿지 않았다. 상대가 상대였으므로. 대신 그는 세상 물정 모르고 순진해 빠진 후작 영애를 구워삶아 잡아먹을 계획을 세웠다.

엘로이즈를 도와주고 사교계에 데뷔할 수 있으면 좋고, 그렇지 않으면 더욱 좋은 일이었다. 사교계에 편입되더라도 그로서는 후작가의 외동딸만 한 아내를 얻을 수 있을 리가 없기 때문이었다.

게다가 엘로이즈는 퍽 아름다웠다. 젊고 아름답고 돈까지 많은 아내.

'결혼하기만 하면 자작이 다 뭐야, 후작위를 물려받을 텐데.'

그는 탐욕스럽게 손을 뻗어 엘로이즈의 턱을 쥐고 들어 올렸다. 마르시아가 끼얹은 음료수로 끈적거리는 손이었다. 엘로이즈의 목 뒤로 솜털이 서고 소름이 돋았다.

"저는 진심입니다. 영애를 처음 본 순간부터 사랑에 빠졌답니다. 중매라니, 당치도 않습니다. 진실로 사랑하는 상대를 두고 다른 사람과 결혼할 수는 없지요."

"이 파렴치한 거짓말쟁이……!"

엘로이즈의 얼굴이 새빨개졌다. 이런 모욕을 더는 견딜 수가 없었다. 그녀는 도끼눈을 뜨며 손을 들어 올렸다. 뺨을 내려치려는 것을, 칼은 간단하게 피하며 웃었다.

"로랑 대공 따위 금세 잊으실 수 있을 겁니다. 저는 보기보다 좋은 남자거든요."

"마부! 마부! 당장 마차를 세워라!"

엘로이즈가 마부 쪽의 차창을 마구 두드렸다. 칼은 그녀를 말리지도 않고 느긋하게 말했다.

"마부는 제 말 외에는 안 듣습니다."

엘로이즈의 안색이 새파랗게 질렸다.

"우리는 제 먼 친척의 별장으로 갈 겁니다. 버려진 지 좀 되었지만, 몇 명 고용해서 청소를 시키면 금세 쓸 만해질 테니 걱정 마세요."

"그게 뜻대로 될 줄 알아요?"

"글쎄요, 그건 그때 가서 두고 보면 알겠죠. 너무 걱정 마세요. 아주 아름다운 곳이니까요. 지내다 보면 그곳이 맘에 드실 겁니다."

'틀렸어, 말이 통하지 않아.'

엘로이즈는 느물거리며 웃는 칼의 모습을 노려보았다.

그녀는 마차 차창 밖을 흘깃 내다보았다. 마차는 생전 본 적이 없는 골목길을 빠른 속도로 달리고 있었다.

'뛰어내릴까?'

스스로 생각해도 지나치게 대담했다. 그녀의 턱이 가늘게 떨렸다.

정말 뛰어내릴 수 있을까? 멍이나 생채기 정도로 끝나지 않을 속도인데……. 뛰어내린 다음에는?

그녀는 이곳이 어디인지, 어디로 가야 하는지도 알지 못했다. 설령 무사히 마차에서 탈출한다 하더라도 몇 분 지나지 않아 도로 붙잡힐지도 몰랐다.

'어떡해…….'

눈앞이 캄캄해졌다. 오페라 극장에서 있었던 일만으로도 벌써 정신이 너덜너덜해져 있었다. 엘로이즈에게는 이성적으로 판단할 여력이 남아 있지 않았다.

'어떡하지…….'

그녀는 무의식중에도 손이 떨리는 것을 보이지 않으려고 등을 꼿꼿이 세운 채 손등이 새하얘지도록 부채를 꼭 쥐었다.

칼은 느긋한 동작으로 팔을 뻗어 차창에 커튼을 치고 반대편 좌석으로 자리를 옮겼다. 엘로이즈가 뭘 어찌할 수 없을 거라 생각했는지, 그는 편안하게 좌석 등받이에 머리를 기댔다.

'뛰어내려야 해. 그것밖에 없어. 지금 당장…….'

엘로이즈는 필사적으로 되뇌었다. 그나마 번화가에서 많이 벗어나지 않았을 때 해야 한다. 민가마저 없는 깊은 숲속으로 들어가기라도 하면 탈출 가능성은 제로였다.

그녀는 눈을 질끈 감았다.

그때 마차가 심하게 덜컹거리며 멈추었다.

"……!"

엘로이즈는 놀라 눈을 반짝 떴다. 칼도 무슨 영문인지 모르는 모양이었다. 그는 급히 마부석을 향해 외쳤다.

"뭐야? 무슨 일이야?"

마부석에서는 아무 대답도 들려오지 않았다.

칼은 차창의 커튼을 걷고 바깥을 살폈다. 마차 문은 열지 않은 채였다.

"칼 클레브! 손을 들고 마차에서 내려라! 지금 당장!"

바깥에서 누군가가 외쳤다. 엘로이즈는 숨을 가쁘게 들이쉬었다. 혹시 신시아가 콘라트 후작에게 알려 도와줄 사람을 보낸 걸까?

칼은 똥 씹은 표정으로 급히 마부석 쪽의 작은 차창을 내다보았다. 텅 빈 마부석과 횃불을 들고 저 앞에 길을 막아선 무리가 눈에 들어왔다. 칼이 으득, 하고 이를 갈았다.

순순히 내릴 생각은 없었다. 후작가의 외동딸이 아직 그의 손에 있었다. 칼은 엘로이즈의 팔을 움켜쥐었다.

'이 여자를 인질로 잡은 다음 말을 하나 타고 도망…….'

그의 생각이 채 끝나기도 전에 마차 문이 홱 열렸다. 제일 먼저 눈에 띈 것은 피스톨이었다. 딱 보기에도 몸집이 칼의 두 배쯤 되는 우락부락한 남자가 피스톨을 겨누고 있었다.

"숙녀분에게서 손 떼."

칼이 그 자리에서 얼어붙었다.

덜컹, 반대쪽의 마차 문도 열렸다. 엘로이즈는 그것을 놓치지 않고 칼의 손을 있는 힘껏 뿌리쳤다.

칼이 비틀거리며 그녀에게서 떨어져 나가자, 반대편 문에 서 있던 남자가 칼의 허리께를 피스톨 끝으로 찔렀다. 칼은 움찔하며 몸을 굳혔다.

피스톨을 겨눈 남자가 고갯짓을 했다. 내려, 라는 뜻이었다.

"……어떻게?"

어떻게 알았지? 어디로 도망치는지? 그것도 이렇게 빨리?

칼은 멍하니 입을 벌린 채 양손을 머리 위로 들어 올렸다. 그리고 천천히 마차에서 내렸다.

칼이 눈앞에서 사라지자 긴장이 풀린 엘로이즈의 몸에서 힘이 쭉 빠져나갔다. 심장이 마구 뛰었지만 온몸의 피가 다 빠져나가기라도 한 것처럼 손발은 차가웠다. 당장 마차에서 뛰쳐나가고 싶었지만 움직일 수가 없었다.

그 순간이었다.

"콘라트 영애."

마차 바깥에서 누군가가 침착한 목소리로 그녀를 불렀다. 엘로이즈는 힘없이 고개를 돌렸다. 안경을 쓴 훤칠한 키의 남자가 정중하게 손을 내밀고 있었다.

"대공비 전하께서 마차를 보내셨습니다. 댁까지 호위해 드리겠습니다."

'그 여자가?'

순간적으로 거부감이 확 일었다. 엘로이즈는 그 자리에 앉은 채 남자를 노려보았다. 그는 엘로이즈의 눈길을 담담히 마주하며 손을 내민 채 차분하게 기다렸다.

몇 초 뒤, 엘로이즈는 그를 알아보았다. 분명히 본 적이 있는 남자였다. 항상 파비안을 그림자처럼 따라다니던 보좌관이었다. 제법 잘생겼지만 평민이었다. 엘로이즈는 신분이 낮은 그를 늘 못 본 척했었다.

하지만 오늘은 달랐다. 마르시아가 보냈다지만 그는 파비안의 사람이었다. 그의 정체를 알아보자마자 엘로이즈는 본능적으로 안심하고 말았다.

결국 그녀는 보좌관의 손을 잡고 천천히 마차에서 내렸다.

"저 앞에 대공비 전하의 마차가 있습니다. 조금만 걸으시면 됩니다. 콘라트가의 마차는 마부를 찾는 것이 늦어져서 할 수 없이 비전하의 마차를 보냈으니 양해해 달라고 전하라 하셨습니다."

설마 그 여자가 마차 안에 타고 있는 건 아니겠지.

엘로이즈는 저 앞에 서 있는 마차를 보며 생각했다. 설사 그렇다 해도 이젠 거부할 여력이 없었다. 칼의 마차를 계속 타고 가는 편이 몇 배는 더 끔찍했다.

"추우십니까?"

그녀를 부축하며 걷던 남자가 물었다. 엘로이즈는 그제야 자신이 덜덜 떨고 있다는 것을 깨달았다. 남자는 자기가 입고 있던 코트를 벗어 그녀에게 내밀었다.

"실례가 되지 않는다면 이거라도 걸치시겠습니까?"

딱히 추운 것은 아니었으나, 엘로이즈는 자신이 무서워서 떨고 있다는 사실을 인정하고 싶지 않았다. 그래서 그녀는 말없이 남자의 코트를 받아 어깨에 걸쳤다.

다행히도 대공비가 보낸 마차 안에는 아무도 타고 있지 않았다. 엘로이즈가 좌석에 앉는 것을 확인한 보좌관이 말했다.

"저택에 당도하실 때까지 제가 말로 따라갈 겁니다. 아무 걱정 마시고 편하게 계십시오."

그가 마차 문을 닫기 전, 엘로이즈가 말했다.

"……고맙습니다. 은인의 이름을 물어도 실례가 되지 않겠지요?"

"제 이름은 포투스입니다."

그는 고개를 숙이며 대답했다.

"그리고 영애를 구한 것은 제가 아니라 대공비 전하입니다."

마차 문이 닫혔다.

마르시아와 파비안은 오페라 극장 입구에 서 있었다. 포투스에게 어디로 가야 할지 알려주고, 그가 대공가의 호위병들을 이끌고 사라지는 것을 지켜본 참이었다.

"자, 이제 어떻게 돌아간담……."

마르시아가 조그맣게 중얼거렸다.

그녀가 타고 온 대공가의 마차는 포투스를 통해 엘로이즈에게 보내 주었다. 콘라트가의 시녀도, 마부도 보이지 않았기 때문이었다.

보내준 마차가 돌아오기를 기다리자니 한참 걸릴 게 뻔했고, 그렇다고 걸어갈 수도 없는 노릇이었다. 저택에서 다른 마차를 보내오도록 할 수도 있겠지만, 그러려면 파비안이 말을 타고 먼저 돌아가야 할 것이다. 대공에게 심부름을 시키는 꼴이었다.

'아무리 내가 철면피여도 그럴 순 없지.'

마르시아는 고개를 저었다.

생각나는 건 대여 마차뿐이었다. 하지만 그것만큼은 다시 타고 싶지 않았다. 스프링이 달린 대공가의 최고급 마차를 타도 흔들렸는데, 대여 마차라면 말할 것도 없이 승차감이 나쁠 터였다. 덜컹거릴 때마다 소름이 오싹오싹 돋을 게 분명했다.

'블리크가에서 탈출할 때는 도대체 전에 무슨 정신으로 대여 마차를 몇 대씩이나 갈아탔는지 모르겠어.'

마르시아는 눈썹을 찌푸렸다. 썩 내키지 않았지만 안타깝게도 다른 방법이 떠오르지 않았다. 그녀는 눈으로 사환을 찾으며 말했다.

"마차를 하나 불러달라고 해야겠어요."

파비안은 가만히 고개를 저으며 그녀를 말렸다.

"그냥 제 말을 함께 타고 가시지요."

"아, 아뇨, 그건 좀……."

"마차를 빌리더라도 저는 말을 타고 따로 가야 합니다. 당신을 알지도 못하는 사람이 모는 마차 안에 홀로 내버려 두고 싶지 않습니다."

그는 마르시아의 얼굴을 들여다보며 덧붙였다.

"무엇보다, 마차 타기 싫다고 얼굴에 써 있습니다."

"······."

"말을 타고 가는 것도 기분 전환이 될 겁니다. 마침 밤바람도 시원하고요."

파비안은 대수롭지 않게 그럴 수도 있지, 하는 표정이었다.

결국 마르시아는 파비안과 함께 그의 말에 올랐다. 말 위는 생각보다 많이 높았다. 그녀는 떨어지지 않도록 안장 앞부분을 두 손으로 꽉 붙잡았다.

파비안은 그녀의 등이 긴장으로 굳은 것을 보곤 쓴웃음을 지으며 일부러 말을 천천히 몰았다. 말의 흔들림에 조금 익숙해지자, 마르시아가 물었다.

"도대체 어떻게 알고 오신 거예요? 일부러 어디로 간다고 말하지 않았는데······."

파비안은 멋쩍게 대답했다.

"당신 앞으로 편지가 왔습니다."

"아."

"미안합니다. 읽지 않고 바로 전달해 드릴 수도 있었는데······."

"아니에요. 따지고 보면 제 잘못이죠. 어찌 보면 잘 되었고요."

그녀 앞으로 오는 편지도 파비안더러 읽으라고 한 것은 마르시아 자신이었다. 그녀는 파비안에게 비밀로 해야 할 개인적인 편지를 받을 일이 없을 거라고 철석같이 믿었다.

"아무래도 엘로이즈가 당신에게 가는 편지도 절 먼저 거친다는 것을 알고 있었던 모양입니다. 지금 생각해 보면, 받는 사람은 당신이지만 내용은 저더러 읽으라고 쓴 게 분명합니다."

"그랬군요. 일부러 그런 게 틀림없네요. 제게는 은밀하게 따로 쪽지를 보냈거든요."

세작이 있었던 모양이었다. 이상한 일은 아니었다. 파비안이 대공이 된 지 얼마 되지도 않았으니까. 도미닉이나 발레리에게 충성을 바치는 고용인들은 얼마든지 있을 터였고, 그중에 엘로이즈의 끄나풀도 있을 것이다.

물론 콘라트 후작가나 로랑 백작가에도 파비안의 세작이 심어져 있었다. 그런데도 오늘처럼 허를 찔리는 일이 생기고 말았다.

파비안은 가볍게 한숨을 쉬었다.

"고용인들을 제대로 살피지 못한 제 잘못입니다."

"저택의 주인이 바뀌었으니 한번 물갈이를 할 때지요."

마르시아는 적당히 예의를 차려 대답했다. 작위를 승계하는 데만도 정신이 없었으리라는 것은 그녀도 잘 알고 있었다. 고용인을 다루는 건 실은 안주인이 해야 할 일이기도 했다.

"클레브 소자작이 이런 인물인 줄은 몰랐어요. 차라리 파혼당한 것이 결국 제게는 잘된 일이었군요. 그런 남자에게 끌려갔으니 콘라트 영애도 굉장히 불안할 거예요. 포투스가 제시간에 도착해야 할 텐데요……."

"걱정하지 않으셔도 될 겁니다. 그는 행동이 기민한 사람이니까요."

딱히 걱정하는 것은 아니었다. 엄밀히 말하면 동정에 가까웠다. 인간으로서, 같은 여자로서 가질 법한 감정 정도였다.

"꽤 늦게 출발했는데 괜찮을까요?"

"행선지를 자세하게 말해두셨으니 문제없을 겁니다."

파비안이 그녀를 위로하다가, 지나가듯 물었다.

"그런데 그놈이 어디로 갈 계획인지는 어떻게 아셨습니까?"

마르시아는 그를 돌아보았다. 파비안의 얼굴에는 별다른 표정이 없었다. 별생각 없이 가볍게 물어본 모양이었다.

"음, 살살 돌려가면서 물어봤더니 술술 불더라고요."

"자기 계획을 다 털어놓다니 어지간히도 어설픈 자로군요."

"그러게요."

그녀는 어깨를 으쓱해 보였다. 사실도 아니지만 거짓도 아니었다. 살살 돌려가면서 물어본 건 사실이고, 술술 불었다는 것도 사실이니까. 입으로 말한 게 아닐 뿐이지.

이야기를 나누기에 좋은 주제가 아니었다. 그래서 파비안이 어떻게 물어봤냐고 캐묻기 전에, 마르시아는 얼른 화제를 돌렸다.

"오늘 저녁 식사 약속 못 지켰네요. 죄송해요."

파비안은 한쪽 눈썹을 치켜올렸다.

"지금이라도 돌아가서 식사하면 되지요."

"저…… 돌아가면 라리사는 이미 잠자리에 들 시간일 거예요."

"그럼 내일이라도 괜찮습니다. 내일이 안 되면 그다음 날이라도."

파비안은 말고삐를 느슨하게 쥔 채 미소를 지었다.

"시간은 많습니다."

"그, 그렇죠."

마르시아는 앞을 본 채여서 그의 표정은 보지 못했지만, 그의 목소리가 어딘가 부드러워졌다는 건 눈치챘다. 어쩐지 목 뒤가 간지러웠다.

'뒤를…… 못 돌아보겠어.'

괜히 의식하기 시작했더니 몸이 뻣뻣하게 굳었다. 그녀는 경직된 자세로 안장을 꼭 움켜쥐었다.

"말을 아예 타본 적이 없으십니까?"

"……네."

승마는 귀족 여성들이 익히는 기본 교양 중 하나였다. 그것을 못 한다고 대답하려니 민망했다.

파비안은 별로 개의치 않는 듯, 느긋한 말투로 충고했다.

"몸에 힘을 좀 **빼세요**. 그렇게 계속 긴장하면 나중에 온몸이 다 아플 겁니다. 말을 믿으세요. 제 말은 사람을 떨어뜨리지 않습니다."

"딱히 떨어질까 봐 걱정하는 건 아니에요."

마르시아는 그녀를 둘러싼 파비안의 양팔을 의식하며 말했다. 파비안의 앞쪽에 앉은 그녀는 어쩔 수 없이 말고삐를 쥔 그의 팔에 감싸이듯 앉아야 했다.

앞에 앉겠다고 한 건 마르시아였다. 뒤에 앉으면 그의 허리를 붙잡아야 할 테니까. 하지만 타고 나서야 깨달았다.

'앞에 앉는 것도 어색하긴 마찬가지였잖아…….'

그녀는 최대한 파비안의 몸에 닿지 않도록 몸을 웅크렸다.

"말을 못 믿겠다면 절 믿으십시오. 떨어뜨리지 않을 테니까요."

'떨어질까 봐 걱정하는 게 아니라니까…….'

마르시아는 그냥 입을 다물었다. 파비안이 너무 가까이 있었다. 그가 한마디 할 때마다 귀 끝이 간지러웠다. 그럴 리가 없는데도 숨결이 닿기라도 하는 느낌이었다.

'차라리 말을 걸지 말아야겠어. 그러면 자기도 말을 안 하겠지.'

대공저는 왜 이렇게 먼 걸까. 벌써 한참이나 말을 탄 것 같은데 아직도 익숙한 경치는 보일 기미가 없었다.

'아무래도 말 타는 법을 배워야겠어.'

마르시아가 속으로 중얼거리는데, 파비안이 조용히 말했다.

"앞으로 또 이런 일이 생기면, 혼자 해결하려고 하지 마십시오. 우리는 부부이지 않습니까?"

마르시아가 움찔했다. 그녀는 딱히 파비안을 남편이라고 생각하지 않았다. 그저 계약 파트너일 뿐.

하지만 저런 말을 들으니 어쩐지 가슴 한구석이 뭉클했다.

'하필 이렇게 안기다시피 있을 때 저런 말을……'

위험했다. 당황한 마르시아는 입술만 지그시 깨물었다.

"꼭 제가 아니더라도, 당신 주변에는 당신을 도울 사람이 많이 있습니다. 당신 전담 하녀도, 제 보좌관도 괜찮습니다."

파비안이 다른 사람들을 언급하자, 맥이 탁 풀렸다. 하지만 동시에 안심이 되었다.

이고르가 쳐들어온 데 이어 오늘 읽었던 쪽지까지, 솔직히 마르시아 혼자 라리사를 지키기엔 버거웠다. 그러나 다행히도 그녀의 계약 파트너는 힘도 권력도 가진 사람이었다. 아직 완전히 자리 잡지 못해 불안한 권력이긴 했지만, 아무것도 없는 그녀와는 비교할 바가 못 되었다.

무엇보다 도와줄 사람이 있다는 게 든든하게 느껴졌다. 그녀는 마른침을 삼키며 순순히 대답했다.

"알았어요. 앞으론 이렇게 몰래 혼자 행동하지 않을게요."

"좋습니다."

파비안은 말고삐를 지그시 눌러 쥐었다. 급히 나오느라 외출용 모자 아래 대충 느슨하게 땋아 내린 마르시아의 매끄러운 금발이 자꾸 눈앞에서 살랑거렸다. 주위를 두리번거리느라 옆얼굴이 보일 때마다 하얀 뺨에 조르르 난 솜털이 자꾸 눈에 들어왔다.

'성년이지. 성년이 된 여자인데 왜 얼굴에 솜털이 있는 건데⋯⋯.'

파비안은 한 손으로 얼굴을 쓸어내렸다.

그는 지금까지 엘로이즈를 제외하면 또래의 여성을 만난 일이 별로 없었다.

열여덟 살까지는 남학생만 있는 아카데미에 갇혀서 나오지 못했다. 대공저에 돌아온 뒤로는 프레데릭의 마음에 들어 대공의 손자로서 사교계에 데뷔하기는 했다. 그러나 무도회에 참석한 것은 몇 차례 되지도 않았고, 어머니의 혈통 때문에 딱히 혼담도 들어오지 않았다.

그는 막연히 성인이 되면 모든 사람이 어른이 되는 것이라고 생각했다. 애벌레가 고치를 벗고 나비가 되듯이.

하지만 사람은 수년에 걸쳐 천천히 변화하는 법이었다. 그리고 성년식을 치렀어도 열일곱은 아직 제법 어린 나이였다. 솜털이 있어도 어색하지 않았다.

파비안은 마르시아가 어른이지만 동시에 아직 어리다는 것을 깨달았다. 어른으로서, 언니로서 라리사를 돌보는 그녀도 사실은 다른 사람의 보호가 필요한 나이였다.

'단단히 지켜주어야겠어.'

그는 속으로 그렇게 중얼거리며 말고삐를 단단히 쥐었다.

파비안이 날 배려한다고 말을 워낙 천천히 달린 탓일까, 저택으로 돌아왔을 때는 꽤 늦은 밤이었다. 라리사가 잠자리에 들고도 남았을 시간이었다.

나는 옷을 갈아입기도 전에 침실로 향했다. 그리고 노크도 없이 아주 조심스레 침실 문고리를 돌렸다.

'같은 침실을 쓴다는 게 이럴 때는 또 별로네. 깨우고 싶지 않은데.'

기름칠이 잘된 경첩에서는 아무 소리도 나지 않았다. 나는 문을 살그머니 밀어 열었다. 방 안은 조용했고, 희미하게 불이 밝혀져 있었다. 라리사를 위한 수면 등이었다.

'잘 자고 있겠지?'

나는 라리사를 확인하러 살금살금 침대 쪽으로 향했다. 그런데 침대에는 누웠던 흔적만 있을 뿐, 텅 비어 있었다.

'……라리사!'

무슨 일이라도 생긴 건 아니겠지? 심장이 졸아붙는 것 같았다. 나는 허겁지겁 방 안을 둘러보았다.

다행히 금방 찾을 수 있었다. 라리사는 침대가 아니라 창가 소파에 앉아 있었다. 반쯤 열린 커튼 사이로 달빛이 스며들어 머리카락이 은빛으로 반짝거렸다. 조그만 쿠키 인형을 두 손으로 꼭 쥔 채 이쪽을 말끄러미 쳐다보고 있었다.

나는 안도의 한숨을 쉬었다.

"라리사, 아직 안 자고 있었네. 이렇게 늦은 시간인데, 안 졸려?"

나는 잰걸음으로 창가로 향했다. 라리사의 얼굴을 보자마자 절로 쓴웃음이 나왔다. 눈이 새빨갛게 충혈되어 있었던 것이다. 게다가 눈꺼풀은 반쯤 내려와 있었다.

"우리 라리사, 안 자고 언니 기다렸구나."

아마 잘 시간이 되었을 때 소피아가 불도 끄고 라리사를 침대에 잘 눕혀줬을 것이다. 소피아가 나가고 난 후에 도로 일어났겠지…….

라리사는 고개를 끄덕이며 눈을 비비고 하품을 했다. 그게 안쓰럽고 또 귀여워서 나는 가만히 라리사를 안아주었다.

"졸리지? 자러 가자."

라리사는 순순히 내가 이끄는 대로 침대에 누웠다. 나는 이불을 목 끝까지 잘 덮어주고 그 위를 가볍게 토닥여 준 다음, 옆에 앉아 라리사가 잠드는 것을 지켜보았다. 숨소리가 깊어지자 나는 조심조심 일어서서 방을 나섰다.

아래층으로 내려가자 소피아가 기다리고 있었다.

"면목이 없습니다."

소피아는 날 보자마자 깊이 고개를 숙였다. 무슨 일이 있었는지 벌써 들었나 보네.

"괜찮아. 말을 하지 않고 나간 건 나였으니까."

마음의 소리를 통해 들려온 건 죄책감이었다. 소피아는 진심으로 내게 미안해하고 있었다.

"마님의 접시에 몰래 쪽지를 넣은 아이를 잡아두었습니다."

"그래? 어디 한번 만나볼까?"

얼마 지나지 않아 밧줄에 묶인 하녀가 한 명 끌려왔다.

그녀를 보자마자 나는 쯧, 하고 혀를 찼다. 두어 번 본 적이 있는 얼굴이었다. 이제 겨우 열서너 살이나 되었을까 싶은 어린 하녀였다.

'라리사 또래잖아.'

방금 라리사를 어린아이처럼 재우고 왔는데, 밧줄에 묶인 어린 하녀를 보고 있자니 마음이 좋지 않았다.

'하지만 그건 그거고, 이건 이거지.'

나는 한숨을 쉬었다. 여기서 마음이 약해지면 안 된다.

"이름이 뭐지?"

"키티입니다. 마님, 잘못했습니다. 제발 자비를……."

나는 하녀를 무시하고 소피아에게 말했다.

"모두 잠깐 나가주겠어?"

"예, 마님."

어차피 밧줄에 묶여 있으니 내게 해를 끼칠 수는 없을 것이다.

소피아가 호위병들을 데리고 방을 비웠다. 나는 탁자에 기대어 앉아 바닥에 무릎을 꿇은 하녀를 내려다보았다. 하녀는 눈에 띄게 떨고 있었다.

"잘못했습니다, 마님. 용서해 주세요, 제발요."

"뭘 잘못한 건지는 아니?"

하녀는 눈을 크게 뜨고 날 쳐다봤다가, 눈이 마주치자마자 숨을 들이켜면서 얼른 바닥으로 시선을 떨어뜨렸다.

"그…… 외부에서 종이쪽지를 받아서 마님의 접시에 몰래 넣었습니다."

"그거 말고."

"그, 그것뿐이에요. 쪽지를 준 사람도 모르는 사람이었어요. 은화를 준다고 하길래 욕심이 나서 그만……."

나는 혹시나 해서 슬쩍 넘겨짚어 보았다.

"아니지. 날 감시해서 정보를 팔아넘겼잖아?"

"아니에요! 그렇지 않아요, 마님. 정말 쪽지를 전달한 것이 전부예요! 그리고 오늘이 처음이었어요."

하녀는 소스라치며 한사코 부정했다. 묶여서 손을 내저을 수 없으니 고개만 열심히 저었다. 나는 고개를 기울이며 하녀의 눈을 들여다보았다.

말로 부정하는 것쯤이야 누구든 할 수 있었다. 어린아이도 거짓말쯤은 얼마든지 한다. 단지 서투를 뿐. 하물며 열서넛 먹은 소녀라면 충분히 첩자가 되고도 남았다.

'옛날에 하녀들 이간질할 때 쓰던 방법을 써볼까?'

나는 기대고 있던 탁자에서 몸을 일으키며 생긋 웃었다.

"있잖아. 옛날 얘기긴 한데, 뭐 그렇게 옛날도 아니구나. 대공 전하와 결혼하기 전이니까."

나는 손가락 끝으로 탁자 끝을 쓸며 하녀를 내려다보았다. 하녀는 무슨 말을 들을지 몰라 긴장한 표정으로 내 눈치를 보았다.

"블리크 저택에서는 고용인들이 날 악녀라고 불렀거든? 아마 너도 알고 있겠지만 말이야."

"모, 몰랐어요!"

"그러니? 그런데 대답이 틀렸네."

"네?"

"내 눈치를 보려면 '몰랐어요'가 아니라 '마님이 악녀일 리가 없어요'라고 했어야지."

나는 웃으며 벽난로 쪽으로 다가갔다. 난로 안에는 빨갛게 불이 타오르고 있었다. 나는 태연히 부지깽이를 집어 들고 끝을 불 속에 넣으며 말했다.

"너 같은 하녀 하나 가지고 노는 건 일도 아니지. 없어지더라도 아무도 모를 테고, 네 가족에게는 은화를 한 줌 쥐여주고 입막음하면 끝이란다. 물론 가족들이 너를 정말로 사랑하면 돈을 받으려 하지 않겠지만, 그런 경우에는 아예 가족째로 묻어버리면 되더라고."

하녀의 안색이 새파래졌다. 나는 일부러 잘 보이는 각도로 부지깽이를 불 속에서 천천히 굴렸다.

"지금부터 내가 뭘 할지 알겠지? 네가 알고 있는 걸 다 내뱉을 때까지란다."

"마님, 제발요, 용서해 주세요! 저는 진짜 그 쪽지를 접시에 놓고 은화 한 개 받은 것밖에 없어요."

"흐음, 그래?"

"정말이에요. 무슨 내용이었는지도 모르고, 누가 준 것인지도 몰라요. 전 정말 아무것도 몰라요."

하녀가 덜덜 떨며 털어놓았지만, 마음의 소리는 약간 다른 말을 했다.

-이런 게 어딨어. 딱 잡아떼라며, 잡아떼면 된다며!

'거봐, 뭔가 숨기고 있잖아. 다 안다고.'

나는 듣는 둥 마는 둥 하며 끝이 벌게진 부지깽이를 불에서 꺼냈다. 쇠막대의 끝에서 열기가 피어올랐다. 딱 좋네.

"네 주인이 들키면 어떻게 하라고는 말해주지 않든?"

나는 최대한 악당처럼 웃으며 하녀 쪽으로 발걸음을 내디뎠다. 결국 목이 졸리는 듯한 신음과 함께 하녀에게서 마음의 소리가 터져 나왔다.

-니코, 이 거짓말쟁이! 아무 일도 없을 거라더니, 누가 한 줄도 모를 거라더니! 속았어! 살려줘……!

니코? 그게 누구지? 들어본 적 없는 이름인데.

'흠…… 게다가 남녀가 두루 쓰는 이름이잖아. 남잔지 여잔지도 모르겠네.'

이름만 가지고는 약간 모자랐다. 나는 주의 깊게 말을 골랐다.

"참, 너는 내 차지이지만, 니코는 대공 전하께서 직접 심문하실 거란다."

"니, 니코요?"

-그럴 리가!

하녀는 소스라치게 놀랐다. 물론, 내 입에서 그 이름이 나오리라고는 상상도 하지 못했겠지.

나는 그 반응을 보고 말을 이었다.

"뭐야, 너 혼자 잡힌 줄 알았니? 대공가를 뭘로 보는 거야."

나는 부지깽이를 쥔 채 하녀에게 바짝 다가섰다. 그녀는 무릎으로 기면서 필사적으로 뒤로 물러나려 했다.

"지금부터 몇 가지 물어볼 텐데, 대답하지 못할 때마다 예쁜 구멍이 하나 생길 거야. 어디에 생길지는 내 마음이고."

나는 부지깽이 끝을 하녀의 코 바로 앞에 가져다 댔다. 절대 닿지는 않도록, 조심해서.

눈물이 맺힌 하녀의 겁먹은 눈동자가 부지깽이에서 피어오르는 열기에 살짝 이지러져 보였다.

엄청 뜨겁겠지. 그러니까 빨리 대답해. 들고 있는 나도 조금 무서워지려고 하니까.

나는 일부러 즐거운 듯한 목소리로 말을 이었다.

"물론 네 대답과 니코의 대답이 서로 달라도 구멍이 생길 거야. 나중에 대공 전하하고 말 맞춰볼 거니까, 기대해도 좋아."

"마, 마님, 제발!"

협박은 잘 먹혔다. 겁에 질린 하녀가 자기가 알고 있는 것을 모조리다 털어놓는 데까지는 얼마 걸리지도 않았다. 물론 나는 키티 본인이 털어놓았다고 생각한 것보다 조금 더 알아냈지만.

키티는 엘로이즈의 끄나풀이긴 했으나 정말로 별로 아는 것이 없었다. 엘로이즈를 위해 일하기 시작한 지도 얼마 되지 않았다고 했다. 그녀의 임무는 마르시아의 일거수일투족을 중간책인 니코에게 전달하는 것이 거의 전부였다.

'내가 하는 일이라고 해 봤자, 방에서 먹고 자고 라리사와 노는 것밖에 없는데.'

나는 혀를 차곤 소피아를 도로 방으로 불렀다.

"당장 사람을 보내서 보석 공방 거리에 사는 니코라는 여자를 잡아 오도록 해."

내 명령에, 모든 것을 실토한 하녀가 소스라치듯 외쳤다.

"네? 마님……! 니코는 이미 잡혔다고 하셨잖아요!"

"아, 그건 거짓말이었어. 걱정 마, 이제부터 잡으러 갈 거니까. 순서만 조금 바뀐 것뿐이야."

생긋 웃어주었더니 하녀가 신음을 흘렸다. 나는 하녀를 턱짓으로 가리켰다.

"얘는 알아서 처리하고."

"네, 마님."

소피아의 손짓에 밖에서 대기했던 호위병 둘이 들어와 하녀를 끌고 나갔다.

범죄를 저지른 것도 아니니, 추천장 없이 해고하는 정도로 마무리될 것이다. 물론 대공가에서 추천장도 없이 쫓겨나면 다음 일자리를 찾기는 꽤 힘들 테지만.

'그 정도면 충분하지.'

나는 열기가 가신 부지깽이를 도로 난롯가에 가져다 걸어 놓았다.

'휴…… 한숨 돌렸네.'

나는 안도의 한숨을 내쉬었다. 잘못해서 스치기라도 할까 봐 잔뜩 긴장했다. 그러면서도 진짜로 어디 한 군데 구멍이라도 낼 것 같이 연기해야 한다는 게 제일 어려운 점이었다.

하녀들을 적당히 겁주어서 마음의 소리를 통해 숨기고 있는 생각을 캐내는 건 종종 하던 일이었다. 보통은 위협한다고 해도 뺨에 손을 올리거나 물건을 집어 던지는 정도였다. 오늘처럼 달군 부지깽이까지 들고 협박한 것은 거의 없던 일이었다.

'하지만 애매하게 협박했다가 아예 입을 다물어 버리면 안 되니까…….'

자칫했다간 라리사의 비밀이 밝혀질지도 모른다고 생각하니 세게 나갈 수 있었다.

끝나고 나니 다리에서 힘이 빠졌다. 나는 난롯가의 소파에 기대어 앉았다. 하녀를 내보내고 문을 닫은 소피아가 조용히 보고했다.

"포투스 보좌관이 돌아왔어요."

"어떻게 되었대?"

"콘라트 영애께서는 저택으로 무사히 돌아가셨고, 마님께서 보내신 마차도 회수해 왔대요."

"아, 다행이네."

"그리고 클레브 소자작은 경관에게 잡혀가 구금되었다고 해요. 아마 일주일 정도는 갇혀 있어야 할 것 같다고 하던데요."

"그 정도면 그 자리에서 보석금 좀 내고 가석방되겠는데? 평민도 아니고 나름대로 작위까지 있는 귀족 가문의 장남이니……."

"보좌관 말로는 보석금으로 얼마를 내더라도 가석방은 안 될 거 래요."

"그래?"

하긴, 아마 파비안이나 콘라트 후작이 손을 썼겠지. 파비안이라면 구금 기간을 채우게 하는 정도로 내버려 둘 수도 있겠지만, 콘라트 후작은 모르긴 몰라도 구금 정도로는 끝내지 않을 게 분명했다.

"가문의 이름에 먹칠을 톡톡히 했네."

"그러게요."

아, 고소해. 나는 쭈욱 기지개를 켰다.

"난 여기서 좀 쉴 테니, 니코란 여자가 도착하면 이리로 데려와."

"알겠습니다, 마님."

니코라는 여자가 끌려온 것은 그로부터 두어 시간 뒤였다. 늦은 밤이었지만 자지 않고 기다린 보람이 있었다.

그다음은 똑같았다. 니코를 의자에 앉히고 부지깽이를 달군 다음 몇 가지 질문을 했다. 키티만큼 쉽게 되지는 않아서 이번엔 정말로 니코의 옷자락을 좀 태워야 했다. 결국엔 넝쿨 캐듯 충분히 정보를 캐 낼 수 있었다.

필요한 것을 다 들은 후, 나는 니코를 돌려보내고 소파에 늘어져 생각에 잠겼다.

'그러니까 엘로이즈가 아는 건, 블리크 저택의 지하실에 누군가 갇혀 있는 것 같다는 것뿐이네.'

엘로이즈가 블리크가에 대해서 알게 된 것은 모두 고용인 몇 명에 게서 들은 명확하지 않은 정보뿐이었다. 그러니까 주인 가족이 지하실에 자주 들락거리고, 유모는 매일 먹을 것을 가지고 내려간다는 정도였다.

지하실에 뭐가 있기에 주인 가족이 자꾸 내려가는지에 대해서는 의견이 분분했던 모양이었다. 내가 직접 내려간 적은 없었기 때문에, 고용인들 사이에선 이고르와 빌레인 부자가 외부에서 여자를 데려다가 숨겨두었을 거란 추측이 우세했던 것 같다.

'으......'

틀린 추측일 뿐이지만 만만찮게 역겨웠다. 엘로이즈는 대공비의 아버지와 오빠가 그런 짓을 했다는 것이 알려지면 아무리 파비안이라고 해도 감싸줄 리 없다고 판단한 모양이었다.

'쪽지에 쓴 이니셜은 대충 아무거나 쓴 걸까.'

내가 지레짐작으로 유모일 거라고 생각했던 거겠지. 아니면 정말로 유모 이름의 머리글자를 쓴 것일 수도 있고……. 블리크 저택에서 나와 그나마 친밀해 보이는 것은 유모뿐이었고, 고용인들도 전부 알고 있는 사실이었으니까.

어느 쪽이든, 엘로이즈가 직접 유모와 만나 라리사에 대한 것을 알게 된 것은 아닌 게 틀림없었다.

'그 비밀을 알고서도 안 써먹었을 리가 없지.'

그제야 안심할 수 있었다. 긴장이 풀리자 몸이 축 늘어졌다. 하품이 절로 나왔다. 나는 가릴 생각도 않고 시원하게 하품을 하며 생각했다.

'당분간 몸을 사리면서 주위를 잘 살펴야겠어. 엘로이즈가 언제 다시 찾아올지 모르니까.'

옷을 갈아입기도 귀찮고, 침실로 돌아가자니 라리사를 깨울까 봐 걱정되었다. 나는 그냥 소파에 앉은 채 눈을 감았다.

엘로이즈는 그 뒤로 한동안 찾아오지 않았다. 콘라트가에서 별다른 소식도 들려오지 않았다. 하지만 완전히 마음 놓고 안심하기에는 아직 일렀다.

5장

쿠키와 쿠키

며칠이 지났다. 그 뒤로는 엘로이즈도, 칼도 조용했다. 대공가에 외부인이 드나들기는 하는 것 같았으나, 나나 라리사를 찾는 사람은 없었다.

다행히 라리사도 많이 나아졌다. 어젯밤에는 드디어 중간에 깨지 않고 통잠을 잤고, 나나 소피아가 아닌 다른 하녀들이 눈에 띄어도 더 이상 긴장하지 않았다. 서서히 놀이방이나 서재, 드레스 룸 등 대공비 방 안의 다른 방에도 드나들기 시작했다.

'이젠 내가 몇 시간 정도 자리를 비워도 괜찮겠지.'

나는 라리사를 소피아에게 잠시 맡겨 두고 파비안의 집무실로 찾아갔다.

파비안은 서류 더미에 파묻혀 있었는데, 포투스는 어딜 갔는지 보이지 않았다.

마침 잘됐다. 다른 사람이 있는 곳에서 할 말은 아니긴 하니까.

"시간을 좀 내줄 수 있으신가요? 드릴 말씀이 있는데요. 아주 중요한 건이에요."

내가 조심스럽게 묻자, 파비안은 만년필의 뚜껑을 닫아 내려놓고 바로 자리에서 일어섰다.

"물론입니다. 여기 앉으시지요."

그는 내게 집무실에 딸린 안락의자를 권한 다음 한편에 놓인 와인 캐비닛을 열었다. 장식장처럼 생겼지만, 양쪽으로 문을 열면 안쪽 선반에는 술이 놓여 있고 문에는 잔이 크기별로 정리되어 걸려 있는 보관함이었다.

"마실 것을 좀 드릴까요?"

그의 말에 나는 조금 놀랐다. 전에 집무실로 찾아왔을 때 파비안은 시계부터 보고 시간을 확인한 다음 날 모르는 사람 대하듯 했으니까.

'그래도 그사이에 우리가 조금 친해졌나 봐.'

언제부터 이렇게 된 건지는 모르겠다. 그래도 기분이 나쁘지는 않았다.

"네. 감사합니다."

나는 가볍게 미소 지으며 와인 캐비닛 안쪽으로 시선을 향했다. 그리고 입을 벌렸다.

대공의 보관함답게 안에 놓인 술은 병당 몇백 골드는 호가할 법한 것들이었다. 꿀처럼 진한 황금빛 액체가 담긴 병을 보고 나는 침을 삼켰다. 닥치는 대로 비싼 술을 마셔대던 빌레인의 술 보관실에서도 못 본 것이었다.

'맛이 엄청나게 궁금한데.'

하지만 파비안은 자연스럽게 그 옆에 놓인 다기와 찻잎을 꺼냈다.

"……."

와인 캐비닛에 차를 함께 보관하다니…….

언젠가 말해줘야지. 나는 차보다 술을 좋아한다고.

물론 임시 부인에 불과한 나는 솔직하게 말하는 대신 찻잎이 담긴 통을 들어 보이는 파비안에게 고개를 끄덕였다.

그는 능숙하게 차를 우려 잔에 따라 내주었다. 차는 흰 찻잔을 투명한 분홍빛으로 물들였고, 입가에 가져가니 은은한 향기가 났다.

'참 나, 차도 잘 우리잖아.'

술이 아쉬웠지만 차 맛이 너무 훌륭해서 속으로 투덜거렸다.

나는 차를 마시며 파비안을 쳐다보았다.

길고 검은 속눈썹이 루비처럼 빛나는 붉은 눈동자 위로 드리워졌다. 검은 머리칼과 대비되어 도드라지는 새하얀 피부, 곧은 콧날과 남성스러운 턱, 넓은 어깨와 탄탄해 보이는 가슴팍. 더할 나위 없는 완벽한 외모, 지위, 재력, 화술…….

무엇 하나 모자라는 것이 없는 남자다.

인정한다. 이렇게 마주 앉아 볼 때마다 솔직히 욕심이 나긴 했다.

나도 언젠가 애인이 생긴다면, 파비안 같은 남자였으면 좋겠는데. 이런 남자가 세상에 또 있을지는 모르겠지만.

"하실 말씀은 무엇입니까?"

심지어 목소리도 좋…… 헉.

나는 얼른 정신을 차렸다. 미쳤나 봐. 라리사의 왕자님을 보면서 침이나 흘리고 있었네.

"이래서는 곤란해요."

나는 찻잔을 탁, 하고 내려놓으며 강하게 말했다. 파비안이 한쪽 눈썹을 들어 올렸다.

"뭐가 곤란하다는 말씀이시지요?"

"저택 내에 우리가 진짜 부부 같지 않다는 말이 돌고 있어요. 이 소문이 기정사실처럼 바깥으로 퍼지면 안 된다고요."

얼마 전 엘로이즈의 꼬나풀을 협박하면서 알아낸 사실이었다. 파비안도 아마 알고 있겠지.

그가 미간을 가볍게 좁혔다.

"그거야 그렇지요. 하지만 우리가 진짜 부부가 아닌 이상 그런 소문을 막기는 어렵지 않겠습니까? 어디선가는 분명 티가 날 테고 누군가는 알아챌 테니까요."

"그렇다고 이렇게 가만히 놔둘 순 없잖아요. 파비안이 확실하게 대공으로 자리 잡지 못하면 저도 함께 곤란해져요. 우리가 가짜 부부라는 것이 들통나면 결혼이 취소될지도 모른다고요."

일 년 안에 이 결혼이 파투 나면 도미닉에게 대공 자리가 넘어간다. 절대 그렇게 되도록 내버려 둘 수는 없지.

"그 소문은 이미 저택 밖으로 조금씩 퍼지기 시작했을지도 몰라요. 지금이라도 바로잡아야 해요."

파비안은 한 손으로 이마를 짚었다.

"마르시아, 기억하시겠지만 저는 진짜로 청혼했습니다. 진짜 부부가 되기를 거절하고 계약서를 내건 것은 당신입니다."

"그, 그거야……."

"제가 계약을 받아들인 것은, 간단히 말해 당신이 싫어하는 일을 강요하고 싶지 않았기 때문입니다. 그리고 저는 약속을 지키는 사람입니다."

계약서의 내용을 잊지 않았다고 그는 재차 강조했다.

아니, 나도 알지. 같이 지낸 지는 그리 오래되지 않았지만, 그는 분명 자신이 한 말은 지키는 타입이었다. 가끔 능숙하게 거짓말을 하는 것 같기도 하지만…….

그래도 허투루 약속을 남발하는 사람은 아니다. 그러니까 그 점을 믿고 할 수 있는 말이다.

"진짜로 부부가 될 필요는 없잖아요. 그냥 겉으로 그렇게 보이기만 하면 되는 거죠. 중요한 건 우리가 얼마나 연기를 잘하느냐에 걸려 있어요."

나는 열성적으로 말했다. 그는 두통이라도 오는 것처럼 한 손으로 관자놀이를 꾹 눌렀다.

"연기라고요? 도대체 제가 뭘 어떻게 하길 바라는 겁니까?"

"몇 가지 생각해 봤는데요, 역시 제일 효과적인 건 부부 침실을 사용하는 거예요."

"예?"

관자놀이를 문지르던 그의 손이 멈췄다. 파비안은 뭘 잘못 먹은 건 아니냐는 표정으로 나를 쳐다보았다.

'나도 이렇게 말하기까지 깊이 고뇌를 했다고.'

나라고 남편이라는 이름의 외간 남자랑 같이 침실을 쓰자는 말을 좋아서 하는 건 아니다. 이렇게라도 하지 않으면 라리사와 내 미래가 망가질까 봐 걱정된다고…….

"그냥 고용인들에게 보여주기만 하면 돼요. 침실을 사용한 흔적이 있으면 저런 의심도 사라질 것 아니에요? 당분간만이에요. 며칠 지난 다음엔 가볍게 다투어서 당분간은 꼴도 보기 싫다고 하거나 몸이 안 좋다거나, 뭐 다른 핑계를 대도 되니까요."

파비안의 표정이 순간 일그러졌다. 그는 고개를 수그리며 커다란 손에 얼굴을 묻었다. 손가락 사이로 희미하게 끙, 하고 앓는 소리가 들렸다.

-미치겠군······.

나지막하게 들려온 마음의 소리에 나는 입술을 깨물었다.

그렇게까지 싫은 건가? 나도 별로 그러고 싶어서 이러는 건 아니라고.

"걱정 마요, 손끝 하나 안 댈 테니까. 제가 소파에서 잘게요. 침대를 사용한 것처럼 보이기만 하면 될 테니, 한 사람만 침대를 써도 상관없겠죠."

파비안이 손을 끌어내리며 고개를 들었다. 어쩐지 얼굴이 좀 빨간 것도 같은데. 화났나?

그는 어이가 없다는 듯 말했다.

"숙녀분이 그리하도록 내버려 두란 말씀입니까?"

"저야 뭐 진짜 대공비도 아니니까요. 침대의 지분은 진짜 대공이신 분이 가져가시는 게."

파비안이 길게 한숨을 내쉬었다. 그는 어딘가 지친 듯한 목소리로 말했다.

"당신이 침대를 쓰십시오. 대신 밤새 램프 하나를 켜둘 수 있게 허락해 주시면 됩니다. 저는 그냥 옆에서 일이나 하며 밤을 새울 테니까요."

"그러면 그냥 같이 밤새우는 게 어때요? 놀자고요. 뭐 재미있는 거라도 하면서."

차라리 이게 낫겠다. 서로 마음도 편할 테고. 나야 나중에 낮잠을 자면 되니까.

파비안이야 뭐…… 알아서 하겠지.

"……그렇다 해도 매번 밤새울 수는 없지 않습니까."

"하루 이틀 정도는 괜찮아요. 말 나온 김에 당장 오늘 밤부터 하죠. 오늘은 부부 침실을 사용하고, 내일은 각자 자기 침실에서 푹 자자고요."

"오늘부터 말입니까?"

뭐든 마음먹었을 때 단칼에 해치우지 않으면 미적미적 늘어지게 마련이다. 나는 단호하게 말했다.

"한시가 급해요. 의심이란 건 한번 퍼지면 돌이키기 어렵잖아요. 아직 크게 번지지 않았을 때 바로잡지 않으면 안 돼요."

파비안은 이번에는 고개를 들어 천장을 바라보았다. 천장에 뭐가 있어서 저러는 건 아닐 테고. 어지간히 싫은가 보다.

"더 좋은 생각이 있으시다면 말씀해 주세요. 참고로 제 플랜 B는 신혼여행을 떠나는 거예요. 그리 멀지는 않지만 보는 눈은 많은 곳으로 가서 애정을 과시하는 척하는 거죠."

나는 손을 들어 올려 잘 보이게 손가락을 하나씩 꼽으며 말했다.

"그다음 계획은 장례식 때문에 미뤄졌다는 핑계를 대고 지금이라도 화려하고 성대하게 결혼식을 올리는 거고요. 그다음은 대공저에서 무도회를 주최해서 사람들 앞에서 알콩달콩한 연기를 하는 거랍니다."

그리고 나는 손가락을 세 개 접은 손을 무릎으로 내리며 표정을 굳혔다.

"참고로 저는 세 가지 대안 전부 다 싫어요."

"……그렇군요."

파비안은 한 손으로 마른세수를 했다.

"좋습니다. 그나마 침실을 쓰는 게 제일 간단하군요. 그럼 오늘 밤에 뵙도록 하지요."

역시 말이 통하는 사람이라니까.

밤이 되었다.

나는 평소와 똑같은 시간에 라리사를 재웠다. 나지막하게 자장가도 불러주고, 이불 위를 토닥여 주고, 이마에 굿나잇 키스까지.

"잘 자, 라리사."

다행히 아직 어린 편이라 라리사는 잠자리에 드는 시간이 조금 일렀다. 재워놓고 나서도 준비할 시간은 충분했다.

'어른들의 밤은 이제부터지.'

나는 일부러 소피아와 다른 하녀들 앞에서 오늘은 부부 침실에서 잘 것이니 침구를 잘 정돈해 두라고 말했다.

즐거운 밤샘을 위해 나는 제법 많은 준비를 했다. 제일 먼저 라리사의 놀이방부터 털었다.

'미안, 라리사. 언니가 조금만 빌릴게.'

카드, 보드게임, 블록, 주사위, 체스 등 뭔가 조금이라도 재미있어

보이는 것은 죄다 챙겼다. 저녁 식사 후에는 카페인 수급을 위해 보약만큼이나 진하게 우린 홍차를 찻주전자 하나 가득 마셨다.

'요즘 잠을 잘 못 잤지만, 홍차를 이 정도 마셔두면 하룻밤 정도야 괜찮겠지.'

옷은 어쩔 수 없이 잠옷이었다. 잠자리를 하러 가는 것처럼 보여야 하니까.

그래도 하늘거리는 섹시한 잠옷과 보통 잠옷 중에서는 후자를 골랐다. 굳이 반투명한 잠옷을 입어서 불편하게 밤을 지새우느니, 실용적인 보통 잠옷을 입는 게 몸도 마음도 편할 테니까.

"마님, 아무리 그래도 그 잠옷은 조금⋯⋯."

소피아가 안타까워하면서 나를 말렸다. 나는 태연하게 말했다.

"어차피 벗을 텐데 뭘."

사실 안 벗을 거지만.

소피아는 얼굴이 발그레해져서 잠시 우물쭈물하다가 조심스레 물었다.

"그렇담 잠자리 화장을 해드릴까요?"

"응? 그게 뭔데? 잘 건데 왜 화장을 해?"

"그⋯⋯."

방에 소피아와 나 외에는 아무도 없는데도 소피아는 내게 귓속말로 속삭였다.

"아니! 필요 없어!"

나는 설명을 듣자마자 두 팔을 저으며 완강히 거부했다.

몸에도 화장을 한다니, 이게 무슨 소리야⋯⋯. 민망해서 얼굴이 화끈거렸다.

"오늘은 그냥 편하게…… 편하게 갈래."

소피아는 이런저런 제안을 더 하다가, 내가 전부 거절하자 결국 포기했다.

나는 호기롭게 미리 준비한 것들을 바리바리 짊어지고 목적지로 출격했다. 내가 하녀를 시키지도 않고 직접 놀이도구들을 들고 가는 걸보며 소피아가 침음을 흘렸다.

"아마 뭘 가져가셔도 사용하지 않으실 텐데……."

나지막하게 중얼거리는 소리를 들으며 나는 속으로 웃었다.

'오해야, 소피아. 난 이걸 전부 다 쓸 거거든. 후후후……. 밤새 아주 재밌게 놀아버릴 테다.'

그렇게 다짐했지만, 아무래도 부부 침실로 통하는 황금빛 문손잡이를 잡을 때는 심장이 쿵쾅거렸다.

'진정해. 라리사나 조카랑 놀아주는 것하고 별다를 것도 없으니까.'

나는 심호흡을 하고 살그머니 침실 문을 열었다. 다행히 안에는 아직 아무도 없었다.

정말 다행이었다.

침실은 끔찍할 정도로 로맨틱하게 장식되어 있었다.

침실을 사용하겠다고 했을 뿐인데, 대공저의 고용인들은 뭘 어떻게받아들인 것인지 침실에 심하게 공을 들여놓은 것이다. 이대로 뒀다간 없는 분위기마저 생길 지경이었다.

나는 허겁지겁 여기저기 놓인 은은한 향초의 불을 끄고 방이 환해지도록 램프를 켰다. 그리고 커다란 꽃병에서 꽃을 뽑아 벽난로에 던져 넣고 침대 위에 흩뿌려진 장미 꽃잎을 꽃병 안에 쓸어담았다.

"도대체 이 계절에 장미를 어디서 가져온 거야!"

얼마 전엔 딸기도 가져오더니, 장미도 가져올 수 있다는 건가. 온실이 도대체 얼마나 큰 거야? 나는 아직 가보지도 못한 온실을 원망했다.

잠시 후, 대공의 방 쪽 침실 문이 소리도 없이 부드럽게 열렸을 때, 나는 아슬아슬하게 쓸데없는 것들을 거의 다 치운 참이었다. 생각지도 못한 오밤중의 운동 덕분에 조금 숨을 몰아쉬며 땀을 흘리고 있긴 했지만.

"……뭘 하고 계셨던 겁니까?"

익숙한 저음의 목소리에 고개를 들어 문가를 쳐다보았다. 문손잡이를 잡은 파비안이 눈가를 조금 찡그린 채로 내 쪽을 바라보고 있었다.

"……스트레칭이요?"

나는 어색하게 팔을 뻗으며 대답했다. 찡그린 얼굴마저 잘생겨서 잠시 정신이 팔렸다가, 나는 문득 그의 차림새를 보았다.

이럴 수가. 그는 조끼에 코트까지 전부 챙겨 입은 정장 차림이었다. 심지어 장갑까지 끼고 있었다. 나는 완전 헐렁한 잠옷 차림인데!

나에게 침대를 내주고 자신은 일이나 하겠다던 게 진심이었는지, 손에 들린 건 무려 서류 더미와 만년필이었다.

나는 옆으로 뻗었던 팔을 내리며 눈을 가늘게 떴다.

"배신자."

"예?"

"침실에서 잔 것처럼 보여야 하는데 그렇게 옷을 다 갖춰 입고 오시면 어떡해요?"

파비안은 문손잡이를 잡은 채로 굳었다. 그가 가라앉은 목소리로 되물었다.

"갈아입고 올까요?"

"됐어요. 그냥 들어오세요. 침구나 좀 흩트려 놓고 내일 아침에 침실에서 식사를 같이하면 되겠죠."

나는 분주하게 뛰어다니느라 조금 헝클어진 머리를 손으로 대강 빗어 내리며 방 가운데에 놓인 소파 쪽으로 향했다. 파비안도 문을 닫고 방 안으로 들어왔다.

"그래도 그 크라바트 정도는 풀지 그래요? 답답할 텐데."

나는 목 끝까지 촘촘하게 채워진 셔츠의 단추와 그 위를 꽁꽁 싸매고 있는 크라바트를 눈짓으로 가리켰다. 그러자 파비안은 한 손으로 목을 가렸다.

"괜찮습니다."

어깨를 움찔하며 목을 가리는 손짓이, 꼭 내가 위협하기라도 한 것 같았다.

그래요, 뭐…… 내가 불편한가, 불편한 건 그쪽이지.

나는 아주 편안한 잠옷을 입은 채로 아주 편안하게 털가죽이 깔린 소파에 몸을 파묻었다.

파비안은 테이블을 사이에 두고 내 맞은편에 앉았다. 그리고 아주 자연스럽게 손에 든 서류를 펼치려 했다.

잠깐! 그건 아니지! 나랑 놀아야 할 것 아니야. 설마 나 혼자 밤을 새우라고?

"일 많이 바쁘신가요? 그 서류, 오늘 밤에 다 처리하지 않으면 안 되는 거예요?"

나는 은근한 압박을 넣어 물었다. 그는 서류를 펼치려던 손을 멈추며 대답했다.

"그런 건 아닙니다."

"그럼 저랑 놀아요. 기왕에 같이 밤새울 건데 재미있게 보내는 게 좋잖아요."

나는 라리사의 놀이방에서 가져온 물건들을 차례로 테이블 위에 늘어놓았다. 그걸 내려다보는 파비안의 눈빛이 어딘가 참담해 보이는 건, 역시 착각이겠지?

"자, 뭐부터 할래요?"

파비안은 난감한 듯이 장갑을 낀 손으로 턱을 매만졌다.

"음…… 저는 할 줄 아는 게임이 별로 없는데요."

"게임은 싫어요? 그러면 그냥 밤새 수다를 떨어도 상관없어요."

나는 뒤로 기대어 앉았다.

서류상이긴 하지만 어쨌거나 그는 지금 내 남편이다. 아는 게 별로 없으니 이참에 남편에 대해 알아가는 것도 괜찮지. 중요한 사실이 있으면 라리사에게 알려줄 수도 있을 테고.

"그럼 우리 어린 시절 이야기나 할까요? 어차피 부부 행세를 하려면 서로에 대해 어느 정도는 알아야 할 테니까요."

내 제안을 파비안은 딱 잘라 거절했다.

"그냥 게임을 합시다."

어린 시절이 도대체 어땠길래? 뭔가 켕기는 게 있나?

아니면 마녀였던 어머니 이야기를 꺼내고 싶지 않은 것일지도 몰랐다.

"좋아요. 이러나저러나, 전 재미있게 놀면서 깨어 있기만 하면 되니까요. 카드 게임 정도는 할 줄 알죠?"

"대충은요."

"좋아요. 모르는 게 있으면 제가 가르쳐 줄게요."

나는 테이블 위에 놓인 물건 중에서 카드를 한 벌 집어 들고 나머지는 대강 옆으로 밀어 치웠다. 그리고 카드를 잘 섞어 늘어놓았다.

"그냥 하면 금방 질릴 테니, 우리 내기나 할래요? 뭐가 걸려 있는 편이 더 재미도 있고요."

카드를 내려놓고 나는 슬쩍 시선을 들어 파비안을 쳐다보았다. 그는 팔짱을 끼며 말했다.

"좋으실 대로. 그럼 뭘 걸까요?"

"흠, 진 사람은 이긴 사람이 말하는 걸 들어주기로 하죠. 어때요?"

파비안은 한쪽 입꼬리를 슬쩍 끌어 올리며 픽, 하고 웃었다.

"그러지요. 그런데 만약 이긴 사람이 상대편이 들어주기 어려운 소원을 말하면 어쩔까요?"

"그러면 그냥 벌칙으로 술을 마시면 딱인데⋯⋯."

나는 카드 귀퉁이를 매만지며 중얼거렸다. 안 그래도 이 방에는 대공 부부를 위한 귀한 술이 여러 병 준비되어 있었다.

내가 작게 중얼거리는 소리를 들은 파비안이 단호하게 말했다.

"그건 안 됩니다."

"⋯⋯들으셨어요?"

"오늘 술은 절대 안 됩니다."

"아, 재미없게."

파비안은 엄격, 근엄, 진지한 표정으로 나를 쳐다보았다. 그런데 웬일인지 그게 하나도 안 무서워 보여서 나는 소리 내어 웃고 말았다.

"농담이에요. 못 들어줄 것 같은 소원이라면 서로 양심껏 다른 소원으로 바꿔주기로 해요. 어차피 재미로 하는 거니까요."

"좋습니다."

파비안은 내 조건을 받아들이고 자기 앞에 놓인 카드를 펼쳤다. 아니, 펼치려 했다.

나는 또 웃고 말았다. 그는 장갑을 낀 채여서 좀처럼 카드를 뒤집지 못했다.

"장갑 그냥……."

벗으시라고 말하려다 나는 입을 다물었다. 조금 전에 크라바트 벗지 그러냐고 말했을 때 기겁하며 자기 목을 감싸 쥐던 파비안의 얼굴을 봤으니까.

그는 여전히 입고 있는 코트의 단추 하나 풀지 않은 채였다. 금속 갑옷으로 완전무장한 기사 같은 완강한 표정으로, 카드 한 장 뒤집지 못해 낑낑거린다니.

나는 픽 웃으며 팔을 쭉 뻗었다.

"그냥 제가 뒤집어 드릴게요."

"아니, 제가 할 수 있……."

파비안이 내 손을 막으려다, 오히려 손을 겹쳐 쥐고 말았다.

"앗……."

아앗, 안 돼…….

결국 그 장면이 펼쳐지고 마는 건가? 영화나 만화에서 수없이 봤던, 서로의 손이 스치고, 주변이 조용해지고, 둘은 서로를 바라보며 볼을 붉히고…….

나는 어깨를 움츠리며 파비안을 쳐다보았다.

"실례."

그는 가볍게 사과하며 곧바로 손을 뗐다. 얼굴을 붉힐 여지 같은 것은 없었다. 손이 닿아봤자, 맨손이 닿은 것도 아니고 그의 장갑이 닿은 것뿐이었으니까.

'쓸데없이 긴장한 건 나뿐이었구나.'

오히려 파비안은 눈썹을 가볍게 찌푸렸다. 그걸 보고 나는 확신했다. 혹시라도, 만에 하나 아주 혹시라도 발생할지도 모른다고 걱정했던 그런 불상사는 절대 일어나지 않겠구나, 하고.

"제가 직접 하겠습니다."

"그러세요."

어차피 밤은 길고 시간은 많다. 나는 내 카드부터 뒤집어놓고 잠시 기다렸다. 파비안은 조금 고생했지만 결국 장갑을 낀 채로 카드를 전부 뒤집었다.

'좋아. 딴생각하지 말고 오늘의 목표에만 집중하자.'

나는 가볍게 소매를 걷어붙였다. 오늘은 즐겁게 놀며 밤을 새우기만 하면 된다.

몇 판 카드를 돌리자, 파비안은 장갑을 벗지 않고도 요령 좋게 바로바로 카드를 뒤집었다. 나도 장갑 따위는 잊어버리고 게임에 집중했다.

"다이아몬드 스트레이트. 더 낮은 숫자 나왔으면 말해요."

"졌습니다."

파비안은 자기 카드를 뒤집지도 않고 선선히 말했다.

"와! 그럼 이걸로 삼천 골드 빚지신 거예요."

"그렇군요."

파비안이 자기 카드를 테이블 가운데로 밀면서 엷게 웃었다.

나는 벌써 여섯 판째 연달아 이긴 참이었다.

하하, 돈 벌기 참 쉽네. 이렇게 계속 이길 거면 한 일주일쯤은 내내 밤새울 수도 있겠는걸.

사실 처음부터 돈을 걸 생각은 아니었다. 그런데 이기고 보니 딱히 그에게 들어달라고 할 만한 소원이 없었던 것이다. 필요한 건 다 가지고 있으니 따로 달라고 할 만한 것도 없고. 어린 시절 이야기가 궁금하지만 그건 말하고 싶지 않은 것 같고.

'그렇다고 거창한 소원을 빌 수도 없고, 술은 또 절대 안 된다고 하니 어쩔 수 없잖아.'

그래서 첫판에서 이겼을 때, 농담 삼아 오백 골드를 달라고 했다. 그런데 파비안이 눈 하나 깜짝하지 않고 '그러지요'라고 하는 게 아닌가.

나, 나야 좋지. 도피 자금이 늘어나는 건 언제나 환영이니까.

'그런데 이렇게 단숨에 몇천 골드나 벌어버리니까 좀 찜찜한데……?'

파비안이 한 판이라도 이기면 기분이 좀 나을 텐데. 이거야 원, 어린아이 삥 뜯는 기분이잖아.

"카드 게임 정말 못하시네요."

"처음부터 그렇다고 말씀드리지 않았습니까?"

이렇게 연달아 지고만 있는데도 파비안은 여유로웠다.

크으, 저 여유는 역시 금력에서 오는 걸까. 몇천 골드 잃는 것쯤이야 대공 전하에게는 아무것도 아닌가 보다.

아니, 잠깐……. 설마 아예 이길 생각이 없었던 건가? 나는 의심스러운 눈길로 가볍게 흘겨보며 물었다.

"설마, 지금 일부러 져주고 계신 건 아니죠?"

"아닙니다. 별로 해 본 적이 없을 뿐입니다."

"흠……."

규칙이 그리 어렵지도 않은 게임인데. 진짜 잘 못하는 거야, 아님 아주 능숙하게 거짓말을 하는 거야?

아무런 마음의 소리가 들려오지 않으니, 나로서는 알 방법이 없었다.

나는 카드를 다시 잘 섞어 일곱 번째 판을 돌렸다. 각자 자기 카드를 보고, 버릴 것을 버리고 새 카드로 교환하고, 정리되었다 싶었을 때 카드를 뒤집었다. 그리고 일곱 번째 판도 이겨 버렸다.

"또 이겼네요."

"그렇군요. 이번 소원도 오백 골드입니까?"

"이기기만 하니까 별 재미가 없네요."

나는 카드를 덮으며 등받이에 등을 기댔다. 오백 골드면 보통 사람들이 두세 달은 일해야 만질 수 있는 돈이었다. 그런 돈을 자꾸 아무렇지 않게 선뜻 내어주니까 양심이 조금 찔렸다.

게임을 시작한 지 겨우 한 시간 지났을 뿐인데 손에 삼천오백 골드가 생겼다. 이대로라면 밤이 다 지나면 얼마가 될지…….

돈 내기는 이 정도에서 그만두는 게 좋겠다. 계속하면 도박이나 다름없을 것 같으니까.

"지기만 하니 재미없죠? 우리 다른 게임 할까요?"

"벌써 질리셨습니까?"

파비안이 한쪽 입꼬리를 끌어 올리며 웃었다. 그는 테이블 위에 흩어진 카드를 가운데로 모으며 말했다.

"마지막으로 한 판만 더 하지요."

"그럴까요……."

어차피 내가 또 이길 텐데.

나는 파비안이 나누어 준 카드를 한 장씩 집어 들었다. 어김없이 좋은 패였다.

"하나 둘 셋 하면 동시에 뒤집어요. 하나, 둘, 셋!"

우리는 동시에 카드를 뒤집었다. 파비안의 카드를 보고 나는 깜짝 놀라 박수를 쳤다.

"드디어 이기셨네요!"

"그렇군요."

"제 패가 이렇게 좋은데도…… 그보다 더 좋은 패가 나오다니……."

그의 패는 백 판쯤 돌아도 한 번 나올까 말까 한 희귀한 패였다. 믿을 수가 없어 그의 패를 한 번 더 살폈다.

"잠깐, 이번 판에 카드 돌린 거 파비안이죠?"

"그랬지요."

"와, 이럴 줄 알았어요. 일부러 져주는 거 아니라더니, 거짓말쟁이!"

"운이 좋았을 뿐입니다."

그는 덤덤하게 카드를 덮어 정리했다. 그 손놀림에는 능숙함도, 어색함도 없었다. 그냥 평범하게 카드놀이를 몇 번 해 본 사람의 손놀림이었다.

'진짜 도박 고수의 손놀림은 절대 화려하지 않다고 빌레인이 그랬는데…….'

나는 의심의 눈초리로 파비안의 손을 노려보았다. 그에게선 아무 마음의 소리도 들려오지 않았고, 어쨌거나 진 건 진 거였다.

"좋아요. 소원이 뭐예요?"

애매하게 소원 들어주기라고 하지 말고 그냥 대놓고 돈을 얼마씩 걸자고 할걸.

'쪼잔하게 지금까지 딴 돈 다 돌려달라고 하지는 않겠지?'

나는 오늘 딴 돈을 모조리 잃을까 봐 불안해하며 파비안의 얼굴을 쳐다보았다. 카드를 정리하다가 나와 눈이 마주친 그가 픽 웃으며 말했다.

"돈 안 뺏습니다."

"저 아무 말도 안 했는데…….."

"대신 질문에 하나 대답해 주세요."

"좋아요. 뭔데요?"

도피 자금을 무사히 지킬 수 있게 된 나는 생긋 웃으며 물었다. 파비안은 나를 빤히 쳐다보며 말했다.

"왜 라리사를 대공비로 만들고 싶은 겁니까?"

아니, 같이 잘 놀다가 이게 무슨 날벼락이야? 나는 찬물을 뒤집어쓴 기분이 되어 얼굴을 굳혔다.

"벌주 마실래요."

"술은 안 된다니까요."

파비안은 입가에 옅게 미소를 띠고 있었지만, 눈은 그다지 웃는 것 같지 않았다.

"이제 와서 그게 중요한가요?"

"당신이 마음을 바꾸지 않는 한 계속 중요할 질문입니다, 마르시아."

그거야…… 내가 살아남고, 라리사가 행복해지기 위해서인데.

'……어?'

순간 마음속 어디선가 위화감이 스쳤다. 뭔가 이게 아닌 것 같은 느낌이. 하지만 그 느낌은 아주 잠깐 비쳤다 사라졌고, 내가 왜 이상한 기분을 느꼈는지 알 수 없었다.

'방금 그건 뭐였지?'

나는 잠깐 아리송해하다가, 여전히 나를 쳐다보는 파비안의 시선을 느끼고 정신을 차렸다. 그는 쉽게 포기할 것 같지 않았다.

'어쩔 수 없지.'

나는 라리사에게 했던 말을 그대로 했다.

"뭐, 좋아요. 꿈을 꿨어요. 예지몽이요. 라리사가 삼 년 뒤에 블리크 저택에 찾아온 대공 전하하고 결혼해서 행복하게 살게 되는 꿈이었어요."

"제가 삼 년 뒤에 블리크 저택으로 찾아간다고요?"

파비안은 웃지도 않고 진지한 눈을 하고 물었다. 나는 가볍게 한숨을 쉬었다.

"대공 전하는 여행 중에 우연히 지나가던 길이었어요. 하지만 도저히 삼 년이나 더 기다릴 수가 없어서 이쪽에서 먼저 찾아 나선 거죠."

"학대당하도록 내버려 둘 수 없어서요?"

"……더는 못 보고 있겠다고 생각했어요."

테이블 위에 가지런히 정리된 카드 더미로 시선을 내리며 속으로 생각했다.

'그때까지 저택에 남아 있으면 당신이 절 죽일 거랍니다.'

전에 내가 원한다면 라리사를 학대한 자들에게 암살자를 보내겠다고 했던 게 떠올라, 나는 어깨를 조금 떨었다.

"당신도 만만치 않은 거짓말쟁이로군요."

파비안의 말에 나는 고개를 들었다. 그의 눈이 조금 가늘어졌다.

붉은 눈은 분명 웃고 있었다.

"진짜인데요? 제가 거짓말한다는 증거 있어요?"

"거짓말인지 아닌지는 딱 보면 압니다. 그리고 보통 증거 있냐는 말은 증거가 없다고 철석같이 믿는 거짓말쟁이들이 하는 말이죠."

나는 할 말을 잃었다.

"전부 거짓말인 건 아니에요. 말할 수 없는 게 좀 있을 뿐이죠."

꿈이 아니라 동화책 속 이야기라든가, 원작에 나온 것은 '왕자님'이지 '파비안 로랑'인 건 아니라든가…….

절대 말할 수 없는 것들을 목구멍 뒤로 삼켰다.

'차라리 돈을 달라고 하지.'

파비안이 느긋하게 상체를 뒤로 기댔다. 애초부터 별로 기대를 하지 않았던 듯, 그는 여유롭게 웃었다.

"좋습니다. 대답하기 어려운 질문이었군요. 그럼 이건 무효입니다. 대신 다른 소원을 들어주셔야겠네요."

"좋아요. 다른 거 얼마든지 물어보세요."

"흠…… 지금은 다른 건 궁금하지 않군요. 소원은 당분간 보존해 두도록 하겠습니다."

앗, 약았어.

"걱정 마십시오. 무리한 걸 바라지는 않을 테니까요. 당신의 소원이 회당 오백 골드어치였다는 걸 꼭 기억해 두지요."

파비안이 낮게 소리 내어 웃었다. 나는 조그맣게 투덜거렸다.

"전하께서는 참 어딘가 쪼잔한 것도 같고 아닌 것도 같고 그러시네요."

"먼저 쪼잔한 액수를 바란 것은 그쪽입니다."

아니, 전혀 쪼잔하지 않은 금액인데……. 오백 골드씩 백 판을 내리 이기면 오만 골드인데……. 그 돈이면 수도 외곽에 텃밭이 딸린 집을 한 채 살 수 있다고.

나는 눈을 동그랗게 떴다가 얼른 표정을 가다듬었다.

"놀이인데 큰돈을 걸어서야 되겠어요? 도박하자는 것도 아닌걸요."

"하하하. 물론이죠."

파비안은 어느 순간부터 시종일관 웃고 있었다.

이렇게까지 잘 웃는 사람이었나?

웃으니까 안 그래도 잘생긴 얼굴에서 환하게 빛이 뿜어져 나오는 것 같았다.

나는 그의 얼굴에 홀리기 전에 얼른 시선을 돌렸다. 그리고 놀이도 구 무더기에서 아무거나 가장 위에 있는 걸 집었다.

"이제 카드 게임은 그만하고 이거 해요, 우리."

"좋습니다. 하지만 순수하게 게임을 합시다. 내기 같은 건 그만하고요."

"찬성이에요."

내가 집어 든 것은 어디서 많이 본 듯한 나무 블록 게임이었다. 블록을 높게 쌓아놓고 번갈아가며 하나씩 빼서, 쌓인 블록을 무너뜨리는 쪽이 지는 게임이다.

아름다운 상자를 열자, 안에서 고급 목재의 향이 흘러나왔다. 나무 블록에는 금을 입힌 로랑가의 문장이 하나하나 새겨져 있었다. 매끈한 표면에는 흠집 하나 없었다.

설마, 이 블록 가지고 노는 게 내가 처음인가?

"이 방, 방음은 잘 되겠죠?"

"예? 갑자기 그런 건 왜······."

"블록 무너지는 소리가 다른 방으로 새어 나가는 건 아닐까 해서요."

내 침실은 방 몇 개는 건너가야 하니까 거기까지 들리진 않겠지? 라리사를 깨울 일은 없을 테고······.

"블록 소리 따윈 안 들릴 겁니다."

"그럼 목소리는요? 소리를 질러도 안 들릴까요? 제가 무슨 소리를 내도요?"

"······네."

"아, 다행이네요."

나는 가볍게 짝, 하고 양손을 맞부딪혔다. 아까 카드 게임에서 연달아 이겼을 때 좀 흥분해서 목소리가 높아졌었던 것 같은데, 그 정도는 괜찮겠지?

나는 엄청나게 비싸 보이는 블록을 꺼내 하나씩 테이블에 쌓으며 말했다.

"우리가 침실에서 지금 뭘 하는지, 바깥에 있는 고용인들에게 들키면 안 되잖아요. 상상력을 발휘하도록 내버려 둬야 하니까요."

"상상력······ 말씀입니까······."

파비안의 목소리가 묘하게 낮아진 것 같았다. 눈을 들어보니, 그는 테이블 모서리에 시선을 고정시킨 채 장갑 낀 손으로 자기 얼굴을 쓸어내리고 있었다.

"그래요. 우리가 사실은 유치하게 블록 쌓기나 하는 걸 알면 뭐라고 생각하겠어요?"

나는 키득키득 웃으며 블록을 한 움큼 집어 그에게 건넸다.

"자, 이제 이거 쌓는 거나 도와줘요."

마르시아의 고개가 소파 등받이를 타고 스르르 미끄러져 내렸다.

"······마르시아?"

파비안이 나지막하게 그녀의 이름을 불렀다. 대답은 없었다.

그는 마르시아의 얼굴 앞에서 손을 흔들어 보았다. 그녀는 미동도 하지 않았다.

아까부터 반쯤 감겨 있던 녹색 눈동자는 아예 기다란 금빛 속눈썹 아래로 사라져 더는 보이지 않았다. 살짝 벌어진 입술 사이로는 고른 숨소리가 새어 나왔고, 새하얀 레이스가 달린 잠옷의 가슴 언저리가 부드럽게 오르락내리락했다.

"설마 자는 겁니까······."

파비안은 절망적인 심정으로 중얼거렸다.

'같이 놀면서 밤을 새우자더니······.'

그는 주머니에서 시계를 꺼내 뚜껑을 열어 흘끔 내려다보았다. 새벽 두 시가 간신히 넘었을 뿐이었다. 고작 세 시간 만에 잠들어 버리다니. 그는 한 손으로 자기 이마를 짚었다.

마르시아는 한 손에 체스 말을 쥔 채 아주 평화로운 표정으로 잠들어 있었다. 파비안은 그녀를 쳐다보며 조용히 한숨을 섞어 말했다.

"제가 오늘 얼마나 힘들었는지 알아요?"

······자제하느라.

"그런데 참 속 편하게 잘도 자는군요."

침실 문을 열었을 때, 마르시아가 잠옷 차림인 것을 보고 그는 기함했다. 그녀는 아무것도 신경 쓰지 않는다는 듯 웃었지만 그는 도저히 그럴 수가 없었다.

얼굴은 왜 발갛게 상기되어 있는 것이며, 이마에 맺힌 반짝이는 저 땀방울은 뭐란 말인가?

"……스트레칭이요?"

침착한 척 둘러대는 말소리에 불안정하게 몰아쉬는 숨결이 섞여 나왔다.

몇 겹씩이나 차려입어야 하는 평소의 드레스 차림에 비해 겨우 한 겹뿐인 잠옷은 그녀가 움직일 때마다 그 궤적을 따라 부드럽게 살랑거렸다. 맨발에 꿰어 신은 부드러운 털 슬리퍼와 그 위로 슬며시 보이는 가느다랗고 흰 발목에서 시선을 떼기 위해 그는 눈에 힘을 주어야 했다.

게다가 카드 게임을 하면서 손끝이 스칠 때마다 전기가 오르는 것처럼 몸이 자꾸 경직되었다. 파비안은 그저 마르시아가 눈치채지 않기만을 바라며 바짝 긴장한 채로 게임을 해야 했다.

그는 장갑을 낀 손을 내려다보았다.

'전에는 맨손을 잡아도 아무렇지 않았는데.'

손끝이 화끈거렸다. 그의 마음속에 어떤 풍파가 몰아쳤는지도 모르고, 마르시아는 소파에 기대어 잘만 자고 있었다. 미끄러져 내린 고개가 옆으로 푹 꺾인 것이, 그 짧은 사이에 어지간히도 깊게 잠든 모양이었다.

'저대로 자고 일어나면 목이 꽤 아프겠군.'

파비안은 고개를 저으며 자리에서 일어섰다. 그리고 아주 조심스럽게 마르시아의 등 뒤와 무릎 아래에 손을 넣어 그녀를 들어 올렸다.

"으음……."

"……."

눈꺼풀이 바르르 떨리는 것을 보고 파비안은 숨을 삼켰다. 다행히도 그녀는 깨어나지 않았다.

아닌 척했지만 어지간히도 피곤했을 것이다.

'이고르가 찾아온 이후부터 내내 긴장의 연속이었을 테지.'

라리사의 상태가 어떤지 그는 계속 보고를 받아 알고 있었다.

파비안은 무사히 마르시아를 침대에 데려다 눕혔다. 조심조심 이불을 덮어주고, 베개 위에 흐트러진 머리칼을 물끄러미 내려다보았다.

완벽하게 차음이 된 침실 안에서 들려오는 소리라고는 벽난로에서 장작이 타닥타닥 타는 소리와 그의 심장이 바짝바짝 마르는 소리뿐이었다.

정말 눈치채지 못했을까? 아무리 감추려고 해도 이렇게 티가 나는데? 자신의 동생에 대해서라면 아주 조그만 변화라도 알아채곤 했는데.

"휴……."

그는 한숨을 푹 내쉬었다.

'내가 도대체 어쩌다 이렇게 된 거지.'

어떤 외압이 들어와도 대공 자리가 굳건해질 때까지 이혼할 생각은 없었고, 그 뒤로는 양자를 들일 테니 부부 사이에 관한 구설수는 어차피 생길 터였다. 그러므로 공작 부부의 사이가 좋든 말든 그와는 전혀 상관이 없었다.

……그랬어야 했다.

그런데 이 여자가 뭐라고 이런 장단까지 맞춰주고 있는 걸까. 그냥 계약 항목만 딱 지키면 될 일인데.

'처음에는 그리도 수상해 보였는데.'

파비안이 무방비하게 잠든 마르시아를 내려다보며 쓴웃음을 흘렸다.

전 대공이 쓰러졌을 때, 그는 사실 마르시아에게도 의심의 추를 던져두고 있었다. 그래서 포투스에게 급히 뒷조사를 시켰다.

조사한 바에 의하면, 마르시아는 결코 대공비에 어울릴 만한 여자가 아니었다. 블리크가에서는 늘 패악을 부렸고 매일같이 술이나 퍼마시며 놀러 다녔다. 집안 재정이 어렵든 말든 유행에 맞춰 온갖 사치를 다 부리는 여자라고 했었다.

대공가의 명성을 무너뜨리기에 아주 딱 알맞은 여자였다. 그가 마르시아에게 청혼한 데에는 그런 이유도 있었다.

그런데 실제로 한 저택에서 함께 살아 보니, 전혀 그런 사람이 아니었다. 마르시아는 충동적이기는 해도 자기 소신이 있었다. 사치나 패악과는 거리가 멀었다. 마치 다른 사람이기라도 한 것처럼.

그리고 라리사를 그렇게 아끼는 모습만을 보자면…….

거기까지 생각하니, 또 심장 아래가 간질거렸다.

"이상한 사람입니다, 당신은."

조용히 읊조리며, 파비안은 왼손의 장갑을 벗었다. 그리고 조심스레 마르시아의 뺨의 곡선을 따라 그 선을 덧그렸다. 손끝은 발그레한 뺨의 열기를 느낄 수 있을 정도로 가까웠으나, 결코 닿지는 않았다.

닿고 싶어 미칠 지경이었다.

그러나 그녀는 그의 아내이면서 아내가 아닌 여자였다. 마르시아는 그를 믿고 이런 제안을 한 것이다. 그 믿음을 배신할 생각은 없었다.

금방이라도 마르시아가 눈을 뜨고 '우리 계약을 잊지는 않았겠죠' 하고 추궁해 올 것만 같았다. 파비안은 자기 입으로 자신이 약속을 지키는 사람이라고 거듭 강조했던 것을 후회했다.

하지만 이미 늦었다.

'내 인내심이 이리도 얄팍했을 줄이야.'

종잇장처럼 얇게만 느껴지는 인내심은, 그래도 아직 끊어지지 않았다. 파비안은 뺨의 솜털 하나 건드리지 않은 채로 손을 거두어 다시 장갑 아래에 단단히 감추었다. 침대 캐노피에 드리워진 커튼을 치고, 방 안의 램프를 한 개만 남기고 모두 껐다.

그는 램프를 들고 조금 전까지만 해도 마르시아가 웃고 떠들던 테이블로 향했다. 그리고 챙겨 온 서류와 만년필을 집어 들고 소파에 깊숙이 몸을 묻었다.

목말라.

나는 눈을 반짝 떴다.

"……?"

어라. 내 침대, 이렇게 편안했었나? 정말 잘 잤는걸…….

몸을 일으키려는데 손에 뭔가 걸리적거렸다. 이게 뭐지, 하고 손을 끌어당겨 보니 그건 체스 말이었다. 나는 나이트를 쥔 채로 잠들었던 모양이다.

"잠깐!"

나는 순식간에 침대에서 벌떡 일어났다. 화려하게 금실로 수놓인 이불, 열 명은 너끈히 함께 잘 수도 있을 것 같은 광활한 침대. 내 침실이 아니었다.

'아악! 잠들어 버렸어!'

내 입으로 함께 밤을 새우자고 해놓고……. 지금 몇 시지? 내가 왜 침대에 누워 있는 거지?

침대 주위에는 얇은 커튼이 쳐져 있었다. 그 위로 아무리 봐도 햇빛 같은 것이 너울거렸다.

나는 황급히 커튼을 걷으며 침대 밖으로 나갔다. 침실 안에는 아무도 없었다. 파비안의 모습도 보이지 않았다. 어젯밤에 실컷 어지르며 놀았던 테이블은 말끔하게 정리되어 있었다.

나는 혹시 메모 같은 것이 놓여 있지는 않나 살폈지만, 그런 것은 없었다. 파비안은 아무래도 내가 잠든 사이 몰래 침실을 빠져나간 모양이었다.

'난 어쩌지? 나도 내 방으로……. 아냐.'

기왕 부부 침실을 사용하겠다고 선언해 놨으니, 이참에 방으로 돌아가는 모습도 보이는 게 낫다. 파비안이 같이 있었으면 좋았겠지만, 나 혼자라도 할 건 해야지.

나는 설렁줄을 당겨 고용인을 불렀다.

"마님, 기침하셨어요?"

줄을 잡아당기자마자 얼마 지나지도 않아 하녀들이 등장했다. 시키지도 않았는데 아침 식사가 담긴 트롤리를 밀고서. 내가 일어나기도 전부터 아침 식사를 마련해 문 앞에서 대기했던 것이 틀림없었다.

딱 봐도 어려 보이는 두 하녀는 내가 아무 말도 하지 않고 눈만 동 그랗게 뜨고 있으니, 얼른 번갈아 가며 설명했다.

"아침 일찍 주인님께서 식사를 준비해 두라고 말씀하셨어요."

"급히 처리해야 할 일이 있어 아침을 함께 들지 못하게 되어 미안하다고 전해달라고도 하셨고요."

아, 그, 그래……

묘하게 신이 난 것 같은 하녀들이 순식간에 테이블 위에 아침 식사를 차렸다.

뚜껑을 열자 접시에 놓인 아침 식사에서 좋은 냄새와 함께 김이 모락모락 피어났다. 찻주전자의 물도 방금 끓인 것처럼 뜨끈했다. 꼭 방금 준비해 온 것처럼.

그래도 오래 기다리지는 않았나 보네.

"저, 마님, 몸은 좀 어떠세요? 피곤하지는 않으세요?"

"응?"

"오늘 아침 대공 전하의 얼굴이……."

나는 찻잔에 손을 뻗다 말고 고개를 들었다.

-얘가 미쳤나 봐! 마님께 무슨 소릴 하는 거야.

마음의 소리와 함께 얼굴이 새빨개진 하녀 하나가 다른 하녀의 옆구리를 꾹 찔렀다. 옆구리를 찔린 하녀는 헉, 하더니 얼른 고개를 푹 숙였다.

"제, 제가 실언을 했습니다, 마님. 혹 피로를 푸는 데 도움이 되실까 해서 옆방에 목욕물을 준비해 두었다는 말씀을 드리려고……."

"전하의 얼굴이 어땠는데?"

이번엔 그 하녀까지 얼굴이 빨개졌다. 하녀는 머뭇거리다가 대답했다.

"그…… 한숨도 못 주무신 것 같은 얼굴이셔서……."

"피곤하실 테니, 절대 마님을 깨우지 말라고 하셨어요."

'아…….'

안 봐도 어떤 상황인지 눈앞에 펼쳐졌다. 내가 잠들어 버리자 파비안은 정말 자기가 말한 대로 옆에서 밤을 지새운 게 틀림없었다. 그리고…… 하녀들은 그 이유를 오해했겠지.

"알겠으니 나가보렴. 목욕은 천천히 할 테니."

어린 하녀 둘은 허리를 꾸벅 숙이고 방을 나갔다.

두 하녀의 반응을 보니 부부 침실을 사용한 것처럼 보이게 하는 계획은 성공이었다. 그런데 왜 내 얼굴이 이렇게 화끈거리는 걸까.

나는 찻잔에 따른 차를 가만히 내려보다가 한 번에 쭉 들이켰다. 속이 확 하고 타올랐다. 그렇게 식사를 하는 둥 마는 둥 하고 욕조로 향했다. 이 기분을 씻어내고 싶었다.

'세상에, 잠들었을 줄이야…….'

분명히 체스를 두고 있었는데. 다음 수를 어디에 놓을지 생각하고 있었는데. 민망해서 손으로 두 뺨을 감싸 쥐었다. 따끈한 목욕물에 데워진 손보다 볼이 더 뜨듯했다.

당장 오늘 밤은 또 어떻게 해야 할까. 하루, 이틀 정도는 그냥 각자 침실에서 잔다고 하더라도 언젠가는 다시 부부 침실을 사용해야 할텐데. 나 혼자 신나게 푹 자놓고 무슨 낯으로 또 그 방을 쓰자고 한단 말인가.

'아…… 오늘은 일단 그냥 쉬자.'

파비안과는 나중에 따로 만나서 이야기하고, 사과도 해야겠지.

게다가 오늘은 다른 중요한 일이 나를 기다리고 있다. 라리사와 정원에서 티타임을 가지기로 한 것이다.

'라리사가 저택 본관 건물 밖으로 나가는 선 그날 이후로 처음이네.'

재밌게 놀아줘야 할 텐데. 나는 턱 끝까지 물속에 푹 담그고 눈을 감았다. 물 위에 띄운 말린 라벤더의 향기가 코끝에 아른거렸다.

가림판 너머에서 소피아의 목소리가 들려왔다.

"마님, 목욕 후에 바르실 오일을 가져왔는데, 여기 탁자 위에 놓을게요. 물 온도는 어떠세요?"

"딱 좋아."

곧 탁, 하고 탁자 위에 조심스레 유리병을 내려놓는 작은 소리가 들려왔다. 나는 나른해진 목소리로 물었다.

"티타임 준비는 어떻게 되고 있어?"

"목욕을 마치실 즈음으로 맞춰두었습니다."

"내가 말한 그건?"

"물론 철저하게 준비해 두었죠!"

소피아의 대답에 살짝 웃음기가 섞였다.

내가 준비해 달라고 한 것은 라리사를 위한 가벼운 선물이었다. 마음에 들었으면 좋겠는데.

"고마워. 라리사는 뭘 하고 있지?"

"창가에서 정원을 내려다보고 계세요. 참, 어젯밤에 읽어주셨던 책을 들고 계셨어요."

"아, 그 책."

읽어줄 때마다 열심히 듣더라니, 재미있나 보다.

"있잖아, 소피아. 아무래도 라리사는 글을 읽을 줄 아는 것 같지?"

"그, 그런 것 같기도 하고요……."

소피아는 잘 모르겠다는 말투였다. 대답을 바라고 물은 것은 아니다. 나는 확신하고 있었다. 라리사는 글을 읽을 줄 안다. 얼마 전에 도서실에 같이 갔을 때는 자기가 직접 책을 몇 권 골라 들었다. 그중에는 그림이 없는 것도 있었다.

'아마 지하실에 있을 때도 누가 책을 가져다주긴 했던 모양이지.'

누구일지는 뻔했다. 아마 유모였을 것이다. 이고르나 빌레인에게서는 그런 배려를 상상할 수가 없었다.

"확실해. 그런데 왜 직접 읽지 않고 내게 매번 책을 읽어달라고 하는 걸까?"

"마님께서 읽어주시는 것이 좋아서가 아닐까요?"

가림판 너머로 소피아의 따스한 목소리가 이어졌다.

"저어, 라리사 아가씨는 책을 읽고 싶은 것보다 마님의 목소리를 들으며 함께 있고 싶으신 걸 거라고 생각해요. 제 동생이 어릴 때 꼭 그랬거든요."

"동생이?"

"네. 잠자리에 들 때마다 몇 번이고 읽어줘서 내용을 다 외운 책인데도 매번 읽어주지 않으면 떼를 쓰곤 했어요. 이미 책을 읽을 수 있는 나이였는데도요."

아. 어디서 많이 들어 본 이야기였다. 나는 벅차오르는 기분으로 눈을 감았다.

엊그제 주치의 벨만과 나누었던 이야기가 떠올랐다.

"라리사는 이제 많이 나아졌는데 왜 아직도 말을 하지 않는 걸까요? 혹시

아예 말을 하지 못하는 건 아닌가요?"

벨만은 고개를 저었다.

"그건 아닙니다. 성대나 다른 곳을 다치신 것 같지는 않습니다. 말도 잘 알
아들으시고요."
"글을 읽을 줄도 아는 것 같아요."
"제 소견으로는 아직 아가씨 본인께서 말하는 것 자체에 거부감이 있으신
것 같습니다. 그러니까, 마음의 문제지요. 너무 걱정 마십시오. 이대로 착실
하게 회복한다면 나아지실 겁니다. 언제라고는 말씀드릴 수 없지만요."

그래야 할 텐데. 하지만 그게 도대체 언제인 걸까. 나는 조심스럽게
말을 꺼냈다.

"저, 벨만 선생님. 제가 어디서 들은 말인데요. 마음의 상처를 고치는 건
의사보다 마녀가 나을지도 모른다고요."
"쉿! 그런 이야기는 도대체 어디서 들으셨습니까?"

벨만의 안색이 창백해졌다. 방 안에 나와 벨만 둘뿐이었는데도 그
는 주변을 두리번거리며 목소리를 낮추었다.

"어디 가서 그런 말은 꺼내지도 마십시오. 저택 안에서라도 말입니다."

나는 그저 파비안이 생각했던 걸 말했을 뿐인데.

대공가의 주치의도 못 고치는 마음의 상처를 그럼 누가 고친단 말인가. 왕가의 어의라도 모셔 와야 하나?

'정말로 착실하게 회복해서 낫는다면야 좋겠지만……'

나는 손끝으로 목욕물을 찰랑찰랑 휘젓다가 소피아에게 물었다.

"소피아. 마녀를 실제로 본 적 있어?"

"예? 갑자기 무슨 말씀이세요, 마님……?"

"그냥 생각이 나서. 나는 자라면서 단 한 번도 마녀에 관한 이야기를 들어본 적이 없었거든. 그냥 옛날이야기에나 나오는 존재인 줄 알았단 말이야. 노스트랜드가 시골이라 그랬던 걸까?"

"저도 본 적은 없어요. 하지만, 저어, 실제로 존재하기는 한다고……. 보통 깊은 숲속에 숨어 산다던데요."

-왜 갑자기 이런 얘기를 하시는 거지?

소피아는 속으로 은근히 불안해했다. 아마도 내가 파비안의 어머니 이야기를 꺼내기라도 할까 봐 그러는 게 아닐까.

나는 짐짓 순진한 말투로 물었다.

"그럼 마녀들은 정말로 마법을 쓰는 거야? 난 그런 건 세상에 존재하지 않는 줄 알았어."

"마님도 참, 마녀들은 어떤지 몰라도 마법사들은 진짜로 마법을 쓰잖아요."

……뭐?

"남자 마법사들 말이야?"

"네."

그러고 보니 전에 파비안이 스치듯 했던 이야기가 기억났다. 마녀의 혈통을 타고나서 붉은 눈을 가진 남자들 사이에 간혹 마법을 쓰는 사람들이 있다고.

'그런데 왜 남자들은 마법사라고 부르고, 여자들은 마녀인 거지?'

게다가 소피아의 말투는 엄연히 마녀와 마법사를 구분 짓고 있었다.

"마법사에 대한 얘기도 들은 적이 없는걸. 마녀랑 마법사는 뭐가 다른 거야?"

"……그러고 보니 깊이 생각해 본 적은 없네요. 진짜로 마법을 쓴다는 것밖에는요."

"흠."

'아무래도 조만간 따로 조사해 봐야겠어.'

나는 욕조에서 몸을 일으켰다.

터타임 장소는 정원이었다. 라리사가 건물 밖으로 나설 수 있을 만큼 회복된 기념이었다. 때마침 목련이 절정이었다. 새하얀 꽃이 가지가 휘어지도록 흐드러지게 피었다.

"저기 좀 봐, 라리사!"

나는 목련 나무 아래를 가리켰다. 가장 굵은 가지에는 그네가 매달려 있었다. 소피아가 준비를 잘해둔 모양이다. 그네를 생전 처음 본 라리사의 눈이 동그랗게 커졌다.

'그냥 그네도 아니고 봄꽃 나무 아래의 그네지, 후후.'

나는 뿌듯해하며 그네를 가리켰다.

"선물이야. 여기 앉아봐, 내가 밀어줄게."

라리사가 쭈뼛거리며 다가가 살그머니 그네에 앉았다. 등을 살짝 밀자 라리사는 발이 땅에서 떨어지고 앉은 자리가 흔들리는 감각에 소스라치며 어깨를 움츠렸다.

"줄 꼭 잡으면 괜찮아. 긴장하지 않아도 돼."

나는 아주 가볍게, 조금씩 천천히 밀었다. 얼마 지나지 않아 라리사의 몸에서 긴장이 빠져나갔다. 라리사는 곧 바람을 즐기며 그네를 타기 시작했다. 높이 올라갔을 때 두리번거리며 경치를 즐길 여유도 생겼다.

나는 슬슬 그네를 미는 손에 힘을 주었다. 그네를 단 가지는 꽤 높았고, 덕분에 라리사는 멀리까지 날아올랐다. 은빛 머리카락이 그늘과 햇빛 아래를 오가며 반짝반짝 휘날렸다. 살구색 러플이 달린 사랑스러운 치맛자락 아래로 가느다란 발목이 흔들거렸다.

나는 작게 혀를 찼다.

'요즘 그래도 꽤 잘 먹고 있다고 생각했는데, 아직 멀었어.'

그네 위에 앉은 라리사는 아직도 한없이 가벼웠다. 뺨에 살이 조금 올랐지만 제 나이로 보이려면 멀었다.

'더 잘 먹여야겠어.'

나는 그네를 밀며 몇 발짝 떨어진 곳의 야외용 테이블 위를 살폈다. 오늘도 간식거리를 챙겨오라고 일러둔 참이었다. 그러지 않아도 소피아도 나만큼이나 라리사를 잘 먹이는 데 온 힘을 다하고 있기도 했다.

옆에서 흐뭇한 표정으로 지켜보고 있던 소피아가 나와 눈이 마주치자 조심스레 물었다.

"제가 대신 밀어드려도 될까요?"

"그럼."

내가 한 발 물러서자 소피아가 양팔 소매를 걷으며 웃었다.

"하늘 끝까지 보여드릴게요, 라리사 아가씨."

라리사는 열성적으로 고개를 끄덕이며 그 도전을 받아들었다.

'그네 재미있지.'

나는 키득키득 웃으며 내 자리로 향했다.

어른용은 그네가 아니라 해먹이었다. 꽃그늘 아래 달린 해먹 위에 도톰한 깔개를 깔고, 푹신한 쿠션까지 몇 개 놓아두었다.

테이블은 해먹에 앉아 손만 뻗으면 닿을 수 있는 거리에 준비되어 있었다. 그 위에는 다기와 뜨거운 물, 그리고 다과 및 간식거리가 놓여 있었지만 정작 찻주전자와 찻잎은 없었다.

찻잎 대신 조그만 왕골 바구니에 소복하게 담긴 것은 하얀 목련 꽃잎이었다. 우리가 그늘을 빌린 나무에서 막 떨어진 신선한 꽃잎이다.

내가 해먹에 자리를 잡고 앉자마자 조금 떨어진 곳에서 대기하고 있던 하녀가 얼른 다가왔다. 하녀는 찻잔에 뜨거운 물을 따르고 꽃잎을 하나 띄워 내밀었다.

"고마워."

나는 꽃향기가 물에 우러나도록 잠시 기다렸다가 한 모금을 입에 머금었다.

"막 떨어진 신선한 꽃잎을 한 장 뜨거운 물에 띄우면 됩니다. 생강이나 계피 같은 강렬한 향이 나지요."

혀끝에 알싸한 향기가 감돌며, 파비안의 목소리가 생생하게 떠올랐다. 바로 귓가에서 속삭이기라도 하는 것처럼.

얼굴에 확 열이 올랐다.

'어젯밤에 잠들기 전까지 계속 함께 있어서 그런가? 목소리가 이렇게까지 생생하게 생각나다니…….'

민망함에 몸이 배배 꼬일 것만 같았다.

'나는 왜 괜히 잘만 같이 놀다가 혼자 잠들어 버려선.'

계획대로 아침까지 깨어 있었으면 이렇게 민망하지는 않았을 텐데.

사실, 오늘 티타임에는 파비안도 초대할 생각이었다. 라리사와 파비안이 함께 시간을 보낼 수 있도록, 그리고 둘이 점차 친해지도록 내가 중간에서 노력을 해야 할 테니까.

기왕 밤을 함께 지새운 거, 차 한 잔만 더 하고 들어가 쉬시면 안 되겠냐고 물으면 거절하지는 않을 것 같았다. 내가 중간에 잠들지만 않았어도 함께 아침 식사를 하면서 우아하게 티타임에 초대할 수 있었을 텐데.

'뭐, 거절했을지도 모르는 일이지. 어젯밤에도 침실까지 서류를 들고 온 걸 보면 아직도 바쁜 모양이니까…….'

나는 열이 오른 얼굴에 손부채질을 하며 저택 본관 건물을 올려다보았다. 대공의 집무실은 이 층이었지. 저 많은 창문 중에 어느 게 그의 집무실일까. 파비안이 창문 밖을 내다보면 우리가 보이려나?

집무실에 처박혀서 한 손으로 서류를 넘기며 다른 손으로 샌드위치를 집어 먹는 대공 전하라니. 좀 안됐다. 신분도 높고 돈도 많은데 이런 아름다운 봄날을 즐기지도 못한다. 나 같으면 그런 대공은 안 하고 말 텐데.

'오후에 만나서 어젯밤에 잠들어 버린 걸 사과부터 하고, 내일쯤 다시 한번 티타임에 초대해 볼까?'

많이 바쁘다면 알아서 거절하겠지.

나는 차를 한 모금 마신 후, 마들렌을 하나 집어 입에 넣고 우물거렸다.

'어휴, 입이 호강하네.'

역시 대공가의 요리사들이다. 이런 단순한 과자마저 무시무시하게 맛있었다. 국왕 폐하라도 이런 마들렌은 못 드셔보셨을 거라고 생각하며, 나는 이번에는 한입 크기로 만든 블루베리 잼 타르트를 집어 들었다.

꽃그늘 아래 앉아 맛있는 간식을 곁들여 느긋하게 꽃 차를 마시고 있으니 마음이 점점 더 편안해졌다.

라리사는 소피아의 팔이 아플 때까지 실컷 그네를 탔다.

반질반질 윤기가 흐를 때까지 잘 빗어주었던 머리카락은 어느새 헝클어졌고 반 묶음으로 묶어주었던 리본은 어디론가 달아나 버렸다. 대신 커다란 초록 눈동자에는 봄볕 같은 생기가 어렸고 두 뺨에는 장밋빛으로 핏기가 돌았다.

"자, 라리사. 이거야. 전에 파비안이 말했던 목련꽃 차. 한번 마셔볼래?"

내가 꽃잎을 띄운 차를 건네주자, 라리사는 조금 식을 때까지 한참을 신기한 듯 들여다보다가 단숨에 꿀꺽꿀꺽 들이켰다.

"목말랐구나."

나는 조금 놀라며 소리 내어 웃었다. 목이 마르다면 그렇다고 하지. 가볍게 손짓을 하자 하녀가 유리잔에 담긴 상큼한 레모네이드를 가져왔다. 라리사는 그것도 한 번에 반 잔이나 마셨다.

라리사는 잔을 내려놓으며 푸우, 하고 가볍게 한숨을 쉬었다. 숨결에서 레몬 향이 났다. 그것마저 귀여웠다. 라리사는 잔을 내려놓자마자 은발을 나풀거리며 가볍게 뛰어 그네로 되돌아갔다.

"더 밀어드릴까요?"

소피아는 이마의 땀을 닦다가 얼른 아닌 척하며 손수건을 감추었다. 라리사는 고개를 젓고는 그냥 그네에 기대어 앉았다.

"그럼 어젯밤에 읽던 책, 마저 읽어줄까?"

내 제안에 라리사가 고개를 끄덕였다.

나는 책을 집어 들고 해먹 위에 반쯤 기대어 누웠다. 그리고 소리 내어 읽기 시작했다. 라리사는 그네에 앉아서 다리를 달랑달랑 흔들었다. 따스한 봄바람 사이로 꽃향기가 맴돌았다.

힐끔 책 너머로 보니 라리사는 눈을 깜빡거리며 열심히 듣고 있었다. 책을 읽을 줄 알아도, 소피아 말대로 라리사는 내가 책을 읽어주는 걸 좋아하는 것 같았다. 지금도 저렇게 두 볼이 발갛게 상기된 채 듣고 있는걸.

'나도 책 읽어주는 거 좋아하니까.'

많이 해 보기도 했고, 저렇게 열성적으로 들어주는 청중이 있으니 보람도 있었다. 재미있어 보이는 책이라면 얼마든지 있었고, 라리사도 아주 어린 아이는 아니다 보니 이미 읽은 책을 또 읽지 않아도 되었다. 읽다 보니 나도 빠져들었다.

그렇게 한참 책을 읽어주던 중, 누가 날 불렀다.

"실례합니다, 대공비 전하."

고개를 들어보니 테이블 너머에 어느새 포투스가 서 있었다.

"포투스?"

그는 가볍게 고개를 숙였다.

"대공 전하께서 티타임을 방해해도 좋을지 물어보라 하셨습니다."

"파비안이?"

나는 해먹에 누워 있었던 게 어쩐지 빈망해서 책을 내려놓고 몸을 일으켰다.

"물론이지. 무슨 일인데?"

누가 날 찾아오기라도 했나?

'……설마 이번엔 빌레인인가?'

나는 무심코 떠오른 오라비의 얼굴에 몸서리를 치며 어깨에 두른 숄을 끌어당겼다. 하지만 포투스가 꺼낸 말은 걱정거리와는 거리가 먼 것이었다.

"전하께서 선물을 보내셨습니다."

"선물이라니?"

"가져오도록 이르겠습니다. 잠시만 기다려 주세요."

내 어깨에서 순식간에 긴장이 빠져나갔다.

선물이라니, 뭐지? 불청객이 아니란 것은 참 다행인데.

포투스가 뒤로 돌아서서 팔을 흔들었다. 그러자 정원 끝 저쪽에서 말발굽 소리가 들려왔다.

다가온 것은 파비안이었다. 그 뒤로 마구간지기가 말을 두 마리 몰고 따라왔다.

"아니, 직접 오실 것까진……."

포투스가 작게 중얼거렸다. 들었는지 못 들었는지, 파비안은 그를 흘끗 쳐다보고는 내게 시선을 돌렸다. 햇살을 받은 눈동자가 유난히 붉게 빛났다.

'잠을…… 못 잔 게 아닌가?'

피곤해 보였다는 하녀들의 말과는 달리, 그의 얼굴에서는 그늘 한 점 찾아볼 수 없었다.

"모처럼 쉬고 계시는데 실례가 되지는 않았는지 모르겠군요."

"그럴 리가요. 아, 앉으세요. 차라도 한잔하시겠어요?"

나는 허둥거리며 해먹에서 벌떡 일어섰다.

차라는 말에 파비안의 시선이 테이블 위를 향했다. 눈이 조금 크게 뜨이는가 싶더니, 파비안은 곧 엷게 미소를 지었다.

"작은 선물을 가져왔습니다."

파비안은 뒤를 가리켰다.

"선물…… 이요?"

나는 그가 가리킨 곳으로 시선을 돌렸다. 거기 서 있는 것은 말 한 마리와 망아지 한 마리였다.

눈부시게 새하얀 암말이 순한 눈망울을 껌뻑이며 나를 쳐다보았다. 윤기가 흐르는 털결, 은빛 갈기.

나도 모르게 입에서 탄성이 흘러나왔다.

지금까지 말은 그저 교통수단에 불과하다고 생각했다. 생물인지 아닌지 따위는 전혀 신경도 쓰지 않았다. 나에게 말은 그저 마차를 끄는 동력원에 불과했다.

이 흰 말을 보기 전까지는.

말이 이렇게 아름다운 생물이었나? 나는 홀린 듯이 말에게 다가갔다. 그렇게 순한 눈을 하고 있는데도 전신은 근육으로 꽉 짜여 있었다. 말에게는 그게 당연한 걸 텐데도 새삼스레 놀라웠다.

하얀 말 옆에 서 있는 건 짙은 색의 망아지였다. 초콜릿 같은 진한 갈색인데 갈기와 꼬리는 금빛이었다. 미간에는 다이아몬드 모양의 하얀 점이 있었다. 장난기 어린 눈이 나와 마주치자, 망아지는 푸르릉거리며 발을 두어 번 굴렀다.

내가 넋을 놓고 말들을 쳐다보자, 파비안이 즐거운 듯한 말투로 입을 열었다.

"라리사가 모처럼 밖에 나올 수 있게 되었으니까요. 그 기념…… 이라고 해둡시다."

"세상에……."

두 마리나. 나는 감동해서 두 손으로 입을 가렸다. 파비안이 이렇게까지 라리사를 생각해 주는 줄 몰랐다.

"흰 말은 마르시아, 당신 겁니다. 순한 녀석이니 승마를 익히기에 좋을 겁니다."

헉, 겸사겸사 나까지 생각해 주었구나. 안 그래도 슬슬 말 타는 법을 배워야겠다고 생각하던 참이었다. 비상시의 이동 수단은 많을수록 좋으니까. 운 좋게 얻어걸렸지만 이렇게 아름다운 말을 선물받다니…….

나는 감동해서 얼른 라리사를 불렀다.

"라리사, 이리 와봐. 네 말이야!"

뒤돌아보니, 라리사는 아직도 그네에 앉아 있었다. 초록 눈동자가 데굴 구르며 파비안을 쳐다봤다가, 나를 봤다가 했다.

'이런 때 눈치 보지 않아도 되는데!'

나는 안타까운 마음을 누르며 얼른 오라고 손짓을 했다. 라리사는 테이블 너머로 멀리 빙 돌아서 이쪽으로 다가왔다.

"이 아이 좀 보렴. 네 거야. 파비안의 선물이야."

라리사는 눈을 동그랗게 뜨고 이번에는 망아지를 봤다가, 나를 보길 반복했다. 그러다 고개를 갸웃하며 조심스럽게 손가락으로 자기 가슴을 가리켰다.

"응, 네 거. 네 말이야. 이 아이의 주인은 너야."

라리사는 아직도 혼란스러운 듯한 얼굴이었다. '내 것'이라는 개념을 받아들이지 못하는 것처럼. 나는 뭔가 벅차오르는 느낌에 아무 말도 더 하지 못하고 입술을 깨물었다.

망아지는 라리사를 쳐다보다가, 그녀가 잔뜩 긴장한 채로 다가서자 푸르릉거리며 겅중겅중 뛰었다.

"……!"

라리사는 깜짝 놀라 뒤로 물러섰다. 망아지가 다각거리며 흰 말 주위를 한 바퀴 돌았다. 마구간지기가 얼른 워, 워, 하며 망아지를 진정시켰다.

파비안이 한쪽 눈썹을 치켜올리며 말했다.

"오늘 당장 말을 타는 것은 어려울 테지만, 미리 만나보고 조금 친해지는 것도 괜찮지 않을까 하여 이리로 데려온 겁니다."

그는 잠깐 뭔가를 생각하는 듯하다가 테이블 쪽으로 걸어갔다. 그리고 찻잔 사이에 놓인 그릇을 하나 집었다. 각설탕이 담긴 그릇이었다.

그는 손바닥에 각설탕을 하나 얹어 흰 말에게 내밀었다. 말은 킁킁거리다가 조심스럽게 그의 손에서 설탕을 받아먹었다.

"옳지."

파비안은 부드럽게 속삭이듯 읊조리며 말의 콧잔등을 쓸어주었다.

라리사는 입을 조금 벌린 채 눈을 반짝이며 파비안을 쳐다보았다. 그는 빙긋 웃으며 설탕 그릇에서 각설탕을 하나 더 집었다.

"말은 예민해서 사람이 어떤 감정으로 자신을 대하는지 바로 알아 차리지. 긴장하지 않아도 좋아. 이 녀석은 착한 아이니까."

그는 라리사의 손에 각실탕을 놓아주었다.

"얘도 널 처음 만나서 긴장한 것뿐이야."

라리사는 침을 꼴깍 삼켰다. 그리고 설탕을 손에 꼭 쥐고 망아지를 쳐다보았다. 초콜릿색의 망아지도 라리사가 손에 설탕을 쥐는 것을 다 보았다.

둘은 가만히 눈싸움하다가, 결국 망아지가 먼저 몇 걸음 다가섰다. 라리사는 손을 조금 떨었지만 뒤로 물러나지는 않았다.

초콜릿색의 망아지가 고개를 살짝 숙이자 라리사와 눈높이가 비슷 해졌다. 맑고 까만 눈이 라리사의 손을 내려다보았다.

'저렇게 꼭 쥐고 있다간 설탕이 다 녹아버릴 텐데.'

나는 가슴께에 두 손을 모아 쥐고 라리사를 지켜보았다. 괜히 말을 걸었다가 조그만 용기의 불씨가 꺼지기라도 하면 안 되니까.

라리사는 망아지가 코앞까지 다가오자 눈을 꼭 감고 제 손바닥을 펴 내밀었다. 그나마도 쭉 내밀지 못하고 팔이 반쯤 구부러진 채였다.

망아지는 바로 각설탕을 집어 먹지 않았다. 대신 눈을 몇 번 깜빡 이며 라리사를 쳐다보았다.

아무 일도 일어나지 않자, 라리사는 슬그머니 눈을 떴다. 초록빛 눈 동자와 눈이 마주친 후에야 망아지는 손바닥 위의 각설탕을 날름 입 에 넣었다.

아무래도 라리사는 파비안이 했던 걸 그대로 하려는 모양이었다. 벌벌 떨리는 다른 손이 설탕을 오독오독 씹고 있는 망아지의 콧잔등 으로 향했다.

"······!"

다음 순간 라리사는 화들짝 놀라며 그 자리에서 뛰어올랐다. 망아지가 손바닥을 날름 핥은 것이었다.

라리사는 그만 엉덩방아를 찧으며 뒤로 넘어지고 말았다. 망아지는 아까처럼 놀라 물러나기는커녕, 히히힝 하는 소리를 냈다. 꼭 개구쟁이가 짓궂게 웃는 것처럼 얄미운 소리였다.

"요게!"

나는 망아지를 흘겨보고는 라리사에게 달려가려 했다. 하지만 한발 늦었다.

"자."

이미 옆에 서 있던 파비안이 라리사에게 손을 내민 것이다. 라리사의 얼굴은 새빨갛게 달아올라 있었다. 넘어질 정도로 놀라서 그런 건가? 아니면 파비안이 손을 내밀어서?

나는 두근거리는 마음으로 라리사를 쳐다보았다. 하지만 라리사는 파비안을 올려다보기만 할 뿐, 그의 손을 잡지는 않았다.

아이참. 이러다 어색해질라. 나는 얼른 가서 파비안 대신 라리사를 잡아 일으켰다.

파비안이 아무렇지도 않은 표정으로 손을 거두며 물었다.

"마음에 들어?"

라리사는 엉덩이를 털며 망아지 쪽을 흘끔 쳐다보았다. 초콜릿색 망아지는 라리사와 눈이 마주치자 푸르릉거리며 머리를 흔들었다. 금색 갈기가 햇빛을 받아 반짝거렸다.

라리사가 이내 고개를 끄덕이자 파비안이 웃었다.

"좋아. 저 녀석은 이제 정말로 네 거다. 이름을 지어주도록 해."

나는 깜짝 놀라 파비안을 쳐다보았다.

무슨 소리야, 라리사는 말을 못 하는데. 이름을 지어주라니, 어떻게?

나는 라리사 뒤에서 파비안을 향해 마구 고개를 저으며 손으로 엑스 자를 그렸다.

파비안은 나를 보더니 입꼬리를 조금 끌어 올리며 눈을 가늘게 떴다. 그는 손가락을 하나 펴서 입가에 가져다 대며 입 모양으로 말했다.

'쉿.'

입가에 댔던 손가락이 라리사를 가리켰다.

그녀는 고개를 약간 숙이고 있었다. 나는 옆으로 한 발짝 다가서서 라리사의 표정을 살폈다. 발그레한 볼과 반짝이는 눈동자, 그리고 더없이 진지한, 뭔가를 곰곰이 생각하는 표정.

나는 그가 라리사에 대해 나보다 더 잘 파악했다는 걸 인정할 수밖에 없었다. 라리사가 가만히 고개를 끄덕였던 것이다.

'읽을 줄 아니 쓸 수도 있겠지, 참⋯⋯.'

말로 하지 않더라도 글씨를 써서 보여줄 수 있다. 그러면 라리사 본인은 아니더라도 다른 사람들이 그녀가 지은 이름으로 망아지를 불러줄 것이다. 망아지도 그게 자기 이름이란 것을 곧 알게 될 테지.

나는 조금 복잡한 심정으로 라리사를 바라보았다. 라리사는 각설탕을 하나 더 집어 망아지에게 건네주며 콧잔등을 쓰다듬고 있었다.

내 옆에 서 있던 파비안이 나지막하게 물었다.

"어떤가요, 마음에 듭니까?"

"네?"

"말이요. 별로라면 다른 말을……."

"아뇨, 마음에 들어요! 둘 다 정말 아름다운 말인걸요. 라리사도 저렇게 기뻐하고요."

어쩌다 이런 멋진 선물을 줄 생각을 한 걸까? 망아지라니……. 동물 친구야말로 지금 라리사에게 딱 필요한 선물이 아닌가.

파비안은 마치 내 마음을 읽기라도 한 것처럼 엷게 미소 지으며 말했다.

"라리사가 언젠가 말을 타고 자유롭게 더 멀리까지 나갈 수 있게 되면 좋겠군요."

생각지도 못한, 세심한 배려였다. 나는 파비안을 향해 활짝 웃었다.

"정말 고마워요. 생각지도 못한 선물이에요."

그는 눈을 크게 뜨고 잠시 나를 내려다보았다. 그리고 이내 헛기침을 했다.

"흠, 흠. 남편으로서 마땅한 일을 한 것뿐입니다."

그는 곧 고개를 돌려 라리사와 말들을 쳐다보았다. 어쩐지 귀 끝이 아까보다 조금 빨개진 것 같은데…….

'설마…… 착각이겠지.'

선물을 받고 고맙다고 했을 뿐인데, 그걸로 얼굴을 붉힌 건 아니겠지. 아직 초봄이라 날이 쌀쌀하니까, 귀 끝이 얼었다든가…….

다시 나를 돌아보는 파비안의 얼굴은 평소처럼 새하얬다. 아무래도 역광이라 잘못 본 모양이다.

"마음에 드셨다니 다행입니다. 마르시아, 당신도 마찬가지입니다. 말에게 이름을 지어주세요. 승마 선생도 필요하겠군요."

아, 그렇지, 말은 그냥 동물 친구가 아니라 탈 수도 있는 동물이었지……. 저렇게 귀여운 망아지와 더 귀여운 라리사가 장난치고 쓰다듬고 하는 걸 보니 잠깐 동화 속 공주님을 보는 줄 알았다.

"마음 같아서는 제가 가르쳐 드리고 싶긴 한데……."

파비안이 눈썹을 가볍게 찌푸렸다. 그리고 곧이어 작은 불신의 소리가 들려왔다.

-다른 놈들은 믿을 수가 없어.

"여기 포투스가 잘 가르쳐 드릴 겁니다."

파비안이 애꿎은 그의 보좌관을 가리켰다. 얌전히 한 걸음 떨어진 곳에 서서 흐뭇하게 라리사를 쳐다보고 있다 날벼락을 맞은 포투스는 펄쩍 뛰었다.

"예? 전하? 무슨 말씀이십니까? 제가 왜……."

"포투스도 승마를 조금 늦은 나이에 익혔지요. 아마 좋은 선생이 될 겁니다. 비와 라리사에게 할애하는 시간만큼 일을 줄여주지. 그리고 봉급을 두 배로 주겠다."

"옳으신 말씀입니다. 제가 처음부터 하나하나 아주 천천히 잘 가르쳐 드리겠습니다. 레슨 시간은 언제로 할까요?"

포투스는 순식간에 태도를 바꾸었다. 안경 너머의 눈이 빛나는 것을 보고 나는 웃고 말았다.

파비안이 그럴 줄 알았다는 듯 포투스에게 고개를 한 번 끄덕여 주고는, 나를 향해 부드럽게 말했다.

"그런 건 셋이서 천천히 정하도록 하고, 지금은 다 함께 마구간에 가보는 건 어떻습니까? 아직 이 저택의 마구간을 본 적은 없으시겠죠?"

"아, 그거 재미있겠네요!"

좋은 생각이었다. 나는 라리사에게 말 떼를 보여줄 생각에 신이 났다.

그때 누군가가 내 소매를 가볍게 잡아당겼다. 라리사였다.

"응? 라리사?"

어느새 망아지를 마구간지기에게 넘겨주고 내 옆에 와 있었다. 라리사는 내 소매를 놓고 목련 나무 아래의 티 테이블을 가리켰다.

'아……!'

라리사의 따뜻한 마음 씀씀이에 절로 미소가 지어졌다. 나는 라리사 대신 말했다.

"마구간으로 가기 전에 다 함께 차를 한잔할 시간이 될까요?"

"물론이죠. 영광입니다. 마르시아, 라리사."

파비안이 가슴에 한쪽 손을 얹고 가볍게 고개를 숙이며 정중하게 감사 인사를 했다. 라리사의 작은 얼굴이 새빨갛게 달아올랐다. 그러고는 뒤돌아 그네 쪽으로 달려가 버렸다.

나는 그 광경을 흐뭇하게 지켜보았다.

나무 그늘에 곧 여분의 의자가 놓이고, 늘어난 사람 수만큼 찻잔에도 향긋한 목련 차가 채워졌다. 우리는 차를 마시고 다과를 즐기며 짧게나마 이야기도 나누고, 함께 대공가의 거대한 마구간을 돌며 구경도 했다. 시간이 순식간에 흘러갔다.

"전하, 이제 슬슬 돌아가셔야 할 시간입니다."

포투스가 시계를 보고 파비안에게 작게 속삭였다. 대공 전하는 일하러 갈 시간이었다.

'아, 그전에.'

나는 지금이 사과를 건넬 타이밍이라는 걸 알아챘다.

"포투스, 파비안과 둘이서만 나눌 말이 있으니 잠시 자리를 좀 비워주겠어? 소피아, 라리사를 데리고 먼저 방으로 돌아가. 나도 곧 돌아갈게."

"그럼 먼저 집무실에 가 있겠습니다, 전하, 비선하."

포투스가 가볍게 고개를 숙여 보이고는 마구간 밖으로 나갔다. 소피아도 라리사와 함께 나가고, 순식간에 나와 파비안 둘만 남았다.

나는 파비안에게 조용히 사과했다.

"어젯밤엔 정말 미안했어요. 저 혼자 잠들어서요."

파비안은 대답 없이 나를 가만히 내려다보며 서 있었다. 그런 약속도 못 지키냐는 질책도, 그럴 줄 알았다는 농담 섞인 대답도 없었다. 나는 민망해서 열이 오르는 두 뺨을 감싸 쥐었다.

"정말로 함께 밤을 새울 생각이었는데……. 제가 말해놓고 못 지켰네요. 다음에는 미리 낮잠이라도 자고 갈게요."

"그럴 필요 없습니다."

파비안은 차가운 표정으로 딱 잘라 대답했다. 조금 전에 말을 선물할 때와는 딴판이었다. 나는 그 단호한 대답에 눈을 동그랗게 떴다.

"하룻밤을 함께 보내고 선물을 드렸으니, 이 정도면 충분하겠지요. 당분간 부부 침실은 사용하지 않을 겁니다."

아…… 계산된 거였구나. 사려 깊은 선물이라고 생각했는데, 다 사람들에게 보이기 위한 거였어.

나는 천천히 숨을 들이쉬었다.

하긴, 그렇지. 진짜 부부도 아닌데, 이런 친절이라면 당연히 다른 속내가 있겠지.

"오늘부터는 다시 각자 자기 방에서 편하게 자도록 하지요."

그는 한 손으로 자기 얼굴을 한 번 쓸어내렸다.

"더 하실 말씀 있습니까?"

내가 고개를 젓자, 그는 한쪽 팔을 내밀었다.

"그럼 방으로 모셔다드리죠."

"괜찮아요. 알아서 갈 수 있어요. 그보다 바쁘신 것 같던데, 집무실로 돌아가 보세요. 보좌관이 기다리겠어요."

나는 파비안을 향해 가볍게 웃어 보인 다음, 등을 돌려 마구간을 벗어났다.

구름 가장자리에 서서 아래를 내려다보던 쿠키가 순간 균형을 잃고 비틀거렸다. 쿠키는 깜짝 놀라며 뒷걸음질 쳤다.

"어째 구름이 점점 좁아지는 것 같지 않아?"

쿠키가 투덜거렸다.

"그러게."

라리사는 놀라 뒤로 주저앉은 쿠키를 향해 고개를 끄덕였다.

시간이 갈수록 구름이 쪼그라들고 있었다. 이젠 예전처럼 편하게 엎드려 몸을 숨기기에는 조금 비좁게 느껴졌다.

라리사는 쿠키를 가만히 품에 안았다. 쿠키가 그녀에게 달라붙으며 종알거렸다.

"역시 전에 너무 울어서 그래. 이건 아마 비구름이었나 봐. 비를 다 내려 버렸으니 작아진 거지."

"그런가?"

하긴, 구름이 작아지고 있다는 걸 느낀 건 소녀가 참지 않고 울음을 터뜨렸던 날부터이긴 했다. 하지만 라리사는 이내 고개를 갸웃했다.

'아주 오래전엔 그 아이가 울면 울수록 구름층이 두꺼워졌던 것 같았는데.'

쿠키가 걱정스러운 듯 말했다.

"이러다 구름에서 떨어지면 어쩌지? 나는 산산조각으로 부서져 버리고 말 거야."

라리사는 말랑말랑한 쿠키의 팔 부분을 만지작거리며 대답했다.

"으음, 떨어져도 괜찮을 것 같은데? 넌 천으로 만들어진 데다 안에 솜도 들어 있잖아. 폭신해서 아무 일도 없을 거야."

"……그렇지, 참."

"응. 높은 곳에서 떨어져도 부서지지 않을 거야."

"그럼 너는?"

라리사는 쿠키의 질문에 대답하지 않았다. 대신 고개를 돌려 구름 아래를 내려다보았다.

늘 방 안에만 있던 소녀가 건물 밖으로 나가 햇빛 아래 서 있었다. 눈이 부셔서 라리사는 눈을 가늘게 떴다.

"쿠키야, 저 아이 좀 봐. 그네도 타고, 꽃잎으로 만든 차도 마셨어."

"그러네. 꼭 동화 같다."

"저 예쁜 망아지 좀 봐. 눈이 초롱초롱해. 다리도 길쭉길쭉하고."

무엇보다 저 금빛으로 빛나는 갈기가 꼭 마르시아 언니의 머리카락 같은걸.

라리사는 그렇게 한참 아래를 내려다보다가 쿠키를 품에 꼭 끌어안으며 중얼거렸다.

"……부러워. 저 아이는 망아지와 친구가 될 수 있겠지?"

그러자 쿠키가 이상하다는 듯 그녀를 올려다보며 말했다.

"무슨 소리야? 쟤는 너잖아."

라리사는 눈을 깜빡였다.

'맞아. 그렇지…… 저 아이는 나야.'

그 순간 그들을 감싸고 있던 구름이 사라졌다.

그녀는 땅에 발을 딛고 서 있었다. 품에 끌어안고 있던 쿠키 인형은 어디론가 사라지고 보이지 않았다.

깨달은 순간, 오한이 닥쳐왔다.

'안 돼. 무서워!'

구름에서 벗어났으니 곧 몸이 아파올 터였다. 언제나 그랬으니까.

라리사는 가련한 소녀의, 자신의 몸을 양팔로 끌어안듯이 부여잡고 눈을 질끈 감았다. 그리고 제 몸에 떨어질 아픔을 기다렸다. 하지만 아무리 기다려도 아픔은 전혀 느껴지지 않았다. 대신 간지럽고 축축한 느낌이 났다.

'……?'

라리사는 눈을 떴다. 코앞에서 초콜릿색의 망아지가 그녀의 손을 핥고 있었다.

'각설탕 더 없어?' 하고 말하는 듯한 눈빛으로.

다음 날 아침, 옷 방에 옷상자가 줄줄이 날라져 왔다. 나는 라리사의 손을 잡고 선 채로 하녀들이 상자를 여는 것을 멍하니 바라보았다.

"주인님께서 보내셨습니다."

상자 안에 든 것은 승마복이었다. 최신 유행에 따른 것부터 다소 고전적인 것까지, 나와 라리사의 사이즈에 맞춰 다양하게 준비된 승마복이 상자에서 끊임없이 나왔다. 당연하다는 듯 각 승마복에 어울리는 부츠와 장갑, 모자가 세트로 딸려 있었다.

나는 좌절했다.

'이럴 수가……. 억울해. 돈이 있는데 쓸 수가 없어…….'

이놈의 대공 전하는 내게 돈 지랄을 할 기회를 주지 않았다. 필요한 물건들을 내가 말하기도 전에 알아서 물량 공세로 때려 부어준 게 벌써 몇 번째인가. 모든 물건이 최고급인 건 말할 것도 없었다.

섬세한 것인가, 아니면 별생각이 없는 것인가. 그것도 아니면 그냥 돈이 너무 많아서인가.

나는 이마를 짚으며 고개를 저었다.

내기 카드 게임에서 한 번에 오백 골드씩 따면서 조금만 더 하면 집한 채를 벌겠다고 신나 했던 게 너무나도 부질없게 느껴졌다.

오후에는 약속대로 승마 교습이 있었다. 나는 교습을 시작하기 전에 포투스를 따로 만나 단호하게 말해두었다.

"말 채찍을 써서는 안 돼. 라리사 눈앞에는 채찍을 보여서도 안 되고."

처음 지하실에 내려갔을 때 벽에 줄줄이 걸려 있던 채찍이며 회초리가 아직도 기억에 선했다.

'혹시라도 라리사가 말 채찍에 겁을 먹는다면…….'

이고르를 잠깐 만난 것만으로도 며칠간 얼마나 고생을 했던가.

"말을 전혀 때리지 않고도 승마를 가르칠 수 있겠어?"

"문제없습니다. 숙련된 기수라면 채찍 없이 말고삐와 등자만으로도 말을 탈 수 있으니까요. 배우는 데 아주 조금 시간이 더 걸릴 뿐이죠."

포투스는 다소 까다로운 조건에도 자신 있게 대답했다. 그 대답을 증명이라도 하듯, 우리가 승마복을 입고 마구간에 내려갔을 때는 채찍이 모조리 치워져 있었다.

'쓰지만 않으면 되는데, 아주 확실하네.'

나는 마구간 어디에도 채찍이 보이지 않는 것을 보고 안심했다. 이제야 편안하게 승마 교습을 즐길 수 있을 것 같았다.

새 승마복을 입은 라리사는 말할 것도 없이 귀여웠다. 기대감에 가득 찬 눈동자, 처음 말에 타게 되어 긴장으로 오므린 입술.

'크으, 때때옷 입은 라리사 최고. 언제 봐도 새로워.'

포투스는 파비안의 말대로 좋은 선생이었다. 친절하고 인내심이 많았다. 교습 시간 동안 서류 더미에서 벗어난 그는 아주 환하게 웃으며 우리에게 승마를 가르쳤다.

며칠 지나지 않아 나는 금세 승마의 기초를 익혔다. 원래부터가 춤으로 단련된 몸이었다. 체육 계열이라면 자신이 있었다.

라리사는 나와 조금 달랐다. 나처럼 몸을 쓰는 일에 익숙하지도 않았고, 다 자라 차분한 내 말과는 달리 라리사의 말은 아직 어린 망아지여서 생각지도 못한 때에 제멋대로 굴기도 했다. 말 채찍을 전혀 쓰지 못하게 했기 때문에 체벌이 어려워 더욱 진도가 느렸다.

하지만 이마 가운데 하얀 다이아몬드 모양의 점이 있는 이 초콜릿색의 망아지는 라리사의 삶에 엄청난 변화를 가져왔다.

승마 교습을 시작한 지 얼마 지나지 않아서였다.

"라리사?"

아침에 자고 일어났는데, 라리사의 침대가 비어 있었다. 나는 무슨 일이라도 생겼나 깜짝 놀라 얼른 설렁줄을 당겼다.

"라리사 아가씨께서는 마구간에 내려가셨어요, 마님."

내 호출에 하녀 하나가 나타나서 웃으며 말했다.

"소피아가 아가씨를 수행하고 있으니 걱정 마세요. 아침 식사 시간 까지는 돌아오기로 하셨어요."

듣자 하니, 망아지가 보고 싶어 잠을 설친 라리사는 새벽빛이 밝자 마자 마구간으로 달려간 모양이었다. 나는 잠옷 위에 가운을 걸쳐 입 고 마구간으로 내려갔다.

내려가 보니, 라리사는 마구간에서 딱히 특별한 일을 하는 것도 아 니었다. 그저 울타리에 팔꿈치를 괴고 서서 눈을 반짝거리며 망아지 를 하염없이 쳐다보고 있었다.

"이 아이가 그렇게 좋아? 잠도 못 잘 정도로?"

나는 웃음을 터뜨리며 라리사의 머리를 부드럽게 쓰다듬었다. 라리 사는 발갛게 달아오른 얼굴로 조심스레 고개를 끄덕였다.

"배고프지 않니? 올라가서 아침 먹자. 이 아이도 식사를 해야지."

라리사는 못내 아쉬운 표정으로 울타리에서 손을 뗐다.

'귀여워! 우리 라리사, 귀엽기도 하지…….'

나는 자꾸 뒤를 돌아보는 라리사의 등을 가볍게 토닥여 주다가 깨 달았다.

'아쉬운 표정이라니……!'

이전에는 본 적 없는 표정이었다. 그 짧은 사이에 라리사의 표정이 조금 더 다채로워진 것이다.

망아지가 불러온 변화에 내가 다 두근거렸다.

그 이후로도 라리사는 틈만 나면 마구간에 내려가곤 했다. 망아지를 한참 빤히 쳐다보다가 슬며시 여물이나 당근을 집어 주기도 했다. 아마 웃을 줄 알았더라면 라리사는 분명 헤실거리고 있었을 것이다.

대공비의 동생이 매일같이 자꾸 내려오니 마구간지기는 처음에는 매우 부담스러워했다. 하지만 라리사가 누군가? 살아 있는 요정이 아닌가. 라리사 앞에서 흐물흐물 녹아내리지 않는 사람은 아직껏 우리 가족밖에 본 적이 없다. 마구간지기도 예외는 아니었다.

"아이고, 우리 아가씨 오셨어요?"

처음에는 그저 꼬박꼬박 인사만 했을 뿐이었는데, 정신을 차리고 보니 그는 어느새 라리사에게 말을 돌보는 법과 빗질하는 법을 가르쳐 주고 있었다. 그 뒤로 라리사는 틈만 나면 망아지의 금빛 갈기가 찰랑찰랑 윤이 날 때까지 빗질해 주었다.

파비안은 우리가 승마를 배우고 있을 때 종종 들러 연습하는 것을 바라보곤 했다.

"아주 빨리 배우시는군요."

그는 내가 며칠 지나지도 않았는데 가볍게 말을 달리게 하는 모습을 보고 조금 감탄하는 것 같았다. 나는 말을 몰아 파비안 근처로 다가갔다.

"원래 몸 쓰는 일에는 자신이 있어서요. 전 단순하거든요."

"그렇습니까?"

파비안이 한쪽 눈썹을 치켜올렸다. 꼭 못 믿겠다는 표정 같아서 나는 픽 웃으며 말했다.

"농담이에요."

"진짜로 단순하셨더라면……."

"네?"

"아닙니다."

내가 진짜로 단순했더라면 뭐?

다 들어버렸지만 파비안은 내가 못 들은 셈 치는 것 같았다. 슬쩍 시선을 돌려 라리사 쪽을 바라본 것이다.

"라리사도 착실하게 배우고 있군요."

포투스가 라리사가 탄 망아지의 고삐를 쥐고 천천히 걷게 하고 있었다. 라리사는 조금 긴장하긴 했지만 제법 편안하게 승마를 즐기고 있었다.

"그렇죠? 벌써 많이 익숙해졌나 봐요. 어찌나 귀여운지……."

귀여운 애가 귀여운 걸 타면 귀여움이 더블, 아니 제곱이 된다. 나는 흐뭇하게 라리사와 망아지를 쳐다보았다.

"말에게 이름은 지어주었습니까?"

파비안이 불쑥 물었다. 나는 고개를 저었다.

"아직인 것 같아요."

"마르시아, 당신 말입니다."

"아……."

그때까지 라리사 쪽을 쳐다보던 나는 문득 고개를 돌렸다.

파비안의 붉은 눈이 어느새 내게 똑바로 향해 있었다. 남성적으로 쭉 뻗은 진한 눈썹 위, 하얀 이마가 유난히 깨끗했다. 날카로운 콧날이 평소보다 도드라져 보였다.

'아, 나 지금 말 타고 있지.'

덕분에 나는 파비안보다 높은 곳에서 그를 내려다보고 있었다. 이런 각도에서 그의 얼굴을 보는 것은 처음이었다.

아니, 딱 한 번 있었다. 파비안이 프러포즈했을 때였다. 내 앞에서 한쪽 무릎을 꿇고 반지를 내밀었을 때.

'왜 하필……'

쓸데없이 그런 장면을 떠올리는 거야, 나는.

지그시 입술을 깨물며 나는 괜스레 새하얀 말의 갈기를 쓰다듬 었다.

"이름은 벌써 지었어요. 스노우라고 해요."

하얀 말이니까, 스노우.

"잘 어울리는 이름이군요."

"말씀드렸잖아요, 단순하다고."

단순한 이름이지만, 사실 고민을 많이 하기는 했다. 생각할 수 있 는 모든 하얀 것이 전부 후보였다. 하지만 그런 말까지 할 필요는 없 겠지 싶어, 나는 그냥 단순하다는 말로 퉁쳤다.

그러자 파비안이 낮게 소리 내어 웃었다.

"단순한 것에는 언제나 원초적 매력이 있다고 생각합니다. 직관적 인 만큼 순수하니까요."

……왜 하필 지금 이런 말을 하는 거지? 내가 스스로 단순하다고 한 건 웃자고 한 얘기였는데. 꼭 내게 매력을 느낀다고 하는 것처럼 들렸다.

가슴이 조금 조여들었다. 대화가 불편했다.

아니, 사실 좋았다. 그래서 문제였다. 이렇게 잘난 남자가 내게 매 력을 느낀다는 것은 좋지만, 우리는 그래서는 안 되는 사이잖아.

나는 목소리를 가다듬고 미소를 지었다.

"라리사에게 동물 친구가 생긴 이후로 고작 며칠 지났다고 얼마나 좋아졌는지 몰라요. 아직 이름은 안 지어주었지만요."

"……그렇군요."

"오신 김에 라리사와도 잠시 이야기를 나누면 어때요? 혹시 아나요, 파비안이 칭찬 한마디라도 해주면 이름도 금세 지을지도 모르잖아요."

나는 라리사가 있는 방향으로 말을 몰아가려고 고삐를 쥐었다.

"마르시아, 잠시만요."

파비안이 나를 똑바로 쳐다본 채 고개를 저었다. 그의 표정이 순간 날카로워졌다. 나는 움찔하며 고삐를 도로 놓았다.

"가만 보면 당신은 꼭 자신을 라리사 다음으로 놓고 있는 것 같습니다."

갑작스러운 그의 말에 나는 당황했다.

그렇지 않다. 나는 내 생각뿐이다. 처음부터 내가 살아남으려는 생각뿐이었는걸. 그런데 그 와중에 라리사가 정말 너무 귀여워서 그 의지가 조금 희석된 것뿐이다.

"그렇지 않아요."

내 대답에 파비안의 얼굴이 옆으로 조금 기울었다. 진짜냐고 묻는 듯한 표정이었다.

"마르시아, 당신이 속으로 무슨 생각을 하든지 간에, 지금 제 아내는 당신이지 라리사가 아니란 것을 기억해 줬으면 좋겠군요. 제가 왜 말을 선물했는지 아십니까?"

"라리사가 많이 회복된 기념이라고 하셨잖아요……."

"그 핑계를 댔지만, 실은 당신을 위해서였습니다."

나직하게 이어진 그의 말에, 심장이 쿵 하고 떨어지는 것 같았다.

"승마를 배우고 싶어 할 거라고, 제멋대로 짐작했습니다. 라리사에게 선물한 망아지도, 결국은 당신을 위해서입니다."

"왜……."

왜 이런 말을 하는 거지? 부부 침실을 더는 사용하지 말자고 차갑게 말을 끊어낸 지 며칠 지나지도 않았잖아.

파비안은 쥐어짜듯 꺼낸 내 말에 아주 간단하게 정답을 말했다.

"당신이 얼마나 라리사를 아끼는지 알고 있으니까요."

뭐라고 대답해야 할지 알 수가 없었다.

그런 나를 보며 파비안은 다시 한번 웃었다. 가볍고 시원한 미소였다.

"그럼, 아내의 부탁이니 가서 라리사와도 이야기를 나누고 오도록 하겠습니다."

그 말을 남기고, 그는 뒤돌아 라리사 쪽을 향해 발걸음을 옮겼다.

그날 밤, 전혀 잠이 오지 않았다. 괜스레 마음이 싱숭생숭했다.

파비안이 대공비는 라리사가 아니라 나라고 강조했던 것이 어딘가 자꾸 마음에 걸렸다.

내게 마음이 생긴 것은 아니겠지.

'설마, 아닐 거야. 그냥 서류상으로 부인이긴 하니까 잘해주는 거겠지.'

계약서를 작성하고 서류에 서명할 때만 해도, 아니, 그 뒤로도 파비안이 나를 보는 시선은 계약자 그 외 아무것도 아니었다.

그렇다고 그 뒤로 지금까지 우리 사이에 특별한 일이 있었냐면, 그 것도 아니었다.

같은 집에 살아도 식사 한번 같이하기가 얼마나 어려웠던가. 데이 트 비슷한 것도 전혀 한 적이 없었다. 감정이 싹틀 만한 일은 아무리 되짚어봐도 없었다.

해봐야 얼마 전 엘로이즈가 날 속여서 불러냈을 때 그와 말을 함께 타고 온 정도?

'하지만 그때 파비안은 내게 화를 냈는걸.'

최근에는 침실에 함께 있는 것만으로도 불쾌해하는 것 같았고.

'그럼 뭐지, 왜 그런 거지?'

대놓고 물어볼 수는 없었다. 까놓고 말해서 라리사가 나 대신 대공 비가 되어주지 않으면 곤란한 것은 나뿐이다.

그런데 혹시라도 내가 파비안 마음에 들었다면…….

파비안은 잔인한 범죄를 저지른 아내의 목을 칠 인간인가, 아닌가. 더러운 과거를 사랑으로 감싸고 모욕을 버텨낼 인간인가?

"……모르겠어."

나는 한참을 이리저리 뒤척거렸다.

'에잇, 답이 안 나오는 문제에 신경 쓰지 말자. 제일 중요한 일부터 하는 게 낫지.'

나는 잠을 포기하고 몸을 일으켰다. 라리사가 잠든 옆 침대에서는 새근거리는 깊은 숨소리가 들려왔다.

'내 인생에서 제일 중요한 건 내 목숨이야. 난 살아남을 거야.'

희미하게 켜둔 수면용 램프가 침대 위 실루엣을 부드럽게 비춰 보였다. 어둠에 익숙해진 내 눈은 쉽게 보드라운 뺨과 꼭 감긴 두 눈, 조그만 코끝을 식별해 냈다.

'두 번째로 중요한 건 이 아이의 행복이지.'

라리사가 평화롭게 잠들어 있는 걸 확인하고 나는 조심조심 침실을 빠져나왔다.

목적지는 대공저의 도서실이었다. 방대한 도서실 안을 램프 하나에 의지해 오가다가, 구석진 곳에서 마법에 관한 책으로 가득 찬 책장을 발견했다.

필요한 것은 이 세상의 마법에 대해 알려줄 개요서였다. 나는 두근거리는 마음으로 쉬우면서도 중요해 보이는 책을 몇 권 골라 뽑아 들었다. 마침 도서실 안에는 편안하게 책을 읽을 수 있는 공간도 있었다. 나는 그중 긴 의자에 다리를 올리고 쿠션에 기대어 앉아 제일 쉬워 보이는 책을 펼쳤다.

'읽다 졸리면 그대로 자면 되겠지.'

나는 책을 훌훌 넘기면서 필요한 부분만 골라 읽었다. 몇 페이지 넘기지도 않아서 잠이 싹 달아났다. 마녀와 마법사에 대한 정보는 생각지도 못한 것들이었다.

[마력을 가지고 태어난 자는 마법을 쓸 수 있다. 그들을 마법사라 부른다. 마력은 유전으로 발현되는 경우와 아닌 경우가 반반이다.

신기하게도, 마력을 가진 자의 성별에 따라 어떤 마법을 쓸 수 있는지가 정해진다.]

"성별에 따라 마법이 정해진다고?"

나는 곧 등을 꼿꼿이 세우고 책을 정독하기 시작했다.

[여자 마법사가 마법을 걸 수 있는 대상은 생물체뿐이다. 반대로 남자 마법사는 무생물에만 마법을 걸 수 있다. 그 반대는 불가능하다.

남자 마법사는 기술 발전에 빠질 수 없는 존재다. 간단하게는 물건을 나르거나 자르는 일부터, 최근에는 석유 시추와 정유 기술에까지 관여하고 있다.

여자 마법사의 마법은 주로 의료에 쓰인다. 큰 병일수록 강한 마법을 필요로 한다.]

"……사랑의 묘약은 흔한 인기 마법이었고, 비밀스러운 저주 마법에 큰돈이 오갔다…… 라."

이래서 여자 마법사들은 마녀라고 불리는구나. 쉽게 이해가 됐다.

의술의 수준이 낮았던 옛날에는 여자 마법사의 지위가 더 높았던 모양이었다. 하지만 과학의 발달은 의술의 발달도 불러왔다. 값비싸고 불확실한 마법에 의지하지 않아도 병이나 부상을 치료할 길이 열린 것이다.

결국 마법사들은 쉽게 표적이 되고 말았다. 돈을 노리는 무리가 여마법사를 마녀로 몰아붙인 것이다.

고위 귀족들은 마녀사냥을 못 본 척했다. 저주 마법을 걸도록 사주한 게 들킬까 봐. 신전에서는 사람의 마음을 뒤흔드는 마법을 애초부터 이단으로 규정해 왔으니, 더더욱 도울 이유가 없었다.

그렇게 여자 마법사들은 거의 멸종되고 말았다.

'결국 돈 때문이었구나. 다른 사람의 마음을 주무를 수 있다니, 몰아붙이기 너무 쉬운 조건이니까……. 그렇게 마녀라 매도해 화형시키고 겸사겸사 재산도 빼앗았겠지.'

책장을 넘기다가 문득 떠오른 생각에 오싹, 소름이 돋았다.

나는 다른 사람의 마음을 읽을 수 있다. 전부는 아니지만, 그래서 더 위험했다. 들키면 악의를 가지고 다가오는 사람들에게 마녀로 몰리고 말 것이다.

'조심해야겠어. 누구에게든 절대 입도 벙긋하지 말아야지.'

다행히 내가 마음의 소리를 듣는다는 것은 이고르도, 빌레인도 몰랐다. 아주 어릴 때 말한 적은 있지만 믿어주지 않았고, 곧 잊어버린 것 같았다. 둘 다 내게 별 관심이 없었던 게 다행이었다.

그 뒤론 그저 집안에서 미친년 취급을 받았으므로 더 말할 필요조차 없었다. 내가 무슨 말을 해도 아무도 믿지 않았다.

어두웠던 시절이 자꾸 생각나 쓴웃음을 지으며 책장을 넘겼다.

책에는 붉은 눈에 대한 내용도 있었다. 마력을 가진 자들은 모두 눈동자가 붉은색을 띤다고. 단, 마법사의 자녀 중에서는 눈동자 색깔만 물려받고 마력은 물려받지 못한 경우가 꽤 많다고 적혀 있었다.

'흐음…… 그렇다면 파비안은 마력은 없는데 눈만 붉은색인 건가……'

파비안이 마법을 쓸 줄 안다는 얘기는 들은 적이 없으니, 틀림없겠지.

'좀 억울하겠다.'

마력을 타고났다면 그나마 마법사 대우라도 받았을 텐데, 그것도 아니라 마녀의 자식이라고 매도당하기만 했을 것이다.

하지만 책에 써 있는 대로라면 남자 마법사라고 해서 그다지 좋은 취급을 받는 것도 아니었다. 여마법사들이 마녀 취급을 받기 시작한 이후로는 남마법사들에게도 신이 허락하지 않은 사특한 재주를 부린다는 꼬리표가 붙어버린 것이었다.

결국 파비안은 마력을 타고났든 아니든, 사람들에게 별로 좋은 시선을 받지 못하는 것이다. 그저 눈동자 색이 붉기 때문에.

어쩐지 기분이 조금 가라앉았다. 나는 책을 덮었다.

'일단 뭐가 됐든, 마녀를 만나봐야겠어. 찾을 수 있을까?'

파비안의 눈에 띄지 않게 내가 직접 움직여야 하겠지. 아니면 대공가 바깥사람을 고용하든지. 대공비가 마녀를 찾아다닌다는 소문이 나면 곤란할 테니 신분도 감춰야 한다.

'드디어 돈을 쓸 곳이 생겼군.'

나는 읽어볼 만한 책을 두어 권 챙겨 들고 다시 침실로 되돌아왔다.

침실 안에는 어느새 새벽 어스름이 찾아들고 있었다. 밤을 거의 새우다시피 책을 읽어댔더니 피곤해서 하품을 하며 내 침대로 기어들었다. 그러다 문득 옆 침대로 고개를 돌렸다가, 그대로 얼어붙었다.

라리사의 침대가 비어 있었다.

'설마……'

라리사가 갈 만한 곳은 얼마 되지 않는다. 나는 얼른 하녀들을 시켜 라리사를 찾아보게 했지만, 혹시나 하는 마음에 마구간으로 달려 내려갔다.

"마, 마님?"

자다 깬 흔적이 역력한 마구간지기가 나를 알아보고는 허둥지둥 마구간 문을 열어주었다.

"아……."

다행히도 라리사는 거기 있었다. 마구간지기가 잠든 틈에 몰래 숨어들었던 모양이다.

라리사는 아끼는 망아지의 마사 안 짚단 위에 고양이처럼 동그랗게 몸을 말고 잠들어 있었다. 초콜릿빛의 망아지가 라리사를 보호하듯 몸을 꼭 붙이고 옆에 앉아 있었다.

마구간지기가 가까이 다가가자 망아지는 고개를 들어 까만 눈동자로 우리를 쳐다보았다. 고개는 들었지만 라리사가 기댄 몸통은 움직이지 않았다. 평소 버릇대로 푸르릉, 하는 콧소리 한 번을 낼 법도 한데 아주 조용했다.

설마 라리사의 잠을 깨우기라도 할까 봐 조심하는 걸까.

'둘 다 아직 한참 어리면서.'

내 눈에는 영락없이 아기 둘이 서로 부둥켜안고 잠든 것처럼 보였다. 귀여워서 정말⋯⋯.

나는 손짓으로 마구간지기를 돌려보냈다. 그리고 들고 있던 램프의 조도를 낮춘 후, 입 모양으로 망아지에게 말을 걸었다.

'조용히 할게, 나도 좀 끼워줘.'

망아지는 나를 쳐다보기만 할 뿐, 가만히 있었다.

내 말을 알아들었을 리는 없지. 나는 웃으며 라리사 옆에 앉았다.

짚은 딱딱했고 굵은 줄기 끝이 뾰족뾰족 엉덩이를 찔러댔다. 말 냄새와 여물 냄새, 심지어 말똥 냄새도 났다.

그다지 쾌적하다고 할 수 없는 곳에서, 라리사는 망아지에 기대어 더없이 행복한 듯이 잠들어 있었다.

나는 가만히 라리사가 두 손을 가슴 앞에 모은 채 잠든 모습을 내려다보다 문득 생각했다.

'혹시 외로웠던 걸까? 내가 요즘 몇 번 밤에 자리를 비워서⋯⋯.'

잠시 후, 나는 고개를 저었다.

우리가 블리크가 저택을 탈출한 건 두어 달 전이었다. 결코 짧지 않은 시간 동안 함께 지냈으나, 라리사가 내게 그 정도로 의지했는지는 확신할 수 없었다.

반면, 동물 친구를 만난 지는 일주일이 지났다. 그렇게 방을 나서기 어려워하던 라리사는 이제 나 없이도 제 발로 자기가 가고 싶은 곳으로 갈 수 있게 되었다.

내가 그렇게 애써도 쉽지 않았던 일을, 이 귀여운 망아지는 며칠 만에 해냈다.

'이제 승마를 잘하게 되면 곧 저택 밖으로도 나갈 수 있게 되겠지.'

지금은 서툴지만 금세 배울 것이다. 말을 이렇게 좋아하니까. 말도 라리사의 마음을 알아줄 테니, 둘은 금방 단짝이 되겠지.

지금도 이렇게 둘이서 몸을 꼭 붙이고 있는걸.

'말로는 날 위한 선물이라고 했으면서……'

나는 파비안을 떠올리며 조용히 미소 지었다. 말은 내게 선물하기 위한 거였고, 라리사는 덤일 뿐이라고 강조하던 파비안.

하지만 결국 말은 나보다 라리사에게 더 큰 의미를 가진 선물이 되었다. 새삼스레 파비안에게 고마웠다.

'하긴, 이렇게 사랑스러운 아이를 어떻게 사랑하지 않고 배길 수 있겠어.'

나는 아주 조심스럽게, 라리사의 둥근 이마에 입을 맞추었다. 귀여운 아이에게, 사랑을 담은 뽀뽀였다.

그러자 라리사가 살그머니 눈을 떴다.

'이런, 깨울 생각은 없었는데……'

라리사는 아직 꿈결인 듯, 몽롱한 초록빛 눈을 두어 번 깜빡거렸다. 그게 너무 귀여워서, 나는 라리사를 살짝 끌어안았다. 그리고 부드러운 머릿결을 쓰다듬으며 말했다.

"우리 라리사, 자다 말고 언제 여기까지 내려왔어? 잠은 침대에서 자야지. 망아지가 그렇게 좋니?"

"쿠키예요."

아주 가느다란 목소리였다.

심장이, 쿵, 하고 크게 울렸다. 나는 깜짝 놀라 포옹을 풀었다.

라리사는 한 손으로 눈을 비볐다. 그리고 옹알거리듯 말했다.

"이 아이 이름은 쿠키예요."

내가 꿈을 꾸고 있는 건가?

내 귀로 듣고, 내 눈으로 보았는데도 믿을 수가 없었다. 아무 말도 나오지 않았다.

라리사는 졸음이 가득한 눈으로 나를 쳐다보다가, 배시시 웃었다.

"마르시아 언니."

라리사가 말을 한 것도, 웃은 것도 처음이었다. 라리사의 첫 미소는 찬란한 요정의 눈물보다 백 배는 더 아름다웠다.

나는 두 손으로 내 입을 틀어막았다. 머리가 어지럽고 심장이 터져 나갈 것만 같았다. 시야가 흐려지면서 눈이 아플 정도로 뜨거워졌다.

"아, 라리사……."

내가 할 수 있었던 건, 고작 라리사의 이름을 부르는 것뿐이었다.

라리사는 가만히 다가와 두 팔로 나를 끌어안았다. 작은 손바닥이 내 등 뒤를 가볍게 토닥거렸다. 나를 다독거려 주는 듯한 그 손길에, 나는 가만히 눈을 감았다.

아아, 내가 어떻게 이 아이를 사랑하지 않을 수가 있겠어?

마르시아 다음은 소피아였다.

라리사와 함께 방으로 돌아가자 소피아가 그들을 기다리고 있었다. 마구간지기에게 라리사를 찾았다는 소식을 들은 후였다.

아직 새벽이었고 바깥 공기는 찼다. 소피아는 라리사의 몸이 얼기라도 했을까 봐 침실의 벽난로에 석탄을 잔뜩 넣고, 돌아오자마자 바로 코코아를 타서 건넬 수 있도록 우유를 데워두고 기다리고 있었다.

"라리사 아가씨!"

마르시아의 손을 꼭 붙잡고 들어온 라리사를 보자마자 소피아는 얼른 라리사의 어깨에 부드러운 숄부터 둘러주었다.

"아가씨, 걱정했잖아요. 다음부터는 어디 가시기 전에 꼭 마님이나 제게 말씀하고 가셔야 해요."

"미안해, 소피아. 앞으로는 그렇게 할게."

라리사는 작지만 분명한 발음으로 대답했다.

쨍그랑. 소피아가 데운 우유가 담긴 잔을 떨어뜨렸다.

"라, 라리사 아가씨?"

라리사가 깨진 찻잔 조각을 주우려는 걸 소피아는 황급히 말렸고, 마르시아는 웃으며 다른 하녀를 불러 빗자루를 가져오도록 했다.

"우리 아가씨가 드디어……."

소피아가 감격한 얼굴로 다른 잔에 코코아를 탔다.

빗자루를 들고 온 하녀가 재빨리 바닥의 찻잔 파편들을 쓸었다. 쓰레받기를 들고 나가려던 하녀와 눈이 마주치자 라리사가 수줍게 말했다.

"고마워."

"꺅!"

이번에는 하녀가 쓰레받기를 떨어뜨렸다.

그 뒤로는 순식간이었다. 라리사의 말문이 터졌다는 것은 눈 깜짝할 사이에 대공저 전체에 퍼져 나갔다.

모든 고용인이 라리사의 목소리를 듣고 싶어 했다. 하녀들은 라리사의 아침 식사를 자기가 나르겠다며 다퉜고, 결국은 쟁반 하나를 세 명이 날라 왔다. 물론 그 쟁반은 방문 앞에서 소피아가 받아 들었다.

"아가씨 놀라실라."

아침 식사가 끝나자마자 시키지도 않은 간식거리를 자꾸 가져와 기웃대는 고용인들을, 소피아가 문 앞에서 적당히 돌려보냈다.

네 번째로 노크 소리가 들렸을 때, 소피아는 '이번엔 또 누구냐……' 하는 표정으로 문을 열었다. 그러나 이번에 노크한 사람은 핑곗거리를 가져온 고용인이 아니었다.

문밖의 사람과 눈이 마주치자마자 소피아는 얼른 고개를 숙였다.

"주, 주인님."

파비안이었다.

그는 아침에 눈 뜨자마자 소식을 들었다. 곧바로 달려오고 싶었지만, 아침 식사가 끝나고 몸단장을 마쳤을 시간까지 기다렸던 것이었다.

"안에 내가 들어가도 되는지 여쭈어라."

"물론이죠. 어서 들어오세요."

파비안의 목소리를 들은 마르시아가 바로 대답했다.

"그럼, 실례하겠습니다."

허락이 떨어지자 파비안이 방 안으로 들어섰다.

마르시아와 라리사는 창가에 있었다. 정확히는 라리사가 햇빛이 드는 자리에 앉아 있었고, 마르시아는 그 뒤에 서서 머리를 빗어주고 있던 참이었다.

얼마나 빗질을 했는지, 라리사의 은발이 꼭 녹아내릴 것처럼 은은하게 반짝거렸다. 투명한 피부 위로 햇빛이 쏟아져, 꼭 도자기 인형 같았다.

파비안은 마른침을 삼켰다. 그의 시선은 라리사가 아니라 마르시아에게 머물렀다.

생기 어린 얼굴에는 즐거운 듯한 미소가 걸려 있다. 그 미소가 머문 붉은 입술엔 눈동자 색과 같은 초록 리본을 물고 있었다. 그것으로 라리사의 머리를 묶어주려는 것일 터였다.

동생 머리를 완벽하게 빗겨주느라 자기 머리는 대강 빗다 말았는지, 웨이브 진 금발이 어깨 위에 자연스럽게 흩어져 있었다. 파비안의 눈에는 그것이 더욱 매력적으로 보였다.

마르시아가 빗을 내려놓고 리본을 손에 옮겨 쥐었다. 그리고 파비안에게 간단한 인사말을 건넸다.

"어서 오세요. 간밤에는 평안하셨나요?"

라리사의 머리를 묶는 마르시아의 손놀림이 급해졌다. 파비안은 속으로 웃었다.

"천천히 하십시오."

마르시아는 예의 바른 인사말과는 반대로 퍽 흥분한 상태였다. 무슨 생각을 하고 있는지 얼굴에 다 써 있었다.

여러분! 세상 사람들! 우리 애가 글쎄 이젠 웃기도 하고 말도 해요!

열세 살 아이를 보고 할 만한 말은 아니었지만, 알 게 뭔가. 마르시아는 빨리 라리사를 자랑하고 싶은 눈치였다.

반면 라리사는 언제나처럼 조용하고 얌전했다. 자리에서 일어나 말 없이 무릎을 굽히며 인사했을 뿐이었다. 막 빗겨준 머리가 찰랑거리 며 흘러내렸다.

"이른 시간에 갑자기 찾아와서 실례가 아닌지 모르겠습니다. 하지 만 워낙 놀라운 소식이 들려와서요."

"실례는요. 파비안이 이 저택에 못 들어갈 곳이 있나요. 이른 시간 도 아니고요."

마르시아는 입이 귀에 걸려 있었다. 방 안에 아무도 없었다면 자리 에서 튀어 올라 춤이라도 출 기세였다.

파비안은 담담한 표정으로 라리사에게 말을 걸었다.

"라리사, 말에게 이름을 지어주었다면서?"

라리사가 가만히 고개를 끄덕거렸다.

"내게도 이름을 알려주겠니?"

파비안의 말에, 라리사는 또 한 번 고개를 끄덕였다. 그리고 이내 가느다란 목소리로 대답했다.

"쿠키라고 해요."

마르시아는 라리사가 한마디라도 할 때마다 함박웃음을 짓고 반짝 반짝한 눈으로 쳐다보느라 정신이 없었다. 라리사의 대답에, 파비안 의 얼굴에도 미소가 떠올랐다.

"좋은 이름이구나. 잘 어울린다."

파비안은 커다란 손을 뻗어, 라리사의 머리를 가볍게 쓰다듬었다. 그리고 부드러운 목소리로 덧붙였다.

"장하다, 라리사. 아주 잘했어."

라리사의 뺨이 복숭앗빛으로 발갛게 물들었다. 마르시아는 흐뭇하게 그 광경을 바라보았다.

파비안은 이러니저러니 해도 라리사에게 아주 진설했다. 평소에는 딱딱하게 사무적인 말투를 썼지만, 라리사에게 말을 걸 때만은 목소리가 부드러워졌다. 어딘가 무서운 듯한 특유의 분위기도 느껴지지 않았다.

지금도 그랬다. 파비안이 친절하게 말했다.

"기념으로 선물을 주고 싶구나. 뭐든 갖고 싶은 것이 있으면 말하거라."

라리사는 조금도 망설이지 않고 고개를 가로저었다.

"없어요. 지금 이대로도 너무나 행복한걸요."

그렇게 말하며, 라리사는 웃었다. 마르시아의 얼굴에 걸린 커다란 함박웃음과는 달리, 보일 듯 말 듯한 아주 작은 미소였다. 하지만 평소 무표정하기만 하던 얼굴에 떠오른 그 미소는 순식간에 방 안을 환하게 비추는 것 같았다.

'라리사가 웃다니, 이렇게 웃어주다니.'

두 번째로 웃는 얼굴을 본 마르시아는 더는 참지 못했다.

"라리사!"

그녀는 그 자리에서 라리사를 끌어안고 말았다.

지하실에서 라리사를 데리고 나온 것은 도박이나 마찬가지였다. 로랑 대공과 라리사를 대면시켜 첫눈에 반하면 떠넘기고 자기 삶을 살겠다는 계획은 결국 실패했다.

하지만 조금도 후회는 없었다.

'라리사가 행복하다는 말이, 왜 나까지 이렇게 행복하게 하는 걸까.'

"아이참, 마르시아 언니도……."

라리사는 마르시아의 품 안에서 조그맣게 중얼거리며 웃었다. 그 미소가 너무 예뻐서, 마르시아는 결국 눈물을 흘리고 말았다.

한 걸음 물러서서 그 광경을 가만히 보고 있던 파비안이 얼른 자기 손수건을 꺼내 내밀었다. 마르시아는 그 손수건을 받아 들 생각도 못 한 채 눈물을 흘리며 웃었다.

"잠깐, 그럼 이제 마녀는 찾지 않아도 되나?"

나는 침대 옆 탁자를 바라보며 작게 중얼거렸다. 탁자의 서랍 안에는 며칠 전 도서실에서 가져온 마법사에 관한 책이 들어 있었다.

'라리사를 빨리 치료하고 싶어서 찾아보려 했던 거였으니…….'

마녀의 마법이 없이도 라리사는 큰 진전을 보였지 않은가. 이제 조금씩 말도 하고 간간이 웃기도 한다.

의사소통이 된다는 것은 아주 중요했다. 나는 이제 라리사가 무슨 생각을 했는지, 어디가 아프거나 무엇이 좋은지, 뭘 하고 싶은지를 쉽게 알 수 있었다. 그리고 그에 맞춰줄 수 있다.

이제부터는 좀 더 안정적으로 치료할 수 있을 터였다.

'지나간 나쁜 기억을 전부 잊게 해줄 수 있다면 좋으련만.'

그러기 위해서라도 마녀가 필요하겠지, 아마도. 마녀는 몰래 계속 찾아보되, 플랜 B로 놔두는 게 좋을 것 같았다. 아예 못 찾을 가능성이 제일 크고, 찾더라도 라리사의 치료에 확실히 도움이 되리라는 보장도 없으니까.

주치의 벨만이 했던 이야기가 떠올랐다. 나쁜 기억을 좋은 기억으로 덮어씌울 수 있도록 도와주라고.

'밖에 사주 내리고 나가고, 재미있는 놀이를 함께 하고…… . 무엇보다 계속 잘 먹여야지.'

라리사는 요즘 양 볼에 포동포동하게 살이 오르기 시작했지만, 아직도 나이보다 훨씬 어려 보였다.

그래도 아직 성장기라 다행이었다. 잘 먹여서 쑥쑥 키워야지.

'이제 슬슬 가정교사를 들이는 걸 생각해 봐도 좋지 않을까…… .'

지금 당장은 힘들겠지만, 좀 더 회복되고 나면 슬슬 세상에 대해 배워야 할 것이다. 지하실에 갇혀 지냈던 만큼의 지식도 채워줘야 하고, 귀족으로서의 삶도 알려줘야 한다.

좋은 가정교사를 알아볼 때가 되었다.

나는 현실적인 결론을 내린 후 자리에서 일어섰다.

'일단 책은 도로 도서실에 가져다 놔야겠어.'

하녀를 불러 가져다 두게 할 수도 있었지만, 나는 서랍을 열어 직접 책을 꺼내 들었다. 굳이 고용인들에게 내가 이런 책을 읽었다고 광고할 필요는 없으니까.

도서실로 가는 길목에는 파비안의 집무실이 있었다. 책을 가슴에 안고 그 앞을 지나가는데 안에서 어딘가 익숙한 소리가 흘러나왔다.

-이런, 빌어먹을.

'와, 마음의 소리잖아.'

나는 조금 놀라서 집무실 쪽을 쳐다보았다. 당연하게도 집무실의 문은 굳게 닫혀 있었다.

꽤 오랜만에 듣는 마음의 소리였다. 나는 픽, 하고 쓴웃음을 흘렸다.

'블리크가에서 살 때는 매일같이 들었는데.'

블리크가의 사람들은 항상 불만을 가지고 있었고, 불평하거나 속으로 욕하곤 했다. 집안 분위기는 언제나 날카로웠다.

그러나 대공저는 그 반대였다. 전 대공의 장례식 때만 해도 어수선하고 수많은 마음의 소리가 들렸지만, 얼마 지나지 않아 잠잠해졌다. 고용인들은 빠르게 안정되었고 저택 안은 평화로웠다. 적어도 서로 헐뜯거나 미워하지는 않는 모양이었다.

'덕분에 나도 쓸데없는 생각을 안 하게 돼서 좋아.'

그게 얼마나 날 편하게 만드는지 나도 몰랐다. 조금 전, 누군지 모를 사람의 욕설을 듣기 전까지는.

문 안에서는 그 누군가의 마음의 소리가 계속 흘러나왔다.

-아니, 이젠 대공이잖아. 돈 많을 거 아니야. 이 정도 투자가 그렇게 어렵나! 마녀의 자식놈에게 어디까지 고개를 숙여야 하냐고!

오, 아무래도 파비안에게 영업을 하러 온 손님인 모양이지. 정확히는 돈을 뜯으러 온 사람.

'나랑은 상관없지. 파비안이 돈 많은 건 맞으니까.'

그렇게 호락호락한 사람도 아니다. 파비안이 순순히 돈을 내어줄 거라고는 생각할 수도 없었다. 그리고 혹시나 좀 떼어주더라도 대공가의 자산에는 거의 영향을 미치지 못할 테지.

파비안이 알아서 잘할 테니, 나는 가던 길을 계속 가려 했다. 그런데 이 손님이 생각지도 못한 소리를 했다.

-젠장, 누가 사촌 아니랄까 봐 깐깐하게 굴기는. 적어도 콘라트 영애가 회수해 간 만큼은 받아내야 해!

……콘라트 영애? 콘라트 후작가에서 영애라고 불릴 사람은 단 한 사람뿐이다. 나는 문 앞에서 도로 걸음을 멈추었다.

'엘로이즈 콘라트의 이름이 여기서 왜 나와?'

내 전 약혼자인 칼 클레브까지 끌어들여 날 엮으려고 했던 그녀의 얼굴이 눈앞에 떠올랐다. 이런 데서까지 그 이름을 들어야 한다니.

'도대체 어디까지 얽혀 있는 거야?'

나는 마음의 소리가 들려오는 곳의 문을 벌컥 열어젖혔다.

그곳은 파비안의 집무실에 딸린 응접실이었다. 안쪽에 있던 세 사람의 시선이 동시에 내게 꽂혔다. 파비안과 포투스, 그리고 처음 보는 중년 남자였다.

머리가 조금 벗겨진, 작달막한 키의 남자가 보일 듯 말 듯 눈살을 찌푸리며 나를 쳐다보았다.

'아차……!'

문을 열긴 했는데, 할 말이 없었다. 우연히 지나가다가 엘로이즈의 이름이 들려서 들어왔다고는 절대 말할 수 없었다. 저 남자는 그 이름을 마음속으로만 말했지, 입 밖으로 내지는 않았으니까.

나는 똑똑, 하고 이미 열린 문에 뒤늦게 노크를 했다. 그리고 얼른 태도를 가다듬어 미안한 듯 살짝 웃으며 인사했다.

"실례해요. 제가 노크하는 걸 깜박했네요. 그런데 손님이 계셨군요."

"무슨 일이십니까?"

무례를 저지른 셈이었지만, 파비안의 얼굴에서는 불쾌한 표정을 조금도 찾아볼 수 없었다. 다행이었다.

"음, 드릴 말씀이 있어서 찾아왔는데요. 먼저 와 계신 분이 있으니……."

어쩐다. 엘로이즈가 이 일에 어떻게 얽혀 있는지 정말 궁금한데. 여차할 때 끼어들려면 적어도 방 안에 있어야겠지.

나는 응접실 저 한구석, 창가에 놓인 작은 의자를 흘끔 쳐다보고는 일부러 해맑은 목소리로 말했다.

"하던 말씀 계속 나누세요! 전 책이나 보면서 말씀 끝날 때까지 기다릴게요."

나는 성큼성큼 걸어서 작은 의자에 가 앉아 들고 있던 책을 아무렇게나 펼쳤다.

"비, 비전하……."

포투스가 난감한 말투로 나를 불렀지만, 파비안은 오히려 눈짓으로 그를 저지했다. 파비안은 나를 내버려 둔 채 손님 쪽으로 고개를 돌렸다.

"그럼 계속하시오, 리베라 남작."

그러자 남자가 당황했다.

-저 여자는 또 뭐야.

"저, 저분이 대공비 전하이십니까? 아무리 그래도 숙녀분께서 들으시는데……."

"나는 내 비에게 숨기는 것이 없소. 어차피 비도 다 알게 될 일이니 그냥 편하게 말씀하시오."

파비안은 태연한 목소리로 말했다.

'숨기는 게 없다니…….'

그 말을 믿지는 않았지만, 적어도 나를 이 방에 남게 해주는 건 고마웠다. 나는 책에 코를 박고 글자에 집중하는 척했다.

리베라 남작은 우물쭈물하다가, 어쩔 수 없이 하던 이야기를 계속하기 시작했다.

파비안이 나를 내버려 둔 이유는 곧 알게 되었다. 손님의 정체는 파비안이 투자했다던 자동차 회사의 사장이었던 것이다.

처음 만난 날, 기차에서 나눴던 대화가 떠올랐다.

"……자동차라고요?"

"괜찮은 이름인데. 말 없이, 자동으로 가는 차니까."

내가 자동차에 대해 알고 있는 걸 말했더니 깜짝 놀라던 파비안의 얼굴. 그전까지만 해도 나랑 말할 생각 따위는 별로 없어 보였는데, 자동차 이야기가 나오니까 갑자기 신나서 대화를 시작했지.

'내가 도움이 될지도 모른다고 생각했나 봐.'

나는 조금 뿌듯해져서 시선은 책에 둔 채로 귀를 쫑긋 세웠다.

"아시지 않습니까, 아이반 그 녀석이 실험한다고 잡아먹는 돈이 얼마나 되는지를요. 본디 마법사란 족속들이 날려 먹는 돈은 추산하기조차 어려운 법입니다. 그놈이 자꾸 그렇게 귀한 금속들을 녹여 버리고 비싼 석유를 태워 버리는 걸 제가 어쩌란 말입니까? 다 꼭 필요한 일이라고 하는 것을요!"

마법사? 나는 손에 쥐고 있던 책을 떨어뜨릴 뻔했다. 마법사는 찾기 어렵고 숨어 사는 존재가 아니었단 말인가?

'진정하자, 아이반이라면 남자 이름이야. 여자 마법사는 아닐 거야. 금속을 녹여 버린다니, 더더욱 아니야.'

하지만…… 진짜 마법사라면, 마녀와의 연결 고리가 있을지도 모른다.

나는 입술을 살짝 깨물었다. 그리고 귀로 들리는 소리와 마음으로 들리는 소리에 동시에 집중하려 애썼다.

파비안의 침착한 목소리가 들렸다.

"아이반 없이 신기술을 발명해 내기 어렵다는 건 알고 있소. 그가 필요하다고 했으면 필요한 것이겠지. 그러니까 그가 사용한 재료들의 목록을 가져오라는 말이오."

"그러니까 일전에 편지로 드린 것에……."

이내 종이 팔락이는 소리와 함께 포투스의 목소리도 들렸다.

"지나치게 구멍이 많은 이 문서 말씀이라면, 제가 새로 분석하여 대공께 보고서를 올렸습니다."

"아니, 그게……."

남작이 횡설수설하며 변명을 늘어놓기 시작했다. 조금 듣다 보니 이 회사가 어떻게 굴러가는지 알 수 있었다.

자동차 회사의 중심축은 리베라 남작과 아이반이었다. 일단은 대등한 파트너 관계였다.

과학자이자 마법사인 아이반은 흔한 말로 공돌이 타입이었다. 그는 붉은 눈의 마법사라 대외적으로 나서기 어려워 사업을 돌봐줄 사람이 필요했는데, 그때 파트너가 되겠다고 나타난 것이 리베라 남작이었다.

"제가 아니었으면 아이반 그 녀석의 물건이 세상에 나오기나 했겠습니까? 다 제가 발굴해 냈으니 대공께서도 시제품을 타볼 수 있으셨던 거지요."

자동차를 발명한 건 아이반인데 그는 자기 공이 더 크다는 듯 거들먹거리며 말했다.

"발명이란 건 워낙 돈이 많이 드는 일이란 말입니다. 존재하지 않았던 물건을 만들어내려면 수 없는 시행착오가 발판이 되어야 하지 않겠습니까? 그게 다 돈이고요."

남작은 싱글싱글 웃으면서도 속으로는 다른 생각을 했다.

-그러니까 네놈이 준 돈으론 모자란다는 말이야! 네놈의 사촌이 줬다가 뺏은 돈만큼 더 내놓으라고! 여자 주제에 투자하겠다고 했을 때부터 수상했는데……

흐음. 왜지는 모르겠지만 엘로이즈가 이 사업에 돈을 보탰던 모양이네.

남작은 그녀를 무시하면서도 그녀의 돈은 무시할 수 없었던 모양이다. 신나서 투자를 받았는데, 엘로이즈가 최근 갑자기 투자금을 회수해 버리자 그 손해를 메꾸려고 파비안에게 매달리는 것이다.

'그렇담 다른 투자자가 발을 빼서 재정이 어렵다고 솔직하게 말하면 될 텐데.'

나는 리베라 남작 쪽으로 시선을 주지 않으려고 애쓰며 생각했다.

엘로이즈의 이름을 꺼내지 못하는 이유가 뭘까? 자신의 이름을 감추는 것을 조건으로 투자하기라도 했나?

게다가 엘로이즈가 자금을 회수해 간 것은, 내 전 약혼자 사건 이후였던 모양이었다.

나는 가만히 그날 있었던 일을 복기해 보았다. 그날 파비안은 내가 말없이 외출했다가 어딘가 잘못되기라도 했을까 봐 걱정했다거나, 칼클레브의 처분에 대한 이야기는 했었다. 그러나 정작 엘로이즈에 대한 이야기는 한마디도 입 밖으로 꺼내지 않았다. 파비안의 마음의 소리를 듣지 않았더라면, 난 엘로이즈가 거기 와 있었다는 것조차 몰랐을 거다.

그때 오페라 극장에서 파비안과 엘로이즈 사이에 무슨 일이라도 있었던 걸까?

'……신경 쓰여.'

나는 입술을 잘근잘근 깨물었다.

파비안과 엘로이즈가 따로 만났든 말든, 무슨 이야기를 했든, 그날은 그다지 신경 쓰이지 않았었는데. 라리사의 비밀이 들킬까 봐 전전긍긍하고 있어서 그랬었나.

'둘이서 무슨 얘길 했길래, 내겐 아무 말도 해주지 않았을까? 왜 새삼 이제 와서 마음에 걸리지?'

그때 파비안의 냉랭한 목소리가 들렸다.

"남작, 나는 지금 옛날 귀족들처럼 예술가를 평생 후원하는 게 아니오. 가능성 있어 보이는 사업에 투자를 하는 것이지."

"압니다. 그러니까……."

"그러니까 더더욱 납득 가능한 결과를 가져와야 할 게 아닌가? 아니면 제대로 된 장부를 가져오든가. 이런 허점투성이인 가짜 서류 말고."

파비안은 남작의 하소연을 자르고, 테이블에 포투스가 가져온 서류 뭉치를 던졌다. 종이 뭉치가 부딪히는 소리에 흘끔 쳐다보니, 리베라 남작은 초조한 듯 깍지를 낀 두 손을 손가락이 하얗게 될 정도로 꽉 움켜쥐고 있었다.

"아니, 아시잖습니까. 장부가 좀 누락되긴 했지만, 재료값 상승은 거짓말이 아닙니다. 요즘 티프레스 공국에서 담합해서 석유 원유 가격을 올리기도 했고요."

-거짓말은 안 했다, 악마의 하수인 녀석아. 소매가는 확실히 올랐으니까.

"대공께서 당부하셨던 제동장치가, 이게 또 생각보다 잘 안 되는 모양입니다. 그래서 자꾸 다른 걸 시도해 보다가 비싼 금속만 녹여 먹고……."

-내가 제대로 딱 한 판만 땡기면, 어디 두고 보자. 그 돈으로 네놈의 뺨을 후려쳐 주마.

"……!"

마음의 소리와 입 밖으로 내뱉는 변명이 정신없이 오가는 가운데, 나는 뭔가를 눈치채고 눈을 부릅떴다.

'한 판 땡긴다고? 도박이었어?'

도박에 빠진 오빠 빌레인 덕분에 나는 도박이라면 치를 떨었다. 불쌍한 라리사의 눈물을 갈취해서 도박판에 처박은 걸 생각만 해도 머리에 피가 몰렸다.

그런데 이놈도 결국은 대공가의 돈을 투자받아 쓸데없는 곳에 퍼붓고 있는 것이다. 남는 것이라고는 없는 순간의 쾌락에.

나는 결국 읽는 척만 하고 있던 책을 덮고 날카롭게 쏘아붙였다.

"가만히 듣자 하니 안 되겠네요. 원유 가격을 올린 건 소매가뿐 아닌가요? 티프레스 공국 같은 작은 곳에서, 감히 로랑 대공께서 손대는 사업에 원유를 소매가로 공급했다고 말씀하시는 건가요?"

"예, 예?"

파비안 앞에서 땀을 뻘뻘 흘리고 있던 리베라 남작이 내 쪽으로 고개를 돌렸다.

-저년이 지금 무슨 소릴 하는 거야?

나는 코웃음을 쳤다. 그리고 그가 마음속으로 내뱉은 정보들을 그대로 돌려주었다.

"마법사 문제도 그렇군요. 지금까지도 비싼 금속을 꾸준히 녹여먹었을 텐데, 이제 와서 갑자기 금속 사용량이 늘었다고요? 고작 제동 장치 하나 때문에요?"

"아니, 아무래도 비전하께서 기술 개발에 대해 잘 모르시는 모양인데요, 금속 사용량에 대해서는 제가 곧 장부로 정리해 보내 드릴 수 있습니다만……."

"처음부터 안 가져온 이유는 뭐죠?"

"그, 그게……."

"허둥지둥 급하게 찾아왔기 때문이겠죠. 긴 시간이 필요한 신기술 개발 사업에 큰 자금 변동이 있었다는 건 다른 투자자가 있었고, 급하게 투자금을 회수해 갔다는 말밖에 안 되겠네요."

-어, 어떻게……?

남작이 벌게진 눈으로 나를 노려보았다.

흐흥, 안 무섭거든. 나는 그 눈빛을 가벼운 미소로 받아넘기며 말을 이었다.

"말씀해 보세요. 대공께는 비밀로 한 다른 투자처가 있었는데, 갑자기 빠져나가기라도 한 것은 아닌가요?"

"무, 무슨 말도 안 되는 말씀이십니까! 증거라도 있으십니까?"

질문에 대답하지 않고 증거가 있냐고 되묻네? 누가 그랬더라, 그건 증거가 없다고 철석같이 믿는 거짓말쟁이들이나 하는 말이라고.

나는 손을 가볍게 내저으며 말했다.

"그게 아니면, 다른 쪽에 자꾸 자금이 새어 나가고 있기 때문인 것은 아니고요?"

그러니까 도박 같은 것 말이야. 둘 다겠지만.

정곡을 찔린 리베라 남작은 결국 앉아 있던 자리에서 벌떡 일어섰다. 그는 손을 들어 나를 가리키며 큰 소리로 호소했다.

"대공 전하. 아무리 비전하라도 그렇지, 사업 이야기를 하는데 다 듣는 곳에 계시게 하실 겁니까? 남자들끼리만 해야 할 이야기를 숙녀분께서 들으시니 지루하셔서 자꾸 억측을 늘어놓으시지 않습니까?"

그때 낮은 웃음소리가 들렸다. 파비안이었다. 그는 재미있다는 듯이 웃고 있었다.

"하하하. 보게, 리베라 남작. 아무래도 내 비는 지루해서 끼어든 게 아닌 것 같은데. 오히려 내게 지혜를 빌려주신 게 아닌가?"

파비안은 한참을 더 웃다가, 포투스에게 손짓을 했다.

"포투스, 그거 가져오게."

"네, 전하."

이미 끼어든 후였으므로, 나는 책 읽는 척을 집어치우고 아예 몸을 돌려 앉아 그쪽을 쳐다보았다.

포투스는 옆방, 그러니까 집무실에 가서 서류를 한 뭉치 가지고 돌아왔다. 그는 그 서류를 리베라 남작 앞에 내려놓고는 파비안의 뒤로 가서 섰다. 서류를 내려다보는 남작의 얼굴에서 차츰 핏기가 가셨다.

파비안은 말없이 그를 잠시 쳐다보다가, 낮은 목소리로 말했다.

"리베라 남작, 그 서류가 뭔지 알아보시겠소?"

"아니, 이게……."

"당신이 몰래 도박장에 드나든다는 것은 이미 알고 있소. 그게 그 증거지."

파비안의 목소리는 어느새 얼음처럼 차가워져 있었다. 눈빛으로 사람을 쏘아 죽일 수도 있을 것 같았다. 그 흉흉한 분위기에 남작이 흠칫, 어깨를 움츠렸다.

뒤에 선 포투스가 손가락으로 안경을 밀어 올리며 덧붙였다.

"의심스럽다면 얼마든지 자세히 살펴보도록 하십시오. 남작님의 주머니를 거쳐 간 자금의 흐름이 단돈 1코퍼까지 전부 쓰여 있을 겁니다."

"어, 어떻게……."

"남작님이 보여주신 이중장부가 아니라, 원장부와 비교해 보십시오."

리베라 남작은 말을 채 잇지 못하고 마른침을 삼켰다. 파비안의 한쪽 입꼬리가 느슨하게 올라갔다.

"단지, 일부 자금의 출처를 알아내지 못했을 뿐이지. 남작가의 재정으로는 감당키 어려울 만한 액수가 자꾸 도박판으로 흘러 들어가더군."

"그, 그게 여기엔 사정이……."

"그런 돈이 어디서 났나 했더니, 역시 다른 투자자가 있었던 거였소?"

남작은 그 자리에서 펄쩍 뛰어오르며 손을 내저었다.

"아닙니다! 절대 그렇지 않습니다, 대공 전하!"

"그렇다면 지금 비가 거짓말을 했다는 말인가?"

"그, 그게 아니라 다소 과장된 구석이……."

파비안의 싸늘한 말에 남작은 그저 허둥거릴 뿐이었다. 명색이 사업가이면서 저렇게 당황해서야. 최초로 자동차를 발명해 낼 정도로 유능한 사람의 사업 파트너가 될 자격이 없잖아.

나는 쯧, 하고 가볍게 혀를 차고는 말했다.

"그거야 전하께서 조금만 조사해 보시면 금세 알게 될 일이겠죠. 저야 그저 남작께서 하신 말씀을 듣고 조금 추리해 본 것뿐이니까요."

그리고 조사해 보면 진짜로 다른 투자자가 있었고 자금을 회수해 갔다는 게 드러나겠지. 그런데 다른 투자자가 있었다는 게 저렇게까지 큰일인가?

그 의문에 대한 대답은 곧바로 알 수 있었다. 파비안이 지독하게 낮은 목소리로 입을 열었다. 화를 억누른 것 같은 음색이었다.

"호르헤 리베라 남작. 이 건은 내가 독점으로 투자해서 대량생산 시 우선권을 가지기로 했던 것이 아닌가?"

"로랑 대공 전하! 물론입니다. 그, 그게, 다른 투자자가 없었던 것은 아니지만, 지금은 없어졌으니까 말입니다……. 그러니 전하께서 유일한 투자자이시고, 우선권도 그대로……."

'말이 되는 소리를 해라.'

말도 안 되는 소리에 절로 웃음이 나오려는 걸 입술을 깨물며 참았다.

"지금 남작은 투자금을 늘려달라고 할 때가 아닌 것 같군. 그전에 계약 위반에 대해서 먼저 이야기를 해야겠는데."

그렇게 말하는 파비안은 날 선 짐승 같았다. 지옥의 불꽃이 타오르는 것 같은 붉은 눈동자를 정면으로 마주한 리베라 남작이 히익, 하고 바람 빠지는 소리를 냈다.

-아, 악마다……. 저건 악마의 눈이야.

"오늘은 이만 돌아가시오. 포투스, 남작을 대문까지 모셔다드리고, 곧바로 재정 감사를 보내도록."

"알겠습니다, 전하."

리베라 남작은 본전도 못 건지고 꼬리를 내렸다. 그는 포투스에게 끌려나가면서 마지막으로 나에게 험악한 눈길을 보냈다.

홍, 그래 봐야 자기 잘못이지 뭐. 나는 눈 하나 깜짝하지 않은 채 남작의 뒷모습에 대고 손을 흔들었다.

방 안에 둘만 남자, 파비안이 셔츠 소매를 가볍게 걷으며 말했다.

"차 한잔하시겠습니까?"

"주시면 감사히 마실게요."

나는 순순히 대답했다.

그는 손수 주전자를 들고 벽난로에 가져다 걸었다. 그리고 땔감을 던져 넣고 풀무를 밟아 자작하게 타고 있던 불꽃을 크게 키웠다.

'새로 차를 내오는 것 정돈 하녀를 시켜도 될 텐데.'

나는 불이 잘 옮겨붙도록 부지깽이로 석탄을 뒤적이는 그의 탄탄한 팔뚝을 보며 속으로 중얼거렸다.

파비안은 팔짱을 끼고 벽난로 옆에 기대어 섰다. 물이 끓을 때까지 기다리려는 모양이었다. 비스듬히 기대어 선 파비안의 얼굴은 벽난로의 불꽃이 비추어 따스한 빛을 띠고 있었다. 조금 전까지 리베라 남작에게 보여주었던 얼굴과는 딴판이었다.

그는 나를 부드러운 눈길로 쳐다보더니 감탄한 듯 말을 꺼냈다.

"아까는 솔직히 놀랐습니다."

"네?"

"자동차에 대해 알고 계신 것만으로도 놀라웠는데, 지금 보니 그 정도가 아니었군요. 사업 구조에 관한 지식이 있으시군요."

내 능력을 모르니까 할 수 있는 과한 칭찬이었다. 괜히 얼굴에 열이 올랐다. 나는 손사래를 쳤다.

"그 정도는 아니에요. 그냥 듣다 보면 누구나 할 수 있는 지적을 한 것뿐이었어요. 제가 짚은 것을 전부 이미 알고 계셨잖아요. 오히려 괜히 끼어들었다 싶은걸요."

"그렇지 않습니다. 다른 투자자의 존재는 설마 했었거든요. 처음부터 단일 투자로 계약했으니까요."

"그게……."

말할까 말까. 나는 조금 고민했지만, 곧 말하는 쪽으로 마음을 굳혔다. 어차피 조사해 보면 나올 일이니까.

"그 다른 투자자, 콘라트 영애일 거예요."

파비안의 붉은 눈동자가 놀라움으로 커졌다가, 곧 가늘어졌다.

"그걸 어떻게 아셨습니까?"

"전에 오페라 극장에서 칼…… 클레브 소자작을 만났을 때 들었어요."

파비안은 눈썹을 찌푸렸다. 그의 눈동자가 미묘한 빛을 띠었다.

'너무 말이 안 되나?'

나는 눈을 굴리며 덧붙였다.

"지나가듯 한 말이어서 그때는 무슨 말인지 몰랐는데, 오늘 이야기를 듣다 깨달았어요. 그게 이거였다는 걸."

가만히 있으면 거짓말이란 걸 들킬 것 같았다. 나는 창가의 의자에서 일어나서, 조금 전까지 리베라 남작이 앉아 있었던 테이블 쪽으로 자리를 옮겼다.

파비안은 아무 말 없이 벽난로로 눈길을 돌렸다. 무슨 생각을 하는지, 눈썹은 여전히 찌푸린 채였다.

물이 끓고 주전자 부리에서 하얀 김이 솟아올랐다. 파비안은 벽난로에서 주전자를 꺼냈다.

"미안합니다. 사실 엘로이즈에 대해서는…… 그냥 넘어가고 싶었습니다."

그는 가볍게 한숨을 쉬었다. 그러고는 능숙한 손길로 주전자의 물을 티 포트에 따랐다.

"하지만 이렇게 된 바엔, 말씀드리는 게 좋겠군요."

"무엇을요?"

엘로이즈가 몰래 자금을 투자했던 일에 대해서는 모르고 있던 것 같은데.

아, 설마…….

"콘라트 영애가 파비안을 짝사랑하는 것 말인가요? 그거라면 모르는 사람이 없을 텐데요. 아직도 포기하지 않았대요?"

파비안은 딸깍, 하고 소리가 나게 티 포트의 뚜껑을 덮었다. 그는 불쾌한 듯 찌푸린 눈썹을 꿈틀거렸다.

"확실하게 거절했습니다."

"그럼, 그날 콘라트 영애가 거기 와 있었던 건……."

"구실을 붙여 결혼을 무효로 돌리거나, 저를 화나게 해서 이혼시키려는 거였겠죠."

고개를 든 파비안은 단호하게 말했다.

"그걸, 확실하게 거절했습니다."

나는 입을 조금 벌렸다.

그날 그 콧대 높은 아가씨가 자신의 마차가 아니라 칼의 마차를 타고 사라진 이유를 도저히 알 수 없었는데, 이제야 짐작이 갔다. 결혼했는데도 포기할 수 없었던 짝사랑 상대에게 버림받은 것이다. 자존심이 찢길 대로 찢겼겠지.

"아, 그래서였군요."

파비안이 눈을 내리깔고 찻잔에 차를 따랐다. 그리고 찻잔을 내 앞에 놓으며 고요히 내 눈을 쳐다보았다.

"뭔가 짐작 가는 것이 있으십니까?"

"그냥 추측이지만요. 콘라트 영애가 자동차 사업에 투자한 건, 역시 당신의 호감을 사고 싶어서였던 게 아닐까요? 정보도 캘 겸 말이에요."

그런데 이제는 그럴 필요가 없게 되었다. 완벽하게 차였으니까. 파비안이 아니라면 관심도 없는 사업에 돈을 투자할 이유도 없다. 그러니까 가차 없이 투자금을 회수했다. 그런 가설이었다.

"그럴싸하지 않나요? 실제로 제게 호감을 표하셨잖아요. 제가 자동차에 대해 알고 있어서요."

방금 전에도 그랬지 않은가? 리베라 남작과 사업 이야기를 나누는 도중에 내가 끼어들었는데도 파비안은 날 말리기는커녕 오히려 큰 소리로 웃었다. 그리고 도와줘서 고맙다고까지 했다.

하지만 파비안은 고개를 저었다.

"그랬더라면 몰래 투자하는 게 아니라, 제게 말을 했겠죠. 그냥 말하는 정도가 아니라 과시했을 겁니다. 제 눈길을 끌고 싶었을 테니까요."

"그건 그렇겠네요."

"아마도 제 약점을 쥐고 싶었던 게 아닌가 싶습니다만……."

파비안은 한 손으로 제 이마를 짚었다.

"다른 투자자가 있는 게 아닐까 하고 잠깐 의심하긴 했습니다. 처음 그 생각을 했던 건 서너 달 전쯤이었는데, 그게 엘로이즈일 줄은 상상도 못 했습니다."

서너 달 전이라면, 전대 대공 프레데릭이 세상을 떠나기 조금 전이다. 파비안이 차기 대공이라는 것을 아무도 알지 못했던 때.

'그렇다면 정말 여차하면 협박하는 데 쓸 수도 있었겠네. 마법사에게 몰래 투자한 셈이니까……'

잘은 모르겠지만, 파비안의 혈통과 엮는다면 뭔가 나쁜 결과를 불러왔을 것 같다는 생각이 들었다. 그런데 이럴 때 아무 언질도 없이 바로 자금을 빼버렸다는 건…….

파비안이 눈을 가늘게 떴다. 그의 목소리가 그르렁거리듯 낮아졌다.

"결국 절 협박하겠다는 거로군요."

"예? 아니, 그게 아니죠!"

이 남자는 어쩜 이렇게 여자 마음을 모를까!

나는 파비안이 내 생각과는 정반대의 말을 꺼내는 걸 듣고 웃어버렸다.

"그게 아니라, 확실히 포기했다는 얘기죠."

파비안의 한쪽 눈썹이 살짝 올라갔다. 이해하기 어렵다는 표정이었다. 아닌 게 아니라, 그는 곧 이렇게 물었다.

"그게 왜 그렇게 됩니까?"

"뻔하죠. 더는 매달리지 않겠다는 거잖아요."

포기했으니까, 그의 약점이고 나발이고 이젠 다 필요 없다는 거잖아. 이게 알기 어렵나? 설마 연애를 한 번도 안 해 본 거 아니야?

그나저나 도대체 무슨 말로 거절했기에 이렇게 단번에 그 엘로이즈를 포기하게 만들었을까. 나는 고개를 살짝 갸웃하며 물었다.

"그날 뭐라고 말씀하시면서 거절하셨나요?"

파비안의 눈이 커졌다. 명백히 당황한 표정이었다. 그는 나와 시선이 마주치자 어쩔 줄 몰라 하며 시선을 피하다가, 결국 자기 찻잔 안을 들여다보았다.

-젠장…….

입 밖으로 내뱉지 않은 나직한 욕설에 뒤이어 그의 얼굴이 순식간에 빨갛게 물들었다.

'헉…….'

사람의 얼굴이 이렇게까지 빨리 빨개질 수 있는 거였나? 그것도 남자 얼굴이.

'도대체 뭐라고 했길래? 아니, 설마…….'

말이 아니고 무슨 일이 벌어졌던 건가. 혹시 입 밖으로 내기 부끄러운 일인가?

"무슨 일이라도 있었나요?"

빨리 대답해요, 파비안. 내가 이상한 상상을 시작하기 전에. 나는 아랫입술을 깨물며 그의 눈을 들여다보았다.

그는 여전히 내 눈을 피하며 말했다.

"……다 지나간 일입니다."

"당신의 비에게 숨기는 게 없다면서요?"

파비안의 어깨가 움찔했다. 그는 길게 한숨을 쉬더니, 아직도 홍조가 가시지 않은 얼굴 위로 마른세수를 했다.

"죽었다가 도로 살아난다고 해도 사랑하지 않을 거라고 했습니다. 그리고……."

으아. 나는 침을 꼴깍 삼켰다.

"그, 그리고요?"

"그…… 아닙니다. 그게 다였습니다."

그는 입을 꾹 다물었다.

더 말하지 않아도 대충 짐작은 갔다. 파비안이 오페라 극장에서 엘로이즈를 만났던 것은, 그가 내가 있는 발코니로 달려오기 전이었다.

'저런 말을 듣고 나서 발코니 난간 위를 달려가는 걸 봤겠구나……'

아내가 위기에 처하자 앞뒤 가리지 않고, 위험을 무릅쓰고 달려갔다. 아마 백 마디 차가운 말보다 더 확실한 거절이었을 것이다.

나는 순간 엘로이즈가 조금 불쌍하다고 생각해 버렸다. 진짜 아내도 아닌 여자한테 짝사랑 상대를 빼앗긴 셈이니. 하지만 언젠가는 일어날 일이었겠지.

"그런데 무슨 일로 집무실까지 찾아오셨습니까?"

"아, 특별히 드릴 말씀이 있어서 그런 건 아니에요. 그냥 지나가다가 생각나서요."

"제…… 생각이요?"

파비안이 조금 놀랐다는 듯 말했다. 붉은 눈동자가 웬지 유난히 반짝거리는 것 같은데, 착각인가…….

"어…… 음……. 그냥 안부 인사나 할까 하고 들른 거였어요. 아까는 노크도 안 하고 문을 열어서 죄송해요."

"아닙니다. 덕분에 도움도 받았지 않습니까."

엘로이즈의 이름을 듣고 사심 가득한 마음으로 문을 벌컥 열어젖혔던 건데. 파비안이 도움을 받았다고 착각하는 걸 정정해 주기보다, 나는 진짜 도움을 조금 주기로 했다.

"자동차 말인데요, 좌석에 벨트를 달도록 하세요."

"벨트라니요?"

"달릴 때 좌석에 몸을 고정시킬 수 있도록 하는 장치를 만드시라는 거에요. 급히 멈추더라도 몸이 앞으로 튀어나가지 않도록요. 처음 뵈었을 때 같은 사고가 또 나면 안 되잖아요."

안전벨트의 중요성은 이루 말할 수 없으니까. 물론 안전벨트를 하고서도 사고를 당할 수 있기도 하지만……

"기수와 교감하는 말은 사람을 등에서 떨어뜨리지 않을지도 모르지만, 기계에 그런 감정은 없을 테니까요."

"그렇게 하겠습니다."

파비안이 묘한 표정으로 대답했다.

"차 잘 마셨어요. 전 이만 가볼게요."

나는 자리에서 일어섰다. 그리고 가볍게 묵례를 한 다음 문가로 향했다. 그때 파비안이 뒤에서 날 불렀다.

"마르시아, 잠깐만요."

"네?"

뒤돌아보는 나에게 파비안이 뭔가를 내밀었다.

"책을 두고 가실 뻔했습니다."

"……!"

나는 속으로 비명을 질렀다. 마녀와 마법사에 대한 책을 깜빡했던 것이다. 책을 건네주는 파비안의 눈동자가 싸늘해져 있었다.

"아, 저, 이건……."

변명의 여지가 없었다. 아까 나에게 차를 따라줄 때의 부드러운 눈빛과는 확연하게 괴리감이 느껴져 등골이 서늘해졌다.

'내가 딱히 뭘 잘못한 것은 아니잖아.'

파비안은 내게 마녀에 대해서 아무 말도 해주지 않고, 내 쪽에서도 물어보기 난감하니까 책이라도 찾아볼 수밖에 없었던 건데.

그런데 왜 저렇게까지 어두운 표정인 건데? 마음의 소리는 왜 아무것도 안 들리는 거고. 차라리 내 욕을 하면 마음이라도 편할 텐데.

내가 무슨 말을 해야 할지 몰라 얼어붙은 채로 서 있자, 파비안은 재촉하듯 책을 한 번 더 내밀었다.

"안 받으실 겁니까?"

나는 얼떨결에 책을 받아 들었다.

왜 이런 책을 읽고 있느냐고 추궁할 줄 알았는데, 그는 아무 말도 하지 않았다. 대신 가라앉은 표정으로 내게 묵례하고 뒤돌아 집무실 저 안쪽으로 사라져 버렸을 뿐이었다.

"잠깐만요, 파비안. 그렇게 가버리시면 어떡해요?"

나는 허둥지둥 그를 뒤따라 집무실 안쪽으로 들어갔다.

"이대로 가시면 오해만 생기잖아요."

"오해라니요?"

"제가 무슨 생각으로 이 책을 찾았을까요? 이걸 보고 무슨 생각을 하셨죠?"

파비안은 굳은 표정으로 내 가슴에 안긴 책을 바라보았다.

이 남자, 참 쓸데없는 곳에서 말수가 적다. 오해가 생기기 딱 좋은 성격이잖아. 대답을 기대하고 했던 질문은 아니었던 터라 나는 말을 이었다.

"이야기하지 않으면 혼자 짐작한 이유로 기분이 상하실 테지만, 이야기를 나누면……."

"……나누면?"

"제대로 된 이유를 알고 기분이 상할 수 있겠죠."

"예?"

파비안이 눈을 크게 떴다. 단정한 입매가 꽉 다물렸다. 허를 찔린 표정이다.

"혹은, 속내를 털어놓고 서로를 조금쯤은 이해할 수 있게 될지도 모르고요."

나는 묵직한 책을 파비안의 업무 책상 구석에 내려놓았다.

"이 책을 보고 뭐라고 생각하셨는지 모르겠지만, 솔직하게 말씀드릴게요. 저는 라리사를 생각하면서 이 책을 읽었어요."

파비안은 팔짱을 낀 채 나를 물끄러미 바라보았다. 적어도 내 말을 들어볼 생각은 있는 것 같았다.

"라리사가 어땠는지 아시잖아요. 다행히도 눈에 띄게 회복되었지만, 아직도 마음속에는 괴로웠던 기억이 남아 있을 거예요. 그 기억들은 언제고 생각지 못할 때 튀어나와 라리사를 힘들게 하겠죠."

"그래서 마녀에 대해 알아보셨다는 겁니까."

"그래요. 사람에게 마법을 걸 수 있는 여자 마법사라면, 라리사의 괴로운 기억을 날려 버릴 수 있을지도 모르잖아요."

그리고 라리사가 원한다면, 그 괴로운 기억의 원인이 된 능력도 없애 버릴 수 있지 않을까. 솔직히 말하겠다고 했지만, 라리사의 눈물에 대한 것은 비밀이니까.

나는 일부의 진실을 털어놓았다.

"읽으면서 파비안 생각을 하나도 하지 않았다면 거짓말이겠죠. 마녀의 혈통을 이어받은 분이니 생각나지 않을 수는 없었어요."

파비안의 눈썹이 조금 꿈틀거렸다. 하지만 그는 아무 말도 하지 않았다.

"파비안. 혈통 때문에, 붉은 눈 때문에 힘든 시간을 보낸 건 알고 있어요. 하지만 그렇다고 해서 제가 라리사에게 도움이 될지도 모르는 길을 모른 척하고 싶지는 않았어요."

"그래서 내게 말하지 않고 뒤로 몰래 마녀를 찾으려 했습니까?"

나는 고개를 쳐들었다.

"그 정도 배려는 해드릴 수 있으니까요."

"맙소사, 마르시아."

파비안이 고개를 저었다.

"제가 당신을 돕게 해달라고 전에 말씀드리지 않았습니까."

"하지만 조금 전에도 이 책을 보시곤 마음이 상하셨잖아요. 완전 삐진 얼굴 다 봤어요."

"삐진……."

파비안의 얼굴이 발갛게 물들었다. 그는 황급히 마른세수를 했다.

"……미안합니다."

"그래요. 다음부턴 이야기를 나누기 전부터 먼저 지레짐작하지 말아요."

나는 웃음기가 담긴 말투로 그를 놀리며, 잠시 내려놓았던 책을 도로 집어 들었다.

"마르시아."

"네?"

"설사 마녀를 찾아낸다 하더라도 치료가 가능하리라는 보장은 없습니다. 혹 치료를 받더라도 자칫 그 사실이 새어 나가기라도 한다면 아무리 대공비라 할지라도 비난을 면하기 어려울 겁니다."

잘 알고 있는 사실이었다. 나는 '그래서요?' 하는 표정으로 그를 올려다보았다. 내가 입을 열기도 전에 파비안이 말했다.

"하지만, 그럼에도 일단 찾아보고 싶으시겠죠."

"물론이에요."

"사과의 의미로 제가 찾아드리겠습니다."

파비안은 엷게 미소를 지었다.

◈

라리사의 하얀 이마에 땀이 송골송골 맺혔다. 라리사는 쿠키의 꼬리 끝까지 빗질을 마치고서야 소매로 이마를 눌렀다.

"휴……."

제 나이보다 한참 조그만 소녀의 입에서 가벼운 한숨이 흘러나왔다. 라리사는 브러시를 옆에 내려놓으며 자신의 망아지를 올려다보았다.

"너 아무래도 그새 조금 더 큰 것 같아."

쿠키는 기분이 좋은지 코를 벌름거렸다. 라리사는 쿠키의 목을 쓰다듬으며 시무룩한 목소리로 중얼거렸다.

"난 언제 크지……."

라리사는 또래의 아이들을 본 적이 없었기 때문에 자신이 얼마나 작은지 알지 못했다. 하지만 작다는 것은 확실했다. 그것도 상당히. 마르시아와 소피아를 비롯해 그녀를 보는 모든 사람이 안쓰러워하며 계속해서 먹이려 들었으니까. 덕분에 라리사는 늘 배가 빵빵해질 때까지 먹곤 했다.

"빨리 마르시아 언니만큼 자랐으면 좋겠다."

자매니까 키도 비슷하게 자라겠지? 우린 얼굴도 꼭 닮았는걸.

라리사는 훌쩍 자라서 마르시아 옆에서 나란히 말을 타는 자신의 모습을 상상하며 헤헤, 하고 웃었다.

"그때는 쿠키 너도 어른이 되어 있겠지. 너는 정말 멋있는 말이 될 거야."

라리사는 주머니에서 각설탕을 한 개 꺼냈다. 아침 식사에 나온 것을 차에 넣는 척하고 몰래 하나 가져왔다. 덕분에 오늘의 브렉퍼스트 티는 조금 썼지만, 괜찮다. 대신 우유를 많이 부어 마셨다.

"하지만 지금은 어린이 말이니까, 나처럼."

자, 간식. 손바닥을 펼쳐 가운데에 각설탕을 올려놓고 내밀자, 쿠키는 킁킁 냄새를 맡고는 날름 먹어치웠다. 오독오독, 경쾌한 소리를 들으며 라리사는 미소 지었다.

"구름 속에 있을 땐 아무것도 들을 수 없었는데, 이젠 주변이 따뜻한 소리로 넘쳐나. 정말 신기하지."

이상하게도 쿠키 앞에서는 말이 술술 나왔다. 그렇게 오랫동안 한마디도 하지 않았다는 걸 스스로도 믿을 수 없을 정도였다.

라리사는 쿠키의 콧잔등을 살살 쓰다듬으며 속삭였다.

"제일 처음은 마르시아 언니였던 것 같아. 쿠키를 잔뜩 가져다주면서 아이다워 보인다고, 귀엽다고 그랬거든……."

시간이 고여 있던 지하실. 기억나는 것은 습한 냄새와 희미한 램프 빛에 떠오른 마르시아의 얼굴뿐이었다. 반짝이는 초록 눈을 커다랗게 뜨고 조심조심 다가왔었다. 손에 생강 쿠키를 담은 손수건을 쥔 채로.

"그런 말은 처음이었어."

콧잔등을 쓰다듬는 손이 느려졌다. 쿠키가 흐흥, 하고 콧김을 내뿜자, 라리사는 눈을 두어 번 깜빡거리곤 까르르 웃었다. 손목에 와 닿은 콧김이 간지러웠다.

라리사는 주변을 조심스레 둘러보았다. 마구간지기는 여물이라도 가지러 갔는지 보이지 않았다. 주변에 사람이 없는 것을 확인하고 주머니에 손을 넣었다.

꺼낸 것은 생강 쿠키 모양의 갈색 봉제 인형이었다. 라리사는 인형을 망아지 코앞에 내밀어 보여주었다.

"쿠키야, 이 아이 좀 봐. 얘 이름도 쿠키야."

이 아이도 쿠키, 저 아이도 쿠키. 말하고 보니 자신도 어느 쪽에게 이야기하는 중인지 헷갈려, 라리사는 킥킥 웃었다.

"말 쿠키야, 네 이름은 이 인형 쿠키에게서 딴 거야."

라리사의 볼이 사과 빛으로 발그레해졌다.

마르시아가 쿠키 인형을 만들어주던 날이 떠올랐다. 라리사를 바라보던 그녀의 다정한 눈길과 부드러운 속삭임.

"내가 옆에 있을게. 네가 다 자라서 어른이 될 때까지……."

그날만 생각하면, 쿠키 인형을 쳐다보면 라리사는 가슴이 따뜻해지곤 했다.

"전엔 몰랐는데……. 세상엔 참 좋은 소리가 넘쳐나더라."

따뜻한 소리가. 사랑의 소리가.

라리사는 조심스레 쿠키의 목을 끌어안으며 속삭였다.

"네 생각은 안 들리지만 난 알 수 있어. 너도 날 좋아하지? 난 네가 참 좋아. 정말, 너무너무 좋아."

볼에 닿는 말의 체온이 따뜻했다. 쿠키에게서는 여물 냄새와 햇빛 냄새가 났다. 라리사는 쿠키에게 볼을 비볐다.

"빨리 함께 달릴 수 있게 되면 좋겠다……."

라리사는 아직 승마에 서툴러 말을 빠른 속도로 걷게 하는 것이 고작이었다. 반면 함께 승마를 배우기 시작한 마르시아는 이미 자유자재로 말을 달릴 수 있었다.

라리사는 금발을 휘날리며 말을 달리는 마르시아를 떠올리며 결연하게 말했다.

"난 언니 동생이니까 할 수 있어."

마르시아도 그렇게 말했다. 금세 잘 탈 수 있게 될 거라고. 그러니까 그녀는 곧 쿠키와 즐겁게 달릴 수 있을 것이다. 그 생각만 하면 절로 웃음이 났다.

그때, 손에 쥐고 있던 인형이 잡아당겨지는 느낌이 났다. 라리사는 제 손 쪽을 돌아보았다. 쿠키가 어느새 다른 쿠키의 끝을 물고 장난스레 잡아당기고 있었다.

"앗, 안 돼! 먹지 마!"

라리사가 다급하게 외쳤다. 깜짝 놀란 쿠키가 물고 있던 인형 끝을 놓았다. 라리사는 인형을 소중하게 품에 감싸 안았다.

"이건 안 돼."

라리사가 엄하게 말했다. 쿠키가 불만스러운 듯 앞발로 땅을 굴렀다.

"그래도 소용없어."

"아! 라리사 아가씨, 역시 여기 계셨네요."

뾰로통하게 말하는데, 마구간 입구에서 높은 톤의 목소리가 들렸다. 최근에 소피아를 도와 라리사의 시중을 맡게 된 하녀 데이지였다.

"응, 데이지."

라리사가 손을 흔들었다. 데이지는 안으로 들어오지 않고 마법의 말을 외쳤다.

"마님께서 찾으세요."

"마르시아 언니가?"

라리사는 얼른 쿠키 인형을 도로 주머니에 넣고 반색하며 마구간을 나섰다. 예상대로였다. 라리사의 눈이 반짝거리는 걸 보며 데이지는 몰래 웃었다.

데이지가 라리사를 데려간 곳은 대공비의 응접실이었다. 평소에 갈 일이 별로 없는 곳이라, 라리사는 고개를 갸웃했다. 데이지가 먼저 노크하고, 라리사를 위해 문을 열어주었다.

"라리사 아가씨를 모셔왔습니다. 어서 들어가 보세요, 아가씨."

"라리사 왔니?"

문이 열리고 라리사와 눈이 마주치자마자 마르시아는 벌써 표정이 달라졌다. 세상에서 제일 귀엽고 사랑스러운 것을 보는 표정이었다. 곧 라리사의 얼굴에도 헤실헤실 수줍은 미소가 떠올랐다.

"마르시아 언니."

라리사는 평소처럼 달려가서 안기려다가, 마르시아의 맞은편에 낯선 사람이 앉아 있는 것을 보고 주춤했다. 귀밑머리가 희끗희끗하게 세기 시작한 부인이었다.

'저 사람은 누굴까?'

처음 보는 사람인데. 라리사는 긴장으로 꼴깍, 침을 삼켰다.

부인은 라리사와 눈이 마주치자 이내 웃어 보였다. 스스럼없고 푸근해 보이는 미소였다.

"이리 오렴, 라리사."

문 앞에 굳은 채 서 있자, 마르시아가 그녀를 불렀다. 라리사는 쭈뼛거리며 발걸음을 옮겼다. 마르시아가 어깨를 가볍게 토닥여 주었다. 그 손길에, 라리사는 긴장이 조금 풀리는 것을 느꼈다.

"제 동생 라리사 블리크입니다. 라리사, 이분은 그레타 베르너 남작 부인이야."

"아주 귀여운 아가씨네요."

베르너 남작 부인은 자리에서 일어났다. 그녀는 양손으로 드레스 자락을 살며시 쥐고 무릎을 굽히며 완벽한 예법으로 라리사에게 인사했다.

"안녕하세요, 블리크 영애. 만나서 반가워요."

"아, 안녕하세요, 그레타 베르너 남작 부인."

라리사는 얼떨결에 남작 부인을 따라 무릎을 살짝 굽히며 말했다. 부인은 웃으며 대답했다.

"그냥 편하게 베르너 부인이라고 불러 주세요."

베르너 부인이 인사를 마치고 자리에 앉자, 라리사도 아직 어리둥절한 채로 마르시아의 옆에 앉았다.

"있잖아, 라리사."

마르시아의 미소가 평소와는 조금 달랐다. 어딘가 미안한 듯한 표정이었다.

"마음 같아서야 내가 늘 너를 챙겨주고 싶지만……. 나도 잘 모르는 것과 못하는 것이 많아. 그리고 너도 내게 비밀로 하고 싶은 게 생기고, 떨어져 있고 싶을 때도 있을 테고."

아닌데. 나는 마르시아 언니에게 숨기는 것도 없고, 내내 붙어 있어도 좋은데.

"여기 베르너 부인이 우리 라리사가 잘 자랄 수 있도록 도와주실 거야."

"잘 자랄 수 있도록?"

"응. 잘 자랄 수 있도록."

라리사가 엉겁결에 묻자, 마르시아는 고개를 끄덕이며 대답했다. 라리사는 베르너 부인을 바라보았다. 부인은 부드럽게 미소 지으며 말했다.

"제가 블리크 영애의 가정교사가 되어드릴 거랍니다."

'아, 가정교사. 그 뜻이었구나.'

키가 자랄 수 있도록 도와주는 사람이 아니란 것에 라리사는 약간 실망했다. 들떴던 라리사의 표정이 살짝 가라앉는 것을 보고 베르너 부인은 속으로 웃었다.

'꼭 우리 릴리 어릴 때 같네. 귀여워라.'

지금은 다 자라 버린 막내딸이 떠올랐다. 그 애도 꼭 저렇게 얼굴에 표가 다 났었는데.

게다가 이 작은 아가씨는 비전하를 정말 좋아하는 모양이었다.

그런 생각을 하는데, 라리사가 그녀를 물끄러미 쳐다보다가 불쑥 물었다.

"제게 뭘 가르쳐 주실 건가요?"

옆에서 듣고 있던 마르시아가 쓴웃음을 지었다.

귀족 영애로서의 예의범절과 교양, 사교의 기술, 여러 귀족 가문의 역사와 귀부인의 역할 등. 라리사가 꼭 배워야 하지만 마르시아가 알려줄 수 없는 것은 수없이 많았다.

포투스가 추려온 후보자 목록을 보고 파비안과 함께 심사숙고해서 고른 것이 베르너 부인이었다. 그녀는 사교계에 데뷔하기 전의 어린 소녀들을 가르친 경험이 많았다. 무엇보다 세 명이나 되는 딸을 훌륭하게 키워낸 어머니였다.

'내가 줄 수 없는 것들을 줄 수 있을 거야.'

마르시아는 기대감을 가지고 베르너 부인을 쳐다보았다. 부인은 여유로운 미소를 지으며 라리사의 질문에 대답했다.

"블리크 영애가 알고 싶은 거라면 뭐든지요."

라리사는 그 대답이 마음에 들었다.

처음 보는 사람은 조금 무서웠지만, 마르시아가 데려온 사람이니까 괜찮을 것이다.

라리사는 용기를 내어 말했다.

"부디 라리사라고 불러주세요. 잘 부탁드립니다."

"어머, 나야말로 잘 부탁해요."

옆을 보니, 마르시아가 흐뭇한 미소를 지으며 두 사람을 바라보고 있었다.

"베르너 부인은 일주일에 세 번 오실 거야. 뭐든 궁금한 것이 있으면 물어보렴."

라리사는 고개를 끄덕였다. 하지만 어쩐지 조금 부끄러운 기분이 들어, 릴리가 누구인지는 나중에 베르너 부인과 둘만 남았을 때 물어봐야겠다고 생각했다.

며칠 새 봄의 기운이 완연해졌다. 공기는 더 이상 차갑지 않았으며 나무에는 연둣빛 이파리가 돋아 사방이 푸르러지고 있었다.

나는 라리사와 함께 말을 타고 외출을 감행했다. 아니, 사실 엄밀히 말하면 외출은 아니었다. 대공저 내부였으니까.

로랑 대공저는 여러 건물로 이루어져 있었고, 대공과 가족이 거주하는 본관과 거기에 딸린 부속 건물 두 채가 제일 안쪽에 위치했다. 그 건물들 주위로 정원이 있고, 정원 바깥쪽에는 다른 용도의 건물이 몇 채 있었다. 그리고 그 건물들과 가장 바깥쪽 대문 사이로 또 커다란 정원이 펼쳐져 있었다.

우리가 향한 곳은 가장 바깥쪽의 정원이었다. 세심하게 다듬어진 본관 앞 정원과는 다르게, 바깥 정원은 거의 자연 상태에 가까웠다. 너른 잔디밭과 작은 호수가 있어서 승마 초심자인 우리가 말을 타고 외출하기에는 딱 알맞은 장소였다.

"와아……."

널찍하게 펼쳐진 잔디를 보고 라리사가 탄성을 질렀다.

라리사는 아직 말을 달릴 정도로 익숙해지지는 않았다. 그래서 우리는 약간 빠른 걸음으로 말을 걷게 하며 포근한 잔디 위를 거닐었다.

따스한 봄바람이 볼을 간지럽혔다. 라리사는 붉게 상기된 얼굴로 연신 수줍은 웃음을 짓고 있었다.

"피곤하진 않아?"

아무리 저택 안이라고 해도, 평소보다 훨씬 멀리 나와서 조금 걱정이 되었다. 하지만 라리사는 고개를 저으며 웃었다.

"너무 좋아요. 날씨도 따뜻하고요."

한 번 밖에 나오기 시작하니, 라리사는 요즘 고삐가 풀린 것처럼 매일같이 밖에 나오고 싶어 했다.

"쿠키가 달리고 싶은가 봐요."

혈기왕성한 망아지가 자기 이름을 듣자 푸르릉거렸다.

"오늘은 이렇게 빨리 걷는 걸로 참아줘."

라리사는 쿠키의 금빛 갈기를 쓰다듬으며 달래듯 속삭였다. 나는 웃으며 내 말, 스노우를 쿠키 가까이 몰아갔다. 천성이 차분한 스노우는 쿠키 옆에서 얌전히 발걸음을 옮겼다.

나는 말을 몰면서 슬쩍 뒤를 돌아보았다. 우리를 방해하지 않을 정도의 거리에서 말을 탄 인영이 하나 따라오고 있었다. 파비안이 붙인 경호원, 제이크였다. 여차해서 무슨 일이라도 생기면 곧바로 우릴 따라잡아 도와줄 것이다.

'아무리 그래도 저택 안인데 무슨 일이 생기겠어?'

나는 안심하고 고개를 돌려 앞쪽을 보았다. 걷다 보니 어느새 저택의 제일 바깥쪽 정문에 꽤 가까워져 있었다.

"여기쯤에서 말을 돌려서 호숫가로 갈까? 거기서 점심 먹자."

라리사가 눈을 반짝이며 고개를 끄덕이고는 스노우에 실린 피크닉 바구니를 쳐다보았다. 주방에서 세심하게 챙겨준 바구니는 라리사가 좋아하는 것들로 채워져 있었다. 루꼴라와 염소젖 치즈가 들어간 샌드위치와 사과 파이, 설탕을 넣은 레모네이드.

우리 둘이 호수를 바라보며 나란히 앉아 맛있는 것을 먹을 생각을 하니 기분이 절로 좋아졌다.

'이렇게 멀리까지 나왔는데도 별일 없어서 참 다행이야.'

혹시나 라리사가 너무 힘들어하지 않을까 걱정했는데, 저렇게 배시시 웃는 것을 보니 괜찮은 모양이었다.

'앞으로 더 자주 나와야겠어. 말을 달릴 수도 있게 되면 함께 번화가에도 나가고, 영지 내의 숲에도 가봐야지.'

함께 기차를 타고 올 때, 창밖을 쳐다보느라 정신없던 라리사의 옆모습이 눈앞에 아른거렸다. 그때만 해도 창백하고 마른 얼굴에, 표정에도 생기가 없었는데. 지금은 포동포동하게 살이 오른 살구빛 뺨에, 반짝이는 녹색 눈동자가 꼭 봄의 요정처럼 발랄하고 사랑스러웠다. 그때보다 키도 조금은 자란 것 같고.

뿌듯했다. 나는 팔을 뻗어 라리사의 등을 토닥거려 주었다.

"이대로만 자라렴, 우리 라리사."

"헤헤……."

작은 소리로 웃는 라리사의 볼이 발그레했다. 요즘 라리사는 조금씩 더 자주 웃게 되었다. 그게 얼마나 기쁜지 모른다.

흐뭇한 기분으로 라리사를 쳐다보는데, 저 멀리에서 뭔가 움직이는 것이 눈에 들어왔다. 대공저로 진입하는 거대한 문이 천천히 열리고 있었다.

"누가 왔나 보네."

대공저에 드나드는 사람은 하루에도 셀 수 없을 만큼 많았다. 식재료를 들여오는 수레부터 우편 배달부까지. 대개는 본관으로 향하는 문밖에서 볼일을 끝내고 되돌아간다. 그런 사람들은 대개 짐마차나 커다란 가방을 말에 싣고 들어오게 마련이다.

그래서 지금 들어온 사람은 내 눈길을 끌었다. 그 사람은 별다른 짐

없이 가벼운 차림으로 말을 몰아 들어오고 있었던 것이다.

'파비안 손님인가?'

나는 고개를 갸웃했다. 말 위의 인영이 어딘가 눈에 익은 탓이었다.

그 사람은 본관 건물이 있는 쪽으로 말을 달리다가, 이쪽을 보더니 곧바로 우리를 향해 방향을 바꿔 달려오기 시작했다.

"앗, 저 녀석은……."

나는 말고삐를 꽉 쥐었다. 몸집에 맞지 않게 커다란 회색 말을 달려서 이쪽으로 다가오는 사람은 다름 아닌 리샤르였다.

'뭐지? 오늘 리샤르가 찾아올 거라는 말은 못 들었는데.'

그보다 저렇게 안으로 막 들여보내 줘도 되는 건가?

"라리사, 조금 뒤로 물러나 있어."

나는 스노우를 몰아 라리사를 보호하듯 앞에 섰다.

리샤르는 어느 정도 가까워지자, 말의 속도를 줄였다. 그리고 그때, 다른 사람이 그 앞을 가로막았다. 멀찍이서 우리를 따라오고 있던 제이크였다.

"비켜. 나는 대공비 전하께 볼일이 있다."

리샤르의 목소리가 들렸다.

"허락은 받으셨습니까? 오늘 비전하를 찾아올 손님이 계시다는 언질은 받지 못했는데요."

"가족인데 허락은 무슨 허락? 지금 감히 내 앞을 막아서는 거냐?"

"아무리 리샤르 도련님이라도 허가 없이는 함부로 들어오실 수 없습니다."

리샤르의 얼굴이 일그러졌다.

"할아버님께서 계실 적에는 언제 와도 날 막아서는 건방진 놈은 없었어!"

"지금 이 저택의 주인은 파비안 로랑 대공 전하십니다."

리샤르는 제이크를 무시하고 우리 쪽으로 다가오려 했으나, 제이크는 호락호락 길을 내어주지 않았다. 리샤르가 고개를 돌려 날 쳐다보았다. 눈이 마주친 순간 그가 큰 소리로 말했다.

"비전하! 잠깐 나랑 얘기 좀 해요."

"나는 지금 좀 바빠서……. 대공 전하 뵈러 온 거라면 허락해 줄 테니 안으로 들어가 보렴."

나는 손을 흔들어주고 말 머리를 돌리려 했다.

그러자 리샤르의 표정이 바뀌었다. 그는 입을 꾹 다물고 뭔가를 생각하는 듯한 눈치였다. 그러나 그것은 잠깐이었다. 리샤르가 말에서 내렸다.

"비전하, 잠시면 됩니다. 드릴 말씀이 있습니다."

그는 쓰고 있던 모자까지 벗어 가슴에 대고 고개를 숙이면서 말했다. 고개를 들었을 때, 늘 있던 빈정거리는 듯한 눈빛은 온데간데없었다. 그 자리를 대신하고 있는 것은 진지한 눈이었다. 지금까지 본 적 없는 태도에 나는 조금 놀라서 말을 멈추고 그를 내려다보았다.

"부탁드립니다."

이렇게까지 하는데. 나는 고개를 끄덕였다.

"좋아요, 리샤르 군. 그 성의를 봐서 잠시 시간을 내드리지요."

내 허락이 떨어지자 제이크가 뒤로 물러나 길을 열었다. 리샤르는 제 말을 끌고 이쪽으로 다가왔다.

"아카데미에 간 것 아니었어?"

내가 말에 탄 채로 묻자, 리샤르는 파란 눈을 들어 나를 올려다보며 대답했다.

"주말에 외출 허가를 받으면 나올 수 있거든요."

"굳이 외출 허가까지 받아서 온 게 여기야? 도대체 무슨 말을 하러 온 거야?"

"여기 오려고 허가를 받은 것은 아니었습니다."

그는 눈을 데굴 굴리더니, 내 뒤를 쳐다보았다.

'아차, 라리사.'

얘랑 더는 마주치지 않게 하려고 했는데.

리샤르는 의외로 조금 풀죽은 듯한 목소리로 중얼거렸다.

"아픈 건 다 나았나 보군요. 이렇게 둘이 말까지 타고 나온 걸 보니."

"그래. 이제 간신히 조금 좋아진 거니까 귀찮게 굴지 마."

나는 타박하듯 말했다. 그때 라리사가 입을 열었다.

"괜찮아요, 마르시아 언니. 귀찮지 않아요."

라리사는 누구에게나 친절하다. 실제로 귀찮더라도 그런 내색은 하지 않을 아이였다. 그러니까 내 선에서 적당히 차단해 주려고 하는 건데.

"안녕하세요, 로랑 영식."

라리사는 말에서 내리지 않은 채로 고개만 까딱하며 격식을 차리지 않은 인사를 했다. 다행히 거기서 더 다가오지는 않았다.

리샤르의 눈동자가 동그랗게 커졌다. 인사 가지고 뭘 저렇게까지 놀라지?

"아…… 안녕하세요, 블리크 영애."

"걱정해 주어서 고마워요."

라리사의 인사에 리샤르의 눈에 지진이 일었다. 얼굴은 서서히 붉게 달아올랐다.

"그럼 말씀 나누세요, 언니. 저는 저기서 기다리고 있을게요."

라리사는 나를 향해 배시시 웃었다. 그러고는 조금 떨어진 곳에 있는 나무 그늘 쪽으로 천천히 말을 몰았다.

"아…… 여기 그냥 있어도 되는데……."

인사 말고는 말도 제대로 붙이지 못한 리샤르가 안타까운 표정으로 중얼거렸다. 라리사가 등을 돌리고 나서야 그의 시선은 라리사의 뒷모습을 좇았다.

나는 픽 웃었다. 라리사가 적당히 예의를 차리면서도 선을 긋고 거리를 두는 것 같아서 마음이 한결 편했다.

"리샤르 군, 그래서 하고 싶었던 말이 뭐야?"

따라갈 수 없는 소녀의 뒷모습을 멍하니 쳐다보던 리샤르가 시선을 내게로 돌렸다.

"어쩌면 블리크 영애는 안 듣는 것이 나을지도 모르겠네요."

그는 한숨을 쉬었다.

"휴가를 내서 집에 갔었어요."

집이라면, 로랑 백작가 말인가. 로랑 백작, 도미닉의 얼굴이 떠올랐다. 딱 보기만 해도 다혈질일 게 분명한 얼굴이다. 파비안을 제치고 자기가 대공이 되려 했었지.

그는 전대 대공의 장례식장에서 경관들에게 끌려가는 수모를 당한 이후로 이상하리만치 조용했다.

"그런데…… 분명 처음 보는데 어디선가 본 것 같은 남자가 아버지 집무실에서 나오는 겁니다."

'엘로이즈에 이어 도미닉인가…….'

어딘가 불안한 느낌이 들었다. 나는 숨을 삼키며 리샤르의 말에 집중했다.

"스무 살 초중반쯤 돼 보이는 남자였어요. 분명 남자였는데, 무슨 여자처럼 미끈한 얼굴이었죠. 그런 외모만 아니었어도 저는 누가 아버지를 만났든 별 관심 없었을 겁니다."

리샤르가 파란 눈으로 나를 빤히 쳐다보며 말을 이었다.

"흐드러지는 금발에 초록색 눈을 가진 남자였어요. 내가 아는 누군가하고 꼭 닮았더군요."

온몸의 피가 싸악 빠져나가는 기분이었다.

"설마……."

"아버지께 누구냐고 물었는데, 그냥 큰 소리로 웃으며 그러시더군요. 두고 봐라, 네게 대공 작위를 물려주마, 라고."

그래. 어쩐지 조용하다 했다. 그럴 사람이 아니었는데. 게다가 저 금발의 남자의 묘사만 듣자면…….

리샤르가 목소리를 낮추었다.

"블리크가는…… 삼 남매였죠?"

"그래. 인정하고 싶지는 않지만."

빌레인이었다. 소름이 돋았다. 나는 양팔로 내 어깨를 끌어안았다.

'하지만 빌레인과 도미닉이 왜 만난 거지?'

이고르가 금광을 받아 간 것이 얼마 되지도 않았다. 아무리 빌레인이 도박에 돈을 퍼부었다 해도 쉽게 바닥날 만한 매장량이 아니었다. 웬만한 작은 영지쯤은 사버릴 수도 있는 금이었다. 그리고 빌레인의 도벽을 잘 알고 있는 이고르가 순순히 그 돈을 내어줄 리도 없었다.

'그래서인가? 돈이 필요했을까?'

나는 이내 고개를 저었다. 그렇다면 빌레인은 도미닉을 찾아갈 것이 아니라 나를 협박해야 했다.

'라리사의 정체를 폭로하겠다고 협박한다면……'

나는 내 앞의 소년을 쳐다보았다. 로랑가의 피를 물려받아 새까만 머리카락에 팔다리가 긴 소년. 늘 얄미운 말만 하는 못된 녀석.

거짓말을 하는 기색은 없었고 마음의 소리도 들리지 않았다. 나는 침착한 목소리로 물었다.

"그걸 왜 나한테 말해주는데?"

리샤르의 눈동자가 순간 저 멀리 라리사에게로 향했다가 되돌아왔다. 아주 짧은 찰나였다. 그는 아닌 척 시선을 돌리며 눈썹을 찌푸렸다.

그러나 그것만으로도 대답이 되었다. 파비안이 대공좌에서 끌어내려지면 그 여파가 내게도, 그리고 라리사에게도 미칠 거라 이거지.

리샤르가 발밑의 돌을 차며 투덜거렸다.

"기껏 말해줬더니, 왜 그런 쓸데없는 걸 물어봐요? 그거야 제 맘이죠."

"나보다 대공께 직접 말씀드리는 게 더 도움이 될 텐데?"

그러자 리샤르가 고개를 확 들었다. 그의 얼굴에는 당혹과 혐오가 함께 퍼져 나갔다.

"아직도 저와 그 자식이 어떤 관계인지 모르는 겁니까?"

"사촌이잖아."

나는 짐짓 모르는 척 웃으며 대답했다.

"내 생각엔, 파비안은 네 말을 덮어놓고 무시할 사람이 아닌 것 같은데 말이야."

"……됐어요. 누가 됐든 난 전달했으니까, 어떻게 할 건지는 알아서 하시죠."

작은 소리로 투덜거린 리샤르는 이어 목소리를 높였다.

"주말마다 매번 휴가를 낼 수 있는 건 아니란 말입니다. 소중한 휴가 기간에 굳이 여기까지 들른 걸 고마워하라고요."

"그래, 고마워."

"흥……. 그래서 사촌 동생이 찾아왔는데 안 들여보내 줄 겁니까? 차도 한잔 안 내줘요?"

"집사를 불러줄게. 안에 들어가서 대공 전하도 뵙고 가면 되겠다."

내가 멀찍이 서 있던 제이크를 향해 손을 흔들자, 조금 펴졌던 리샤르의 미간이 도로 구겨졌다.

─그 자식하고 둘이 오붓하게 마주 앉아 차를 마시느니 차라리 당장 기숙사로 돌아가고 말지.

"됐어요. 차 따위 안 마셔도 그만이니."

"그래? 그렇담 어쩔 수 없지. 잘 돌아가렴."

내가 말 머리를 돌리자, 리샤르는 급히 자기 말에 올라 나를 뒤따라왔다.

"뭡니까. 여자들끼리만 어딜 가는 거예요, 위험하게!"

"우린 바빠. 저쪽 호숫가에서 점심을 먹기로 했거든? 호위도 있고."

나는 이쪽으로 다가오고 있는 제이크를 눈짓으로 가리켰다.

"레이디가 둘인데 한 놈 갖고 호위를 어떻게 하게요. 할 수 없네, 저라도 같이 가드리죠. 이래 봬도 사격 실력은 아카데미에서 절 따라올 사람이 없거든요."

리샤르는 가슴을 곧게 펴면서 뻐기듯 말했다. 나는 고개를 저으며 중얼거렸다.

"그냥 솔직하게 말해라……."

"알았어요. 그럼, 나도 점심 피크닉에 끼워줘요."

한탄하듯 한 혼잣말인데, 리샤르는 냉큼 솔직하게 말했다. 입을 꾹 다문 그의 얼굴에는 옅은 홍조가 올라 있었다.

"미안하지만 오늘은 안 돼. 라리사가 아직 안정을 취해야 하거든. 애초에 약속도 없이 이렇게 갑작스럽게 찾아온 것부터가 무례하잖아."

나는 칼같이 거절했다. 하지만 리샤르는 얼굴을 활짝 폈다.

"그래요? 알겠습니다. 그렇다면 다른 날은 된다는 거죠."

"뭐? 그런 말은 안 했……."

"또 올 겁니다. 다음엔 편지부터 미리 보내고 올 테니까 오늘처럼 문전박대하지 마시죠!"

그는 괜히 버럭, 소리를 치고는 말 머리를 돌렸다. 때맞춰 제이크가 이쪽으로 가까이 왔다. 나는 고개를 저으며 제이크에게 말했다.

"로랑 영식을 대문까지 모셔다드려요."

"알겠습니다, 비전하."

"필요 없어, 어딘지 모르는 것도 아니고."

리샤르는 뒤를 한 번 돌아보고는, 그대로 말을 달려 대문 쪽으로 사라져 버렸다. 참 알기 쉬운 것 같으면서도 어려운 꼬마라니까.

"마르시아 언니, 이야기 끝났어요?"

어느새 라리사가 말을 몰아 다가오고 있었다. 라리사의 초록 눈이 리샤르의 뒷모습을 향해 있었다.

"응. 할 말 다 했으니 가보겠대."

나는 적당히 둘러댔다. 라리사가 고개를 갸웃하며 미소를 지었다.

"바쁘신가 봐요. 모처럼 오셨으니 함께 점심이라도 하면 좋을 텐데."

"아, 우리 라리사는 너무 착해서 탈이라니까."

나는 라리사의 작은 손을 꼭 잡았다.

'역시 파비안에게 알려야겠지.'

마르시아는 돌아오자마자 파비안의 집무실로 향했다. 저택은 워낙 넓어, 집무실로 향하는 기나긴 복도를 걸으며 그녀는 리샤르의 말을 다시 떠올렸다.

머릿속이 복잡했다. 하도 잘근잘근 깨물어댄 입술이 붉게 부풀었지만 깨닫지 못했다.

'빌레인이 도미닉을 따로 만났다고? 왜지? 게다가 어떻게? 둘이 아는 사이도 아닐 텐데.'

빌레인이 마르시아의 적이라면, 도미닉은 파비안의 적이었다.

'적끼리 손을 잡은 건가. 느낌이 좋지 않아.'

불길했다. 뒤에서 무슨 음모라도 꾸미고 있는 것은 아닐까.

도미닉의 목적은 차라리 알기 쉬웠다. 파비안을 끌어내리고 대공이 되고 싶을 것이다.

하지만 빌레인이 원하는 것은 뭘까? 마르시아는 빌레인의 비웃음 가득한 얼굴을 떠올리며 생각했다.

'돈은 아닐 거야.'

돈은 부족할 리가 없었다. 이고르가 금광을 통째로 들고 갔으니까.

오히려 라리사를 가둬두었을 때보다 훨씬 풍족할 것이다.

'어쩌면 내게 복수하고 싶은 걸지도 몰라.'

빌레인이라면 마르시아가 가족을 배신하고 라리사를 빼돌렸다고 생각할 만도 했다. 그렇게 생각한 마르시아는 쓴웃음을 지었다. 그들이 언제는 서로를 가족으로 생각했었던가, 하는 자조적인 생각이 들었던 것이다.

'아, 다 왔네.'

걷다 보니 어느새 집무실 앞이었다. 그녀는 노크하려고 손을 들어 올렸다.

그 순간 머릿속에 뭔가 스쳐 지나갔다.

'잠깐.'

그녀의 손이 허공에서 멈추었다.

빌레인과 도미닉이 진짜로 한 편이 되었다고 치자. 그렇다면 누가 먼저 그 제안을 했을까?

도미닉이 먼저 손을 뻗은 것은 아닐 것이다. 블리크가의 속사정을 모르는 사람이라면 누구나 빌레인과 이고르가 대공비인 마르시아 편이라고 생각할 것이다. 가족이니까.

그렇다면 빌레인이 먼저 도미닉을 찾아갔다는 얘기가 된다. 도미닉이 혹할 만한 미끼를 가지고서. 파비안을 끌어내리고 마르시아에게 복수할 만한 미끼.

그 미끼가 무엇이겠는가.

문을 두드리려고 가볍게 말아 쥔 마르시아의 손이 공중에서 가늘게 떨렸다. 곧바로 떠오르는 것은 단 하나였다.

'지하실.'

마르시아는 손을 슬그머니 내렸다.

그거라면 가능했다. 대공비가 친동생을 평생 가둬두고 학대했다는 사실이 알려진다면 대공가는 비난을 면치 못할 것이다.

'비난 정도가 아니라 당장 대공비와 이혼하고 내치라는 압박에 시달리겠지.'

파비안은 라리사가 학대당했다는 것은 이미 알고 있었다. 하지만 자세한 내역은 모른다. 무엇보다도, 마르시아도 학대에 가담했다는 것은 알지 못했다.

파비안은 진실을 알게 되는 순간 분노한 나머지 학대에 가담한 자들을 모조리 처형할 것이다. 원작대로라면 그랬다.

하지만 지금이라면? 원작의 전개와 꽤 달라진 지금이라면 어떨까.

마르시아는 숨도 쉬지 못한 채 자신에게 질문을 던졌다.

진실을 알게 된 파비안은 마르시아를 죽일 것인가?

'……아니.'

마르시아는 천천히 고개를 저었다.

파비안은 냉정한 사람이었다. 그는 피를 나눈 친척들을 경멸했으며 자신의 목적을 위해서라면 수단 방법을 가리지 않았다. 필요하다면 암살자를 보내 사람을 죽일 수도 있었고, 교묘하게 거짓말을 하기도 했다.

그러나 그것은 모두 상대방이 적일 때 한해서였다. 마르시아가 지금까지 살펴본 그는, 자신의 편인 사람들에게는 한없이 물렀다. 포투스와는 신분 차이가 나는데도 절친해 보였다. 레오니드는 또 어떤가. 마치 친형제라도 되는 것처럼 스스럼없는 사이였다.

파비안은 마르시아에게 부족한 것이 생기기도 전에 선물을 퍼부어

주었고, 라리사를 위해서 금광까지 서슴없이 내주었다. 그것이 단순히 계약 때문인 것 같지는 않았다.

그녀는 그의 사람이었다. 부인이니까. 일단은 그랬다.

'그러니까 날 죽이진 않을 거야. ……아마도.'

확신할 수는 없었다. 하지만 어쩐지 마르시아가 아는 파비안이라면 그녀를 죽이지는 않을 것 같았다. 원작이 이만큼이나 바뀐 것이다.

그녀는 마른침을 삼켰다.

'대신 진실을 알게 되면 날 혐오하겠지…….'

파비안의 붉디붉은 눈동자에 경멸이 담기는 것을 상상하자, 손끝부터 소름이 돋아 올랐다. 가슴이 먹먹해지는 것 같았다.

이제 간신히 조금 친해졌는데. 앞으로 남은 기간 동안 잘 지낼 수 있을 것 같다는 생각이 이제 겨우 들기 시작했는데.

그녀는 숨을 깊게 들이마셨다. 감정의 문제는 나중이었다.

'이성적으로 생각해야 해, 마르시아.'

입술을 깨물며, 그녀는 다시 빌레인과 도미닉에게로 생각을 돌렸다. 그들이 정말로 손을 잡았다면, 그리고 파비안이 진실을 알게 되고서도 그녀를 죽이려 들지 않는다면.

'이혼이 빨라질지도 몰라.'

계약 기간으로 3년을 제시한 것은 마르시아였다. 파비안은 1년만 결혼 생활을 유지하면 된다. 그렇다면 그녀의 쓸모가 다한 순간 이혼을 요구할지도 몰랐다.

'라리사가 성인이 될 때까지만 버티면 되는데…….'

그때가 되면 라리사가 원작 동화대로 왕자님과 결혼하고 싶어 할지도 모르니까.

안 그래도 요즘 파비안과 라리사 사이가 조금씩 가까워지는 것 같아 흐뭇해하던 터였다.

'천천히 이대로만 3년을 채울 수 있다면…….'

그렇게 생각하던 마르시아는 문득 위화감을 느꼈다. 동시에 파비안이 했던 말이 떠올랐다.

"지금 제 아내는 당신이지 라리사가 아니란 것을 기억해 줬으면 좋겠군요."

얼굴이 확 달아올랐다. 마르시아는 자조적으로 중얼거렸다.

"망했어."

파비안과 라리사는 확실히 전보다 가까워지고 있었다. 그러나 라리사보다 더 빨리 가까워지고 있는 것은 그녀 자신이었다.

'처음부터 확실하게 거리를 뒀어야 했는데. 라리사가 먼저 친해지도록.'

하지만 마음의 상처가 깊어 낯을 심하게 가리고 말조차 제대로 하지 못하던 라리사가, 어떻게 파비안과 쉽게 친해질 수 있었겠는가?

그녀는 한숨을 쉬었다.

'첫눈에 반한 것 같지 않다는 게 제일 문제였어.'

생각해 보면 그것이 원작과 가장 다른 점이었다.

첫눈에 반했더라면 천천히 시간을 들여 친해지지 않더라도 됐을 텐데. 사랑하는 여자의 가족을 모조리 처형시키는 남자니까, 라리사를 위해서라면 뭐든 다 했을 텐데.

하지만 이미 늦었다.

'됐어. 빨리 이혼하게 되더라도, 나는 라리사를 먹여 살릴 수 있을

거야. 그저 처음 계획대로 돌아가는 것뿐이야.'

뭣하면 이름을 바꾸고 멀리 도망가서 살 수도 있다. 대공저의 생활에 비하면 쪼들리기야 하겠지만 굶어 죽지는 않을 자신이 있었다.

'좋아. 다 괜찮을 거야.'

마르시아는 다시 손을 들어 올렸다.

그 순간 집무실 문이 벌컥 열렸다.

"아까부터 도대체 누가 감히 자꾸 얼쩡거리…… 비전하?"

나온 것은 포투스였다. 그는 화를 내려다가 마르시아를 보고 깜짝 놀라, 얼른 정중하게 고개를 숙였다.

"어쩐 일이십니까?"

"대공께서는 안에 계신가요?"

"물론입니다."

그는 파비안에게 묻지도 않고 마르시아가 안으로 들어갈 수 있도록 문을 활짝 열고 잡아주었다.

"비전하께서 오셨습니다."

책상에 앉아 뭔가를 읽고 있던 파비안은, 읽던 것을 덮어버리고 자리에서 일어났다.

"마르시아! 어서 오십시오. 어쩐 일이십니까?"

"드릴 말씀이 있어서요."

그 말을 듣자마자 포투스는 손가락으로 안경을 밀어 올렸다. 그는 순식간에 자기 책상 위의 서류를 모아 들고는 '그럼 필요하면 부르십시오'라며 말릴 틈도 없이 집무실을 나가 버렸다.

재빨리 자리를 비켜주는 모습을 보며 마르시아는 쓴웃음을 지었다.

"그냥 여기 있어도 되는데⋯⋯."

자신의 보좌관이 어떤 심정으로 자리를 피해주었는지 짐작한 파비안은 피식 웃었다.

"내버려 두십시오."

"바쁜데 제가 또 실례한 건 아닌가 모르겠네요."

"실례는요. 마침 하던 일을 딱 다 마쳤던 참입니다."

파비안은 조금 전까지 들여다보던 골치 아픈 서류에 대한 생각을 머릿속 저편으로 넘겨 버렸다. 마르시아와 보내는 시간만큼 잠을 조금 덜 자면 된다. 혹시나 이야기가 길어지면, 그깟 서류, 받을 놈들이 좀 기다리라지.

"차라도 한잔하시겠습니까?"

"아니에요, 괜찮아요."

파비안은 찻잔을 넣어둔 와인 캐비닛 쪽으로 가려다가 멈추었다. 그러고 보니 마르시아는 어째 안색이 좋지 않았다. 어딘가 안절부절 못하는 것도 같고.

'즐거운 이야기를 나누러 온 건 아닌가 보군.'

파비안은 살짝 긴장하며 마르시아의 입술을 쳐다보았다. 그녀는 붉게 부푼 아랫입술을 잠시 깨물었다가 입을 열었다.

"조금 전에 리샤르가 왔었어요."

"예. 제이크에게 들었습니다."

"아, 벌써 왔다 갔던 모양이네요."

마르시아는 자신의 호위병의 이름을 듣고는 고개를 끄덕였다.

"혹시 무슨 이야기를 했는지도 들으셨나요?"

"아니요."

아까 제이크는 말소리가 들리지 않을 거리까지 물러나 이야기가 끝나기를 기다렸었다. 훌륭한 경호원이라면 어떤 얘기를 들었더라도 못 들은 셈 치고 입 밖으로 절대 내지 않는 법이다.

마르시아는 침을 꿀꺽 삼킨 후 말했다.

"수상한 자가 로랑 백작가를 방문했다고 일부러 말해주러 왔더군요. 그리고 그 수상한 자는…… 제 오라비인 것 같다고요."

"빌레인을 말씀하시는 거군요."

파비안이 담담하게 대답하자, 마르시아는 초록색 눈을 동그랗게 떴다.

"놀라지 않으시네요?"

"예. 알고 있었습니다."

"어떻게……."

"도미닉 숙부의 저택에도 물론 제게 정보를 가져다주는 사람이 몇 있습니다."

"그렇군요……."

파비안이 입술 끝이 여유롭게 호선을 그렸다.

"걱정하지 마십시오. 다 제가 잘 감시하고 있으니까요."

마르시아는 맥이 탁 풀렸다.

생각해 보면 당연한 일이었다. 그렇게 사이가 나쁜데 이해관계까지 얽혀 있었다. 서로가 서로를 면밀히 감시하는 것이다.

'굳이 오지 않아도 되는 걸음을 했구나. 리샤르도, 나도.'

조금 전 문 앞에 서서 노크를 할까 말까 망설이면서 고민했던 게 다 괜한 일이었던 걸까. 그녀는 어깨를 늘어뜨렸다.

"그 말씀을 하러 오셨습니까?"

"그런 셈이에요."

파비안은 마르시아를 보며 속으로 웃었다.

저렇게 금세 풀이 죽다니. 큰일이 났다고 생각해서 일부러 알려주러 왔는데, 이미 그가 알고 있어서 실망했던 걸까. 말하지 않아도 속이 다 들여다보였다. 그 점이 정말 귀엽단 말이지.

"감사합니다. 큰 도움이 됐습니다."

파비안의 대답에 마르시아가 눈을 치켜떴다.

"다 알고 계셨으면서……. 놀리시는 건가요?"

"아닙니다."

도움이 된 건 진짜였다. 단, 그는 이 상황을 해결하는 데 도움이 되었다는 말은 하지 않았다.

늦은 오후, 보좌관과 집무실에 단둘이 틀어박혀서 까다로운 협상 건을 놓고 해결책을 찾느라 머리가 다 아파오던 참이었다. 마르시아가 찾아온 바람에 때아닌 강제 휴식을 취하게 되었다. 그 생각지도 못한 즐거움을, 그녀는 알고 있을까.

'아무런 용건이 없어도 '그냥 생각나서' 찾아와도 좋을 텐데.'

노려보아도 여전히 아름다운 초여름 신록 같은 초록 눈동자를 가만히 쳐다보며, 파비안은 웃었다.

"감사의 표시로 알려 드리지요. 지금 블리크가의 사람들이 어떻게 지내는지."

마르시아의 눈이 도로 동그래졌다.

"로랑 백작가뿐만 아니라 저희 집도 감시하고 계셨군요."

"혹시 기분 상하셨습니까?"

"아뇨. 정말 안심이 되는데요? 어서 말씀해 주세요."

마르시아가 선뜻 그렇게 대답하자, 그럴 줄 알았다는 듯 파비안은 고개를 끄덕였다. 그는 책상 모서리에 걸터앉아 이야기를 시작했다.

"당신 부친은 금광에서 나온 돈으로 새 사업을 시작했습니다. 이번에는 바다 건너에서 향신료를 수입하려는 모양입니다. 거대한 배를 몇 척이나 사들이느라 정신이 없다고 하더군요."

"새 사업이요? 또요?"

마르시아는 고개를 저었다. 그녀가 알기로 이고르는 향신료 사업에 대해 아는 것이 단 하나도 없었다. 또 어디서 무슨 뜬소문을 주워듣고 와서 저러는 걸까.

"금광이 눈 깜짝할 사이에 바닥나겠군요."

그냥 있는 돈을 펑펑 쓰기만 해도 평생 부족함 없이 살 수 있을 텐데 도대체 왜 일을 벌이는 걸까.

'사업 병에 걸리면 정말 답도 없는 모양이네.'

마르시아가 한숨을 쉬자, 파비안이 책상에 기댄 채 가슴 앞으로 팔짱을 끼며 물었다.

"망하지 않도록 제가 뒤에서 손을 좀 댈까요?"

"바닷속에 처박힐 금광이 아까우시다면요."

"아깝지 않습니다."

"그럼 내버려 두죠."

그 자식이 망하든 말든 내가 알 게 뭐람. 마르시아가 속으로 중얼거렸다.

"집안 살림은 유모가 도맡았다고 합니다."

"원래부터 그랬어요. 어머니는 오래전에 돌아가셨고……."

아시다시피 저는 집안일을 전혀 안 했으니까요. 마르시아가 그렇게 말하려던 찰나, 파비안은 고개를 저었다.

"그게 아니라, 자기가 안주인이라도 된 것처럼 행세하고 있다고 합니다."

"유모가요?"

그런 사람인 줄은 몰랐는데. 마르시아가 그곳에 살고 있었을 때는 그래도 고용인으로서의 본분은 지키는 사람이라고 생각했다.

"아버지는 그렇다 치고, 그걸 빌레인이 내버려 둔다고요? 남이 기어오르는 걸 못 보는 사람인데요."

"빌레인은 한동안 저택을 떠나 있었습니다. 할아버님의 장례식 즈음부터였지요."

그렇다면 그녀가 라리사를 데리고 탈출했던 직후다. 그날 쫓길 때 이고르와 빌레인이 함께 있지 않았던 것이 생각났다.

"정확히는 당신과 라리사를 찾아다니고 있었습니다. 다른 사람들에겐 자신이 어디에 있는지 알리지도 않았던 듯합니다. 이웃들은 그가 행방불명되었다고 생각했다더군요."

빌레인은 워낙 도박장에서 살다시피 했기 때문에 적도 많았다. 그가 언제 칼 맞은 시체로 발견된다고 해도 마르시아는 놀라지 않았을 것이다.

"따로따로 찾아다녔던 거군요. 그래서 이곳에 찾아온 것은 아버지 혼자였던 거고요?"

파비안이 고개를 끄덕였다.

"부친께서는 영지 근처를, 빌레인은 좀 더 먼 곳을 맡았던 모양입니다. 그는 당신의 행방을 찾아 대공령까지 들어와 있었더군요."

"세상에, 이 근처에 와 있었다고요? 그런데 어째서 아버지가 저택에 찾아왔을 때 함께 오지 않았던 걸까요?"

마르시아의 의문에 파비안이 천천히 대답했다.

"그때 빌레인은 도미닉 숙부를 만나고 있었습니다."

"그렇게 오래전부터……."

그렇다면 빌레인은 이고르보다 더 먼저 그녀의 행방을 알았다는 것일까. 다혈질인 이고르와는 달리 그는 마르시아와 라리사가 어디 있는지 알면서도 곧바로 찾아오지 않았다.

'대공의 이름을 두려워한 것이라면 좋으련만.'

마르시아는 한숨을 쉬었다.

"다른 사람들은 그렇다 쳐도 아버지에게까지 연락이 뜸했던 모양이군요."

"아무리 자주 전보를 부치더라도 한계는 있으니까요."

"빌레인이 로랑 백작과 무슨 이야기를 나누었는지도 알고 계신가요?"

"안타깝게도 그것까지는 모릅니다. 하지만 빌레인이 무슨 이야기를 했든 간에 도미닉 숙부가 그다지 흥미를 가지지는 않았던 것 같더군요. 빌레인은 한동안 도박판을 기웃거리다가 결국 노스트랜드로 돌아갔습니다. 이야기가 잘 풀리지 않아서였는지, 아니면 금광 소식을 들었기 때문인지는 모르겠습니다."

"그랬다가 최근 다시 나타났다는 거군요."

마르시아는 마른침을 삼켰다.

"너무 걱정하지 않으셔도 됩니다."

파비안이 나직하게 말했지만, 그녀는 전혀 안심하는 눈치가 아니었다. 마르시아가 다시 연신 입술을 깨물기 시작했다.

파비안은 책상에서 몸을 일으켰다. 그는 마르시아의 바로 앞으로 자리를 옮겨 앉아 시선을 마주쳤다.

"왜 그렇게 불안해합니까? 내가 숙부에게 쉽게 자리를 내줄 것 같아서요?"

마르시아가 아랫입술을 문 채로 얼굴을 들었다. 그녀는 긍정도 부정도 하지 않은 채 그와 잠시 시선을 마주쳤다가, 곧 눈을 살짝 내리깔았다. 깨문 입술 사이로 하얀 이가 살짝 드러나 보였다.

"그게 아니라면…… 빌레인에게 약점이라도 잡혔습니까?"

마르시아는 대답하지 않았다. 하지만 파비안은 그녀의 어깨가 아주 조금 경직되는 것을 놓치지 않았다.

그의 눈이 가늘어졌다.

"잡혔군요."

"……."

"그게 뭡니까?"

파비안의 목소리가 낮아졌다. 안 그래도 낮은 목소리인데, 나직하게 말하자 마르시아의 귀에는 마치 명령이라도 하는 것처럼 들렸다.

'말해야 해.'

말해야 미리 대책을 세울 수 있다.

다 각오하고 왔다. 비난도, 경멸도.

마르시아는 한 손으로 목을 어루만졌다. 긴장으로 차가워진 손이 목에 닿자 몸의 털이 다 쭈뼛 서는 것 같았다.

"그전에 한 가지만…… 딱 한 가지만 약속해 주세요."

말끝이 떨리는 것은 어쩔 수가 없었다.

파비안이 그녀의 눈을 지그시 바라보며 고개를 끄덕였다.

"절 죽이지 않겠다고요."

마르시아의 말에 그의 붉은 눈동자가 조금 크게 뜨였다가, 곧 찌푸린 속눈썹 그늘 아래로 가라앉았다.

"제가 왜 당신을 죽입니까?"

"약속해 주세요."

"그런 건 약속하지 않아도……."

"약속해 주세요."

질 나쁜 농담 같은 것이 아니었다. 마르시아의 어조에는 조금의 장난기도 없었다.

"당신을 죽이지 않겠습니다."

파비안의 진지한 눈을 확인하고, 마르시아는 심호흡을 했다.

"라리사는 평생을 지하실에 갇혀 살았어요. 햇빛이라곤 한 가닥도 들어오지 않는 곳에서 매질을 당하곤 했죠."

파비안의 얼굴을 똑바로 쳐다볼 자신이 없었다. 마르시아는 그가 앉은 소파 모서리에 시선을 고정한 채, 천천히 말을 토해냈다.

"그 애를 학대한 것은 가족들이었어요. 아버지, 오빠, 그리고……."

드레스 자락을 너무 꽉 쥐어서 손등이 새하얗게 변할 지경이었다. 그녀는 두 눈을 감았다.

"저도."

그녀만 들을 수 있는 지하실의 비명을 피해 저택 꼭대기로 도망쳐 올라간 주제에, 드레스 유행이 지날 때마다, 새 보석이 갖고 싶어질 때마다 유모를 내려보냈던 모순된 나날.

"저도 사람을 보내 라리사를 때렸어요."

그 조그만 아이를. 그 여리디여린 작은 아이를.

파비안에게서는 아무 소리도 들려오지 않았다. 머리 위로 날아올 비난을 기다리며 마르시아는 움찔, 눈을 떴다.

파비안은 무릎에 양 팔꿈치를 괴고 깍지를 낀 채 어두운 눈으로 그녀를 보고 있었다.

사람을 베어버리기라도 할 것 같은 새빨간 눈동자.

마르시아는 찰나 숨 쉬는 것도 잊었다.

이윽고 그의 입에서 건조하게 흘러나온 말은, 마르시아가 전혀 예상하지 못한 것이었다.

"그것도 이미 알고 있었습니다."

순간 그녀는 할 말을 찾지 못했다.

"어, 어떻게…… 언제부터……."

그녀가 할 수 있었던 말은 겨우 그런 것이었다. 그나마도 문장을 이루지 못하고 파편이 되어 흘러나왔다.

"그리 오래되지는 않았습니다. 당신 아버지와 오빠를 감시하며 알게 된 정보에 근거한 추론이었죠."

파비안은 천천히 한 손을 들어 이마 위로 쏟아진 검은 머리칼을 쓸어 넘겼다.

"이상하게도, 블리크가가 삼 남매라는 것을 알고 있는 고용인은 거의 없었습니다. 그리고 가족들이 전부 지하실에 자주 내려가곤 했다더군요. 그렇다면 라리사는 지하실에 갇혀 있었다는 결론이 나오지요."

이상할 정도로 침착한 말투였다. 그는 마르시아의 눈을 똑바로 쳐다보며 말했다.

"하지만 당신은 지하실에 전혀 내려가지 않았다고 하던데……."

마르시아의 목구멍이 바싹 말라붙었다. 대답하고 싶지 않았다. 오해를 그냥 내버려 두고 싶었다.

그녀는 갈라진 목소리로 말했다.

"유모를 대신 내려보냈어요."

마르시아는 체념하듯 파비안의 얼굴을 쳐다보았다.

"왜 다 알고 있다고 말하지 않았어요?"

"알고 있다고 말해서 뭐 하겠습니까?"

"진실을 알게 되고 제가 혐오스럽지는 않았나요? 그렇게 아이를 학대했으면서 지하실에서 꺼내 데리고 도망친 모순을…… 납득할 수 있으셨나요?"

"마르시아."

파비안이 한 손으로 마른세수를 했다. 마디가 굵고 긴 손가락이 그의 창백한 얼굴을 가로지르고, 그 너머로 다소 피곤한 듯한 붉은 눈이 감겼다 뜨였다. 마르시아는 초조한 기분으로 뒷말을 기다렸다.

"물론, 아이를 가둬두고 학대한 데는 그들만의 이유가 있었겠지요. 그러나 그게 무엇이건 간에 타당한 이유가 아닐 겁니다. 그 어떤 이유로도 학대를 정당화할 수는 없으니까요. 그렇다 해도 그걸 판단하는 것은 라리사의 몫입니다. 저는 제삼자에 불과합니다."

"제삼자라고요?"

마르시아가 바람 빠지는 듯한 소리로 웃었다.

지하실에 감금된 아름다운 소녀를 발견한 순간 사랑에 빠져 불같이 화를 내며 그녀를 학대한 가족들을 모조리 죽여 버린 동화 속 왕자님은 도대체 어디로 간 것일까.

파비안이 사형 선고를 내리지 않아서 다행이라는 생각은 들지 않았다. 마르시아의 눈에 괴로움이 어렸다.

그 눈빛을 바라보며 파비안이 말했다.

"그리고 제삼자의 눈에 라리사는 당신을 원망하지 않는 것처럼 보이더군요."

"그럴 리가요."

마르시아가 반사적으로 대답했다.

"원망하지 않는 것이 아니라 원망하는 방법을 모르는 거예요."

너무 착해 빠져서.

'나라면 날 용서하지 않을 텐데.'

지금의 그녀는 예전의 마르시아와는 다르다. 하지만 그걸 아는 것은 그녀 자신뿐이었다. 결국 마르시아의 과거는 그녀 자신의 일부로서, 죽을 때까지 그림자처럼 따라올 것이다.

널 때린 건 내가 아니야. 그건 내가 아니었어. 그렇게 말할 수는 없는 노릇이었다. 라리사뿐 아니라 파비안에게도 마찬가지였다. 마르시아는 가라앉은 눈으로 파비안을 쳐다보았다.

"한 가지 알아내지 못한 것이 있습니다."

"……그게 뭐죠?"

"라리사는 왜 그렇게 갇혀서 학대받으며 자란 겁니까?"

마르시아는 질끈 눈을 감았다. 문제의 핵심에 결국 도달하고 말았다. 그것은 그녀의 입으로는 절대 말할 수 없는 것이었다.

아예 다른 이유를 주어야 했다. 그럴듯해서 믿어줄 만한 이유. 진짜 이유를 굳이 알아내려 하지 않을 만한 가짜 근거.

그녀는 독하게 말했다.

"약자를 괴롭히는 데 이유가 필요한가요?"

잠시 침묵이 흘렀다.

파비안은 아직도 그날 밤의 일을 생생하게 기억하고 있었다. 마르시아가 발작을 일으킨 라리사를 밤새 돌보던 모습을. 괜찮다고, 괜찮을 거라고 끊임없이 속삭이는 목소리가 아직도 귓가에서 울리는 것 같았다.

'그렇게 헌신적으로 동생을 돌보던 사람이, 아무 이유 없이 그냥 약하니까 괴롭혔다고?'

그는 눈 하나 깜빡이지 않은 채, 조용히 되물었다.

"제가 그걸 믿어주길 바랍니까?"

"믿든 안 믿든 그게 진실이에요."

"당신이 말해주지 않아도 언젠가는 밝혀질 텐데요."

"더 밝혀질 것도 없는걸요."

마르시아는 완고했다. 안절부절못하던 모습은 어느새 사라지고 없었다.

파비안은 한쪽 입꼬리를 끌어 올리며 웃었다.

"제가 진실을 모르기 바란다면 차라리 묻지 말아달라고, 모른 척해달라고 하십시오."

"그렇게 말씀드리면 묻어두실 건가요?"

"아니요."

"……"

"쓸데없이 돌아가지 말자는 말입니다."

"학대한 이유 같은 건 중요한 일이 아니잖아요."

마르시아가 슬쩍 말을 돌렸다.

"중요한 건, 이 사실이 바깥에 알려지면 대공가의 이름에 누가 될지도 모른다는 거예요."

파비안은 마르시아가 말을 돌리려 하는 것을 알면서도 그냥 넘어가 주기로 했다. 어차피 그녀의 입을 빌리지 않아도 진실을 말해줄 입은 아직 여럿 남아 있었다.

"신나게들 떠들라지요. 실컷 누가 되고 오점이 되도록 내버려 두십시오. 대공가의 이름을 더럽히는 것이라면 얼마든지 더 하셔도 됩니다."

"그냥 더러운 소문으로 끝나지 않으면요? 당신 숙부님께서 뭘 원하는지 아시잖아요. 제가 아무리 계약을 지키고 싶어 해도 주변에서 우리를 이혼시키려 들 거예요."

"그들 또한 제삼자입니다. 아무리 떠들어봐야 소용없습니다. 무슨 일이 있어도 나는 이혼하지 않을 겁니다."

"그럼 제 쪽에서 이혼하자고 하면요?"

파비안이 미간을 좁혔다. 순간 그의 눈빛이 어둡게 불타오르며 예의 그 오싹한 분위기가 되살아났다.

마르시아는 저도 모르게 어깨를 떨었다.

"계약서에는 제가 이혼을 요구하면 곧바로 이혼한다고……."

"최소 일 년간 결혼을 유지한다는 항목도 있습니다."

파비안이 나직하게 물었다.

"그래서, 당장 이혼하자고 할 겁니까?"

어두운 목소리였다. 파비안이 그런 목소리로 말하는 것을 마르시아는 들어본 적이 없었다.

"만약에, 만약에 말이에요."

"만약이란 건 없습니다. 어디 한번 이혼하자고 해 보시지요."

"지금 협박하시는 건가요?"

그것이 마르시아가 끌어낸 용기의 끝이었다.

"계약을 지키라는 겁니다. 계약서의 기한이 다할 때까지 이혼은 없습니다. 말했잖습니까, 저는 약속을 지키는 남자라고."

"하지만 국왕 폐하께서 혼인 인가를 철회하시면요?"

파비안의 얼굴에 비뚤어진 미소가 번졌다.

"대공령이 굳이 왕국에 속해 있을 필요가 없다는 걸 보여줄 수도 있겠지요."

6장

고생길이 훤합니다

"마르시아 언니!"

공부방으로 삼은 작은 서재의 문이 열리고 발그레한 얼굴의 라리사
가 통통 뛰어나왔다.

"라리사. 수업 끝났니? 재미있었어?"

"네!"

라리사는 내게 답싹 안기며 대답했다. 뒤이어 나온 베르너 부인이
흐뭇한 표정으로 내게 말했다.

"라리사 양은 참 영민해요. 뭘 가르쳐도 스펀지처럼 쭉쭉 빨아들이
는군요."

"수업이 즐거운걸요."

라리사가 헤헤 웃었다. 웃는 얼굴이 연분홍빛으로 물들었다.

아, 이런, 쓰다듬을 부르는 얼굴이잖아. 깨닫기도 전에 내 손은 이

미 라리사의 머리를 쓰다듬고 있었다. 아니, 라리사가 먼저 내 손에 머리를 대고 비빈 것 같기도 하고…….

베르너 부인의 수업은 공부라기보다 놀이에 가까웠다. 엄격하지 않고 자애로운 분위기에서 어린아이를 가르치듯 '오늘은 이런 걸 해 볼까요' 하면서 쉽게 접근했다. 어떻게 아냐면, 수업에 몇 번 참관해 봤기 때문이다.

"바쁘지 않으시다면 다과라도 들고 가세요, 부인."

"어머, 그럴까요."

응접실로 자리를 옮기자, 시간을 맞춰 미리 준비해 놓은 간식과 따끈한 차가 우리를 기다리고 있었다.

"베르너 부인, 실은 부탁드리고 싶은 게 있는데요."

"예, 뭔가요?"

"부끄럽지만, 저도 수업을 받아야 할 처지라서요."

베르너 부인의 수업을 몇 번 옆에서 구경하다 보니, 나도 수업을 듣고 싶다는 생각이 들었다. 배워야 할 것이 많은 건 나도 마찬가지니까.

"제가 아무것도 모른 채 갑작스럽게 대공비가 되었거든요."

대공가 따위 내가 알 바 아니라고 생각했던 때도 있었지만, 요즘은 마음이 바뀌었다.

'언제까지나 모른 체하고 놀고만 있을 순 없지.'

라리사가 나중에 진짜 대공비가 되어 넘겨받는다고 해도 그때까지 몇 년이나 남았으니. 그때 가서 엉망진창이 되지 않은 대공가를 넘겨주려면 아무래도 내가 신경을 써야겠다는 생각이 든 것이다. 이름뿐이어도 대공비는 대공비니까.

제일 급한 건 고급 사교계의 예절과 대저택의 운영 방법이었다. 그나마 저택 운영은 집사와 하녀장, 그리고 소피아에게 도움을 받을 수 있었다. 그러나 그 외의 것들을 배우려면 아무래도 제대로 된 선생이 필요했다.

그래서 나는 베르너 부인에게 좋은 선생을 소개받을 생각이었다. 라리사의 수업 시간에 나도 옆방에서 수업을 받으면 딱 좋지 않을까?

"그렇군요. 어떤 것을 공부하고 싶으신지요?"

베르너 부인이 부드럽게 미소 지으며 물었다. 내가 대답하려던 찰나, 소피아가 조심스레 다가와 나를 불렀다.

"마님."

"소피아. 무슨 일이지?"

"손님이 오셨습니다. 레오니드 오를로프 후작님과 그 친구분이시라는군요."

"손님?"

오늘 누가 온다는 소리는 들은 적이 없는데?

아, 그러고 보니 파비안이 전에 말한 적이 있었지. 오를로프 후작은 아무 기별도 없이 불쑥불쑥 나타난다고 했던가. 오늘이 아무래도 그런 날인가 보다.

베르너 부인은 소피아가 난감해하는 것을 보고는 먼저 말했다.

"비전하, 급한 일이시라면 저는 신경 쓰지 마세요. 저는 또 올 테니까요."

"미안해요, 베르너 부인. 오늘 이야기는 나중에 마저 하지요. 부디 편안하게 다과를 즐기다 가세요."

"언제든 편하실 때 말씀해 주세요."

나는 자리에서 일어섰다. 그리고 라리사에게 장난스럽게 말했다.

"베르너 부인을 잘 부탁할게."

"네! 걱정 마세요."

라리사가 방긋 미소 지으며 대답했다. 베르너 부인이 호호 웃으며 말했다.

"그럼 라리사 양, 우리 역할 놀이를 해 볼까요? 마침 이렇게 다과도 마련되어 있으니, 티 파티에 참가한 레이디들을 주제로. 라리사 양은 주최자가 좋아요, 아니면 손님이 좋아요?"

"저는 손님 할래요!"

"그래요. 그럼 저는 주최자로 하지요."

베르너 부인은 자리에서 일어서서는 완벽한 동작으로 라리사를 향해 인사하며 말했다.

"라리사 블리크 영애! 오늘 제 티 파티에 와주셔서 감사합니다. 어서 안으로 들어오세요."

그러자 라리사도 자리에서 통 튀듯 일어서서는, 양손으로 치맛자락을 잡고 인사를 하며 우아하게 대답했다.

"그레타 베르너 남작 부인, 초대해 주셔서 영광이어요."

라리사는 베르너 부인이 열어준 가상의 문으로 총총 들어갔다. 고개를 빳빳하게 든 라리사의 등 뒤로 늘어뜨린 은발이 살랑살랑 흔들렸다.

아주 자연스럽게 진행된 연장 수업을 즐기는 라리사의 모습에 마음이 간질간질해졌다. 나는 웃으며 응접실을 나섰다.

바깥에서 알프레드가 나를 기다리고 있었다.

"마님."

"손님들은 어디에 계시지?"

"일 층 메인 응접실로 모셔다드렸습니다."

"고마워. 대공 전하는?"

"곧 내려오시겠다고 하셨습니다."

나는 알프레드에게 고개를 끄덕이고 서둘러 아래층으로 내려갔다.

사실 파비안 손님이고 내가 굳이 내려가 맞이할 필요는 없지만, 온 사람이 레오니드였으니까. 전에 날 도와준 적도 있고, 아는 사이이기도 하고. 반가운 마음에 발걸음이 빨라졌다.

메인 응접실로 내려가자 레오니드의 불타는 듯한 빨간 머리가 눈에 확 들어왔다. 빨간 머리의 성격 좋게 생긴 곰 한 마리 옆에는 부드러운 갈색 머리의 남자가 앉아 있었다. 서른 초중반으로 보이는 사람이었다.

"어서 오세요, 오를로프 후작."

"비전하."

내가 반갑게 인사하자, 레오니드가 자리에서 일어나며 미소 지었다.

"정말로 아무 기별도 없이 갑자기 오셨군요."

"아, 미안합니다. 이러던 게 버릇이 되어서요."

"미안하긴요, 이미 대공께 들어서 알고 있었답니다. 게다가 전하의 친구분이신데 언제나 환영이지요."

나는 옆의 갈색 머리 남자에게 시선을 돌렸다. 눈이 마주치자 그는 흠칫하고는 그제야 자리에서 일어섰다.

"이분은 누구신가요?"

"아, 저는 오를로프 후작의 친구입니다. 에르니라고 불러주십시오."

에르니라니, 에른스트의 애칭이잖아. 특이하네. 처음부터 자기를 애칭으로 소개하다니.

게다가 그가 말한 것은 이름뿐이다. 혹시 성이 없나? 그렇다면 평민 친구?

"만나서 반갑습니다. 그러니까 당신이 소문의 그 대공비시군요! 의문의 미녀!"

그는 요란스럽게 내 손등에 입을 맞추었다. 상당히 쾌활한 남자였다. 갈색 눈동자가 나를 대담한 시선으로 훑어내렸다.

"역시 대단한 미모이십니다. 정말 아름다우세요. 생각한 것보다도 더."

그 입에서 나온 말은 외모 칭찬이었다. 마르시아가 하루가 멀다 하고 파티에 참석할 때 줄곧 듣곤 했던 말들. 익숙한 말에 나는 속눈썹 하나 까딱하지 않고 의례적으로 인사하며 물었다.

"반가워요. 그런데 의문의 미녀라니요?"

"아! 아직 신문을 안 보신 모양이군요. 지난달 호이터지에 실렸던 기사로 사교계가 온통 떠들썩했었답니다."

"사교계요……?"

나는 고개를 갸웃했다. 보통 평민은 사교계에 출입할 수 없다. 그렇다면 귀족이지만 일부러 자기 성을 말하지 않았다는 얘긴데……. 그러고 보니 남자의 옷차림이 평민으로는 보이지 않았다.

'역시 귀족인가? 신분을 숨기고 싶은가 보지? 왜? 누구길래?'

나는 예의에 어긋나지 않는 선에서 에르니를 슬쩍 쳐다보았다. 별다른 마음의 소리는 안 들렸다.

레오니드가 곤란한 듯 눈썹을 늘어뜨리며 말했다.

"제 아카데미 시절 친구입니다. 제가 대공저에 놀러 간다고 했더니,

함께 데려가 달라고 어찌나 졸라대던지……."

"그러시군요. 같은 아카데미 출신이라니, 대공 전하와도 아는 사이이신가요?"

"아, 아뇨, 서로 만난 적은 한 번도 없습니다. 저는 이 친구보다도 몇 기수 위라, 대공이 입학한 것은 제가 졸업한 뒤였죠."

에르니가 레오니드의 어깨에 팔을 척 걸치며 대답했다.

그때 응접실 문이 열렸다. 파비안이었다.

"나 왔다, 파비…… 대공 전하."

레오니드가 한 손을 들어 올리며 간단하기 짝이 없는 인사를 했다. 파비안도 거의 눈인사에 가까운 단순한 고갯짓으로 답했다.

"그렇군. 또 무슨 일로 왔나?"

응접실 가운데로 성큼성큼 걸어오던 파비안은, 에르니를 보고 눈썹을 치켜올렸다.

에르니가 히죽 웃으며 냉큼 인사를 건넸다.

"로랑 대공이시겠군요! 반갑습니다. 저는 에르니라고 합니다."

파비안의 표정이 굳었다. 그는 그 자리에서 가슴에 손을 대더니 절도 있는 동작으로 고개를 숙였다.

"왕세자 전하."

뭐? 나는 깜짝 놀라 에르니를 돌아보았다. 그는 당황한 기색이었다.

"아니……."

그가 뭐라고 웅얼거리는데 파비안이 날카로운 눈을 한 채 고개를 들었다.

"에른스트 노이만 왕세자 전하 아니십니까?"

그러자 갈색 머리 남자는 고개를 뒤로 젖히며 큰 소리로 웃었다.

"에이, 들켰네. 이렇게 빨리 알아채다니."

"신문에 사진도 여러 번 실린 분이 신분을 감추는 건 쉽지 않은 일이죠. 애칭이 아니라 제대로 된 가명을 쓰셨더라면 제가 이삼 초는 더 고민했을 겁니다."

파비안이 쓴웃음을 지었다. 나는 당황을 감추며 얼른 예를 갖춰 무릎을 굽혀 인사했다.

"왕세자 전하."

"어어, 둘 다 이러지 말게. 그냥 편하게 이야기했으면 해서 이리 신분을 숨기고 온 것이니까. 바로 실패했지만."

그러면서 에른스트는 나를 도로 일으켜 세웠다. 옆에서 레오니드가 미안한 표정으로 말했다.

"미안하게 됐습니다. 전하께서 굳이 신분을 비밀로 하고 싶다고 하셔서요."

"괜찮습니다."

나는 고개를 들고 왕세자를 바라보았다.

'이 사람이 그 사람이었구나.'

노이만 왕국의 왕자님. 나이는 서른셋. 슬하에 두 살짜리 아들이 있다.

블리크가를 탈출하기 며칠 전, 라리사의 왕자님을 찾느라 귀족 인명록을 뒤졌던 기억이 났다. 저 왕자님이 애 딸린 유부남이라 얼마나 실망했었는지.

"후작이야 원래 이렇게 불쑥불쑥 아무 때나 나타나던 사람이지만 전하께서는 어쩐 일이십니까?"

파비안의 말투는 꼭 사람이 아닌 것처럼 아무런 감정이 느껴지지 않았다.

"거참, 냉랭하구먼, 처음 본 사인데."

말은 그렇게 했지만 에른스트는 껄껄 웃으며 말을 이었다.

"우리 나라에 새 대공이 생겼는데 영지에 처박혀 나올 생각을 안 하지 않소? 그러니 내가 국왕 폐하를 대신해 대공의 얼굴이라도 보러 온 게요. 설마 매정하게 내쫓지는 않겠지? 오래 머물지는 않을 테니 일주일만 재워주시게."

"제가 어떻게 전하를 내쫓겠습니까. 편하실 대로 하시지요. 대신 다음부터는 미리 기별하고 오십시오."

"에이, 내가 기별하고 오면 근위대부터 시작해서 온갖 행렬이 줄줄 길게 늘어지지 않소? 홀가분하게 단신으로 와야 대공도 마음이 편할 게 아니오."

"아무리 그렇더라도 국왕 폐하의 뒤를 이어 즉위하실 분인데 이렇게 혼자 다니시는 게 말이 됩니까?"

"여기 오를로프 후작이 있는데, 뭐."

파비안이 눈썹을 찌푸리자 에른스트는 보란 듯이 레오니드의 어깨를 두드렸다. 그러자 레오니드가 펄쩍 뛰었다.

"무슨 말씀이십니까? 저는 전하 호위가 아닌데요. 왕세자를 못 지켰다는 죄목으로 작위를 몰수당하고 싶은 생각은 추호도 없습니다."

"에헤이, 기사 작위까지 받은 사람이 뭐라는 거요?"

"요즘 기사가 옛날 기사랑 같은 건 줄 아십니까?"

두 사람은 가볍게 티격태격하기 시작했다.

'진짜 친한가 본데?'

나는 남자들끼리 수다를 떨도록 내버려 두고 잠시 응접실을 벗어났다. 이미 늦은 오후여서 저녁 식사 시간까지 이제 겨우 세 시간 정도밖에 남지 않았다. 나는 얼른 소피아를 불렀다.

"소피아, 하녀장에게 말해서 당장 손님방 중 제일 좋은 방을 두 개 준비해 줘. 손님들께서 일주일간 머무르실 예정이래."

"네, 마님."

"그리고 오늘 저녁 식사에 신경을 많이 써달라고 주방에도 전해줘. 급한 건 알지만 실력을 발휘해 달라고."

"귀한 손님이신가 봐요?"

"왕세자 전하셔."

"헉……."

소피아가 긴장한 표정으로 숨을 들이켰다.

"참, 나중에 내 방으로 신문을 좀 가져다줘. 프레데릭 전 대공 전하의 장례식 무렵부터 해서 대공가에 대한 내용이 실린 걸 가능하면 전부. 부탁해."

"예, 마님. 걱정 마세요."

소피아는 치마를 말아쥐고는 빠른 걸음으로 사라졌다. 나는 다시 응접실로 발걸음을 돌렸다.

그리고 응접실 안 세 남자의 얼굴을 보고는 그 자리에서 굳었다.

'……어?'

표정들이 심상치가 않았다. 문 쪽으로 등을 돌리고 앉은 파비안의 얼굴은 보이지 않았다. 에른스트는 여전히 웃고 있었지만 웃는 얼굴에 짜증이 섞였고, 레오니드는 곤란해하며 연신 주먹을 쥐었다 폈다 했다.

에른스트가 입을 열었다.

"이게 다 자네가 대공이 돼놓고도 왕궁에 얼굴 한 번 안 비추니 그런 것 아닌가?"

"제게도 예상치 못한 일이었습니다. 덕분에 정말 바빴습니다. 제게 쏟아진 서류의 양은 여기 오를로프 후작이 잘 알 겁니다. 도와주러 왔었거든요. 그렇지 않나, 레오니드?"

파비안의 말투가 아주 태연했다. 레오니드가 한숨을 쉬며 대답했다.

"그렇긴 하지."

에른스트는 레오니드를 한 번 스윽 쳐다보고는 파비안에게로 시선을 돌렸다.

"국왕 폐하께서 심기가 불편하셨네. 자네 부부의 결혼 때문에 말이야."

"저는 합당한 절차를 밟은 것뿐입니다."

"그 핑계로 잘도 한 나라의 국왕을 이용해 먹었더군?"

'……우리 결혼이 왜?'

국왕 폐하를 이용해 먹었다니, 무슨 소리일까. 이 싸늘한 분위기는 그래서인가. 나는 이어지는 에른스트의 말에 잠자코 귀를 기울였다.

"부왕께서는 그 평범한 결혼 증서가 무려 대공가의 상속 싸움에 얽힌 건 줄은 꿈에도 모른 채 서명하셨지."

'아…….'

포투스가 결혼 서류에 국왕 폐하의 서명을 받으러 다녀왔던 게 생각났다. 난 당연히 다 알고 서명했겠거니 했는데, 실은 그때 아무런 설명 없이 정말 서명만 달랑 받아왔던 모양이네.

"자세한 사항을 말씀드릴 겨를이 없었거든요."

파비안의 얼굴을 안 봐도 어떤 표정인지 알 것 같았다. 차가운 표정에 한쪽 입꼬리만 슬쩍 올라가 있지 않을까?

"그 탓에 시종장이 얼마나 고생을……."

에른스트가 말을 하다 말고 고개를 들었다. 나와 눈이 마주치자 그의 얼굴에서 짜증이 사라졌다. 그는 씨익 웃으며 양손을 들어 올렸다.

"이런, 대공비. 아무 일도 아니니 마음 놓으시오."

내가 들어오지도 나가지도 않고 문간에 서 있는 것이 신경 쓰였던 모양이다. 그는 손을 펴 맞은편의 의자를 가리켜 내게 권했다.

의자에 앉으면서 보니, 파비안은 내가 생각한 대로의 표정이었다.

'그럴 줄 알았지.'

내 입매도 덩달아 올라가려고 해서 나는 입가에 힘을 꽉 주었다.

"나는 대공과 싸우러 온 게 아닐세."

"폐하께서 보내서 오신 거 아닙니까?"

파비안은 다 안다는 듯한 눈빛으로 에른스트를 쳐다보았다. 에른스트의 웃는 얼굴이 아주 살짝 굳었다.

"글쎄. 부왕께서 무슨 생각을 하고 계신지는 모르겠군."

"왕위 계승권자가 모르면 누가 안단 말입니까?"

파비안이 싸늘하게 말하자 에른스트가 고개를 저었다.

"자네도 계승권자라는 걸 잊은 건 아니겠지?"

뭐?

'파비안에게 왕위 계승권이 있다고?'

나는 놀란 티를 내지 않으려 애쓰며 가만히 입술을 물었다.

"전 네 번째이지 않습니까. 왕관에서 한참 멉니다."

"그래. 내가 첫 번째, 내 아들이 두 번째, 그리고 내 동생이 세 번

째지. 노이만 왕가가 다 죽으면 로랑가가 이 나라를 먹게 되지 않소."

"그런 일이 일어날 리가 없지 않습니까?"

파비안이 말도 안 된다는 듯 고개를 저었다. 에른스트는 파비안을 쳐다본 채 빙긋 웃을 뿐, 더 말을 잇지 않았다.

그래서 그 자리에서 그의 대답을 들은 것은 나뿐이었다.

-그만큼 대공가의 권위는 만만치 않지. 그런 유서 깊은 가문을 통째로 삼킨 작자가 퍽 욕심 없는 듯이 구는군. 그것이 가면인지 진심인지는 두고 봐야 할 테지만.

의심으로 가득 찬 마음의 소리는 에른스트의 웃음 가득한 얼굴에선 찾아볼 수 없었다.

내 시선을 느꼈는지, 그가 나를 부드러운 표정으로 한 번 돌아본 다음 큰 소리로 웃었다.

"에이, 오자마자 이런 이야기를 할 생각은 없었다니까. 대공, 나중에 둘이서 따로 이야기해도 되겠소?"

그러더니 그는 하품을 했다.

"아, 이거 실례. 조금 피곤하군."

내가 있는 자리에서 정치적인 화두를 꺼내고 싶지 않은가 보다. 배려인지 아닌지는 모르겠지만.

나는 그런 의문을 꺼내는 대신 상냥하게 말했다.

"손님방을 준비하라 지시했으니 곧 편하게 쉬실 수 있을 겁니다, 왕세자 전하."

"고맙소, 대공비."

에른스트는 눈이 가늘어지도록 웃었다.

저녁 식사에 참석한 것은 다섯 명이었다. 파비안과 두 손님, 나, 그리고 라리사였다.

'라리사를 데려오기 잘했네.'

어린 소녀가 등장하자, 파비안도 에른스트도 아까처럼 미묘하게 대립하는 듯한 말을 꺼내지 않았던 것이다.

물론 그러라고 데려온 건 아니었다. 이런 만찬에 조금씩 익숙해지도록 하는 게 좋을 것 같아서였다. 모처럼 예절 수업을 받고 있으니까 연습도 될 테고. 장차 이 나라의 왕이 될 사람에게 눈도장을 찍어두는 것도 나쁜 생각은 아니었다.

그리고 겸사겸사 평소보다 더 맛있는 것도 먹고.

요리가 담긴 접시가 하나씩 테이블에 놓일 때마다 나는 감탄했다.

'와아······. 베이커 부인이 마법이라도 부렸나.'

세 시간은 희귀하거나 엄청난 재료를 구해올 수 없는 짧은 시간이다. 그래서 요리장 베이커 부인은 조리법을 달리한 모양이었다. 대담한 발상을 섬세한 손길로 마무리한 요리들이 나왔다.

이를테면, 지금 눈앞에 있는 이 오리고기 수프. 고급 향신료 냄새가 은은하게 나는 맑은 수프에 한입 크기의 오리고기가 줄지어 담겨 있었다.

재미있게도 오리고기는 작은 오리 모양으로 다듬어져 있었다. 눈은 까만 후추, 부리는 노란 채소였다. 오리마다 꼬리에 각각 다른 종류의 버섯을 써서 화려하게 포인트를 주었다. 겉에 끼얹은 투명하고 짭조름한 소스 덕분에 오리들은 자르르 윤기가 흘렀다.

"연못이네요!"

라리사가 조그맣게 환호했다. 라리사 말대로, 수프 접시 안 작은 연못에서 자그마한 오리들이 줄지어 헤엄치는 것 같았다.

'아니, 잠깐. 분명 대단하긴 한데……'

나는 라리사와 함께 감탄하다 말고 다른 사람들의 반응을 살폈다.

"오, 참으로…… 창의적인 요리로군. 훌륭한걸."

뭐지, 미묘하게 머뭇거린 것 같은데. 에른스트는 입으로는 훌륭하다 하면서도 크게 감동받지는 않은 것 같은 얼굴로 한 입 떠 넣었다.

"아주 맛있군요."

음식의 모양이 어쨌든 맛만 좋으면 다 상관없다는 듯이 흐뭇한 표정으로 스푼을 놀리는 레오니드에…….

"……"

그저 배를 채우기 위한 것처럼 기계적으로 수프를 떠먹는 파비안까지.

나는 쓴웃음을 지으며 수프를 떠 입에 넣었다. 분명 화려하고 아주 맛있는 음식인 건 분명한데, 그 방향이 애매했다. 왠지 왕세자 전하에게 바치는 만찬이라기보다 라리사가 즐거워할 만한 요리라는 느낌이란 말이지.

'베이커 부인이랑 주방 식구들이 라리사를 특히 좋아하긴 하지…….'

"그나저나."

수프 그릇을 반쯤 비운 에른스트가 냅킨 끄트머리로 입가를 닦으며 나와 라리사를 쳐다보았다.

"아까 대공비를 처음 보았을 때도 미모에 감탄했지만, 라리사 양 또한 정말로 아름답군. 눈이 멀어버릴 지경이오."

그는 장난스럽게 손을 들어 눈을 가리는 척을 했다.

"아…… 감사합니다, 전하."

라리사가 이 저택에서 셀 수 없이 들은 말은 '귀엽다'이지 '아름답다'가 아니었다. 익숙하지 않은 칭찬에 라리사는 당황한 표정으로 수프를 휘저었다.

……응?

갑자기 목 뒤가 서늘했다. 나는 곁눈질로 파비안의 얼굴을 쳐다보았다.

-감히…… 그런 말을 했단 말이지.

파비안이 속으로 은근히 화를 내고 있었다.

뭐지? 왕세자는 별말 안 한 것 같은데, 도대체 '그런 말'이 뭐야? 무슨 말 때문에 화가 난 거지?

그러나 속마음과 달리 그는 무표정으로 수프를 뜰 뿐이었다. 그 얼굴 어디에서도 화난 흔적은 찾을 수 없었다.

'설마 라리사를 아름답다고 해서 화가 난 건가……?'

그게 화낼 말인가? '귀엽다'나 '예쁘다'가 아니어서 나도 조금 놀라긴 했지만, 화낼 만한 말은 아닌 것 같은데.

저택의 주인이 무슨 생각을 하는 줄도 모르고 에른스트는 라리사에게 말을 걸었다.

"몇 살이라고 했지?"

"열세 살이에요, 왕세자 전하."

라리사가 야무지게 대답하자 그는 그렇군, 하며 고개를 끄덕였다.

"아직 사교계에 데뷔할 나이는 아니로군. 무엇을 좋아하나?"

"마르…… 쿠키를 좋아해요. 아, 쿠키는 제 말 이름이에요."

"하하, 그래? 말을 좋아한다니 좋은 취미로구나. 평소에는 뭘 하면서 지내지?"

에른스트는 계속 라리사에게 이것저것 물어보았다. 그의 말투는 따뜻했고 얼굴에서는 자연스러운 호기심 외의 다른 것을 읽을 수 없었다. 라리사는 낯을 가리는 것 같았지만, 그래도 작은 목소리로 조곤조곤하게 그의 질문에 대답했다.

나를 당황하게 한 것은 그의 마지막 질문이었다.

"약혼은 했는가?"

에른스트는 싱글싱글 웃으며 물었다.

나는 스푼을 떨어뜨릴 뻔했다.

'어린 아들이 있는 아버지가 다른 집 딸에게 물을 만한 평범한 질문…… 인 걸까, 아니면……'

나는 긴장하며 에른스트와 라리사를 쳐다보았다.

그는 이 나라의 왕자님이다. 대공과 왕자를 가리키는 말이 같다고 내가 넘겨짚은 로랑 대공과는 달리, 진짜 '왕자님'인 것이다.

설마 에른스트가 라리사의 왕자님인 건 아니겠지.

'잠깐, 그렇다면 파비안이 조금 전에 왕세자의 말에 화를 낸 건……?'

으아, 내가 지금 무슨 생각을 하는 거야. 나는 정했어. 파비안이 동화 속 왕자님이 확실하다고 이미 정했다고. 이 주식 망하면 나도 끝이야!

그때 라리사가 고개를 저었다.

"아니요."

그 말을 듣는 순간 에른스트의 눈이 반짝거렸다. 그가 웃으며 입을 열었다.

"그……."

"라리사는 아직 한참 어린걸요, 왕세자 전하. 아직 그런 걸 생각할 나이가 아니랍니다."

그의 입에서 무슨 말이 나올지 몰라, 나는 예의에 어긋나는 것을 알면서도 말을 가로챘다. 에른스트가 가볍게 미간을 좁혔다.

"열셋이면 그리 어리지 않소. 나만 해도 여덟 살에 약혼했거든."

여덟 살? 그렇게 어릴 때? 그러면 정략결혼이었겠군.

"그거야 전하는 왕가를 이어야 하니 어쩔 수 없죠. 하지만 요즘 연애결혼이 유행이라는 걸 아시지 않습니까?"

레오니드가 시원하게 웃으며 말했다.

"이런 귀여운 아가씨에게 벌써 약혼이라니, 안 될 말이지요. 그렇지, 라리사? 지금부터 천천히 좋아하는 사람을 찾으면 될 텐데."

라리사가 초록 눈을 동그랗게 떴다. 동그란 뺨이 발그레해져 있었다. 라리사는 잠시 커다란 눈을 또록또록 굴리다가 아주 짧게 대답했다.

"네."

"하하하, 연애 좋지."

에른스트가 소리 내어 웃었다.

"약혼했는지 물은 건, 실은 해밀튼 후작의 아들이 생각나서였소. 올해 열여섯이라 이제 막 성인식을 치렀거든. 비슷한 나이이니 친하게 지내면 좋지 않겠소?"

아, 그런 거였나…….

"수도에 오면 소개해 주마."

그는 라리사에게 한쪽 눈을 찡긋해 보였다.

그런 소개는 별로 필요 없다. 나는 참 재미있는 농담을 들은 것처럼 까르르 웃은 후에 몰래 안도의 한숨을 내쉬었다.

'휴……. 라리사를 나이 두, 세 배는 먹은 아저씨한테 후처로 보내게 되는 줄 알았네.'

내가 끔찍한 생각을 털어버리는 사이 레오니드가 말했다.

"이제 갓 성인이 된 해밀튼 후작 영식이라면, 해밀튼 가의 막내 말입니까? 그 아드리안 해밀튼?"

'그' 아드리안 해밀튼이라니?

파비안도 고개를 끄덕거렸다.

"아, 아드리안 해밀튼이라면 저도 알고 있습니다. 아카데미에서 몇 번 본 적이 있지요. 직접 이야기를 나눠본 적은 없습니다만……."

"어떤 사람인가요?"

내 질문에 대답한 것은 레오니드였다.

"외모가 워낙 빼어나 인기가 많은데, 수줍음이 많아서 정작 파티에서는 도망 다니는 걸로 유명하지요."

"그런 사람이 마음만 잘 맞는다면 둘도 없이 좋은 친구가 되지 않나? 아드리안은 좋은 아이지. 아, 이제 아이가 아닌가."

에른스트가 웃으며 와인을 한 모금 마셨다.

'그거야 라리사가 판단할 일이고, 수도에 갈 일은 없으니까 상관없겠지.'

마음이 가벼워졌다. 나는 음식을 계속 들며 말했다.

"다들 아카데미에서 만나시네요."

"그렇소. 원래 아카데미란 게 학문의 장이기도 하지만, 실은 인맥을 쌓는 곳이기도 하지. 아무나 들어갈 수 있는 곳은 아니니."

에른스트의 설명에 이어 레오니드가 덧붙였다.

"그래도 왕족이 입학한 것은 꽤 이례적인 일이었답니다. 제한적이기는 하나 평민들도 입학하는 곳이라서요. 왕세자 전하의 입학은 당시에 파격적인 행보라는 평이었지요."

"하하하, 그래도 난 좋은 학생은 아니었소. 늘 수업을 빼먹고 놀러다녔으니까."

그러면서 에른스트는 수업을 땡땡이치고 뭘 했는가를 줄줄 늘어놓았다. 학교 지붕 위에 올라가 초저녁 별이 뜰 때까지 실컷 낮잠을 자기도 했고, 신분과 나이를 속이고 하층민 거리의 펍에 가서 코가 비뚤어지도록 마시곤 했다면서.

"와아……."

라리사가 초롱초롱한 표정으로 열심히 듣고 있었다.

아니, 잠깐, 라리사? 저런 이야기에 감탄하면 안 되는데!

에른스트도 라리사를 보고는 아차, 하는 표정을 지었다.

"늘 그랬던 건 아니야, 라리사 양. 시종장에게 들킬 때마다 부왕께는 알리지 말아달라고 비느라 손바닥이 남아나질 않았지. 결국엔 들켜서 기숙사에서 근신하곤 했어."

왕자님이라도 어릴 때는 다 똑같구나. 나는 쿡쿡 웃으며 말했다.

"말썽꾸러기셨네요."

"아, 그래도 제일 재미있었던 건 몰래 사냥을 나갔을 때였지. 총 두 자루 차고 말을 달리면 내 세상이 된 것 같았다니까. 요즘 총은 참 좋아졌더군! 연발이 되는 사냥용 소총도 나왔다고 하던데."

그는 손으로 방아쇠를 당기는 모양을 흉내 냈다. 그러자 레오니드가 고개를 끄덕이며 말했다.

"그렇죠. 저희 집에도 한 자루 있습니다."

에른스트가 어이없다는 듯 그를 홱 돌아보았다.

"오를로프 후작. 자네는 왜 그걸 미리 안 보여준 건가?"

"예? 아니, 저도 갖고 있는데 전하께서는 당연히 갖고 계실 줄 알았죠."

레오니드가 어깨를 으쓱했다. 파비안이 픽 웃고는 말했다.

"시제품이긴 하지만 저도 몇 자루 가지고 있으니 식사가 끝나면 보여 드리겠습니다. 마음에 드는 걸 한 자루 가져가시지요."

"이런, 이게 뭐요, 명색이 왕자인데 내가 제일 뒤처졌구먼……."

에른스트가 구시렁거리며 나이프로 접시 위의 멧돼지 고기를 썰었다. 그는 고기를 입에 넣고 우물거리다가, 문득 생각난 듯 말했다.

"그러고 보니 대공령에 아주 훌륭한 숲이 있다고 들었는데. 사냥터도 있지 않은가?"

"있습니다."

"그거 좋구먼! 내일 여흥 삼아 다 같이 사냥이라도 가지! 대공, 사냥 좋아하시오?"

아카데미 수업을 빼먹고 사냥을 다녔다더니, 과연 에른스트는 꽤 신이 난 모양이었다.

"흐음…… 사냥철이 이미 지나서 별거 못 보실 텐데요. 곰도 동면에서 깨어날 시기라 자칫 위험할 수도 있습니다."

"재미 삼아 가볍게 근처로만 가면 되지 않겠소?"

"변변한 무기도 없습니다만."

"그 연발 소총 내일 써보면 되겠군!"

"……알겠습니다."

파비안이 고개를 내저었다.

'사냥 진짜 좋아하나 보네.'

나는 에른스트의 얼굴에 희색이 도는 걸 보며 멧돼지 고기를 씹었다. 쾌활하면서 꽤나 제멋대로인 왕자님이었다.

'대공가의 숲은 나도 가보고 싶었는데. 이제 말도 꽤 잘 탈 수 있게 되었고……'

나는 무심코 작게 중얼거렸다.

"재미있겠다……."

"같이 가시죠?"

응? 고개를 들어보니, 맞은편에 앉은 레오니드가 웃고 있었다.

"내일 사냥에 같이 가시면 어떻겠습니까?"

"네……? 그래도 되나요?"

나 총 못 쏘는데.

"안 될 건 또 뭐 있습니까? 그렇지, 파비안?"

파비안은 눈썹을 찌푸렸다.

-저 인간이, 위험하면 어쩌려고!

그러나 그가 입을 열기도 전에 에른스트가 먼저 외쳤다.

"그것참 좋은 생각이로군!"

무려 왕세자의 말이었다. 내 참가가 결정되는 순간이었다.

다음 날 아침, 나는 새벽같이 일어났다. 너무 신나서.

'저택 밖으로 나가는 게 얼마 만이야!'

물론 라리사하고 노는 것도 정말정말 좋지만, 나는 기본적으로 몸을 움직여야 하는 인간이다. 괜히 하루가 멀다 하고 파티에서 밤새 춤을 추었던 게 아니다.

'지금까지 승마 수업에서 배운 걸 모조리 써먹어야지.'

오늘은 지칠 때까지 말을 달리고 말겠어.

"나도 가고 싶은데……."

라리사가 울상을 지었다. 아직 잠이 덜 깨서 저렇게 졸린 눈이면서. 나는 라리사의 침대에 걸터앉아 이불을 도로 잘 덮어주었다.

"언니가 오늘 먼저 가서 살펴보고 올게. 다음에 같이 가자."

"히잉……."

라리사가 아쉬운 듯 칭얼거렸다.

나는 그걸 보고 또 조금 울컥했다. 정말 많이 회복된 것 같아서. 이렇게 별거 아닌 어린애다운 반응을 얼마나 바랐던가.

미안하지만 오늘 라리사를 데려갈 생각은 조금도 없었다. 왜냐하면…… 사냥하러 가는 거니까. 총소리, 피, 죽거나 부상당할 동물들. 그게 자칫 잘못해서 라리사의 트라우마를 건드리기라도 하면 나는 평생 후회할 거다.

나는 라리사의 하얀 이마 위에 흐트러진 은빛 머리칼을 귀 뒤로 넘겨 주었다.

"해가 지기 전에 돌아올 거야. 포투스는 오늘 함께 안 가니까, 대신 승마 수업을 받고 있으렴. 열심히 연습해서 말을 조금 더 잘 타게 되면 데려가 줄게. 꼭."

사냥은 안 되지만, 함께 가까운 숲에서 말을 달리는 정도야 얼마든지 가능했다.

"알았어요."

시무룩했던 표정은 금세 펴졌다. 라리사가 헤헤 웃는 얼굴로 나를 쳐다보았다. 눈은 여전히 반쯤 감겨 있었다. 졸린 데도 필사적으로 졸음을 참는 얼굴이었다.

'얜 누굴 닮아서 이렇게 착하고 귀여울까.'

성격만큼은 우리 가족을 안 닮아서 정말 다행이었다. 라리사를 빼면 전부 각자 다른 방식으로 성격이 나쁘니까.

나는 동그란 이마에 쪽 하고 뽀뽀해 준 뒤 드레스 룸으로 갔다. 소피아와 데이지가 이미 승마복을 꺼내놓고 기다리고 있었다.

"오늘은 머리를 올려서 단단히 고정해 드릴게요. 바람에 날려서 걸리적거리지 않게요."

"잘 부탁해."

소피아는 재빠른 솜씨로 내 머리를 올려주었고, 그 위에 승마용 모자를 핀으로 잘 고정해 주었다.

나는 거울을 보며 마지막으로 옷차림을 점검했다. 말을 타야 하니 오늘은 코르셋도 하지 않았다. 몸에 착 감겨 붙은 승마복은 어떻게 움직여도 조금도 불편하지 않았다. 송아지 가죽으로 만든 장갑은 숫제 그냥 내 손인 것 같았고. 편할뿐더러 세련되고 아름다웠다. 완벽하다.

"그럼 다녀올게. 소피아, 데이지, 라리사를 잘 부탁해."

"염려 마시고 즐겁게 다녀오세요."

나는 가벼운 발걸음으로 중앙 계단을 총총 내려가 밖으로 나갔다. 이제 막 해가 뜬 참이라 주변이 점차 밝아지고 있었다. 공기가 상쾌했다.

'응? 저게 다 뭐지?'

나는 심호흡을 하다 말고 주변을 두리번거렸다.

중무장한 남자들이 우글거렸다. 눈에 익은 제복을 입은 걸 봐서는 대공가의 사병이 분명했다. 내 개인 경호원인 제이크의 얼굴도 보였다.

'사냥 경호치고는 좀 많은 것 같은데……?'

거기다 사두마차는 왜 준비된 거지?

하인들은 마차에 계속 뭔가를 나르고 싣느라 정신이 없어 보였다. 그리고 그 앞에서 포투스가 안경을 손가락으로 밀어 올리며 지휘를 하고 있었다.

나는 포투스에게로 다가갔다.

"좋은 아침, 포투스."

"비전하, 좋은 아침입니다."

"저게 다 뭐지? 그리고 저 사람들은 다 뭐고?"

나를 돌아보는 포투스는 매우 지친 표정이었다.

"전부 대공께서 준비시킨 것들입니다."

그는 한숨을 쉬며 손에 들고 있던 수첩을 펼쳐 내게 보여주었다.

[-대공비 전하에게 호위를 최소 열 명 이상 붙일 것.

-비전하가 지치면 언제든 탈 수 있도록 마차를 딸려 보낼 것.

-햇빛이 강할 경우를 대비해 양산과 챙이 넓은 모자, 베일을 실을 것.

-비가 올 경우를 대비해 우산과 망토도 실을 것.

-갑자기 장거리를 달리게 되면 어지럽거나 당이 떨어질 수 있으니, 간단하게 섭취할 간식거리를 준비할 것.

-부상당할 수도 있으니 약을 종류별로 챙길 것.

-비전하가 사냥을 지루해할지도 모르니, 만일을 대비해 재미있는 책을 서너 권 챙길 것.]

그 뒤로도 목록은 줄줄 늘어졌다.

'잠깐. 그럼 저 병사들이랑 저 마차와 짐이 전부⋯⋯?'

포투스가 내 얼굴을 보더니 흠칫하며 반걸음 뒤로 물러섰다. 아무래도 내 표정이 썩어 들어가고 있나 본데.

"이거 다 취소시켜. 마차도 필요 없어. 아, 비상약은 좋은 생각이니 말 안장에 나누어 신도록 하고."

"아, 하지만 대공께서⋯⋯."

포투스는 난감하다는 듯 말했지만, 표정이 대놓고 밝아졌다.

그걸 보니 생각났다. 어젯밤 늦게 파비안이 내 방에 찾아왔었다. 그의 얼굴은 이상하게 그늘이 져 있었다.

파비안이 그랬지.

"내일 정말 사냥에 함께 가실 겁니까?"

"⋯⋯왜요?"

내 입에서는 조금 뻐딱한 대답이 튀어 나갔다.

사실 저녁 식사 때만 해도 그다지 가고 싶었던 건 아니었다. 숲이 어디 도망가는 것도 아니고, 나중에 따로 갈 수도 있으니까. 그런데 저렇게 어두운 얼굴로 '진짜 꼭 가야만 하겠냐' 하고 물으니까, 레오니드 말대로 그런 생각이 드는 것이다. 안 될 건 또 뭐 있어?

"오랜만에 저택 밖으로 나가게 되었잖아요. 재미있을 것 같은데. 그리고 그 숲엔 한 번쯤 가보고 싶었어요."

그러자 파비안이 끄응, 하고 앓는 소리를 냈다.

"총은 쏠 줄 아십니까?"
"아뇨. 쏴본 적은 없고, 쏘는 걸 본 적은 있어요."
"활이나 검은요?"

나는 생긋 웃으며 굳은살 하나 없이 매끈한 손바닥을 펴 보였다.

"……알겠습니다."

그냥 그 정도에서 포기하고 간 줄 알았는데. 뒤에서 이러고 있었던 거야? 세세하게 목록까지 짜서 과보호라니. 이럴 거면 차라리 가지 말라고 명령을 할 것이지.

나는 어이가 없어서 고개를 내저으며 포투스에게 물었다.

"늘 이런 식인가요?"
"처음부터 이러셨던 건 아닙니다. 심해진 건 최근 일이죠. 말을 두 마리 구해오라고 하실 무렵이었나? 그전쯤인가부터 어찌나 까다 롭게……."

그는 투덜거리다가 움찔하고 입을 꽉 다물었다. 뒤를 돌아보니 승 마복을 차려입은 파비안이 내려오고 있었다.

'헉…….'

그의 모습을 보는 순간 머릿속이 표백되어 날아갔다.

완벽하게 꽉 짜인 몸이 승마복 위로 그대로 드러났다. 검은 가죽 장갑을 낀 손으로는 말 채찍을 쥐었다. 아침 목욕 후 덜 말렸는지 검은 머리는 살짝 젖어 촉촉했고, 아침의 푸른 햇살을 받은 창백한 얼굴에서 두 눈동자만이 어딘가 위험한 핏빛으로 빛났다.

그 눈빛은 나와 마주친 순간 확 달라졌다. 차갑게 가라앉은 빛깔에서 나른하게 타오르는 듯한 빛깔로. 파비안의 입꼬리가 부드럽게 올라갔다.

"마르시아. 먼저 나와 있었군요. 다행히 날씨가 참 좋습니다."

"네, 날씨……."

나는 홀린 듯 흐물흐물하게 대답하다가 문득 정신을 차렸다.

날씨가 좋아! 왜 좋아야 하지? 우린 지금 말 타고 사냥을 갈 거니까!

"이런 것들 다 필요 없어요, 파비안. 이삿짐이라도 딸려 보내실 생각인가요?"

내 단호한 말에 파비안의 미소가 굳었다.

"전부 필요한 것뿐입니다."

"미안하지만 포투스가 가지고 있던 목록 다 봤어요."

파비안은 그래서? 하는 듯한 표정으로 날 내려다보았다.

"방금 날씨가 참 좋다고 하셨잖아요. 그럼 우산이나 망토는 필요 없겠죠."

"우산과 망토는 빼라고 하겠습니다."

"열 명도 더 넘는 호위는요? 사두마차는요? 오늘 사냥은 볼 것도 없겠네요. 저 인원이 전부 절 따라다니면 전 토끼 한 마리도 못 볼 것 아니에요?"

내가 조목조목 따지자 파비안이 눈썹을 밀어 올렸다. 그는 다소 커다래진 눈으로 물었다.

"사냥도 하실 겁니까?"

"그럼 제가 놀러 가는 줄 알았어요? 남자들이 한 마리씩 멋지게 잡아 오는 동안 저는 멀찍이 물러서서 가만히 호호 웃고만 있으란 말씀은 아니시겠지요."

"그런 뜻은 아닙니다. 총을 못 다룬다고 하지 않으셨습니까."

"가르쳐 줘요."

나는 한 발짝 가까이 다가서서 눈을 치켜뜨고 그를 올려다보았다.

"가르쳐 주시면 되잖아요. 잘 배울 테니까."

파비안은 입을 꾹 다문 채 굳은 표정으로 나를 내려다보았다. 붉은 눈동자가 잘게 흔들리는 것 같기도 했다.

너무 시비 거는 것 같은 말투였나?

"절 그렇게 못 믿겠나요?"

몸 쓰는 건 자신 있다니까. 물론 첫날부터 사냥에 성공할 거라 생각하진 않지만, 시도는 해 볼 수도 있잖아.

"그, 그런 게 아닙니다."

파비안이 드물게 말을 더듬었다.

"마차도 필요 없다고 하고, 호위도 물리겠다고 하고. 당신에게 무슨 일이라도 생기면 어떡합니까?"

"안 생겨요."

나는 그를 노려본 채 말했다. 파비안이 미간을 좁혔다.

"아무 일도 안 생겨요. 저 혼자 가는 것도 아니고, 모두 총을 다룰

줄 알잖아요. 저는 그냥 구경 좀 하고, 두어 번 쏴보기만 하고 얌전히 돌아올 거예요."

"그래도 호위만큼은."

"대공령 안이잖아요? 대공비에게 이 이상 안전한 곳이 어디 있다고 그러세요. 제게 붙일 호위가 있다면 왕세자 전하께 붙이세요."

파비안은 결국 한 손으로 자기 이마를 짚었다.

"그렇게 전부 거절하지 마십시오."

"그렇담 제이크만 빌려주세요. 그 정도면 충분해요."

나는 결국 요즘 나를 내내 호위하던 경호원의 이름을 댔다. 그러자 파비안의 안색이 조금 밝아졌다.

"빌리긴요. 그는 당신을 위해 고르고 고른 자입니다. 기사 작위도 가지고 있지요. 무슨 일이 생기기라도 하면 무조건 그를 부르십시오. 내키는 대로 부려먹으시고요."

"부려먹…… 네."

아무리 요즘 기사가 옛날과 다르다지만, 그래도 기사인데 부려먹으라니……. 대공비 대단한데. 아니, 대공이 대단한 건가.

"좋은 아침이오! 대공비, 그리고 대공."

쾌활한 톤의 인사가 들려와 우리의 대화는 거기서 끊어졌다. 에른스트가 내려온 참이었다.

"허? 이게 다 뭐지? 소란스럽군."

뒤늦게 마차와 하인들을 발견한 레오니드의 목소리도 들렸다. 나는 험악한 표정으로 빨리 마차를 치우고 사병들을 적당히 돌려보내라고 포투스에게 눈짓했다.

"왕세자 전하, 오를로프 후작, 간밤 평안하게 보내셨나요?"

"덕택에 푹 쉬었소. 그럼 어디 가볼까?"

곧 말이 준비되었다. 우리는 말에 올라 대공저를 나섰다. 파비안이 준비했던 것보다는 꽤 단출한 인원으로.

탕!

총소리가 울려 퍼졌다. 머리에 단 한 발, 즉사였다.

"명중입니다!"

호위병 둘이 쓰러진 사슴을 가지러 달려갔다. 옆에서 에른스트가 휘파람을 불었다.

"대공은 타고난 사냥꾼이로군!"

"과찬이십니다."

총구에서는 아직 연기가 나고 있었다. 파비안은 칭찬에도 아무 감흥 없는 표정으로 총을 내렸다.

"아니, 인사치레가 아닐세. 이 거리에서 이렇게 정확하게 사냥감을 맞추는 사람은 내 본 적이 없소. 정말 대단하군."

에른스트가 진심으로 감탄하며 말했다.

오늘 사냥에서 파비안보다는 그가 잡은 사냥감이 더 많긴 했다. 하지만 그게 파비안이 적당히 봐주었기 때문이라는 것을, 에른스트는 이미 눈치채고 있었다.

'총알 한 발에 확실하게 목숨을 끊어주거나, 아니면 털끝 하나도 스치지 않은 채 빗나가거나라니.'

빗나간 총알은 전부 일부러 비껴간 게 뻔했다.

하지만 에른스트는 그게 싫지는 않았다. 그는 능력 있는 사람을 좋아했다. 파비안은 그가 본 중 최고의 사수였다.

'그리고…….'

에른스트는 고개를 돌렸다.

"좋아요. 숨을 멈추고, 가만히……. 지금!"

탕! 마르시아의 총구에서 작은 불꽃이 피고, 가느다란 몸이 반동에 흔들렸다. 그녀의 총구가 향한 저 앞쪽에서 토끼 한 마리가 위로 튀어 올랐다.

"맞았나요?"

"뒷다리에 맞았군요."

레오니드의 대답에 마르시아는 눈살을 찌푸렸다. 그녀는 레버를 당겨 다음 총알을 장전하고, 입속으로 조그맣게 '미안해'라고 속삭이며 총을 다시 들어 올렸다. 두 번째 총탄을 맞은 토끼는 그 자리에 쓰러져 더 이상 움직이지 않았다.

그걸 본 에른스트는 속으로 혀를 내둘렀다. 총을 오늘 처음 만져본다고 한 마르시아였다. 그런데 움직이는 토끼를 쏘아 맞히다니.

'부부가 쌍으로 재능이 있군.'

다소 높아진 레오니드의 목소리가 뒤이어 들려왔다.

"대단합니다, 비전하! 소질이 있는데요."

"정말요?"

"이런, 제가 말실수를 했군요. 소질이 있는 정도가 아니라 사격의 천재이십니다."

파비안과 달리 마르시아는 칭찬을 듣자 환해진 얼굴로 까르르 웃었다.

"마음에도 없는 말씀을 하시네요, 후작. 하지만 칭찬은 고마워요."

"마음에도 없는 말이라뇨, 진심입니다."

레오니드가 웃자, 마르시아는 그 얼굴을 분석이라도 할 것처럼 잠깐 빤히 쳐다보다 이내 따라 웃었다.

그 광경을 쳐다보던 파비안의 미간이 가늘게 좁혀졌다.

마르시아에게 사격을 가르쳐 주기로 한 것은 그였다. 하지만 그는 대공가의 주인이었다. 왕세자라는 엄청난 손님을 주인 아닌 다른 사람에게 맡겨둘 수는 없었다. 그래서 그가 왕세자 따위를 상대하는 사이, 레오니드가 마르시아에게 저렇게 가까이 다가가 서서는……

"아니, 그게 아닙니다. 팔을 이렇게, 개머리판을 여기에 대시고."

레오니드가 마르시아의 옆에 찰싹 붙어 서서 어깨를 감싸고 자세를 고쳐주었다. 그 거대한 곰 같은 몸집에 마르시아가 쏙 가려져서 안 보이게 되자, 파비안은 말고삐를 꾹 눌러 쥐었다.

"아, 이렇게요."

마르시아가 자세를 고쳐잡았다. 레오니드가 마르시아에게 붙어 있었던 것은 아주 짧은 순간이었고, 자세가 나오자마자 그는 한 걸음 물러섰다.

레오니드는 그의 절친한 친구였다. 총기에 대한 지식도 풍부했다. 사격을 가르치기에 그만한 사람도 잘 없을 터였다.

그런데 이상하게 마음이 불편했다.

'왜지.'

그는 스스로도 설명할 수 없는 기묘한 기분에 휩싸였다. 가슴은 뜨겁고 머리는 차가웠다.

그때 에른스트가 말을 걸어왔다.

"사냥철은 끝났다더니, 그런 것치곤 의외로 사냥감이 풍족하군, 대공."

파비안은 마르시아에게서 떨어지지 않는 시선을 간신히 뜯어냈다.

"그건 이 숲에서 한동안 사냥을 전혀 하지 않았기 때문일 겁니다."

에른스트는 이내 아, 하는 표정으로 말했다.

"그렇지. 전대 대공이 나이가 많았었지. 걷기도 힘들다며 수도에 도통 올 생각을 하지 않아서 몇 년이나 만나보질 못했지. 그리 갑작스럽게 갈 줄 알았으면 좀 더 일찍 와보는 건데 그랬군."

"걷기 힘드셨던 건 사실입니다. 휠체어 생활을 오래 하셨습니다."

"그렇군. 그런데 전 대공이 아니더라도 자네나 로랑 백작은 사냥하러 올 수도 있지 않았나?"

파비안의 눈빛이 순간 변한 것 같다고, 에른스트는 생각했다. 그러나 눈을 한 번 깜박이자 그 미묘한 기류는 사라졌다.

"이 숲은 오랫동안 출입 금지였습니다. 조부의 명령이었지요. 그 금제가 오늘 깨진 것입니다, 왕세자 전하."

"허어."

파비안은 에른스트의 눈을 똑바로 쳐다보았다. 일렁이는 붉은색 눈동자. 에른스트는 어디에서도 그런 눈을 가진 사람을 본 적이 없었다.

있다고 듣기는 했다.

'악마의 하수인이라 불리는 자들이었지.'

과연 그럴 법도 하다고 그는 생각했다. 만난 지 얼마 안 되었으나, 때때로 파비안은 아주 생소한 눈빛을 했다. 그것은 꽤나 위협적이었다.

그러나 에른스트는 신이나 악마를 믿지 않았다. 그가 파비안의 눈빛을 받아치며 물었다.

"무엇 때문이지?"

"왕가의 일원께서 몸소 방문하셨는데 이 정도쯤이야 아무것도 아니지요."

파비안은 태연하게 입에 발린 말을 늘어놓았다.

'진짜 이유는 묻지 말라는 거군.'

어차피 그런 것쯤이야 본인에게 직접 듣지 않아도 알아낼 방법은 얼마든지 있었다. 게다가 입에 발린 말이란 것을 알아도 듣기에 나쁘지 않았다.

"영광이로군."

에른스트가 씩 웃는데, 파비안이 손을 들어 한쪽을 가리켰다.

"전하, 저기 여우가."

"오!"

에른스트가 이마에 손을 대고 그쪽을 쳐다보았다. 과연 꼬리가 탐스러운 여우 한 마리가 눈에 들어왔다.

그가 옆으로 손을 뻗었다. 옆에서 대기하던 병사가 장전한 소총을 에른스트에게 건네주었다. 그는 총을 들어 여우에게 겨누었다가, 이내 팔을 내렸다.

"조금 멀군."

그는 총을 한 손에 비껴들고 말에 올랐다.

"대공은 잠시 여기서 기다리게. 멋지게 저놈을 잡아 올 테니. 귀한 사냥터를 내게 열어준 데 대한 감사의 의미로, 털가죽을 대공비에게 바치도록 하겠소."

그는 대답을 기다리지도 않고 히야! 하며 말에 박차를 가했다. 호위 병사 몇 명이 재빨리 그 뒤에 따라붙었다.

파비안은 여우가 흠칫 놀라 달아나는 것과 그 뒤로 신나게 말을 달리는 에른스트를 잠시 쳐다보다가 고개를 돌렸다.

"다람쥐다! 다람쥐도 총으로 잡을 수 있나요?"

마르시아의 목소리가 들렸다. 얼핏 천진하게도 들리는 목소리였다.

'저렇게 좋아하다니, 사냥이 그렇게 재미있는 걸까.'

레오니드가 큰 소리로 웃었다.

"덫이나 소동물용 화살을 쓰셔야지요. 굳이 총을 쏘시겠다면 이런 총으로는 안 됩니다."

"꼭 지금 저 다람쥐를 잡겠다는 말은 아니었어요. 어디 다른 토끼 또 없나……."

마르시아가 두리번거리는 걸 보자 파비안의 얼굴에 웃음이 번졌다. 그는 빠른 걸음으로 그들에게 다가갔다.

"비를 보살피느라 고생이 많군, 레오니드."

"고생은. 대공비께서 사격에 재능이 있으신걸. 아주 흥미로운 학생이야."

"생각보다 재미있어요. 조금 전에 토끼를 잡았답니다!"

마르시아의 양 뺨이 발갛게 물들었다. 초록 눈이 초롱초롱하게 빛나며 얼굴에 생기가 돌았다.

'누가 자매 아니랄까 봐.'

라리사가 신날 때와 꼭 같은 얼굴을 보며 파비안은 웃었다.

"한 마리만 더 잡으면 오늘 저녁거리는 될 것 같은데……."

마르시아는 탄약 주머니에서 총알을 두 개 꺼냈다. 빈 총에 채우려는 것이었다.

'옆에서 자꾸 잘한다고 그러니까 진짜 내가 잘하는 것 같잖아?'

입이 또 제멋대로 웃으려고 했다. 말을 타고 멀리 나온 것도 즐거웠고, 사격도 재미있었다.

'동물의 속마음 같은 건 안 들려서 정말 다행이야.'

그런 것까지 들렸더라면 부엌 근처에도 갈 수 없었을 테고, 지금쯤 얄짤없이 채식주의자가 되었을 터였다.

마르시아가 배운 대로 총알을 채우는 사이, 레오니드가 파비안에게 물었다.

"왕세자 전하는?"

"여우를 뒤쫓아 가셨어."

"하여튼 못 말린다니까."

레오니드는 고개를 내저었다. 아카데미 시절부터 익히 보아오던 모습이었다. 파비안이 그의 어깨를 툭툭 두드렸다.

"비는 내가 잠시 맡고 있지. 왕세자 전하가 돌아올 때까지 조금 쉬지그래?"

쉬라니, 이미 쉬고 있었던 것이나 마찬가지인데. 레오니드는 친구의 얼굴을 쳐다보았다. 평온을 가장한 눈빛에서 아주 약간 초조함이 묻어난다.

'아하, 내가 네 아내랑 너무 붙어서 시시덕거리는 것 같으니까 질투가 났다 이거지.'

"비전하, 제가 저녁거리용 토끼를 마저 채워 오지요. 파비안하고 쉬고 계십시오."

"앗, 안 돼요. 제가 할 거란 말이에요. 다른 걸로 잡으세요."

"정 그러시다면야. 수제자의 실력을 믿어보지요."

레오니드는 껄껄 웃으면서 말에 올랐다. 호위병이 한 명 그 뒤를 따라갔다.

남은 호위병은 제이크를 포함해 두 명이었다. 그들은 파비안의 눈치를 한 번 보고는 은근슬쩍 뒤로 물러섰다. 속삭이는 말소리가 들리지 않을 만한 거리로.

"할 만하십니까?"

"네. 재미있어요. 오를로프 후작이 저더러 총 잘 쏜대요. 제가 생각해도 조금 그런 것 같아요! 아까 토끼도 한 마리 잡았답니다. 아, 이건 이미 말씀드렸죠."

마르시아는 퍽 흥분해 있었다. 그 모습을 보고 있자니 이 지루한 접대 사냥도 조금쯤은 즐거운 것 같다고 파비안은 생각했다.

"봤습니다."

"아, 정말요? 아까 그렇게 멀리 계셨는데……. 어때요, 파비안은 좀 잡았나요?"

"네. 두세 마리 적당히 잡았습니다. 모피 좋아합니까?"

"네?"

"여우 털은 좋아합니까?"

"여우 털이요? 살아 있는 여우라면 귀여울 것 같지만……."

마르시아가 고개를 갸웃하며 대답했다.

"모피를 그리 좋아하지는 않아요. 겨울이라면 따뜻하고 좋겠지만 지금은 이미 봄이기도 하고요."

"그렇군요."

파비안은 조금 가뿐한 표정을 지었다.

"그보다 가능하면 토끼를 한 마리 더 잡고 싶은데, 도와주실래요?"

"좋습니다."

그들은 토끼를 찾아서 함께 천천히 말을 몰았다.

파비안은 마르시아의 속도에 맞춰 말을 몰며 그녀를 물끄러미 쳐다보았다.

한낮의 태양 빛이 초봄의 연한 나뭇잎 사이로 점점이 떨어지고 있었다. 그 빛을 받은 마르시아의 금빛 머리카락이, 발그레한 뺨이, 싱그러운 초록 눈동자가 반짝반짝 빛났다. 경쾌한 말발굽 소리에 맞춰 가느다란 몸이 리드미컬하게 움직인다. 그것이 못내 즐거운 듯, 입가에는 미소가 머물러 있었다.

'저렇게 즐거워하다니.'

마르시아가 사냥에 따라오지 않았으면 했던 파비안은 자기 생각을 철회했다. 이 여자는 집안에만 가두어두면 안 되는 사람인 게 분명했다. 저택이 얼마나 크든지 간에 말이다.

마르시아가 불쑥 물었다.

"파비안, 왕위 계승권이 있다는 게 정말이에요?"

"그렇습니다."

"몰랐어요."

"조모님께서 노이만 왕가 출신이셨습니다."

"그러니까…… 전 대공비께서요?"

"예. 현 국왕 폐하의 고모셨지요."

"그렇다면 왕세자 전하와는…… 친척이군요."

몇 촌이지? 마르시아는 마음속으로 가계도를 그려보았다.

"안 그래도 로랑가는 강력한 가문이었는데, 제 아버지 대에 이르러 계승권까지 생긴 거지요. 폐하께서 왕세자를 보내온 것도 그래서일 겁니다."

"아……. 어제 왕세자께서 그래서 결혼 서류 이야기를 꺼내셨던 거군요."

"그렇지요. 제가 작위를 승계하고도 국왕 알현을 가지 않아서 속이 상당히 뒤틀렸을 테니까요."

"다 알고 계셨으면서 왜 안 가셨어요?"

"바빠서요."

핑계일 게 뻔한 파비안의 대답에는 별 망설임도 없었다. 국왕과 사이가 틀어지든 말든 아무 상관 없다는 듯한 말투다.

'대공가를 망치고 싶다던 게 정말이었구나…….'

라리사에게 망한 대공가를 물려주고 싶지는 않은데. 어디까지 망하게 할 셈일까?

계약서를 쓸 때 후사 이야기를 했던 것을 보면 아주 폭삭 망하게 하지는 않을 것 같긴 했다. 마르시아는 다소 복잡한 마음으로 눈앞에서 나풀거리는 말갈기를 쳐다보았다.

"토끼로군요."

나지막한 파비안의 말에 마르시아는 번쩍 고개를 들었다.

"네? 어디요?"

"저기."

파비안이 손을 들어 한 방향을 가리켜 보였다. 과연, 조금 떨어진 곳의 관목 아래에 자그마한 흰 꼬리가 삐죽 솟은 것이 보였다.

"총에 손대지 마세요. 제가 잡을 거예요."

마르시아는 안장에 꽂아 두었던 총을 뽑았다.

'총알을 장전했던가?'

했다. 레오니드가 가르쳐 준 대로 아까 두 발 채워 두었다.

마르시아가 총을 겨누었다. 방아쇠에 손가락을 걸고, 숨을 멈춘다.

그 순간, 파비안은 뭔가 이상한 느낌을 받았다.

그는 마르시아에게 손을 뻗었다.

"잠깐……."

늦었다. 마르시아는 방아쇠를 당겼다.

펑, 커다란 폭발음이 났다. 총에서 불꽃이 튀었다. 총구가 아닌, 약실에서.

"꺄악!"

마르시아의 비명. 얌전했던 스노우가 히히힝 하고 놀라 울부짖었다. 마르시아는 몰랐지만 스노우에게 기수가 탄 채로 총을 쏜 적은 아직까지 한 번도 없었던 것이다.

'총이……!'

폭발했다. 하필 연발이 가능한 총이라 총알도 두 개 들어 있었다. 결과는 연쇄 폭발이었다.

마르시아가 충격으로 총을 떨어뜨렸다. 대신 본능적으로 안장을 붙잡았다. 거의 동시에 폭발음에 놀란 말이 미친 듯 날뛰기 시작했다.

"마르시아!"

아직 말을 서툴게 다루는 마르시아는 스노우를 진정시키지 못했다. 스노우가 자리를 박차고 미친 듯이 달리기 시작했다. 스노우는 파비안이 고르고 고른 좋은 말이었다. 전속력으로 달리자 엄청난 속도를 냈다.

정신없이 흔들리는 마르시아의 새하얀 얼굴에 점점이 붉은 얼룩이 보였다. 파비안의 눈에서 불꽃이 튀었다.

이성을 잃고 달리는 말에서 잘못 떨어졌다가는 끝장이었다. 파비안은 이를 악물며 자신의 흑마에 채찍을 가했다. 그가 폐부를 쥐어짜듯 외쳤다.

"꼭 붙잡아요!"

눈앞에서 총이 폭발한 직후였다. 마르시아의 귀에는 삐 하는 이명 외에 아무것도 들리지 않았다. 그녀는 그저 필사적으로 몸을 낮추고 안장에 매달렸다.

"괜찮아, 스노우, 진정해, 워, 워……."

그녀는 말을 진정시켜 보려고 애썼지만 소용이 없었다.

'아, 흥분한 말을 진정시키는 방법은 포투스가 아직 가르쳐 주지 않았는데.'

이렇게까지 빨리 달린 적은 한 번도 없었다. 나뭇가지가 사방에서 온몸을 아프게 때려댔다. 폭발한 총을 쥐었던 손은 감각이 없었다. 피투성이 손이 자꾸 안장에서 미끄러졌다.

말이 불규칙하게 뛰자 마르시아의 몸이 크게 휘청거렸다. 그녀는 안장을 쥔 손을 놓치고 떨어지기 직전, 간신히 말갈기를 붙잡았다.

"마르시아!"

파비안이 바짝 따라붙었다. 그는 손을 뻗어 스노우의 고삐를 잡으려 했지만 마음대로 되지 않았다. 길도 아닌 숲속을 달리는 도중이었기 때문이었다.

그는 대신 팔을 뻗으며 외쳤다.

"이리 뛰어요!"

마르시아는 그의 말을 알아듣지는 못했지만 팔을 뻗는 동작을 보고 그가 무슨 말을 했는지 짐작했다.

그녀는 숨을 삼키며 옆을 쳐다보았다. 나무들이 무시무시한 속도로 획획 지나갔다. 아찔했다.

아무리 몸 쓰는 데 자신이 있다지만, 그건 운동이라곤 하지 않는 보통 귀족 여자들에 비해 그렇다는 말이었다. 전속력으로 달리는 말 위에서 다른 말로 뛰어넘는 곡예가 가능할 리가 없었다.

"모, 못 하겠어요!"

마르시아가 고개를 흔들었다. 파비안을 못 믿는 게 아니었다. 그녀는 그저 달리는 말 위에서 떨어지지 않도록 붙잡고 있는 것이 고작이었다.

파비안은 앞쪽을 쳐다보았다. 순간 그는 이를 악물었다. 아는 지형이었다.

'제기랄, 안 돼. 이쪽으로 더 가면 위험해.'

오지 못한 지 십 년도 더 지났지만 생생하게 기억했다. 저 앞쪽은 절벽이었다.

더 생각할 겨를은 없었다. 파비안은 망설이지 않고 자신의 흑마에서 몸을 날려 뛰었다.

어렵지 않다. 마르시아의 뒤쪽에 앉아서 말고삐를 쥐기만 하면 된다. 그는 고삐만 잡으면 말을 진정시킬 자신이 있었다.

그러나 바로 그때 스노우가 뒷발로 땅을 박차면서 몸부림을 쳤다. 마르시아의 손이 미끄러지며 갈기를 놓쳤다. 그 짧은 찰나, 파비안은 계획을 바꾸었다.

그는 날뛰는 흰 말에 타는 대신, 말에서 튕겨져 나가는 마르시아의 몸을 단단히 껴안았다. 최대한 그녀를 팔로 감싸 보호하고 공중에서 몸을 돌렸다. 자신의 등이 땅을 향하도록.

"큭……!"

몸이 부서질 것 같은 충격에 뒤이어, 그는 정신없이 몇 바퀴를 굴렀다. 다행히 그곳은 풀숲이었고 지난가을 떨어진 낙엽이 두껍게 깔려 있었다.

말발굽 소리가 빠르게 멀어졌다.

파비안은 조심스레 팔에서 힘을 풀었다. 마르시아의 몸이 힘없이 축 늘어졌다. 핏기없이 창백한 얼굴. 그녀는 눈을 뜨지 않았다.

"마르시아!"

파비안은 다급하게 그녀의 이름을 부르며 마르시아를 바닥에 눕혔다. 그는 코 밑에 손을 가져다 대보고, 손목을 조심스레 쥐어보았다.

'호흡은…… 있군. 맥박도.'

온몸에서 힘이 빠져나가는 것 같았다. 그는 재빨리 다른 곳도 살펴보았다. 겉보기에 부상은 총이 폭발하면서 다친 손뿐이었다. 얼굴의 피는 손에서 튄 모양이었다.

약과 붕대는…….

"말 안장에 넣어두었었군. 제기랄."

나지막하게 욕설을 읊조리며 그는 몸을 일으켜 주변을 둘러보았다. 말들은 어디론가 달려가 버리고 보이지 않았다.

'말들은…… 비다르가 스노우를 달래서 데리고 돌아오겠지.'

그는 자신의 말을 믿기로 하고, 잠시 귀를 기울였다. 주변에 인기척은 없었다. 제이크를 비롯해 호위병이 둘 있었는데, 아무 소리도 들리지 않는 것으로 보아 아무래도 중간에 그들을 놓친 모양이었다.

파비안은 찌푸린 얼굴로 마르시아를 내려다보았다. 그는 잠시 망설였다.

고민은 길지 않았다. 그는 이내 마르시아를 조심스레 안아 들었다.

나는 눈을 떴다. 온몸이 막 쑤시고 아팠다.

"으……."

저절로 앓는 소리가 났다. 묘한 기시감에 나는 쓴웃음을 지었다. 그러고 보니 마르시아의 몸에 처음 깃든 날도 이런 식으로 깨어나지 않았나?

그러나 내 눈에 처음 들어온 것은 낯선 천장이 아니라 파비안이었다. 그는 어두운 얼굴로 나를 내려다보고 있었다.

"파비안."

나는 그의 이름을 불렀다.

"몸은 어떻습니까?"

그는 침착한 말투로 물었다. 말투만 침착했지, 얼굴은 정반대였다. 후회와 안심이 뒤섞인 듯한 복잡한 표정이었다.

이 사람이 이런 표정도 지을 수 있네.

"……괜찮아요."

사실 안 괜찮았다. 온몸이 쑤시고 오른손은 불이라도 붙은 것처럼 아팠다. 하지만 저 얼굴을 보고 어떻게 솔직하게 말하란 말인가?

"당신은 괜찮아요?"

"전 아무렇지도 않습니다."

하지만 우리 둘 다 말에서 떨어져 굴렀을 텐데. 눈앞의 이 남자는 거짓말을 하는 걸까, 아니면 몸이 지독하게 튼튼한 걸까.

아픈 손을 들어 올려 보니, 붕대가 단단히 감겨 있었다. 그제야 파비안 뒤로 주변 풍경이 눈에 들어왔다.

'여기가 어디지?'

숲속도 아니고, 대공저도 아니었다. 처음 보는 곳이었다.

오래전 사람이 살던 흔적이 남은 작은 오두막. 나는 침대 위에 누워 있었다. 테이블과 벽난로 겸 부엌이 눈에 들어왔다. 벽난로 반대편 벽은 작은 살림집답지 않게 책장으로 꽉 차 있었다.

"제가 기절했었나요?"

"네. 이십 분 정도."

나는 침대에서 몸을 일으켰다. 무심코 손으로 침대를 짚었더니, 너무 아파서 절로 신음이 흘러나왔다.

파비안이 화들짝 놀라며 옆으로 바싹 다가왔다. 그는 나를 향해 손을 뻗다가, 이내 도로 거두었다.

"일어나지 마십시오. 안정을 취하는 편이 좋습니다."

"돌아가 봐야죠. 손님도 와 계시는데."

내가 걱정스럽게 말하자, 파비안이 코웃음을 쳤다.

"초대하지도 않은 손님들은 지붕 아래서 잘 수 있게 허락해 주는 것만으로도 감사해야지요. 신경 쓰지 말고 누워 계십시오."

"아무리 그래도 왕세자 전하신데요."

"왕세자든 뭐든, 불청객은 불청객입니다."

그는 찌푸린 얼굴로 단호하게 말했다. 화난 걸까.

"말들은요?"

"두 마리 다 무사히 돌아왔습니다. 걱정 마세요. 호위병도 이미 우리 위치를 확인했습니다. 의사와 마차를 불러오도록 저택으로 보냈으니, 제발 누워 계십시오."

나는 한숨을 쉬며 뒤로 도로 기대어 누웠다. 침구에서 오래된 먼지 냄새가 났다.

"저 때문에 사냥을 망쳤겠군요. 총이 폭발할 줄은 몰랐어요."

"당신에게 총을 쥐여주는 게 아니었는데……."

파비안이 괴로운 표정으로 말했다.

"시제품이 다 그렇죠, 뭐. 당신 자동차 시제품 탔을 때는 기억 안 나요?"

나는 짐짓 가볍게 말하며 웃어 보였지만, 그는 따라 웃지 않았다.

"여기는 어딘가요?"

"……숲지기의 오두막입니다."

그의 대답에는 약간의 간격이 있었다.

거짓말일 게 뻔했다. 정갈하고 살림 냄새가 나는 오두막이었다. 그러나 마치 오래전 모든 걸 버리고 야반도주라도 한 것처럼, 낡은 가구며 식기 위에는 먼지가 내려앉아 있었다.

진짜 숲지기의 오두막이라면 이렇게 먼지투성이일 리가 없었다. 무엇보다 벽난로에 걸쳐진 커다란 솥이 동화에 나오는 마녀의 집을 연상시켰다.

그리고 이곳은 동화 속이지.

"여긴 한참 전에 버려진 곳인 것 같은데요."

"숲지기가 예전에 쓰던 곳입니다. 지금은 다른 곳으로 옮겼……."

"파비안."

나는 그의 눈을 들여다보며 나지막하게 그의 이름을 불렀다.

"그냥 사실을 말해주면 안 되나요? 혹시 제가 알아서는 안 되는 곳인가요?"

파비안은 입을 꾹 다물었다. 그는 흔들리는 눈빛으로 창밖을 곁눈질했다가, 주머니에서 시계를 꺼내어 시간을 확인했다.

그는 두 눈을 찌푸리듯 감았다 뜨며 이야기를 시작했다.

✦

어린 파비안은 엄마 미셸과 단둘이 깊은 숲속 작은 오두막에 숨어 살았다.

미셸은 약을 잘 만들었다. 효능이 뛰어난 마녀의 약을 몰래 찾는 사람들이 끊이지 않아, 그녀는 약을 판 돈으로 근근이 생계를 유지할 수 있었다.

파비안이 아홉 살이 된 지 두 달이 지났을 무렵이었다.

"세상에."

멀리 떨어진 장터에 나갔던 파비안은 얼굴에 코피가 범벅된 채로 돌아왔다. 그 얼굴을 본 미셸이 엄격한 표정으로 말했다.

"아르노, 엄마가 다른 애들하고 싸우지 말랬잖아."

아르노는 미셸이 붙여준 아명이었다. 태명이었던 것이 태어나고 나서도 아명으로 굳은 경우였다.

미셸은 그를 늘 사랑을 담아 아르노라고 불렀다. 아버지가 지어준 파비안이라는 정식 이름은 진지한 상황에서 쓰였다.

그러니까, 주로 혼날 때.

'방금은 아르노라고 불렀으니 괜찮겠지.'

파비안은 얼른 손등으로 코 밑을 훔쳤다. 피가 이미 말라붙어 잘

닦이지 않았다.

"하지만 그 자식이 또 날 새끼 악마라고 불렀는걸. 거기다가……."

엄마를 욕했단 말이야.

파비안은 제 입으로 그 말을 하기 싫어서 그냥 입을 다물었다. 미셸이 한쪽 입꼬리를 올리며 웃었다.

"혼내줬지?"

볼이 부어 있던 파비안은 이내 씩 웃으며 대답했다.

"응. 걔는 쌍코피가 났어."

"잘했어. 얼른 가서 세수하거라. 이따가 아버지가 오실 거야."

"진짜? 자비에가 와?"

파비안의 눈이 동그래졌다. 그는 재빨리 마당으로 뛰어나가 펌프질을 했다. 그리고 펌프에서 흘러나온 물로 얼굴을 깨끗하게 씻었다.

그 모습을 보며 미셸이 미소 지었다.

"저렇게 좋을까."

어린 파비안은 아버지 자비에가 오는 날을 제일 좋아했다. 자비에는 한 달에 한두 번 꼴로 와서 하룻밤을 머물고 떠나곤 했다.

파비안은 자비에가 좋았다. 그를 보고도 새끼 악마라 부르지 않는 사람은 자비에뿐이었다.

그는 파비안의 붉은 눈을 보고 마치 보석처럼 예쁘다고 했다. 파비안도 그렇게 생각했다. 그의 눈은 미셸과 꼭 같은 붉은색이었으니까.

파비안은 미셸의 눈동자를 볼 때마다 오두막 서랍장 두 번째 칸에 든 반지를 떠올렸다. 빛바랜 공단 주머니에 감싸 소중하게 보관된 루비 반지. 그는 가끔 몰래 그 반지를 꺼내어보곤 했다. 미셸의 눈동자 색과 똑같은 그 반지는 자비에가 준 것이란 걸, 파비안은 알고 있었다.

오두막 안에 자비에가 준 물건은 그것 하나뿐이었다. 다른 물건은 뭘 가져와도 미셸이 전부 거절해 돌려보냈다.

"오늘 메뉴는 뭐니?"

어느새 마당으로 나온 미셸이 수건을 건네주었다. 파비안은 수건을 받아 얼굴을 닦으며 대답했다.

"아까 돼지고기를 샀어. 와인에 삶아서 감자를 곁들일 거야."

"고기를 다 샀어?"

"엄마가 만든 진통제를 드디어 제값 받고 팔았거든."

"어머나."

약은 잘 만들었지만 흥정은 잘하지 못해서 늘 헐값을 받곤 하던 미셸이 감탄했다.

"주의 사항도 잘 말해줬지?"

"장복하면 중독되니까 조심하라는 말?"

파비안은 눈 한 번 깜짝하지 않고 응, 하고 대답했다.

실은 주의 사항을 일부러 말해주지 않았다. 중독되어야 엄마의 약을 더 찾을 게 아닌가, 하는 아홉 살다운 얄팍한 계산이었다.

미셸은 집에서 약초 연구를 해 약을 만들고, 파비안은 그 약을 장터에 가져다 팔았다. 그 돈으로 식재료를 사 오고 요리를 하는 것 또한 파비안 담당이었다. 그는 그렇게 분담해서 가계를 나누어 돌보는 것이 뿌듯하고 좋았다.

'아버지…… 자비에는 뭘 하는지 잘 모르지만, 몸이 약하니까 자주 못 오는 거겠지. 그러니 가끔 와서 엄마와 나를 꼭 안아주고 행복을 나누어주는 역할이야.'

조금만 더 자주 와주면 더 행복할 텐데.

파비안은 얼굴을 꼼꼼히 닦고 나서 미셸에게 물었다.

"고기를 많이 먹으면 자비에도 조금은 더 튼튼해질까?"

그 말을 들은 미셸이 큰 소리로 웃었다.

"그래서 고기를 다 샀구나. 아르노, 아버지가 그렇게 좋니?"

"응. 엄마 다음으로 제일 좋아. 내 눈을 보고도 욕하지 않고 예쁘다고 해주는 건 자비에뿐인걸."

"네 아버지가 보는 눈이 있거든."

미셸이 우쭐해했다.

"그런데 엄마, 자비에는 왜 우리랑 같이 살지 않아?"

파비안이 벌써 여러 번 묻고 또 물었던 질문이었다.

"아버지는 바쁘다고 했잖니."

"엄마도 바쁘잖아. 매일 약초 재배하고 연구하고 약 만들고. 다른 아이들은 다들 자기 아빠랑 같이 사는데……."

미셸은 허리를 숙여 파비안과 눈높이를 맞추고 두 손을 그의 뺨에 가져다 댔다.

"아르노, 엄마랑 네 아빠는 새와 물고기 같은 거란다. 서로 사랑하지만 함께 살 수는 없어. 새는 하늘을 날아야 하고 물고기는 물속을 헤엄쳐야 하니까."

"하지만 엄마, 세상에는 지느러미로 하늘을 나는 물고기도 있고, 날개를 접고 물속으로 헤엄쳐 들어가는 새들도 있잖아."

미셸이 파비안의 볼을 살짝 꼬집었다.

"요 녀석, 그런 건 어디서 배웠어?"

"안 배워도 다 알아."

"그래, 네 말이 맞아. 그래서 하늘과 물에 사는 우리가 그렇게 만날 수 있었던 거야. 하지만 그건 잠깐일 뿐이란다. 숨을 쉬려면 날치는 물로 돌아가고 오리는 물 밖으로 나가야 하지 않겠니?"

"숨 쉴 수 있는 약을 만들면 안 돼?"

"약으로 생명의 본질을 바꿀 수는 없다고 엄마가 늘 말했지?"

할 말이 없어진 파비안이 입술을 삐죽 내밀며 미셸의 손을 밀어냈다. 그녀는 웃으며 파비안의 머리를 마구 쓰다듬었다. 부드러운 까만 머리가 금세 새집이 되었다.

멀리서 말발굽 소리가 들렸다.

"자비에다!"

"벌써? 아직 약속 시간이 안 됐는데."

미셸이 고개를 갸웃하는 사이 파비안이 말발굽 소리를 향해 달려 나갔다.

그러나 오두막으로 다가온 것은 평소 같은 말 한 필이 아니라 사륜 마차였다. 마부석에는 자비에가 앉아 있었다. 수려한 얼굴이 불안으로 창백했다.

"자비에!"

"파비안."

그는 마차에서 뛰어내려 파비안을 꼭 안았다. 뒤늦게 따라 나온 미셸이 자비에의 표정을 보고 이상을 눈치챘다.

"자기, 무슨 일이라도 있어? 이렇게 일찍, 마차까지 끌고……."

미셸의 말은 끝까지 이어지지 못했다. 자비에가 파비안을 놓고 그녀를 끌어안았기 때문이다. 키가 작은 미셸은 커다란 자비에의 품 안에 갇히듯 했다.

"지금 도망쳐야 해."

파비안은 자비에의 목소리가 그렇게 떨리는 것을 처음 들었다.

"필요한 물건이 있으면 챙기. 아니다. 그럴 시간이 없어."

자비에가 미셸을 번쩍 들어 마차에 태웠다.

"내 연구 자료······."

"나중에 잠잠해지면 몰래 돌아와서 찾아다 줄게. 지금은 살아남는
것부터 생각해야 해."

파비안은 영문을 몰랐지만 눈치로 재빨리 마차에 올라 미셸의 옆에
바싹 붙어 앉았다. 그런 파비안을 보고 자비에가 웃었다.

"어머니를 지켜 드려라."

"응."

파비안이 야무지게 미셸의 손을 꼭 잡자, 자비에가 마차 문을 닫았
다. 마차는 곧 무서운 속도로 숲길을 달리기 시작했다.

파비안은 어디로, 왜 도망치는 거냐고 묻지 않았다. 어차피 그들의
붉은 눈 때문이리라. 이런 날이 언젠가 올지도 모른다고 막연히 생각
했었다.

그렇게 한참을 달렸다. 어느새 마차 밖에서 들리는 말발굽 소리가
늘어났다. 발굽 소리가 천지를 뒤흔들 것처럼 가까워졌을 때 누군가
가 외쳤다.

"대공 세자 저하! 당장 멈추십시오!"

대공 세자? 그게 뭐지?

파비안은 그게 자비에를 부르는 말이라는 것은 눈치챘으나 무슨 뜻
인지는 알지 못했다.

마부석에서는 아무 대답도 없었다. 그저 말 채찍을 휘두르는 소리

만 들렸을 뿐이었다.

차창 너머로 말을 탄 사람들이 바짝 따라붙었다. 말들의 비명이 들리고 이내 마차가 심하게 흔들렸다. 파비안이 붙잡은 미셸의 손에서 식은땀이 났다.

"이거 놓게! 감히 자네가 어떻게……."

"팔다리를 부러뜨려서라도 모셔 오라는 명령입니다."

마차가 덜컹거리며 멈췄다.

'자비에!'

파비안은 미셸의 손을 놓고 마차 밖으로 뛰쳐나가려 했다. 그런데 마차 문이 바깥에서 잠겨 있었다.

"저하를 확보했다. 마녀를 화형시켜라!"

"안 돼! 미셸! 파비안! 이것 놓지 못해!"

자비에의 모습은 보이지 않았다. 차창 너머로 보이는 것은 낯선 사람들뿐이었다. 파비안은 소리를 지르며 손에서 피가 나도록 마차 문을 두들겼다. 그러나 아무리 두드려도 문은 열리지 않았다.

미셸이 떨리는 목소리로 그를 불렀다.

"파비안, 이리 오렴."

파비안이 미셸을 돌아보았다. 그녀의 아름다운 붉은 눈에는 두려움이 보였으나 속에 결연함이 서려 있었다. 파비안은 홀린 듯 어머니에게 안겨들었다.

기름 냄새와 함께 마차에 불이 붙었다.

"사랑한다, 우리 아들."

미셸이 그를 품에 꼭 끌어안고 귓가에 속삭였다. 그녀는 손가락을 깨물어 피를 낸 다음, 파비안의 이마에 작은 문양을 그렸다.

미셸은 마법을 쓸 수 있었지만, 마녀였기 때문에 무생물인 마차에는 아무 영향도 끼칠 수 없었다. 대신 그녀는 자신의 생명을 대가로 하나뿐인 아이에게 마법을 걸었다.

자비에는 대공가의 병사들에게 붙잡힌 채 마차가 불타는 것을 두 눈으로 지켜보아야만 했다. 그는 결국 견디지 못하고 혼절했다.

한참 뒤 마차가 전부 불타 부서졌다. 미셸은 살아남지 못했으나, 마법으로 보호받은 파비안은 머리카락 한 올 타지 않았다. 그는 재와 연기 한가운데서 멍하니 중얼거렸다.

"자비에가 엄마를 지켜주라고 했는데……."

눈물조차 나오지 않았다.

그는 우악스러운 기사들에게 끌려가 거대한 저택의 앞마당에 내동댕이쳐졌다. 화려한 옷을 입은 웬 노인이 더럽다는 듯한 눈으로 그를 노려보며 소리쳤다.

"자비에가 지금껏 그 어떤 영애를 데려와도 거부하고 혼담을 거절한 것이, 정말로 그깟 마녀 때문이란 말이냐?"

파비안은 멍한 눈을 들어 노인을 바라보았다. 반백의 노인은 키가 크고 풍채가 좋았다. 어딘가 자비에를 닮은 것도 같았다.

파비안이 입속으로 작게 중얼거렸다.

"……할아버지?"

노인의 왼편에 서 있던 여자가 큰 소리로 말했다.

"저 눈 좀 보세요, 아버지. 시뻘겋잖아요. 진짜로 마녀의 자식, 악마의 하수인인 게 틀림없어요! 로랑의 이름에 먹칠을 해도 유분수지."

이번엔 오른편에 선 남자가 외쳤다.

"저런 놈은 형님의 핏줄로 인정하면 안 됩니다. 당장 불에 태워서 후환을 없애야죠, 아버지!"

"하지만 자비에의 어린 시절과 판박이가 아니냐……."

노인이 한 손으로 이마를 짚으며 앓는 듯한 소리를 냈다.

아버지. 형님. 자비에의 어린 시절.

파비안은 그들이 자신의 친척이라는 것을 깨달았다.

그는 멍하니 그들을 쳐다보았다. 그의 친척들은 그야말로 악마의 하수인 같은 표정으로 악담을 쏟아붓고 있었다.

노인이 손을 내저으며 말했다.

"꼴도 보기 싫으니, 내 눈앞에서 치워라. 다만 죽이지는 말고, 아카데미에 처박아 버리도록. 그리고 자비에가 깨어나거든 내 집무실로 데려와라."

"명 받들겠습니다, 대공 전하."

파비안을 찍어누르고 있던 기사가 거칠게 그를 일으켜 세웠다. 파비안은 끌려가며 생각했다.

'자비에가…… 대공가의 후계자였어.'

자비에는 마녀와 금지된 사랑에 빠졌던 것이다. 그는 파비안의 나이와 맞먹는 긴 세월 동안 미셸을 당당하게 차기 대공비로 맞아들이지도 못했고, 그렇다고 버리지도 못했다.

미셸이 숨이 끊어지기 전 마지막으로 부른 것은 자비에의 이름이었다.

'용서 못 해.'

파비안은 손바닥에서 피가 나도록 주먹을 꽉 쥐었다.

그런 남자를 사랑한 어머니를 이해할 수 없었다.

그리고 그렇게 어머니를 죽게 만든 남자, 자비에는 더욱 용서할 수 없었다.

"그는 시름시름 앓다가 얼마 못 가 죽었습니다. 원래도 몸이 약한 편이었으니, 견디질 못한 거였겠지요."

파비안은 담담하게 말하곤 눈을 들어 주변을 한 번 둘러보았다.

"이 집은 신기하게도 그대로 남아 있군요. 나라면 태워 버렸을 텐데."

마르시아는 뭐라고 대답해야 할지 알 수 없었다. 붉은 눈을 가졌으니 그의 어린 시절이 평탄하지는 않았을 것이라고 짐작은 했으나, 이 정도일 줄은 몰랐다.

"그때는 아직 기차가 없었죠. 기차가 있었더라면, 자동차가 있었더라면 무사히 도망칠 수 있었을까 하는 생각을 지금도 가끔 하곤 합니다."

마르시아는 몸서리를 쳤다. 자신이 라리사를 데리고 이고르에게서 도망치던 일이 겹쳐졌다. 그들은 난폭한 아버지에게서 마차를 갈아타가며 도망쳤는데도 따라잡혔다. 파비안의 도움이 아니었더라면 꼼짝없이 도로 잡혀서 블리크가로 되돌아가야 했을 것이다.

파비안이 가라앉은 목소리로 말했다.

"처음 식당에서 당신을 만났을 때……. 적당히 무시하려고 했지만 잘 안 되더군요."

같은 생각을 하고 있었구나. 마르시아는 가슴이 미어지는 듯한 느낌에 입술을 깨물었다.

"저희를 도와주셨던 게 그럼……."

그녀는 말을 잇지 못했다. 파비안은 아직 타오르는 듯한 불씨를 마음에 가두고 남의 이야기를 하듯 말했다.

"아이들이 부모로부터 도망칠 때는 반드시 이유가 있을 테니까요."

그래서 그렇게 우연이라고 강조하며 억지를 써서 기차에 태웠다. 이고르의 눈에서 벗어날 수 있도록 대공저에 잠시 숨겨주기도 했다. 감시를 붙이기는 했지만.

"제가 아카데미에서 도망치지 않은 건 딱 하나 때문입니다."

마르시아가 그들의 계약 조건을 떠올리며 말했다.

"……대공가를 먹어치우고 혈통을 끊어버리기 위해서."

파비안의 한쪽 입꼬리가 가파른 곡선을 그렸다.

멀리서 말발굽 소리가 들렸다.

"의사와 마차가 온 모양이군요."

파비안은 자리에서 일어나서 오두막의 문을 열었다.

※

마르시아는 저택에 돌아와 치료를 받고 다음 날까지 방에서 안정을 취했다.

손에는 가벼운 화상을 입었고, 손바닥이 찢어져 세 바늘을 꿰맸다. 손을 제외한 부위는 여기저기 약간 긁히거나 멍이 좀 들었을 뿐이었다.

"손바닥에 흉터가 조금 남을 겁니다."

꿰맨 곳을 소독하고 단단히 붕대를 감아준 벨만이 말했다. 마르시아는 대수롭지 않게 대답했다.

"괜찮아요. 손바닥이야 별로 티 나는 곳도 아닌걸요. 움직이는 데

불편하지만 않으면 되죠."

총기 폭발 사고라는 거창한 사건에 비하면 상당히 가벼운 부상이다. 마르시아는 다행이라고 생각했다.

그러나 그 소식을 들은 파비안은 그렇게 생각하지 않았다. 손바닥이건 어쨌건 간에 마르시아의 몸에 지워지지 않는 상처가 남고 말았다. 결코 가볍게 넘어갈 수 없는 일이었다.

레오니드와 에른스트도 마찬가지였다. 초대받지도 않은 곳에 손님으로 찾아와서 안주인에게 부상을 입히기까지 했으니 마음이 편할 수가 없었다.

늦은 오후의 티타임에 마르시아가 나타나자 세 남자의 표정이 어두워졌다. 마르시아의 오른손에 흰 붕대가 감겨 있었기 때문이었다.

"왜들 그러세요, 가벼운 부상이랍니다. 금세 나을 테니 걱정 마세요."

마르시아가 웃으며 붕대를 감은 손을 가볍게 흔들었다.

역효과였다. 레오니드의 눈이 마구 흔들리더니, 빗속에 버려진 개처럼 축 처져서 고개를 숙였던 것이다.

"제 잘못입니다, 비전하. 초보에게 총을 쥐여주고 그 자리를 떠났으니 드릴 말씀이 없습니다. 이를 어떻게 사죄해야 할지 모르겠군요."

"아니에요. 혼자 있었던 것도 아니고, 충분히 테스트를 거치지 않은 시제품을 사용한 탓이죠, 뭐."

마르시아는 짐짓 가벼운 말투로 덧붙였다.

"이렇게 됐으니 전부 반품해야겠네요. 어쩌죠, 왕세자 전하께 한 자루 드리지 못하게 돼서."

그러나 노력이 무색하게도, 자기 얘기가 나오자 에른스트가 우울한 표정으로 말했다.

"그깟 총 한 자루가 욕심이 나서 대공비를 위험에 몰아넣었지. 할 말이 없네……. 같이 가자고 억지를 부리는 게 아니었는데."

"억지를 부린 건 저였잖아요. 게다가 자칫했다간 제가 아니라 왕세자 전하께서 부상당할 뻔했으니, 어찌 보면 차라리 잘된 셈이죠."

-그편이 훨씬 나았을 텐데.

순간 들려온 파비안의 어두운 마음의 소리에, 마르시아는 흠칫 어깨를 떨었다. 그는 아무 말도 하지 않고 매끄러운 무표정으로 찻잔을 기울이고 있었다.

"제, 제가 잡은 토끼는 어떻게 되었나요?"

파비안이 내뿜는 오싹한 기운에 마르시아의 목소리가 가늘게 떨렸다.

"토끼는 한 마리뿐이라 스튜를 만들라고 해두었습니다. 저녁 식사에 올라올 겁니다."

"아, 기대되네요. 제 첫 사냥의 맛이요."

마르시아가 분위기를 환기하기 위해 애쓰는 것이 보이자, 에른스트가 쓴웃음을 지었다.

"여우를 한 마리 쫓아갔는데 그만 놓치고 말았지 뭔가. 잡아다 그대에게 선물하려고 했는데."

"대신 그 마음을 받은 걸로 할게요, 전하."

그 말을 끝으로 잠시 아무도 말을 하지 않았다. 마르시아가 차를 한 모금 마시고 찻잔을 내려놓자 달칵, 하는 작은 소리가 천둥소리처럼 크게 들릴 지경이었다.

결국 에른스트가 정적을 깨고 말했다.

"조금 이른 시간이지만 다들 술이라도 한잔하는 건 어떤가? 분위기가 이래서야 원, 레이디가 난감해하시잖소."

"좋은 생각이네요."

마르시아가 반색하며 자리에서 일어섰다. 그러자 파비안이 다소 완고하게 말했다.

"부상자는 안 됩니다."

"알코올은 상처를 소독하는 데도 쓰는데요, 뭘. 상처에 바르는 거나, 마시는 거나죠."

"그게 말이 된다고 생각합니까?"

파비안은 어이없다는 듯 되물었지만, 그 광경을 보는 에른스트와 레오니드는 피식 웃음이 나왔다.

"하지만 정말 아주 작은 부상인 걸요. 한두 잔 정도 마시는 건 오히려 건강에도 좋아요. 딱딱한 분위기를 부드럽게 풀어주는 데는 말할 것도 없고요."

마르시아는 벌써 응접실 한편에 놓인 와인 캐비닛에서 술병을 하나 꺼내 들었다. 오갈 때마다 눈여겨보았던 코냑이었다.

'이거지, 이거. 이게 정말 마셔보고 싶었다고.'

그녀는 사심 가득한 미소를 지으며 손수 술잔도 사람 수대로 챙겨 테이블로 가져왔다.

파비안은 마르시아를 말릴 것처럼 일어섰다가, 그녀의 얼굴에 미소가 피어오른 것을 보고는 주춤했다.

"딱 한 잔만입니다."

"알겠어요."

그 광경을 보고 에른스트가 실소를 흘렸다. 왕세자인 자신 앞에서도 빳빳하게 고개를 들고 냉정한 표정으로 할 말 다 하던 남자가, 자기 부인의 작은 부상에는 어쩔 줄 몰라 하며 쩔쩔매고 있었다.

"하하, 역시 신혼은 신혼이구먼."

그는 이미 대공 부부에게 호감을 느끼고 있었다. 예쁘고 잘생긴 커플이었고, 둘이 있을 때는 이미 결혼했는데도 꼭 막 연애를 시작하기 직전인 커플처럼 풋내가 났다.

'역시 부왕께서 너무 넘겨짚으신 거야.'

단순히 대공위를 손에 넣으려고 획책한 결혼이라면 저렇게까지 부인을 아낄 리가 없지 않은가?

'이미 그전부터 서로 사랑하는 사이였는데 그냥 유언장이 등을 떠밀어준 거겠지.'

그렇다면 국왕을 기만한 것은 아닐 것이다. 그저 우연히 기회가 닿은 것뿐.

에른스트는 자기 추측을 거의 확신하며 술을 입가로 가져가 한 모금 마셨다. 향긋하면서 화끈한 술이었다. 핑 하고 짜릿하게 시야가 돌았다.

'아니, 제법 독한데?'

젊은 부인이 마시기에는 지나치게 독하지 않은가, 하며 그는 마르시아를 쳐다보았다. 그녀는 아주 새침한 표정으로 그 독한 술을 아무렇지 않게 홀짝홀짝 마시고 있었다. 심지어 아무것도 섞지 않고 스트레이트로.

'점점 더 마음에 드는데.'

에른스트는 빙그레 웃었다.

"대공비에게 선물을 하나 하고 싶군. 사과의 의미로."

"그러지 않으셔도 정말 괜찮은데요."

마르시아가 사양했다. 에른스트는 그녀에게서 시선을 돌려 파비안을 쳐다보았다.

"그전에, 대공. 내가 왜 이곳에 왔는지 짐작하고 있겠지?"

파비안은 술에는 손도 대지 않은 채 에른스트를 마주 보았다.

"폐하께서 보내셨겠지요. 새 로랑 대공이 단 한 번도 알현하지 않았으니, 혹시 반역이나 독립을 꾀하는 것은 아닌가 알아보라고 하지는 않으셨습니까?"

조금도 예의를 차리지 않은 말에 마르시아는 그만 사레가 들릴 뻔했다. 에른스트가 쓴웃음을 지었다.

"상당히 직설적이군."

"돌려 말하는 것을 선호하십니까?"

"그다지."

"왕가에 반기를 들 생각은 없습니다."

파비안은 진지했다. 그 표정에는 농담도 거짓도 없어 보였다.

"귀공의 추측은 반만 맞았다고 해두지. 부왕께서 지대한 관심을 가지고 계신 것은 맞지만, 이곳에 온 것은 내 의지였네."

"그렇습니까?"

"귀공에 대한 이야기를 많이 들었거든. 친우에게서."

파비안이 레오니드를 흘끗 쳐다보았다. 레오니드는 내가 뭘? 하는 표정으로 능글맞게 웃었다.

"부왕께서 보내셨다면 전에 말한 대로 공식 사절이 되어서 시종이며 근위병이며 주렁주렁 달고 왔겠지. 하지만 귀공은 내 친구가 아끼는 친구거든. 공식 방문 이전에 한 번쯤 개인적으로 만나 이야기를 나뉘보고 싶었네.”

마녀의 자식이면서도 아카데미에 들어가 두각을 나타내고, 제 숙부를 제치고 대공의 자리에까지 오른 자가 어떤 사람인지 궁금했다. 그러나 만나볼 수가 없었다. 파비안이 수도에 단 한 번도 발걸음 하지 않았기 때문이었다.

에른스트는 그 장본인을 눈에 담으며 말을 이었다.

“전 대공의 유언에 대한 아무런 언급 없이 결혼 증서에 서명부터 받은 것이 감히 국왕을 기만하려던 것은 아니었다고 생각하겠네. 하지만 그건 내 생각일 뿐이고, 부왕께서 조금 다르게 받아들이시더라도 어쩔 수 없는 상황이지.”

마르시아는 술잔을 든 채 마시는 것도 잊고 조마조마한 표정으로 두 사람을 쳐다보았다.

‘선물을 주고 싶다더니, 지금 파비안을 은근히 협박하고 있잖아.’

에른스트가 마르시아에게 눈을 돌렸다. 그의 시선이 술잔을 들지 않은 손에 잠시 머물렀다. 붕대를 감은 손이었다.

“내가 조만간 무도회를 하나 열겠소.”

“무도회요?”

마르시아가 눈이 마주치자 엉겁결에 대답했다. 에른스트가 고개를 끄덕였다.

“대공비가 다친 건 따지고 보면 내가 사냥에 같이 가자고 해서 그런 거니까. 로랑 대공 부부를 주빈으로 초대해서 성대하게 차리도록 하지.”

“전하…….”

“지금 대공을 만나고 싶어 하는 고위 귀족이 거의 없는 걸로 알고 있네. 새 대공의 눈 색깔 때문이겠지.”

마녀의 피를 이어받은 자에 대한 거부감.

그럼에도 불구하고 파비안에게 기회를 주겠다는 말이었다. 왕세자가 주최하는 파티의 메인 게스트라니, 노이만 왕가와 로랑 대공가의 연결 고리는 튼튼하다고 과시하는 셈이었다.

“자리를 만들어줄 테니, 거기서 쓸 만한 인연을 건지는 것은 그대들에게 달렸소. 물론 이 기회에 국왕 폐하를 알현하는 것도 좋겠지.”

에른스트가 말을 마치고 마르시아를 바라보았다.

“이 정도면 레이디의 손에 지울 수 없는 상처를 남긴 데 대한 보상으로 적절할지 모르겠군.”

“넘치도록 감사한 보상입니다, 전하.”

마르시아는 술잔을 내려놓고 감사를 표했다. 에른스트는 그녀에게 미소를 돌려주고, 웃음을 머금은 채 파비안을 쳐다보았다.

마르시아가 이미 그의 선물을 받았으니, 파비안은 마음에 들든 그렇지 않든 거절할 수 없게 되었다. 에른스트는 대공의 확답을 기대하며 파비안을 쳐다보았다.

‘이런 기회를 걷어차는 멍청이라면 굳이 친교의 손길을 내밀지 않아도 자멸하겠지.’

“비의 뜻이 그러하다면 제 뜻 또한 같습니다.”

파비안이 가볍게 고개를 숙였다.

자신의 의견을 드러내지 않은 교묘한 대답이었지만, 에른스트는 개의치 않았다. 그는 큰 소리로 웃으며 손수 술병을 들어 파비안의 잔에 따랐다.

“자, 대공도 한잔하지.”

파비안이 잔을 받아 한 모금 마셨다. 곧 응접실 분위기는 화기애애해졌다.

한 잔만 마시겠다던 마르시아는 어느새 자기 잔을 홀랑 비우고는 파비안의 눈치를 보며 몰래 다시 잔을 채웠다. 파비안은 그것을 보았지만 모른 척했다. 그 독한 술을 마시고도 마르시아에게는 취할 기미가 별로 보이지 않았기 때문이었다. 술이 보통 센 것이 아닌 모양이었다.

레오니드가 자기 잔을 천천히 비우며 시무룩하게 말했다.

"정작 비전하께 사격을 가르친 건 저인데, 사과의 선물은 에른스트 님께 받게 되셨군요."

"정말 신경 쓰지 않으셔도……."

"그 무엇으로도 보상하기는 어렵겠지만, 뭔가 드리지 않으면 제 마음이 불편합니다."

손사래 치는 마르시아에게 레오니드가 물었다.

"혹시 사파이어 좋아하십니까? 제 영지에 광산이 하나 있는데 목걸이를 만들어 드릴까요?"

"목걸이요?"

"아주 화려하게 말이죠. 왕세자 전하께서 주최하는 파티에 어울릴, 커다란 걸로."

마르시아가 반색했다.

'보석 좋지.'

보석 목걸이라면 더 좋다. 예쁘고 비싼 건 가지고 있기에도 좋고, 비상시에 팔아서 돈을 마련할 수도 있으니까.

'지금까지 모아 둔 도피 자금이 얼마더라?'

그녀는 흐뭇하게 주시면 감사히 받겠다고 말하려다, 문득 옆을 쳐다보았다. 파비안과 눈이 마주쳤다.

그는 아무 말도 하지 않았다. 별다른 표정도 없었다.

'그런데 왜……?'

마음의 소리는 들리지 않았지만, 어딘가 오싹한 기분이 들었다. 뭔가 잘못하고 있는 것 같은 느낌이.

'그, 그래……. 아무리 계약 관계라도 유부녀이니, 외간 남자에게 보석 장신구를 함부로 받는 건 별로 보기 좋지 않은 걸지도.'

게다가 왕세자 앞이기도 하니, 겉으로나마 예의를 차리는 것도 중요했다. 마르시아는 아쉬웠지만 냉큼 보석을 받으려던 마음을 바꿨다.

"괜찮아요, 오를로프 후작. 보석이라면 저도 웬만큼 가지고 있으니까요. 정말 큰 상처도 아니고요."

"그러나……."

"대신 제 부탁을 하나 들어주시면 어때요?"

"무엇이든 말씀만 하십시오."

세 남자의 시선이 마르시아에게 향했다. 그녀는 생긋 웃으며 제안했다.

"사격을 제대로 가르쳐 주시면 좋겠어요. 총을 쏘는 것만이 아니라 손질하는 법도요."

그녀는 회심의 미소를 지었다.

'이 정도면 서로 부담도 없고, 사격을 가르치러 놀러 오면 파비안과도 더 자주 만나게 되겠지.'

자신은 사격을 배워서 좋고, 파비안은 친구를 만나서 좋고.

레오니드가 소리 내어 웃으며 대답했다.

"분부대로 하겠습니다."

에른스트도 따라 웃으며 말했다.

"대공비가 안목이 높군. 이 친구가 총을 제법 잘 다루는 편이거든."

"어머, 그런가요?"

파비안이 뭔가 할 말이라도 있는 듯 입을 벌렸다가, 마르시아의 얼굴을 보고는 꾹 다물었다. 마르시아가 파비안을 보고 '이거면 됐죠?' 하는 듯한 자랑스러운 표정을 지었던 것이다. 그는 입속으로 무어라 조용히 중얼거리며 잔에 든 술을 한입에 털어 넣었다.

포투스가 돌아온 건 저녁 만찬이 끝나고도 한참 지나서였다. 책상 앞에서 관자놀이를 문지르며 서류를 읽던 파비안이 그의 기척에 고개를 들었다.

"결과는?"

간단한 질문이었다. 포투스가 의미심장한 눈빛으로 고개를 끄덕였다.

"딱 한 자루에만 아주 교묘한 흔적이 있었습니다. 제조 과정이 아니라 운반 과정에서 손을 댄 것 같더군요."

"누구 짓이지?"

"배달꾼이 그날 대공저로 총이 든 상자를 보내오는 와중에 펍에 들러서 한잔 걸쳤다더군요. 이상한 점은 콘라트가의 하인 하나가 술값을 대신 치렀다는 것이었습니다."

"콘라트가라고?"

"그 하인이 총에 손댔다는 증거는 찾지 못했습니다."

파비안이 만년필 끝으로 종이를 탁탁 두드렸다.

"그 총을 받은 건 닷새 전이었던가? 엘로이즈가 자동차 사업에서 투자금을 회수한 이후로군."

마르시아의 의견에 따르면, 엘로이즈는 파비안을 완전히 포기했다. 만약 그렇다면 총에 손댄 것은 엘로이즈가 아닐 수도 있었다.

공교롭게도 콘라트가에는 로랑가 출신이 하나 있었다. 바로 엘로이즈의 어머니이자 파비안의 고모인 발레리 콘라트 후작 부인이다. 로베르 콘라트 후작은 집안싸움에는 관심이 전혀 없는 사람이었다. 그렇다면 엘로이즈와 발레리, 둘 중 어느 쪽일까.

파비안이 눈을 가늘게 좁혔다. 그때 포투스가 말했다.

"외람되지만 한 말씀 드려도 되겠습니까?"

"새삼스럽게."

파비안이 어서 말하라는 듯 포투스를 쳐다보았다. 포투스는 마른침을 삼키고 입을 열었다.

"비전하의 부상은 상당히 가벼운 편이죠."

파비안의 눈빛이 확 변했다. 사무적이었던 표정에 살기가 깃들자, 포투스가 그럴 줄 알았다는 듯이 한숨을 쉬었다.

"목숨에는 지장이 없으시지 않습니까. 장애도 생기지 않을 테고요."

"그 고운 피부에 상처가 났어. 꿰매야 할 정도로. 레이디의 손에 영영 지워지지 않는 흉터가 생길 거라고. 총이 폭발한 순간, 내가 선물한 말이 날뛴 순간 그녀가 받은 충격은 계산에 넣지도 않았어."

"……하여튼, 죽을 정도의 부상은 아니잖습니까."

"그래서?"

"제가 드리려는 말씀은, 총을 조작한 놈도 그걸 알고 있었으리라는 겁니다."

"생명에 지장이 없는 부상으로 그칠 거라는 걸?"

"그렇습니다. 총기 폭발 사고는 종종 일어나지 않습니까. 운이 좋으면 가벼운 부상으로 끝나고, 아무리 심해봐야 실명 수준입니다. 그러니까 제 생각엔, 이건 전하를 암살하려던 게 아닙니다."

그냥 엿이나 먹어봐라, 하는 심술이라는 말이었다. 파비안의 눈빛이 가라앉았다.

"누구 짓이든, 비전하께서 그 총을 쥐실 거라고 짐작하지는 못했을 겁니다."

포투스가 보고를 마쳤다. 파비안이 낮은 목소리로 말했다.

"엘로이즈의 짓인지, 아니면 발레리 고모님의 짓인지 확실히 알아와."

"예."

"어느 쪽이든 콘라트가에는 적당한 선물을 보내주어야겠군."

파비안이 서류로 다시 시선을 내렸다. 포투스는 마음속으로 콘라트가의 두 레이디에게 심심한 애도를 보냈다.

"지금 뭐라고 했나?"

도미닉의 목소리가 분노로 낮아졌다. 손에 쥔 시가 끝이 떨리며 연기가 흐트러졌다. 비서인 니코스는 침착하게 그의 다음 동작을 예상하며 생각했다.

'여기 계실 때 보고하러 오길 잘했군.'

그는 일부러 도미닉이 휴게실에 있을 때를 골랐다. 그곳이 그나마 집어 던질 만한 물건이 적은 곳이기 때문이었다.

"왕세자가 도대체 거기서 뭘 하는 거야!"

아니나 다를까, 도미닉이 아무거나 손에 잡히는 대로 집어서 니코스에게 던졌다. 가까이 있던 건 다행히도 시가 상자였고, 그는 가만히 서서 도미닉이 던지는 대로 가벼운 시가 몇 개를 몸에 맞았다.

'상자째 던지시지 않아서 다행이로군.'

그는 바닥에 흩어진 시가를 흘끗 쳐다보았다.

주인이 화낼 만도 했다.

도미닉은 파비안을 죽여 없애고 싶었지만 마음대로 되지 않았다. 어느 순간부터 파비안이 대공저의 경비를 강화했기 때문이었다.

정보를 빼 오는 스파이 정도는 아직 괜찮았지만, 자객을 침입시키는 것은 불가능에 가까웠다. 그래서 그는 파비안이나 마르시아가 저택을 나서는 순간을 호시탐탐 노리고 있었다.

'일 년 내내 저택 안에만 처박혀 있는 건 불가능해. 그런 순간은 반드시 올 것이다.'

그 순간 파비안을 없애는 것이 최선책이고, 마르시아를 없애는 것이 차선책이었다. 그 여자만 없어져도 일은 훨씬 쉬워질 테니.

도미닉은 그 경우 파비안이 다른 귀족 여자로 재빨리 갈아타지 못하도록 물밑 작업을 하는 중이었다. 꾸준히 다른 귀족들을 만나면서 설득을 빙자한 협박과 회유를 했다. 마녀의 자식 주제에 대공이라니, 말도 안 된다고. 그런 놈에게 딸을 내어주다니 그것은 더더욱 안 될 말이라고. 어차피 시간이 조금만 지나면 결국 자기 주제를 깨닫게 될 것이라고 말이다.

그런데 이런 시기에 왕세자가 대공저를 방문하다니. 아무리 비공식적이라도 분명히 파비안에게 지나치게 호의적인 제스처였다.

"사냥을 나갔다며! 저택을 나갔잖아! 영지의 사냥터라면 폐쇄된 지 오래라 보는 눈도 없는 곳이 아니냐!"

도미닉이 시뻘게진 얼굴로 니코스에게 소리쳤다.

"도대체 어떻게 하면 그런 곳에서도 암살에 실패한단 말이냐?"

니코스는 그가 다른 물건을 더 집어 던지기 전에 얼른 보고를 이었다.

"하루 종일 사냥을 한 것이 아니라 반나절도 채 안 되어서 금세 저택으로 돌아가 버렸다고 합니다."

사냥 자체도 미리 계획된 것이 아니었다. 전날 저녁 식사에서 갑자기 결정된 사안이었고, 다음 날 아침 일찍 떠났기에 소식을 듣고 자객을 보냈을 때는 이미 늦었던 것이다.

"반나절? 왜지? 왕세자와 그 자식이 다투기라도 했나?"

"아닙니다. 대공비, 아니, 마르시아 양의 총이 폭발해서 다쳤답니다. 그래서 사냥을 중단하고 다 같이 저택으로 바로 돌아갔다고……."

그 말을 듣자 도미닉의 얼굴에서 분노가 조금 가셨다. 그는 조금 차분해진 음성으로 물었다.

"총이 폭발했다고? 그래서 그 여자가 얼마나 다쳤다더냐?"

"불행히도 생명에 지장은 없다고 합니다."

도미닉은 나지막하게 욕설을 내뱉으며 도로 의자에 앉았다. 그리고 재떨이에 내려놓았던 시가를 도로 입에 물었다.

"젠장, 그 총은 왜 거기서 폭발해서는……."

"글쎄요. 그게 아직 개발이 덜 끝난 신제품이었다고 합니다. 아무래도 불안정했던 게지요."

도미닉이 시가 끝을 질겅질겅 씹으며 중얼거렸다.

"그렇지. 그놈은 예전부터 그런 쓸데없는 신기술에 관심이 많았었지."

새로운 발명품이면 뭐든 일단 사들이고 본다고, 보고를 받은 적이 있었다.

"아무리 임시로 대공이 되었다 한들 그런 걸 집안에 앉아서 받아보기만 할 수는 없겠지. 외출하지 않을 수 없을 텐데."

"장례식 이후로는 거의 집무실에서 두문불출한다고 합니다."

"사람인 이상 저택에만 있을 수는 없어. 분명히 곧 외출을 할 거다. 그렇지 않다면 외출하지 않으면 안 될 사유를 만들어주면 되겠지."

도미닉이 시가 연기를 느긋하게 내뿜었다.

"저택을 나서는 순간, 내게 보고할 것도 없이 바로 자네 선에서 처리하게, 니코스."

"알겠습니다."

충실한 비서 니코스는 정중하게 고개를 숙여 대답했다.

에른스트와 레오니드는 며칠을 더 머물다 떠났다. 그들이 떠나던 날 아침에 드디어 손에서 붕대를 풀었다.

'손은 다쳤지만 결국 잘됐어.'

나는 꿰맨 자리를 내려다보며 빙긋 웃었다. 고작 세 바늘 꿰맨 걸로 왕세자의 지지를 업고 파비안이 국왕과 화해할 기회를 얻었다. 왕족이 먼저 내민 손이므로, 다른 귀족들도 그를 계속 무시할 수만은 없게 될 것이다.

파비안은 로랑가를 말아먹을 거라고 했지만, 솔직히 안 그랬으면 좋겠다.

'라리사한테는 좋은 것만 주고 싶단 말이야.'

엉망진창이 되지 않은 온전한 가문 말이다.

하지만 그렇다고 파비안의 심정이 이해가 안 되는 것은 아니었다. 그는 복수심을 품을 자격이 얼마든지 있었다.

그래서 나는 소심하게 행동하기로 했다. 파비안이 가문을 망치는 것을 적극적으로 나서서 막지는 않겠지만, 내 나름대로 뒤에서 덜 망가지게 노력하기로.

'적어도 내가 앉아 있는 동안에는 황폐해지지 않도록 해야지.'

그래서 이제 내게 오는 서신을 더 이상 파비안에게 맡기지 않고 직접 받기로 했다. 바깥에서 무슨 일이 일어나는지 파악하고 사교계에도 슬슬 발을 들여야 할 테니까.

그래서 나는 지금 편지 더미를 하나하나 뜯어 읽고 있었다. 흐린 눈으로……

'인간적으로 너무 많잖아.'

게다가 내용이 죄다 거기서 거기였다. 파티에 초대한다거나 방문하고 싶으니 허락해 달라는 한 줄이면 충분할 내용에 온갖 미사여구가 붙어 한 페이지를 가득 채운 게 대부분이었다.

그렇게 무기력하게 읽던 도중, 뭔가 좀 이상한 내용이 눈에 띄었다.

"어…… 사업보고서네."

나에게 사업보고서라니? 나는 봉투에 적힌 이름을 다시 확인했다.

[로랑 대공 전하]

봉투에 쓰인 것은 로랑 대공비가 아닌 로랑 대공이었다.

'어머, 알프레드가 웬일로 이런 실수를 했지?'

자세히 살펴보니 비를 맞기라도 했는지 대공이라 쓰인 부분의 글자가 번져 있었다. 얼핏 보면 대공비라고 읽을 수도 있을 것 같았다.

"가져다줘야겠네."

나는 소피아를 불러서 편지를 가져다주라고 할까 고민하다가 그냥 내가 직접 가기로 했다. 고의는 아니었지만 뜯어서 내용을 읽기까지 했으니까.

그런데 막상 집무실에 가보니 파비안은 없고 포투스만이 책상에 앉아 서류를 정리하고 있었다.

"포투스, 전하는 어디 가셨어?"

그는 왠지 웃음을 참는 것 같은 얼굴로 대답했다.

"아, 일 층 끄트머리의 음악실에 계실 겁니다."

음악실? 일 층에 그런 곳도 있었나.

나는 편지를 손에 쥔 채 복도를 걸어 끝방으로 향했다. 어딘지는 쉽게 알 수 있었다. 경쾌한 피아노 소리가 점차 가까워졌기 때문이었다.

꽤나 수준급의 연주였다. 파비안이 피아노도 이렇게 잘 치는 걸까. 의외인걸.

연주를 방해하고 싶지 않아서 노크도 없이 아주 조심스럽게 문을 열었다.

그리고…….

"……!"

충격으로 그 자리에 멈춰 서고 말았다.

넓은 음악실 한가운데에서 파비안이 웬 여자와 춤을 추고 있었던 것이다. 생전 처음 보는 얼굴이었다. 창가에 자리한 피아노 앞에는 역시 모르는 남자가 앉아 춤곡을 연주하고 있었다.

'파비안이…… 다른 여자와 춤을 추고 있어……?'

그것도 이런 훤한 대낮에. 내게는 아무 말도 없이.

'아무리 계약 결혼이라고 해도, 이건 아니잖아.'

여자의 허리에 휘감긴 단단한 팔과 그녀에게 집중한 듯 살짝 숙인 머리. 긴장했는지 어딘가 뻣뻣한 스텝…….

가슴이 답답해졌다. 도망치고 싶었다. 그런데 이상하게도 거기서 눈을 뗄 수가 없었다.

그때 여자의 목소리가 들렸다.

"대공 전하, 그게 아니에요. 거기서는 오른발을 뒤로 빼셔야 합니다."

피아노 소리가 멎었다. 여자는 파비안의 손을 놓고 한 발짝 물러서더니, 드레스를 살짝 걷어 올려 발을 보여주며 말했다.

"자, 그 부분의 스텝은 이렇게 됩니다. 하나 둘, 하나 둘 셋. 아니, 그게 아니라……. 이쪽으로 와서 제 옆에 나란히 서보세요. 자, 다시 왼발부터, 하나 둘."

나는 순간 어이가 없어서 멍한 표정으로 입을 벌리고 그들을 쳐다보았다.

'지금 설마 춤 배우는 중인 거야?'

파비안은 고개를 푹 숙인 채 자기 발끝에 집중하고 있었다. 그런데도 자꾸 틀렸다.

"……."

'파비안, 춤 못 추는구나.'

보다 보니 웃음이 나왔다. 실소였다. 쓸데없는 데 충격을 받기까지 한, 조금 전의 나 자신이 한심해서.

"크흠."

나는 일부러 헛기침을 했다. 그러자 파비안이 엉성한 스텝을 내뻗은 채 그대로 굳더니 천천히 고개를 들었다. 붉은색 눈동자가 사정없이 흔들리고 있었다.

"실례해요. 드릴 게 있어서 집무실에 갔는데 안 계시길래."

나는 손에 들고 있던 편지를 팔랑팔랑 흔들었다. 파비안의 얼굴에 당황하는 빛이 비쳤다.

-포투스 이 자식, 그렇게 비밀로 해달라고 신신당부했는데!

가벼운 욕설이 담긴 마음의 소리가 허공에 흩어졌다. 그것을 듣지 못한 여자는 내 쪽을 보며 허리를 숙였다.

"대공비 전하이신가요? 처음 뵙겠습니다. 저는 오늘부터 대공 전하께 춤을 가르치게 된 마거릿 그레이라고 합니다. 저쪽은 제 남편인 애쉴리 그레이고요."

피아노를 치던 남자도 자리에서 일어나 내게 고개를 숙여 인사했다.

"반가워요, 그레이 부인, 그레이 씨."

인사를 나누는데 파비안이 딱딱한 말투로 말했다.

"그레이 부인, 오늘은 여기까지인 걸로 합시다. 충분히 배운 것 같으니. 다음 주 이 시간에 다시 오도록 하시오."

마거릿은 조금 어리둥절한 것 같았지만, 이내 고개를 끄덕였다.

"알겠습니다, 전하. 그럼 오늘 가르쳐 드린 스텝을 혼자서라도 꼭 연습해 보도록 하세요."

그레이 부부는 악보를 챙겨 들고 나와 파비안에게 인사한 다음 하인의 안내를 받아 음악실을 나갔다.

"……."

"……."

음악실에 정적이 흘렀다. 우리는 덩그러니 남겨져 서로를 흘끔흘끔 쳐다보았다.

내가 먼저 입을 열었다.

"춤 못 추세요?"

파비안이 커다란 손으로 제 얼굴을 쓸어내렸다. 그는 천장을 쳐다보며 대답했다.

"전 원래 무도회에 나가더라도 춤 신청은 하지 않습니다. 상대방이 불쾌해할 테니까요. 그러다 보니 배울 필요도 없었습니다. 애초에 관심도 없었고요."

아하.

"그런데 이제 왕세자 전하께서 주최하는 무도회의 메인 게스트로 초대받게 되었군요."

"당신은 춤추는 걸 좋아한다고 하지 않았습니까……."

"어머, 왕세자 전하가 아니라 저 때문에 춤을 배우신다는 것처럼 들리네요?"

"……."

파비안이 대답을 하지 못하고 입을 다물었다. 그걸 보니 왠지 놀리고 싶어져서, 나는 짓궂게 말했다.

"춤추는 걸 별로 좋아하지 않으시면, 저만 추면 되잖아요."

"설마 당신이 다른 남자들과 번갈아가며 춤을 추는 동안 저는 벽에 기대어 서서 구경이나 해라, 이런 말씀은 아니시겠지요?"

파비안이 억울하다는 듯 말했다. 평소에 워낙 별 표정 없는 얼굴이어서인지, 조금만 다른 표정을 지어도 눈에 확 들어왔다.

지금 저렇게 살짝 눈가를 찌푸린 표정은 으음, 울상인 걸까? 그만 놀려야겠네.

"물론 아니죠."

나는 씩 웃으며 가슴을 펴고 허리에 양손을 올렸다.

"왜 처음부터 제게 말하지 않으셨어요? 말씀드렸잖아요, 저 춤 잘 춘다고."

마르시아가 두 손을 들어 짝, 하고 손뼉을 한 번 쳤다.

"와아아!"

라리사의 환호에 그녀는 우쭐해졌다. 마르시아는 가슴을 내밀고 서서 선언했다.

"그럼, 오늘은 두 사람에게 춤을 가르쳐 주도록 하겠어요."

"네, 선생님!"

몇 번 가정교사에게 수업을 들었다고, 라리사가 대답하는 품은 벌써 의젓한 학생 태가 났다. 그 옆에는 라리사와 정반대의 얼굴을 한 파비안이 나란히 서 있었다.

"자, 무도회에서 추는 춤에는 크게 두 가지 종류가 있어요. 무엇일까요?"

"저요!"

"네, 라리사 학생."

"남녀 둘이서만 추는 춤과 다 같이 번갈아가며 함께 추는 춤이 있다고 했어요."

"정답이에요. 역시 우리 라리사야!"

"헤헤헤……."

발그레하게 볼을 붉힌 라리사의 머리를, 마르시아가 부드럽게 쓰다듬었다. 파비안이 몰래 한숨을 쉬었다.

"파비안 학생, 집중하세요."

"네, 선생님……."

마르시아는 승마복을 입고 있었다. 춤을 추기에 적절한 옷은 아니지만, 그게 치마가 가장 짧은 옷이었기 때문이었다. 종아리까지 내려오는 기장 아래로 그녀의 두 발이 훤하게 드러났다.

"자, 선생님의 발을 잘 보세요. 아주 기본이 되는 스텝은 하나예요. 사교계의 춤은 거의 다 이 스텝에서 시작하니까, 이것만 잘 익혀두면 다른 춤도 금세 배울 수 있어요."

마르시아가 입으로 하나 둘, 하고 박자를 세며 우아하게 발을 움직였다. 두 사람은 마르시아를 따라 천천히 스텝을 밟아보았다.

"자, 파비안 학생. 남녀가 함께 추는 춤을 출 경우엔 남자의 스텝은 반대가 된답니다. 절 따라해 보세요."

마르시아가 파비안의 옆에 서더니, 천천히 큰 동작으로 다시 스텝을 반복해 보여주었다. 차마 거절하지 못한 파비안이 천천히 동작을 따라하기 시작하자, 이내 두 사람은 박자에 맞춰 똑같이 스텝을 내딛게 되었다.

'음……?'

파비안은 이상한 느낌에 고개를 갸웃했다.

어쩐지 좀 재미있었다. 왜인지는 알 수 없지만.

그는 늘 춤은 지루하고 따분하기만 하다고 생각했다. 사교계의 여자들과 몸을 붙이고 빙글빙글 돌며 관심도 없는 사람들의 가십을 속삭이는 걸 들어야 한다니, 생각만 해도 딱 질색이었다. 춤 따위는 에너지 낭비에 불과했다.

그런데 지금은 왜 재미있는 걸까. 그저 함께 박자에 맞춰 발을 똑같이 내딛기만 하는 것인데.

두 사람 다 기초 스텝에 어느 정도 익숙해지자, 마르시아가 음악실 한편에 놓인 축음기의 핸들을 돌렸다. 곧 축음기에서 음악이 흘러나오기 시작했다.

"그럼 라리사, 나랑 두 사람이 추는 춤을 춰볼까? 기본 스텝만 가지고도 반복하면 끝까지 출 수 있으니까."

"네!"

마르시아가 손을 내밀자, 라리사가 통통 튀어 그 손을 잡고 마주 보고 섰다. 마르시아가 고개를 살짝 돌려 파비안을 바라보며 말했다.

"파비안 학생은 잘 보도록 해요. 제가 남자 역할을 할 거예요."

마르시아는 남자 쪽 스텝에도 익숙했다. 곧 마르시아와 라리사가 음악에 맞춰 춤을 추기 시작했다.

"하나 둘 셋, 하나 둘 셋……."

마르시아가 박자에 맞춰 나지막한 목소리로 숫자를 셌다. 라리사는 처음에는 몇 번 실수했지만 이내 마르시아의 리드에 따라 자연스럽게 기초 스텝을 반복하기 시작했다.

그 광경을 바라보고 있던 파비안의 눈매가 서서히 부드럽게 풀어졌다.

서로를 똑 닮은 자매가 금발과 은발을 사르르 휘날리며 음악에 맞춰 음악실 안을 빙글빙글 누볐다. 태양과 달이 한 번에 뜬 것처럼 눈이 부셨다.

하나도 대단할 것이 없는 기초 스텝의 반복이었다. 그러나 걸음걸음마다 꽃이 피듯 즐거움과 행복이 번져 나왔다.

라리사의 얼굴이 발그레했다. 초록빛으로 반짝이는 눈은 마르시아를 향해 있었다. 그 친밀한 시선을 받아들이는 마르시아의 표정 또한 애정으로 가득했다.

파비안은 그 표정을 알았다. 한때는 그에게도 그런 표정을 짓던 시절이 있었으니까.

'잊어버린 줄 알았는데…….'

그는 가슴 한구석이 아려오는 것을 느끼며 쓸쓸하게 웃었다. 조금 전 연습을 하느라 흐트러진 머리칼을 쓸어 넘기며 빛바랜 기억을 함께 털어버렸다.

라리사가 즐거움을 못 이겨 까르르 소리 내어 웃었다.

파비안은 음악실 한쪽 벽에 기대어 서서 그 광경을 바라보았다.

마르시아가 라리사에게 맹목적으로 퍼붓는 애정에 감정이 북받쳐 무작정 말을 타고 달렸던 적도 있었다. 그때를 생각하자 얼굴이 화끈거렸다.

'젠장, 그땐 나도 제정신이 아니었어.'

그는 한 손으로 얼굴을 쓸어내리고는 방어적으로 팔짱을 꼈다. 지금도 자매를 보고 있으면 배 속에 나비 한 마리가 들어가기라도 한 듯 몸 안쪽 어딘가가 간질거렸다.

저 황홀하고 숭고하기까지 한 자매애 틈에 자신이 낄 자리가 없다는 건 이미 알고 있었다. 하지만 조금만, 아주 조금만이라면 나누어 받을 수도 있지 않을까…….

파비안은 갈증이 나는 것 같다고 생각했다. 물을 마신다고 사라질 갈증이 아니라는 것을, 그는 어렴풋이 느꼈다.

축음기가 춤곡 하나를 재생한 후 멈췄다.

"와아!"

마지막 음과 마지막 스텝이 동시에 끝나자 라리사가 탄성을 질렀다. 라리사는 조금 가쁘게 숨을 쉬고 있었다.

"정말 재미있었어요!"

"그렇지? 춤을 제대로 배우면 더 재미있어."

마르시아는 웃으며 라리사의 어깨를 토닥거려 준 다음, 파비안을 쳐다보았다.

"어때요, 잘 봤나요?"

"네."

그의 대답은 짧았으나, 끝이 살짝 떨려 나왔다. 그것을 눈치채지 못한 마르시아가 파비안에게 손을 내밀었다.

"그럼 이번엔 파비안 차례예요. 당연하지만 제가 여성 쪽의 춤을 출 거예요. 그러니까 라리사는 나를 잘 봐두렴."

"네, 언니."

"아, 음악 좀 틀어줄래?"

라리사는 고개를 끄덕이고는 축음기 쪽으로 달려갔다.

파비안은 긴장한 채로 마르시아와 마주 보고 섰다. 그리고 마르시아가 내민 손을 천천히 마주 잡았다.

"원래는 신사분이 먼저 손을 내미는 거예요. 에스코트하듯이."

마르시아는 낮은 소리로 웃으며 파비안의 오른손을 끌어다 자신의 허리에 둘렀다.

손이 삐걱거리며 마르시아의 허리에 닿자, 벼락 맞은 것처럼 파비안의 머릿속이 하얗게 날아갔다. 그는 마르시아가 자신의 심장 소리를 듣지 못하기만을 간절하게 바랐다.

축음기에서 음악이 흘러나왔다.

파비안은 발을 밟지 않으려고 노력하는 데 의식적으로 온 힘을 쏟았다. 자꾸 시선이 아래로, 발끝으로 떨어지려 했다. 그것을 눈치챈 마르시아가 주의를 주었다.

"자, 제 눈을 쳐다보세요. 틀려도 걱정 말아요. 연습이니까."

파비안은 그녀의 명령에 따랐다. 고개를 들고 마르시아의 눈을 바라보자 비로소 그녀의 표정이, 감정이 눈에 들어왔다.

마르시아의 얼굴에 꽃이 피어 있었다.

'이렇게 행복한 표정이라니.'

그는 감탄했다.

마르시아가 아름다운 것이야 당연한 사실이었지만, 행복한 표정의 그녀는 아름답다는 말만으로는 부족했다.

'만약 요정이 존재한다면 이렇게 생겼겠지.'

그는 자신이 무심코 어떤 진실에 도달했다는 것도 모른 채, 눈앞의 얼굴을 정신없이 바라보았다. 어느새 자신이 춤을 추고 있다는 사실도 잠깐 잊었다. 파비안의 발이 무의식적으로 부드럽게 움직이는 것을, 마르시아가 예민하게 눈치챘다.

"좋아요. 그렇게. 긴장이 풀리니 훨씬 자연스럽게 출 수 있죠?"

그 말을 듣자마자 파비안은 자신의 몸에 발이 두 개나 달려 있다는 것을 다시 의식하기 시작했다. 심지어 그 발들은 파비안 자신이 움직이고 있었다!

파비안은 침음을 흘렸다. 시선이 다시 아래로 떨어졌고 스텝이 꼬였다.

"앗……."

파비안의 발끝이 마르시아의 구두를 스치듯 걷어찼다. 마르시아가 소리 내어 웃었다.

"괜찮아요. 조금 전에는 아주 좋았어요. 자, 다시 절 보세요."

파비안이 끙, 하는 소리를 내며 고개를 들었다. 얼굴이 조금 붉어져 있었다.

'춤을 출 줄 몰랐다니, 귀엽잖아.'

무엇이든 다 잘할 줄 알았는데, 이런 완벽해 보이는 남자에게도 못하는 것이 있었다니.

마르시아는 괜찮다는 의미로 생긋 웃어주고는 다시 춤에 집중했다. 파비안이 얼른 그녀의 리드에 따라 발을 움직이기 시작했다.

금세 안정적으로 변한 파비안의 스텝을 보며 마르시아는 생각했다.

'잘하네. 생각보다 금방 배우잖아? 그런데 어제 춤 선생이 왔을 때는 왜 그렇게 버벅거렸을까?'

낯을 가리기라도 하나.

그렇게 생각했다가, 마르시아는 저도 모르게 웃고 말았다. 이 남자가 낯을 가린다니, 상상할 수조차 없었다.

'아님 내가 더 잘 가르치나?'

그녀는 조금 우쭐해져서 픽 웃었다.

마르시아는 어느새 파비안과의 춤에 빠져들었다. 기초 스텝을 반복하는 것뿐이지만 호흡이 잘 맞았다.

'조금만 잘 키우면 아주 훌륭한 댄스 파트너가 되겠는걸.'

그녀는 흡족한 표정으로 파비안의 얼굴을 올려다보았다. 그의 표정은 시종일관 긴장해 있었다. 지금까지 본 적 없는 표정이었다. 그게 묘하게도 자극적이라고, 마르시아는 생각했다.

얼굴은 긴장했지만 스텝은 부드러웠다. 곡의 절반이 채 지나기도 전에 그는 이미 기초 스텝에 익숙해졌다.

'이쯤 해서 조금 진도를 나가도 괜찮을 것 같은데?'

마르시아는 신이 나서 말했다.

"자, 셋을 세면 왼손을 들어 올리세요."

"왼손이요?"

파비안은 자기 왼손을 흘끔 쳐다보았다. 가슴 높이로 올라온 왼손에는 실크 장갑에 감싸인 마르시아의 손이 가볍게 얹혀 있었다.

생각할 겨를도 없이 마르시아가 숫자를 셌다.

"하나, 둘, 셋."

파비안이 얼떨결에 박자에 맞춰 손을 그녀의 머리 위로 들어 올리자, 그 아래에서 마르시아가 빙글 돌았다. 자연스럽게 풀어둔 금발이 부채처럼 눈부시게 펼쳐졌다.

그 광경을 파비안은 홀린 듯 눈에 담았다.

아직 정신을 차리지도 못했는데 한 바퀴를 다 돈 그녀가 다시 그의 팔 안으로 감겨 들어왔다. 아찔하고 짜릿한 감각에 그는 정신을 잃을 것만 같았다.

"여기서부터 다시 기본 스텝으로 돌아가요."

파비안은 멍하니 고개를 끄덕였다.

'아, 왜 재미있는 것인지 이제 알겠군.'

역시, 그가 지금 춤추는 것이 즐겁다고 느낀 건 상대가 마르시아이기 때문이다. 다른 여자와 춤을 춘다고 해서 이런 벅찬 감정이 들 리가 없다고 그는 확신했다.

하지만 마르시아는 어떨까. 다른 남자와 춤을 추어도 이렇게 즐거워할까?

파비안의 표정이 순간 흐려졌다. 그는 쉽게 상상할 수 있었다. 몇십, 몇백 명에게 둘러싸여서 눈부시게 춤추는 마르시아를. 그녀의 웃음소리마저 들리는 것만 같았다.

'다른 남자와 춤추도록 내버려 두고 싶지 않은데.'

마르시아의 허리를 감싸고 있던 오른팔에 힘이 들어갔다. 몸이 살짝 끌어당겨지자 마르시아가 흠칫 놀라 파비안의 눈을 쳐다보았다.

'아……?'

묘하게 일렁이는 붉은색 눈동자 안에 열기가 있었다. 가벼운 마음으로 춤을 추고 있던 마르시아는 저도 모르게 침을 삼켰다.

중간에 한 바퀴 가벼운 스핀을 넣은 것만 빼면 똑같은 기초 스텝인데, 라리사와 출 때와는 확연히 다르다는 것을 그제야 깨달았다. 그녀는 자신이 파비안의 팔 안에 안겨 있다는 것을 처음으로 의식하기 시작했다.

마르시아는 박자에 맞춰 숫자를 세는 것을 잊어버렸다. 그럴 리가 없는데 몸이 맞닿은 곳이 화끈거렸다.

그녀가 갑자기 입을 꼭 다물고 시선을 피하자, 파비안이 나직하게 말했다.

"제 눈을 보셔야지요, 선생님."

마르시아의 시선이 머뭇거리며 다시 제자리로 돌아왔다. 파비안은 그 눈동자 속을 들여다보며 입술 끝을 끌어 올렸다.

한편, 축음기 곁에 서서 두 사람이 춤추는 모습을 보고 있던 라리사는 점점 얼굴이 빨개졌다.

'부, 분위기가……'

라리사는 두 손으로 볼을 감쌌다. 볼이 따끈따끈했다.

사교계의 춤은 원래 저렇게 농밀한 걸까? 조금 전에 그녀가 춤출 때에는 저런 느낌이 아니었는데.

'춤은 정말로 좋아하는 사람과 춰야 하는 건가 봐……'

너무너무 부끄러워서 더는 못 보고 있을 지경이 되자, 라리사는 살금살금 음악실에서 도망쳤다.

마침내 음악이 끝나고 축음기가 멎었다.

'아…… 벌써 끝났네.'

이 곡이 이렇게 짧았던가? 비록 기초 스텝뿐이었지만 오랜만에 음악에 맞춰 춤을 추었더니 정말이지 즐거웠다.

마르시아는 아쉬워하며 파비안의 손을 놓고 물러섰다. 당장 한 곡 더 추자고 하고 싶지만, 오늘 그녀의 역할은 춤 선생이었다. 가르쳐야 할 학생은 파비안 하나가 아니니까.

"잘 봤지, 라리사? 이번에는 파비안하고 둘이 춰봐…… 응? 라리사?"

"라리사는 좀 전에 나갔습니다."

"네? 정말요?"

나가는 줄도 몰랐네. 어딜 갔지? 화장실에라도 간 걸까. 아니면 목이 말랐나?

마르시아는 어쩔 수 없네, 하며 파비안에게 다시 고개를 돌렸다.

"그럼 라리사가 돌아올 때까지 한 번 더 연습할까요?"

파비안이 엷게 미소 지으며 고개를 끄덕였다. 축음기에서 다시 음악이 흘러나왔다. 이번에는 파비안이 먼저 손을 내밀었다.

물론, 라리사는 그날의 춤 연습이 끝날 때까지 음악실로 돌아오지 않았다.

"내일 바쁘십니까?"

내 방으로 찾아온 파비안이 대뜸 그렇게 물었다.

바쁘냐니? 할 일이 없는 건 아니었다. 승마 수업도 있고, 라리사랑 놀아주기도 해야 하고. 소피아가 가져다준 밀린 신문도 읽어야 했다.

'하지만 그게 꼭 내일 해야만 하는 일은 아니긴 하지.'

나는 고개를 저었다.

"아뇨. 무슨 일이라도 있나요?"

"저와 외출하시지 않겠습니까?"

"외출요? 저랑요?"

"예. 단둘이 다녀올 데가 있습니다."

네? 그것도 단둘이요?

나는 찻잔을 떨어뜨릴 뻔했다. 지금까지 이런 적이 없지 않나? 설마…… 데이트 신청인 건 아니겠지?

'잠깐, 왜 생각이 거기로 튀는 거야. 둘이 외출하면 무조건 데이트인 것도 아닌데.'

나는 불안감에 눈을 가늘게 좁히며 물었다.

"어딘데요?"

파비안이 눈을 굴렸다. 주변을 둘러보는 것 같은 느낌이었다. 둘러봐 봤자 여긴 나뿐인데.

"음…… 도착하시면 알게 될 겁니다. 마음에 드실 거라고 생각합니다. 아니, 확신합니다."

어디길래 저렇게 눈치를 보는 걸까. 어디 가는지 알려지면 안 되는 걸까?

나는 잠시 고민하다가 대답했다.

"좋아요. 대신 라리사도 함께 가면 안 되나요?"

내 질문에 파비안이 곧바로 고개를 저었다.

"아직 그럴 단계가 아닙니다."

모호한 대답이었다. 저택 밖으로 외출을 감행할 만큼 라리사가 회복되지 않았다는 말일까? 하지만 라리사의 상태에 대해서는 내가 더 잘 아는데. 파비안도 물론 그걸 잘 알고 있었다.

그렇다면…….

'이 외출 자체가 라리사를 위한 것일 수도 있다는 거네?'

그래서 라리사에게 알리지 않는 게 좋을 것 같다, 그런 말일 수도 있었다.

'그쪽이라면 데이트는 아니겠구나.'

나는 안심했다. 어딘가 좀 허탈한 것 같기도 하지만……

어쨌거나 바깥나들이라면 환영이었다. 어딘지 궁금하기도 하고.

"그렇다면 어쩔 수 없죠. 그럼 그렇게 해요. 내일 둘이서 외출하는 걸로."

별다른 질문 없이 깔끔하게 대답하자, 파비안이 싱긋 웃었다. 나는 다시 찻잔을 입가로 가져가며 말했다.

"행선지도 비밀이고, 라리사에게도 비밀이고. 깜짝 선물이라도 받는 기분이네요."

파비안은 아무 대답 없이 그저 웃기만 했다.

❖

다음 날 아침, 나는 설레는 그 기분 그대로 파비안과 함께 마차에 올랐다. 도착한 곳은 놀랍게도 기차역이었다.

'멀리까지 가는 걸까.'

파비안이 이미 기차표도 예약해 둔 모양이었다. 그는 나를 일등석으로 데려갔다.

어디로 가는지는 몰랐지만, 기차 여행은 꽤 즐거웠다. 파비안에게 말해줄 것이 너무나도 많았던 것이다. 뭐, 주로 라리사에 대한 이야기였지만.

파비안은 별로 말은 하지 않았지만 대신 내 이야기를 열심히 들어주었다. 고개를 끄덕이기도 하고, '그렇군요', '물론이지요' 하면서 추임새를 넣기도 했다. 그러니까 나만 즐거웠던 건 아닐 것이다.

중간에 이야기가 끊기면 나는 설레는 마음으로 차창 밖을 내다보았다. 기나긴 대공저의 숲이 봄철의 연한 초록빛으로 빠르게 번져 지나갔다.

'파비안이 어린 시절을 보냈던 오두막이 저기 어딘가 있겠지.'

흘끔 파비안을 쳐다보았지만, 그는 아무 감정 없는 표정으로 숲이 스쳐 지나가는 것을 바라보고 있을 뿐이었다.

서로 말이 없어도, 전처럼 불편하지는 않았다. 나는 이런저런 생각을 하면서 다시 차창 밖으로 시선을 돌렸다. 얼마 지나지 않아 누가 시작했는지도 모르게 또 잡담이 시작되었다.

평화로운 시간이 훌쩍 지나고, 어느새 우리는 목적지에 도착했다. 나는 설레는 마음으로 기차에서 내렸다.

"……어?"

단출하고 작은 기차역은 어디선가 본 적이 있었다.

"아, 여긴."

"생제르망역입니다. 기억나십니까?"

뒤이어 기차에서 내린 파비안이 물었다.

"기억나고 말고요."

이곳은…… 파비안이 나랑 라리사를 기차에 태워 준 그 역이잖아!

잊을 수가 있나. 파비안이 아니었다면 지금쯤은 모든 것을 체념한 채 원작 동화의 결말을 기다리고 있었을지도 모르는데.

이고르가 우릴 뒤따라왔던 그날의 기억이 아직도 생생했다. 나는 소름이 돋아 몸을 부르르 떨었다.

여기가 내가 좋아할 거라고 확신한 곳이란 말인가? 설마 아니겠지……?

'도대체 여긴 왜 온 거지?'

승강장 바깥으로 나가자 근처에 서 있던 남자 하나가 파비안을 보더니 팔을 크게 흔들었다.

"대공 전하! 여깁니다."

그 옆에는 말 한 마리가 끄는 마차가 한 대 서 있었다. 지붕이 없는 개방형의 작은 마차였다. 마차를 본 파비안이 가볍게 눈살을 찌푸렸다.

"내가 지붕이 있는 마차로 준비하라고 했는데, 듣지 못했나?"

그러자 남자의 얼굴에서 웃음기가 사그라들었다.

"헉…… 그건 전해 듣지 못했는데요. 어떻게, 지금이라도 다른 마차를 구해 올깝쇼?"

파비안이 나를 쳐다보았다.

"죄송합니다. 아마 착오가 있었던 모양인데……. 이 근처에서 잠시만 기다려 주시겠습니까?"

"지금 우리 어딜 가는 거죠? 몰래 가야 하는 곳인가요?"

"꼭 그렇지는 않습니다."

"그럼 그냥 가죠, 시간 아까운데."

이 역에서 새 마차를 기다리느니, 그냥 있는 걸 타고 빨리 떠나는 게 백번 낫지.

나는 파비안의 대답을 기다리지도 않고 바로 마차로 향했다.

작은 마차는 나와 파비안이 앉자 좌석이 꽉 찼다. 나는 양산을 펴서 햇살도 막고 얼굴도 대충 가렸다. 마차가 출발하자 기분 좋은 산들바람이 얼굴에 와 닿았다. 마차를 탔는데도 전혀 불안하지 않은 것은 참으로 오랜만이었다.

'오히려 지붕이 없으니까 더 나은 것 같은데?'

무슨 일이라도 생기면 바로 마차 바깥으로 뛰어내리기 좋아 보였다.

'아니, 그전에……'

나는 옆자리에 앉은 파비안을 흘끗 쳐다보았다.

그는 외출용 실크해트를 쓰고 있었는데, 모자챙 아래로 살짝 가려진 차가운 표정이 보였다. 내 시선을 느꼈는지, 그가 나를 돌아보았다. 햇살 아래에서 유난히 더 새하얀 얼굴. 예의 붉은 눈동자와 시선이 마주치자, 나는 생긋 웃어주곤 다시 앞쪽을 쳐다보았다.

'이 남자라면 무슨 일이 생기도록 그냥 내버려 두지는 않을 것 같단 말이지.'

내 입으로 말하기엔 좀 쑥스럽지만, 그러니까 말하자면 그거다. 무슨 일이 생기면 파비안이 나를 지켜줄 것 같다는 말.

그렇게 생각하니까 마음이 편해졌다. 나는 마차 사고에 대한 건 잊고 주변을 천천히 구경하기 시작했다.

'그러고 보니 이 근처에 있었지. 그 식당.'

우리가 처음 만난 작고 허름한 식당. 나는 거리를 훑어보며 그 식당을 찾아보려 했다. 마차는 마을 중심가를 쭉 가로질러 달렸다. 그래서인지 그 식당은 눈에 띄지 않았다.

'최대한 구석에 숨어 잘 보이지 않는 곳을 골라 들어갔으니 당연한가.'

라리사를 데리고 도망치던 날에는 그렇게 낯설고 두려운 곳이었는데, 지금 다시 와보니 그냥 평범한 작은 마을이었다.

얼마 되지 않는 건물들을 지나쳐 가니 금세 외곽이 나왔다. 마차가 선 곳은 커다란 붉은 벽돌 건물 앞이었다. 미리 전갈을 받았는지 건물 앞에 사람이 하나 나와 있었다. 그는 마차 쪽으로 다가오며 인사를 건넸다.

"아, 이거 시간을 딱 맞춰 오셨군요. 어라, 웬 숙녀분께서……."

응? 어디서 본 것 같은데.

작달막한 키에 반쯤 벗겨진 머리가 좀 익숙했다. 저쪽에서도 날 알아본 모양이었다.

-젠장, 저 여자는……!

아하. 기억났다. 전에 저택을 찾아왔던 자동차 회사 사장이잖아? 그럼 여기가 자동차 회사 건물이려나.

나는 새삼스럽게 붉은 벽돌 건물을 올려다보았다. 그사이 파비안이 먼저 마차에서 내렸다.

"리베라 남작. 조금 못 본 사이에 수척해졌군."

-네놈이 괴롭혀서 그렇잖아!

"하하하……. 안 그래도 살을 좀 빼려던 중이었습니다. 요즘 배가 나와서요."

남작이 뻘쭘하게 서서 웃으며 대답했다. 머릿속으로는 파비안을 원망하고 있었지만. 그때 이중장부로 돈을 빼돌렸던 게 들통나 파비안이 재정 감사를 보내라고 했었지. 그거 메꾸느라 고생을 좀 했나 본데.

파비안이 내게 손을 내밀었다. 나는 그 손을 잡고 마차에서 내려섰다.

"이렇게 다시 뵙네요, 남작."

나는 인사말과 함께 우아하게 손등을 내밀었다. 장갑을 끼고 있었으니 안심하고.

"대, 대공비 전하."

-이 여자가 진짜……! 굳이 이런 방식으로 인사를 해야겠다, 이거지?

남작은 속으로 무슨 생각을 하든지 간에 겉으로는 웃으며 내 손등에 입 맞춰야만 했다.

얄미운 사람을 조금 놀려주었더니 기분 전환이 되는걸. 나는 남작에게 환한 미소를 돌려주었다.

"그럼 곧바로 연구실로 가시겠습니까?"

"아, 그전에."

파비안이 고개를 저었다.

"나야 이곳을 자주 와봤으니 괜찮지만, 비에겐 처음이니 안내를 좀 해주겠소?"

"와, 재밌겠네요."

내가 반색하자, 리베라 남작은 얼른 두 손을 싹싹 비비며 웃는 낯으로 붙임성 있게 대답했다.

"그야 물론이지요. 대공비께도 아주 흥미로운 공간일 겁니다."

자동차 공장을 견학시켜 주려고 했던 건가. 물론 흥미가 있었다. 아직 이 세상에 존재하지 않는 물건이 태어나려는 장소이니까.

'그리고 무엇보다, 이 공장엔 '그 사람'이 있겠지.'

과연, 내가 좋아할 거라고 확신한다더니. 나를 아주 잘 알고 있잖아?

"그럼 이쪽으로 오십시오."

리베라 남작이 공장의 문을 열며 우리를 안쪽으로 안내했다. 나는 기대감으로 웃으며 파비안의 팔짱을 꼈다.

자동차 공장 건물은 크게 두 채로 구분되어 있었다. 앞채는 연구동

및 전시실이고 뒤채는 시제품이 성공적으로 마무리되면 대량생산을 할 장소로, 지금은 비어 있었다.

앞쪽에는 지금까지 만들었던 여러 시제품이 줄지어 서 있었다. 그중 하나를 리베라 남작이 가리켰다.

"이게 저희 최초의 모델이었지요!"

그건 자동차라기보다는 오늘 타고 온 작은 마차에 더 가까운 모양이었다. 아니, 마차라기에도 민망하고 차라리 수레라고 불러야 할 것 같았다. 있는 것이라곤 바퀴 달린 판자와 엔진, 조종용 막대 몇 개가 다였으니까.

남작도 알고 있는 듯 뒤통수를 긁으며 덧붙였다.

"보기에는 이렇습니다만, 그래도 말이나 사람이 끌지 않아도 움직일 수 있다는 발상을 실제로 옮긴 첫 사례인 겁니다. 순전히 테스트용이니 겉모습에 신경 쓸 필요가 없었던 것뿐이죠."

과연 그랬다. 주르륵 놓인 최초의 자동차들을 보니 생각의 발전을 알 수 있었다. 마지막에 전시된 것은 제법 그럴싸하게 탈것의 형태를 갖추고 있었다.

파비안이 그 마지막 모델을 가리키며 웃었다.

"이게 제가 전에 시승해 봤던 겁니다."

그러고 보니 한쪽이 찌그러져 있었다.

아니, 아무리 그래도 차 사고를 당한 셈인데 웃음이 나오나. 기가 차서 헛웃음을 지으며 파비안을 올려다보았다.

'하긴……. 사고를 당하고도 식당에 가서 밥부터 먹은 사람이었지.'

나는 고개를 저었다.

지금 생각해 보니, 대공의 손자씩이나 되는 사람이 왜 그런 작고 허름한 식당 구석에 숨어서 식사를 했는지 알 것 같기도 했다.

'붉은 눈을 보여주고 싶지 않았겠지.'

쓸데없는 소문에 휘말리게 될 테니까.

리베라 남작은 계속해서 우리를 안쪽으로 안내했다.

앞쪽은 마치 박물관에 온 것처럼 말끔하게 정리된 전시관이었지만, 안쪽으로 들어갈수록 점점 분위기가 달라졌다. 용도를 짐작하기 힘든 기계장치 같은 것들이 소음을 내며 돌아가고 있었다. 기계를 작동시키던 사람들이 우리를 흘끔흘끔 쳐다보았다.

리베라 남작은 그들을 무시하며 안쪽을 쭉쭉 우리를 안내해 들어갔다. 처음에는 자세했던 설명이 점차 애매하게 뭉뚱그려졌다. 아마 자기도 잘 모르는 모양이지.

제일 안쪽은 대장간과 마법사의 실험실이 뒤섞이기라도 한 것 같은 공간이었다. 잡동사니가 잔뜩 쌓여 있는 벽에 문이 하나 나 있었다.

"저기가 아이반의 연구실입니다."

아이반이라는 이름을 들은 순간 나는 기대감으로 눈을 크게 떴다. 이 건물에 도착했을 때부터 설마 하며 기다렸던 이름이었다. 그 설마가 맞았다.

'마법사의 이름.'

마법사의 피는 유전된다. 마법사라면 주변에 마녀가 있을 가능성이 높았다. 파비안이 전에 했던 약속을 지킨 것이다. 마녀를 찾아주겠다고 했던 약속.

"아이반은 안에 있을 겁니다. 그럼 얼마든지 천천히 구경하십쇼."

리베라 남작은 모자를 벗어 가볍게 인사한 후, 등을 돌려 사라졌다. 우리를 직접 아이반에게 소개해 줄 생각은 없는 모양이다.

파비안이 물었다.

"어떻습니까? 흥미롭게 구경하신 것 같았는데."

"아, 진짜 재밌었어요. 고마워요."

"별말씀을. 본론은 이제부터입니다."

"정말 기대되네요."

파비안이 픽 웃으며 문을 두드렸다. 안에서는 아무 대답도 들려오지 않았다. 여러 번 겪어본 듯, 그는 자연스럽게 문손잡이를 돌렸다. 문은 잠겨 있지 않았다.

"들어가시죠."

파비안이 눈짓으로 안을 가리켰다. 내가 안으로 들어서자 그가 따라 들어오면서 문을 닫았다.

안쪽은 꽤 커다란 방이었는데, 잡동사니며 책이 여기저기 산더미처럼 쌓여 엉망진창이었다. 뭔가 타는 듯한 냄새도 났고, 벽에는 여러 기계장치의 설계도 같은 것이 잔뜩 붙어 있었다.

빛이 바랜 금발을 어깨너머로 치렁치렁하게 늘어뜨린 남자가 책상 앞에 앉아서 고개를 푹 숙인 채 종이에 뭔가를 쓰고 있었다. 파비안이 흠흠, 하고 크게 헛기침을 하고 나서야 그는 인기척을 느끼고 고개를 들었다.

나이는 서른 후반쯤일까. 그의 눈동자는 예상한 대로 붉은색이었다.

붉은색이긴 하지만 파비안과는 달랐다. 인상이 달라서 그런가? 파비안의 눈처럼 사람을 압도하는 서늘한 느낌은 없었다. 색만 붉다뿐이지 그냥 보통 사람 같은걸.

남자와 내 눈이 마주쳤다.

"……어?"

그는 당황한 표정으로 허겁지겁 책상 서랍을 뒤적이더니 뭔가를 꺼냈다. 옅은 녹색 색유리가 끼워진 안경이었다. 색안경을 쓰자 그의 눈동자는 적당히 어두운 회갈색으로 보였다. 그는 어색하게 웃으며 자리에서 일어섰다.

"아르노, 오랜만이네. 아, 이제는 파비안이라고 불러 달라고 했지, 참. 옆에 계신 숙녀분은?"

"내 아내야. 마르시아, 이쪽은 아이반입니다."

"뭐? 그새 결혼했어?"

아이반이 깜짝 놀라 나와 파비안을 번갈아 쳐다보았다.

"안녕하세요, 마르시아 로랑이에요."

나는 그에게 손을 내밀었다. 손등에 키스해도 좋다는 의미였지만, 아이반은 내 손을 덥석 잡더니 악수하듯 크게 흔들었다.

"반갑습니다. 이거, 딱 맞춰 오셨는데요."

"딱 맞추다니요?"

"안 그래도 제가 먼저 연락하려던 참이었거든요."

그는 내 손을 놓더니 경중경중 뛰어 연구실에 딸린 다른 문 쪽으로 갔다. 뒤뜰로 연결된 문이었다.

"어제저녁에 새로운 시제품을 완성했거든요!"

아이반이 문을 활짝 열었다. 뒤뜰에는 자동차가 한 대 서 있었다.

"짜잔!"

그는 양팔을 쭉 뻗어 자동차를 가리켰다. 이 건물에 들어서면서 본 것들과 겉보기에는 크게 다르지 않았지만, 아이반은 자랑스러운 표정으로 말했다.

"파비안 자네가 말한 대로 제동장치를 완성했어. 여기 이 스틱을 당기면 바퀴에 마찰이 가해져 속도가 줄어들도록 말이야. 그리고 엔진구조를 싹 고쳐봤지. 바로 증기를 쓰는 거야! 결론적으로 석탄가루를 폭발시키는 것보다 이쪽이 더 빠르더군."

그는 자동차 주위를 빙글빙글 돌며 속사포처럼 설명을 쏟아내었다.

"어디 한번 타보겠어? 좌석도 고급 마차에 들어가는 걸로 바꿔 달았고, 바퀴에 강철 스프링도 달았어. 승차감이 깃털과 같이 부드러워졌지! 이전과는 확연하게 다를 거야."

"물론, 그래야지."

선뜻 수락한 파비안의 대답에, 나는 순간 귀를 의심했다.

'아니, 바로 요전번에 시제품을 탔다가 사고를 당했잖아?'

그대로 옆을 돌아봤다가 놀라고 말았다. 살짝 발그레해진 뺨, 한 쌍의 루비처럼 반짝이는 눈동자. 설레는 기대감이 담긴 파비안의 표정은 꼭 어린 소년 같았다.

그는 지체 없이 자동차 위로 훌쩍 뛰어올랐다. 아이반이 좌석 옆쪽을 가리키며 말했다.

"아 참, 여기 좌석에 벨트도 달았어. 여기 이 고리를 당겨서 반대쪽 옆 고리에 걸면 돼. 도대체 왜 필요한지 모르겠지만 일단 시킨 대로 달아는 봤다."

"그래, 고맙군."

내가 아는 안전벨트와는 아주 다른 생김새였다. 그래도 튼튼해 보이기는 했다. 파비안이 벨트를 잡아당겨 어색한 손놀림으로 몸을 고정시켰다.

"일단 지금은 마법으로 바로 시동을 걸겠지만, 원래대로라면 스팀이 준비되기까지 십 분 정도 걸려. 현재로썬 그게 유일한 단점이지……. 내가 없을 땐 여기 아래쪽에 불을 붙이면 돼."

아이반이 간단하게 설명을 마친 후 파비안의 옆자리에 올라탔다. 그는 운전대에 한 손을 얹고 다른 손으로는 공중에 간단한 문양을 그리며 중얼중얼 주문을 외웠다.

잠시 후, 양 앞바퀴 사이 엔진이 자리 잡은 곳에서 새하얀 스팀이 뿜어 나왔다. 쉬이익, 하는 소리가 나자 아이반이 흥분해서 외쳤다.

"간다! 거기 빨간색 밸브를 열어!"

"좋아!"

흥분한 건 파비안도 마찬가지잖아?

파비안은 큰 소리로 대답하고는 두 팔을 걷어붙이더니 힘주어 빨간 핸들을 돌렸다. 생전 처음 보는 파비안의 모습에 나는 입을 조금 벌렸다.

곧 빠앙, 하는 증기 기관차 같은 소리가 들리고, 두 사람을 태운 자동차가 뒷마당을 질주하기 시작했다.

나는 팔짱을 낀 채 그 광경을 구경했다.

"아니야. 그거 말고 그 옆의 파란색 밸브라니까!"

"대체 왜 브레이크를 이렇게 번거롭게 만든 건데? 속도를 낮추기도 전에 오백 피트는 더 가겠네."

"불평하기 전에 계기판 맨 왼쪽 수치를 잘 보라고. 바늘이 빨간 선에서 벗어나면 안 된다니까."

그들은 티격태격하며 마당을 몇 바퀴나 돌고 나서야 차를 세웠다. 아이반은 이마에서 구슬땀을 흘리고 있었고, 파비안의 모자는 벗겨져 저 구석으로 날아가 버린 지 오래였다.

공통점은 두 사람 다 흥분으로 눈이 반짝인다는 거였다.

"어때? 확실히 좋아졌지?"

"그래. 장거리를 타봐야 확실하겠지만 시제품으로는 손색이 없군."

파비안이 담백하게 칭찬하자 아이반은 자랑스러운 얼굴로 말했다.

"장거리도 문제없을 거야. 어때요, 부인께서도 한번 타보실래요?"

"네? 저요?"

아이반의 갑작스러운 제안에 나는 당황했다.

'나는 마녀에 대한 정보만 얻으면 되는데.'

전에 자동차며 마차 사고도 당해서, 그런 탈것이라면 즐겁지 않은
데. 평소에는 별 관심도 없던 자동차 시승 따위…….

동화 속 세계 최초의 자동차 시승 따위…….

'세계 최초의 자동차 시승!'

게다가 증기 자동차라니, 듣도 보도 못했다.

'이런 기회를 그냥 넘기기엔…….'

내 눈앞에서 아무런 문제 없이 시승을 마친 파비안이 활짝 웃으며
에스코트하듯 손을 내밀었다.

결국 호기심이 이겼다. 나는 파비안의 손을 잡고 조수석에 올라 허
리에 안전벨트를 단단히 조였다.

"그럼 출발합니다."

파비안이 밸브를 열자, 증기 자동차는 천천히 앞으로 움직이기 시
작했다.

"와……!"

이게 얼마만의 자동차인가. 내 탄성에 아이반이 우쭐해하는 모습
이 눈에 들어왔다.

파비안은 약간 서투르지만 나름 부드럽게 차를 몰았다. 그 짧은 시승에서 그새 운전법을 다 익혔는지, 수많은 계기판과 밸브, 방향 전환용 스틱을 그는 아주 우아하게 다뤘다.

점차 긴장이 풀렸다. 어차피 뒷마당 안에서 빙글빙글 돌기만 하는 터라 속도도 낼 수 없었다. 시승을 마치고 내리자, 아이반이 냉큼 달려와 물었다.

"어떻습니까?"

솔직하게 말하자면 조금 실망이었다. 승차감은 마차보다는 나았지만 진짜 자동차에는 비할 수 없는 수준이었고, 운전이야 내가 안 했으니 알 길이 없었다.

하지만 나는 이 발명의 가치를 알았다. 온 세상이 당연하다는 듯 자동차로 뒤덮인 곳에서 살아봤으니까.

"정말 대단해요! 완성되기만 하면 모든 사람이 마차 대신 자동차를 타고 다니게 될 거예요. 앞으로가 기대되네요."

마치 예언처럼 들리는 내 대답에 아이반의 눈동자가 떨렸다. 그는 감탄한 듯했다.

"안목이 높으십니다! 제가 처음으로 만든 시제품을 보고 선뜻 투자한 건 파비안뿐이었죠. 들어오시면서 보셨죠? 맨 앞에 전시되어 있던 것 말입니다."

그는 우쭐해하며 덧붙였다.

"원하신다면 당장 몰고 나가셔도 됩니다. 반듯하게 뚫린 도로만 있다면 제대로 속력을 낼 수 있거든요!"

"아, 아이반."

옆에서 듣고 있던 파비안이 끼어들었다.

"꼭 해 보고 싶지만, 오늘은 안 되겠어. 다음으로 미루지. 실은 다른 용건이 있어 찾아왔다네."

"응? 다른 용건? 그래, 그럼 일단 안으로 들어갈까?"

아이반은 다소 실망스러운 표정이었지만, 선선히 그의 개인 연구실 안으로 우리를 다시 데리고 들어왔다.

"그래서 용건이 뭔데?"

"아이반, 자네 주변에 아는 마녀 있지?"

헉……. 저렇게 단번에 묻다니.

나는 입을 딱 벌렸다. 말리기에도 늦었다. 질문이 이미 입 밖으로 나간 것이다.

아이반이 눈에 띄게 당황했다.

"……뭐? 갑자기…… 아니……. 어, 없는데?"

그 어리숙하기 짝이 없는 반응을 보면서 나는 생각했다.

'이래서 리베라 남작 같은 사람한테 걸려 파트너가 되었구나.'

파비안이 한쪽 입꼬리를 끌어 올리며 픽 웃었다.

"그 태도가 이미 있다고 대답한 거나 마찬가지야, 아이반."

"무, 무슨 소리야. 증거 있어?"

오, 나왔다. '증거 있어?'

불쌍한 아이반은 자꾸 내 눈치를 보았다. 불안에 가득 찬 마음의 소리도 들렸다. 같은 붉은 눈을 가진 사람끼리 도대체 왜 일반인 앞에서 마녀 이야기를 꺼내냐는 거다.

파비안은 아랑곳하지 않고 대답했다.

"있지. 네 이모할머니께서 살아 계시잖아."

"도, 돌아가셨는데?"

"석 달에 한 번씩은 꼭 휴가를 내서 어디론가 사라졌다가 돌아오는 거 이미 알고 있네. 어디로 가는지 내가 알아내지 못할 것 같아?"

"그, 그건……."

"할머니께서 정말로 돌아가셨어? 당장 무덤으로 안내해 준다면 믿어주지."

아이반의 눈동자에 지진이 일었다. 그는 울상이 되었다.

"젠장, 파비안. 이러는 법이 어디 있어. 이렇게 날 몰아붙이려고 찾아온 거야?"

-같은 붉은 눈을 가진 동지라고 생각했는데…….

그는 양손으로 얼굴을 감쌌다. 손가락 사이에서 떨리는 목소리가 새어 나왔다.

"사는 곳이 들통난 마녀가 어떻게 되는지 잘 알 거 아니야?"

가슴이 철렁했다. 순간 파비안을 쳐다보지 않을 수 없었다. 그러나 그의 얼굴에는 아무런 변화도 없었다.

"그것도 이렇게 다른 사람까지 데리고 와서! 너에게라면 말해줄 수도 있지만 다른 사람은 안 돼. 아무리 네 부인이라고 해도 소용없어."

아이반은 필사적으로 내 시선을 피하며, 내가 이 자리에 없기라도 한 것처럼 파비안에게만 말했다.

나는 입을 열었다.

"아이반 씨. 마녀를 필요로 하는 건 저예요. 제가 부탁했어요. 여자 마법사를 찾고 싶다고요."

"부인……."

아이반이 앓는 소리를 냈다.

"잠시 제 이야기를 좀 들어주겠어요?"

그는 대답하지 않았지만 거부도 하지 않았다.

나는 천천히 이야기를 시작했다. 라리사에 대해서.

아이반은 처음에는 그다지 듣고 싶지 않은 듯 뚱한 얼굴로 연구실 바닥만 쳐다보았지만, 이야기가 진행될수록 점차 진지한 표정이 되었다. 그리고 마지막에는 금방이라도 눈물을 뚝뚝 떨굴 것 같은 표정으로 나를 바라보았다.

"……그래서 마녀가 마지막 희망이에요. 제 동생의 깊은 마음의 상처를 봉합해 줄 수 있는 의사는 없으니까요."

"부인……."

"마법에라도 기대보고 싶은 거지요. 몸의 흉터도 없앨 수 있다면 더 좋고요."

"처음부터 그렇게 말씀을 하시지 그러셨어요."

아이반의 아랫입술이 파르르 떨렸다. 그는 내 손을 덥석 잡았다.

"제가 이모할머니께 말씀을 꼭 전해 드리겠습니다."

"정말 고마워요, 아이반 씨."

"하지만…… 이본느 할머니가 부인을 만나줄지는 모르겠습니다."

아이반의 얼굴이 조금 흐려졌다.

"좀 까다로운 분이어서요. 그리고 할머니의 마법이 마음의 상처에 듣는지도 확신할 수가 없네요. 마법 쓰시는 걸 본 적은 없거든요……."

나는 이 여린 마음을 가진 마법사의 손을 마주 잡았다.

"그것만으로도 충분해요. 아주 조그만 가능성이라도 제겐 크나큰 희망이랍니다."

"부인……."

"희망이 사라진다고 하더라도 그것이 곧 절망은 아니잖아요? 라리사는 조금씩 고통을 이겨내고 있어요. 강한 아이랍니다. 저는 그 아이를 도와주고 싶을 뿐이에요."

우리가 맞잡은 손 위로 또 하나의 손이 올라왔다. 파비안의 손이었다. 그는 내 손을 쥔 아이반의 손을 은근슬쩍 대신 쥐며 말했다.

"고맙네, 아이반. 정말로. 쉽지 않은 결정인 것, 내가 잘 알지."

"뭘……. 자네가 지금까지 내 발명을 도와준 것에 비하면 그리 어렵지는 않은 일이지. 실제로 만날 수 있을지 어떨지는 이본느 할머니의 결정에 달렸고 말이야."

파비안이 아이반의 손을 놓아주었다.

"다음 휴가는 언제지?"

"내일 당장에라도……."

아이반의 말에 파비안은 고개를 저었다.

"아니, 그러지 말게. 그냥 평소대로 행동하는 게 좋아. 이 시점에 갑자기 휴가를 내면 리베라 남작이 수상하게 생각할지도 모르니까."

"아, 그 생각을 못 했군."

"그래, 그리고 라리사도 중요하지만 자네 할머님께 조금이라도 위험한 일은 할 수 없지."

아이반은 나를 쳐다보았다. 나는 고개를 끄덕였다.

그의 행동을 생각해 보면 다른 사람은 그의 이모할머니에 대해 모르고 있을 터였다.

"다음 휴가는 두 달 뒤인데요. 그렇게 오래 걸려도 괜찮을까요?"

"괜찮아요. 그동안 마음의 준비를 해놓을게요."

마녀를 찾지 못할 수도 있다고 생각했는데, 그깟 두 달이 대수일까. 드디어 희망의 끄트머리를 본 것 같아 가슴이 벅차올랐다.

생제르망 기차역에 도착했을 때는 이미 하늘 끄트머리가 붉게 물들어 가고 있었다. 마르시아는 파비안의 에스코트를 받아 기차에 올랐다. 그들은 올 때처럼 일등석 칸에 앉았다.

"훌륭한 깜짝 선물이었어요. 고마워요, 파비안."

마르시아의 말에 파비안은 부드럽게 웃었다.

"별말씀을. 마녀를 찾아드리겠다고 했잖습니까. 아이반이 가장 가까운 연결 고리였으니까요."

"그래도 정말 찾을 줄은 몰랐거든요. 게다가 파비안이 아니었더라면 아이반이 저를 만나주지 않았을지도 몰라요."

마르시아의 얼굴에 석양이 물들었다. 파비안은 그것을 가만히 바라보다가 물었다.

"시장하지 않으십니까?"

"아, 그러고 보니⋯⋯."

마르시아는 그제야 점심을 걸렀다는 걸 깨달았다. 파비안이 멋쩍게 웃었다. 사실 그의 계획대로라면, 마을에 도착했을 때 처음 만났던 식당에 가서 점심 식사를 했어야 했다. 하지만 생제르망역에 내렸을 때 그는 그 계획을 바로 철회했다. 마르시아의 표정이 갑자기 어두워졌던 것이다.

'왜 미리 생각하지 못했지? 처음 만난 장소라고 해서 특별한 추억을 가진 건 나뿐이라는 걸.'

마르시아에게는 라리사와 함께 필사적으로 탈출하던 과정의 하나

뿐이지 않은가. 게다가 지금 다시 생각해 보니 자신이 그녀에게 어찌나 무뚝뚝하게 굴었는지도 기억이 났다.

'젠장……. 내가 왜 그랬지.'

그는 열없이 후회했다.

'일단 목적지에 먼저 가고 나서 생각하자.'

연구실을 둘러보고, 리베라 남작에게 괜찮은 레스토랑을 추천받아 조금 늦은 점심 식사를 하면 되겠다고 생각했다.

그러나 그 생각은 아이반이 만든 새 자동차를 보자마자 까마득하게 잊었다. 배가 고픈 줄도 모르고 신제품 테스트에 여념이 없었던 것이다.

실은 마르시아도 마찬가지였다. 진짜 마녀를 만날 수 있을지도 모른다는 희망에 부풀어 배고픔 따위는 느끼지도 못했다.

그것을 모르는 파비안은 마르시아가 그를 배려해 준 것이라고 생각했다. 그는 미안해하며 말을 꺼냈다.

"이 열차에는 식당 칸도 있습니다. 어떠십니까?"

"어머, 기대되네요."

파비안이 자리에서 일어서서 손을 내밀었다. 마르시아도 그의 손을 붙잡고 좌석에서 일어섰다.

그들은 좁은 복도를 지나 식당 칸으로 향했다. 식당 칸은 차량 세 칸 뒤쪽이었다. 흔들리지 않도록 바닥에 고정된 테이블이 여러 개 마련되어 있었고, 그 사이를 제복을 입은 웨이터가 누비며 식사를 날랐다.

자리에 앉자 웨이터가 곧 메뉴판을 가져왔다. 간단한 샌드위치나 보관이 용이한 음식들이 대부분이었고, 주류도 있었다. 그들은 꿀을 바른 햄 샌드위치와 와인에 과일 주스를 섞은 칵테일을 한 잔씩 주문했다. 배가 고파서였는지 샌드위치가 아주 달게 꿀떡꿀떡 넘어갔다.

"그새 해가 다 졌네요."

마르시아가 점차 어두워져 가는 창밖을 내다보며 말했다. 그들은 칵테일을 마시며 붉은빛으로 물든 대공가의 숲이 진한 남색으로 가라앉는 것을 구경했다.

"당신의 그런 모습은 처음 봤어요, 파비안."

마르시아가 불쑥 말을 꺼내자, 파비안은 그녀에게 눈을 맞춘 채 고개를 살짝 기울였다. 사소했지만 그 또한 처음 보는 모습이었다. 마르시아는 그 시선을 살짝 피하며 말했다.

"아까 자동차 탈 때 말이에요."

"아이반을 처음 만났을 때는 일부러 제 신분에 대해서 말하지 않았거든요. 서로 편하게 대하던 게 몸에 익어서 그렇습니다."

"아뇨, 아이반 씨가 아니라 자동차를 대하는 태도 말이었어요."

"아……."

생각지도 못한 지적이었다. 마르시아가 자신을 보고 있었다고 생각하니 괜히 가슴이 조금 조여들었다. 그는 괜히 머리를 쓸어 넘겼다.

마르시아가 웃으며 물었다.

"자동차가 그렇게 좋으세요?"

그는 흠흠, 하고 헛기침을 했다.

"그냥 새로운 발명품을 좋아하는 것뿐입니다. 그게 무엇이든 인간의 손으로 만들어지는 것들은 경이로우니까요."

"그런 것치고는 아까 정말 좋아하시던데."

마르시아는 어린아이 같아서 귀여워 보였다는 말은 굳이 하지 않았다.

'하필 좋아하는 것이 자동차라는 점까지 진짜 아이 같았다니까.'

아무리 그래도 성인 남자니까 귀엽다는 말은 실례일 것이다.

'하지만 귀여운 건 귀여운 거지.'

그녀는 가볍게 웃으며 칵테일을 한 모금 마셨다. 칵테일이 참 달콤했다.

하긴 그렇다. 파비안도 사람인데 좋아하는 것 한둘쯤은 있어야지.

"그저 늘 서류랑 싸우는 것만 보다가 이런 모습을 보니까 새로워서 그래요. 어쩌다 보니 요즘 의외의 면을 많이 보게 되네요. 춤출 줄 모르셨던 것도 그렇고요."

파비안은 결국 얼굴을 살짝 붉히고 말았다. 워낙 하얀 얼굴이라 조금만 붉어져도 확 티가 났다.

"그건 제가 이유를 설명드렸지 않습니까?"

"물론 그러셨지요."

마르시아가 까르르 웃었다.

"참, 그 뒤로 춤 선생님은 또 왔나요? 많이 늘었다고 깜짝 놀라진 않던가요?"

마르시아가 놀리듯 묻자, 파비안은 눈을 굴리며 대답했다.

"해고했습니다."

"네? 해고하셨다고요? 왜요?"

'설마 농담이겠지?'

생각지도 못한 대답에 마르시아가 당황하자, 파비안이 도로 그녀에게 시선을 맞추었다.

"그야 물론, 더 좋은 선생님이 가까운 곳에 있었으니까요."

"아, 아니, 그게……."

"걱정 마십시오. 두둑한 위자료와 함께 추천서를 써서 들려 보냈으니까요."

"그건 다행이지만……."

파비안이 테이블 위에 팔꿈치를 올려놓고 손에 턱을 괴었다. 아주 예의에 어긋난 행동이었지만, 자신을 뚫어져라 쳐다보는 붉은 눈동자에 홀린 마르시아는 그런 것은 신경 쓰지도 못했다.

파비안의 목소리가 은근하게 낮아졌다.

"계속 가르쳐 주실 거지요?"

"가르쳐 드리는 거야…… 그리 어렵지는 않지만요, 그게……."

"즐거우셨지 않습니까, 저와 춤을 춰서."

이번엔 마르시아의 얼굴이 빨갛게 물들고 말았다. 그녀는 칵테일 잔을 두 손을 꼭 붙잡았다.

"아니에요."

"즐겁지 않으셨습니까?"

파비안은 그녀를 똑바로 쳐다보며 웃고 있었다. 마르시아가 항의하듯 말했다.

"즐거웠지만 꼭 그게 파비안하고 춰서 그랬던 건 아니에요. 전 원래 춤을 좋아한다니까요?"

"흠, 그렇습니까?"

파비안은 눈이 고운 곡선을 그리며 가늘어지도록 웃었다.

"그렇다고 치지요."

이게 뭘까? 분명 마르시아가 파비안을 놀리고 있었는데, 어느새 정신을 차리고 보니 상황이 역전되어 있었다.

'에잇.'

그녀는 남은 칵테일을 얼른 다 마셔 버렸다.

"흥, 다 마셨어요. 이제 그만 자리로 돌아가요."

마르시아가 대답도 기다리지 않고 자리에서 일어서자, 파비안이 쿡쿡 웃으며 따라 일어났다.

그녀는 성큼성큼 걸어 식당 칸의 출구로 향했다. 그리고 기차 복도에 일렬로 늘어서 있는 일등석 칸의 객실 번호 패널 앞에서 걸음을 멈추었다.

'아차, 우리 객실 번호가 뭐였더라…….'

호기롭게 먼저 일어난 것까지는 좋았으나, 차표를 가지고 있는 건 파비안이었다. 그녀는 객실 번호를 몰랐다.

"자, 돌아가야 하니까 빨리 앞장서요."

결국 그녀는 빨개진 얼굴로 파비안을 밀어 앞으로 보냈다. 파비안은 뭐가 좋은지 계속 웃기만 했다.

객실을 금세 찾은 파비안이 마르시아를 위해 문을 열었다. 마르시아는 새침한 표정으로 안으로 들어갔다.

자리에 앉자, 얼마 지나지 않아 누군가가 문을 두드렸다. 문에는 불투명한 유리가 끼워져 있었는데, 그 너머로 사람의 실루엣이 보였다. 남색 제복 같은 것이 아른거렸다.

"검표라도 하러 왔나 보죠?"

마르시아가 부채를 꺼내 들며 말했다. 그녀는 부채를 펼쳐 입가를 가리고 작게 하품을 했다.

'피곤한 모양인데…….'

파비안은 불쾌감으로 눈썹을 살짝 찌푸렸다.

'분명 아무도 오지 않도록 하라고 했을 텐데.'

마르시아가 저렇게 피곤해하는데 굳이 이런 시간에 오다니. 방해라도 받은 기분이었다. 파비안은 자리에서 일어서며 나직하게 말했다.

"신경 쓰지 말고 편히 앉아 계십시오."

파비안이 문을 열자, 바깥에 서 있던 제복을 입은 사람이 가볍게 고개를 숙이며 말했다.

"실례합니다. 이 기차의 차장입니다. 표를 좀 보여주시겠습니까?"

파비안은 잠시 갈등했다. 신분을 밝히고 차장을 그냥 내쫓을 것인가, 아니면 그냥 표를 보여줄 것인가.

그는 곁눈질로 옆을 슬쩍 쳐다보았다. 마르시아는 좌석 등받이에 기댄 채로 이쪽을 쳐다보고 있었다.

고민은 짧았다. 그냥 빨리 표를 보여주고 잡음 없이 내보내는 편이 마르시아를 덜 피곤하게 할 터였다. 오늘은 행선지를 드러내지 않으려고 일부러 신분을 밝히지 않고 기차를 타기도 했고.

"그러지."

파비안은 코트 안주머니에 손을 넣었다. 지갑에 넣어 둔 표를 꺼내려는 것이었다. 그의 시선이 차장에게서 떨어져 안주머니로 향했다.

바로 그 순간이었다. 마르시아는 이상한 소리를 들었다.

―멍청한 놈. 대공이라는 놈이 잘도 시키는 대로 하는군. 자신에게 무슨 일이 닥칠 줄도 모르고.

섬뜩함이 가슴을 가로질렀다. 졸음이 확 달아났다.

'파비안이 대공인 걸 어떻게 알았지?'

그녀는 부채 너머로 차장을 쳐다보았다. 그 순간 보고 말았다. 파비안이 눈을 뗀 사이, 차장의 손이 슬금슬금 등 뒤로 향하고 있었던 것이다.

"지금 뭐 하는 거죠?"

마르시아가 대뜸 자리를 박차고 일어나 차장과 파비안 사이로 팔을 뻗으며 끼어들었다. 그러나 차장은 이미 번개처럼 단검을 꺼내 파비안에게 덤벼들고 있었다.

-이, 이 여자가?

예상치 못한 상황에 당황한 마음의 소리.

마르시아가 사이에 끼어들자, 차장이 소름 끼치는 눈으로 그녀를 노려보았다.

-빌어먹을, 어차피 둘 다 보낼 건데 순서가 바뀌어도 상관없지. 그럼 너부터 보내주마!

칼날의 방향이 바뀌었다. 그는 마르시아의 심장을 겨누며 단검을 내리찍었다.

"마르시아!"

뒤늦게 그 광경을 본 파비안이 지갑을 내팽개치며 마르시아의 몸을 자기 뒤쪽으로 끌어당겼다.

"아앗!"

마르시아가 놀라 작게 소리를 질렀다. 단검은 그녀의 팔을 스치듯 베고 지나갔다. 드레스 소매가 찢기고 피가 튀었다. 통증은 한발 늦게 찾아왔다. 칼이 워낙 날카로웠던 탓이었다.

"젠장!"

욕설이 들렸다. 그게 마음의 소리인지, 아니면 실제로 누군가 입밖으로 내뱉은 소리인지, 마르시아는 구분할 여력이 없었다.

파비안은 비틀거리는 마르시아를 우선 뒤로 보내고 몸으로 막아섰다.

차장이 그사이 단검을 고쳐 들었다. 그는 숨돌릴 틈도 없이 다시 파비안에게 달려들었다.

파비안은 품속에 손을 넣으며 몸을 비틀어 단검을 아슬아슬하게 피했다. 날카롭게 벼린 단검이 일등석의 고급 가죽 좌석을 케이크 자르듯 손쉽게 갈라놓았다.

차장이 혀를 차며 단검을 든 손을 잡아당겼다. 그리고 다른 손으로는 파비안의 목을 노렸다.

그 순간 파비안이 품속에서 왼손을 뽑았다. 그 손에는 작은 리볼버가 하나 들려 있었다. 그는 조금의 지체도 없이 방아쇠를 당겼다.

탕!

2피트도 채 되지 않는 근거리였다. 빗나갈 리가 없었다. 총알은 암살자의 심장에 직격으로 박혔다. 차장은 끽소리도 내지 못하고 그 자리에 무릎부터 쓰러졌다.

"꺄아아아……!"

순간 마르시아가 절규하듯 비명을 질렀다. 차장은 입으로는 아무 소리도 내지 않았으나 그의 영혼은 죽기 직전 단말마를 내질렀던 것이다.

마르시아는 죽음의 소리를 견디지 못했다. 한 번 들은 적이야 있었지만 익숙해질 수 있는 소리가 아니었다. 그녀는 그대로 정신을 잃고 말았다.

"마르시아!"

휘청이며 쓰러지는 마르시아를 파비안이 재빨리 받아 안았다.

"안 돼……. 정신 차려요, 마르시아!"

그는 정신이 나간 것처럼 마르시아의 이름을 불렀다.

"전하! 이게 무슨……."

총성을 들은 제이크가 문 앞에 나타났다.

파비안이 단둘이라고 말은 했지만, 사실은 그렇지 않았다. 오늘 내내 제이크가 그들을 그림자처럼 따라다녔다. 그러나 비밀 경호였기에 기차 좌석 안까지는 들어오지 못하고 옆 객실에서 대기한 것이다. 그 탓에 한발 늦고 말았다.

제이크의 눈에 들어온 것은 바닥에 널브러진 시체 하나와 팔이 피로 물든 채 기절한 대공비였다.

"……기차 안에 의사가 있는지부터 수배하겠습니다."

"기관실에 가서 열차 멈추지 못하게 해. 다른 역은 전부 건너뛰고 전속력으로 달리도록. 당장 대공저로 되돌아간다."

파비안은 그를 쳐다보지도 않은 채 명령했다. 분노가 실린 목소리는 무저갱에서 새어 나오는 것 같았다. 제이크는 지체 없이 명령을 수행하러 달려갔다.

미칠 것 같았다. 파비안은 필사적으로 머릿속을 차갑게 가라앉혔다.

'지혈부터.'

재빨리 목에서 크라바트를 풀어내 마르시아의 팔 위쪽을 꽉 묶었다. 그리고 정신을 다잡으며 상처를 살폈다. 다행히 상처는 생각보다 깊지 않았다.

'동맥을 다치지는 않았군.'

파비안은 단검의 날을 살피고 혀끝을 살짝 대보았다.

"……!"

혀가 마비되는 것처럼 아려왔다. 독이었다.

더 생각할 겨를이 없었다. 그는 마르시아의 상처에 입술을 가져다 대고 정신없이 피를 빨아냈다. 독이 아직 퍼지지 않았기만을 바라며 빨아낸 피를 뱉고 다시 빨기를 반복했다.

이 정도면 충분하다 싶어지자, 그는 지체 없이 입고 있던 셔츠의 한쪽 소매를 찢어냈다. 상처 위에 깨끗한 손수건을 대 누르고 셔츠 소매를 찢어 만든 붕대로 꽉 동여맸다.

진짜 차장이 일등칸으로 달려온 것은 응급처치가 막 끝났을 때였다.

"실례합니다, 로랑 대공 전하께서 여기…… 헉."

객석 안의 상황에 차장은 말을 끝맺지도 못한 채 당장에라도 쓰러질 것 같은 표정을 지었다.

차장의 표정 따위는 파비안의 눈에 들어오지도 않았다. 그가 다그치듯 물었다.

"이 열차에 의사는 없나?"

"물어보고 다녔습니다만 어, 없었습니다."

파비안의 표정이 어둡게 가라앉았다.

"내 부하에게 이미 들었겠지. 석탄을 있는 대로 다 태워. 디에프역까지 쉬지 말고 달리도록."

"다른 손님들은……."

차장이 반발하자 파비안이 고개를 들었다. 그의 새빨간 시선이 차장에게 내리꽂혔다. 차장은 숨을 멈추었다. 파비안은 자리에서 조금도 움직이지 않았는데도 멱살이 잡힌 듯 목이 졸리는 느낌이었다.

"히익……."

"세 번 말하게 하지 마. 다른 승객들의 불만이라면 나중에 대공저로 보내고, 의사를 데려올 게 아니라면 당장 꺼져."

차장은 대답조차 하지 못하고 뒷걸음질 쳐서 객실을 나갔다.

파비안은 좌석에 기대어 앉힌 마르시아의 앞에 한쪽 무릎을 꿇고 앉았다. 그는 흔들리는 눈으로 마르시아의 얼굴을 올려다보았다. 아름다운 얼굴에서는 창백하니 핏기가 사라져 있었다.

"마르시아, 제발⋯⋯."

그는 눈을 질끈 감았다 떴다. 그의 손이 떨리며 마르시아의 손으로 향하다가, 이내 아래로 떨어졌다.

파비안은 마르시아를 직접 품에 안고 마차에서 내렸다. 고용인들이 놀라 달려왔지만, 그는 마르시아를 꼭 끌어안은 채 넘겨주지 않았다.

"벨만 선생은 어디 있나!"

"모셔 왔습니다!"

마차 뒤쪽에서 말이 달려오는 소리가 났다. 말 위에 있는 것은 제이크와 벨만이었다. 디에프역에 내리자마자 제이크가 주치의를 데리러 말을 타고 사라졌고, 아슬아슬하게 시간을 맞춰 저택에 도착한 것이었다.

어찌나 빨리 달려왔는지 말에서 내린 벨만은 무릎을 휘청거렸다. 그는 멀미로 욕지기가 올라오는 것을 꾹 눌러 참으며 말했다.

"욱⋯⋯. 비전하께서⋯⋯ 다치셨다고요?"

그는 그 와중에도 인내심을 발휘해 '또' 다쳤냐고는 묻지 않았다.

"독이오. 서두르지."

파비안은 마르시아를 안고 성큼성큼 저택 건물 안으로 들어섰다. 그 뒤를 벨만과 그의 진료 가방을 대신 든 제이크가 재빨리 따라 갔다.

여주인이 실신한 채 안겨 들어오자 저택이 소란스러워졌다.

"마르시아 언니?"

계단 위에서 가녀린 목소리가 들렸다. 라리사가 난간을 붙잡은 채 아래를 내려다보고 있었다.

파비안은 라리사에게까지 신경을 쏟을 여력이 없었다. 그가 하녀들에게 재빨리 눈짓을 보냈다. 라리사의 옆에 서 있던 소피아와 데이지가 얼른 그녀를 달랬다.

"자, 라리사 아가씨, 우선 방으로 돌아가 계세요. 제가 무슨 일인지 잘 알아올게요. 자아……."

파비안은 일단 현관에서 가장 가까운 침실에 마르시아를 눕혔다. 그녀의 몸을 내려놓는 손길은 유리 세공품이라도 다루는 듯 섬세하고 조심스러웠다.

따라 들어온 벨만이 진료 가방을 열고 탁자 위에 신속하게 진료 도구를 늘어놓았다.

"어떻게 되신 겁니까? 독이라니요?"

"암살자였네. 단검에 독이 묻어 있었어."

파비안의 목소리는 냉정하게 사실만을 말했다. 그러나 마르시아의 창백한 얼굴을 내려다보는 눈동자는 불안으로 잘게 떨리고 있었다.

"여기 그 단검 가져왔네."

파비안은 옷 조각으로 감싼 단검을 옆 테이블 위에 내려놓았다.

벨만이 그것을 흘끗 보고는 고개를 끄덕였다. 그가 마르시아의 팔에서 셔츠를 찢어 감은 붕대를 풀기 시작하자, 파비안은 눈을 질끈 감았다.

"부탁하지. 나는 나가 있을 테니."

방 밖으로 나간 파비안은 팔짱을 끼고 복도 벽에 기대어 섰다. 문 안으로는 아무도 못 들어가게 할 참이었다. 그거라도 해야 마음이 덜 불편할 터였다. 어차피 감히 그럴 만한 사람이 없다는 것을 그도 알았다.

아니, 딱 한 사람 있긴 했다. 작은 발걸음 소리가 그에게 다가왔다. 그의 성정을 아직 잘 모를 게 뻔한 라리사였다.

"저…… 전하, 마르시아 언니는……."

먼저 말을 걸다니. 라리사는 수줍음이 많은 편이라 묻는 말에는 대답해도 먼저 말을 거는 일은 별로 없었다. 특히 파비안에게는 더욱 그랬다.

조금 놀라긴 했으나 파비안에게는 귀찮게 느껴질 뿐이었다.

'하녀들이 방에 보내지 않았나? 안 보는 사이에 빠져나왔나 보군…….'

파비안이 그늘진 시선을 돌렸다.

라리사는 덜덜 떨고 있었다. 그동안 마르시아가 돌봐 보기 좋게 살이 올랐지만, 그 시간과 노력이 무색해 보일 지경이었다. 두려움과 절망이 깃든 얼굴이 꼭 처음 본 날 같았다.

"……."

파비안은 그제야 라리사의 위치를 되새겼다.

언니의 도움으로 학대당하던 어두운 과거에서 간신히 빠져나왔다. 그리고 지금은 언니의 결혼으로 새집에 얹혀살고 있었다.

마르시아가 사라지면 대공가와 라리사는 아무 관계도 아니게 된다. 그렇게 되면 라리사는 갈 곳이 없었다.

물론 만에 하나 그런 상황이 온다고 해도 파비안이 라리사를 내쫓을 리는 없었다. 그러나 그렇든 아니든, 라리사에게 마르시아가 전부인 것은 변함이 없었다.

그리고 무엇보다…… 라리사는 마르시아를 사랑했다. 그건 옆에서 잠깐 보기만 해도 누구나 쉽게 알 수 있는 일이었다.

파비안은 팔짱을 끼고 있던 팔을 풀었다. 그리고 라리사의 머리를 쓰다듬었다.

"괜찮아."

그의 입에서 나온 목소리는 자신도 놀랄 정도로 어두웠다. 파비안은 목소리를 가다듬고 라리사와 이마가 맞닿을 정도로 허리를 숙였다. 눈높이를 나란히 한 파비안이 다시 한번 말했다.

"괜찮아. 벨만 선생이 들어갔으니까 금세 깨어날 거다."

이번에는 그럭저럭 부드러운 목소리를 낼 수 있었다.

라리사의 커다란 초록색 눈동자가 촉촉하게 젖어들었다. 파비안은 당황하며 살짝 눈살을 찌푸렸다. 울기라도 하면 어쩌지. 그는 눈앞에서 아이가 울 때 뭘 어떻게 해야 하는지 전혀 알지 못했다.

하지만 라리사는 울지 않았다. 입술을 깨물고 눈을 몇 번 깜빡거렸을 뿐이었다. 그리고 두어 번 숨을 내쉬더니, 모기처럼 가느다란 목소리로 물었다.

"저도…… 여기 있어도 될까요?"

"그래."

파비안은 복도 저 너머를 쳐다보았다.

하녀 하나가 초조하게 손을 맞잡고 이쪽을 쳐다보고 있었다. 데이지였다. 라리사가 방을 빠져나와 이리 온 것을 이제야 알았지만, 대공과 이야기를 하고 있으니 쉽사리 다가오지는 못하는 모양이었다. 파비안이 그쪽을 향해 말했다.

"라리사가 앉을 의자를 가지고 오도록."

이내 하인 둘이 푹신한 쿠션이 놓인 의자를 날라 왔다. 라리사가 머뭇거리다 의자에 앉자, 파비안은 다시 팔짱을 끼고 벽에 기대어 섰다.

그의 시선은 문에 고정되었다. 그들은 아무 말도 없이 그 문이 열리기만을 기다렸다.

'벌써 이게 세 번째인가…….'

마르시아가 몸을 던져 암살자를 저지한 것이.

왜 이런 일이 자꾸 반복되는 걸까. 맨 처음 거지 소년의 경우에는 아무 일도 생기지 않았지만, 독이 든 디저트가 나왔을 때는 음식을 뒤집어쓰고 사람들에게 비웃음을 사야만 했다.

'오늘은 결국 부상당하고 독에, 기절까지…….'

그 외에도 총이 폭발하거나 헤어진 남자에게 위협을 받는 등, 일반적인 귀부인이라면 일생에 단 한 번도 겪지 않을 일이 그녀에게는 계속해서 일어났다.

자신의 곁에 있기 때문인 걸까. 목숨이 위태로운 주제에 알량한 계약 결혼 따위로 그녀를 계속 붙들어두고 있어도 되는 걸까.

파비안은 괴로운 심정으로 문을 노려보았다.

한 시간쯤 지난 후에 벨만이 손을 닦으며 방에서 나왔다. 그는 라리사가 앉아서 기다리는 것을 보고 조금 놀란 눈치였다.

벨만은 라리사 앞에서 이야기해도 되나 망설였다. 그러나 파비안은 벨만이 그런 고민을 하도록 내버려 두지 않았다. 자신이 라리사라면 진실을 알고 싶을 거라고 생각했기 때문이었다.

파비안이 곧바로 물었다.

"어찌 되었지?"

벨만은 라리사를 힐끔거리다가 입을 열었다.

"증거품을 가져오신 덕분에 뭘 썼는지 알아냈습니다. 다행히 제가 가진 약품으로 종류를 구분할 수 있었습니다."

그는 가능한 한 단검이니 독이니 하는 단어를 안 쓰려고 노력하며 말했다.

"꽤 위험한 물건이었습니다만, 응급처치가 빨랐던 게 다행이었습니다. 해…… 약도 먹여 드렸으니 괜찮으실 겁니다."

거기까지 말한 후, 벨만은 파비안에게 가까이 다가가서 속삭이듯 다그쳤다.

"도대체 왜 부인께서 자꾸 부상당하시는 겁니까?"

파비안이 괴로운 듯 얼굴을 찌푸렸다.

"나도 그걸 알고 싶소, 선생."

그는 나직하게 내뱉으며 발걸음을 옮겼다. 마르시아가 어떤지 두 눈으로 확인해야 했다.

벨만이 그를 말렸다.

"오늘 밤은 절대 안정을 취하셔야 합니다. 들어가지 않으시는 게……."

"상태가 악화되지 않는지 누가 밤새 보고 있어야 하지 않나?"

"그건 하녀들이 하면 될 겁니다."

"내가 직접 하겠네."

그는 고집스레 문을 열고 방으로 들어갔다.

마르시아는 침대에 누워 있었다. 치료를 위해 어깨까지 소매를 찢어 드러난 맨팔에는 붕대가 깔끔하게 감겨 있었다.

그는 발소리를 내지 않으려 애쓰며 조용히 곁으로 다가갔다. 눈을 감은 마르시아의 얼굴에는 핏기가 하나도 없었다. 입술마저 파랬다.

하지만 호흡은 안정적이었다. 벨만의 치료가 적절했던 모양이었다.

'신이시여……'

감사합니다.

파비안은 메마른 입술로 아홉 살 이후로 부른 적 없었던 신의 이름을 불렀다.

그는 한참을 그녀의 얼굴을 내려다보며 서 있다가 천천히 주변으로 시선을 돌렸다. 침대 옆 테이블 위에는 벨만이 놓고 간 해독제와 마실 물이 마련되어 있었다.

'공기가 차군.'

그는 문득 방 안의 온도가 너무 낮다고 생각했다. 현관에서 가장 가깝다는 이유로 고른 손님방이었다. 사람이 자주 드나들지 않아서일까. 공기가 싸늘했다.

'이러니까 저렇게 입술이 파랗겠지.'

파비안은 쯧, 하고 혀를 차곤 벽난로에 석탄을 있는 대로 쏟아 넣고 불을 붙였다. 불을 키우기 위해 한참 풀무를 밟고 있는데, 등 뒤에서 마르시아의 목소리가 들렸다.

"파비안?"

"……마르시아."

마르시아가 침대에 누운 채 가늘게 눈을 뜨고 그를 쳐다보고 있었다. 그는 풀무를 내팽개치고 침대로 달려갔다.

"요즘 왠지 이런 상황이 자주 벌어지는 것 같네요. 기절했다가 깨어나는 거 말이에요. 크게 다치지도 않았는데 이상하게 몸에 힘이 없네요……."

마르시아는 희미하게 웃으며 말했다.

'또 저렇게…….'

마르시아의 미소에 파비안은 화가 났다. 그녀는 늘 이렇게 분위기를 밝게 하려고 애썼다. 자신이 다쳐서 누워 있는 상황에서까지 다른 사람을 배려할 필요는 없지 않은가.

차라리 그에게 화를 내고 당장 나가라고 했다면 마음이 더 편하지 않았을까. 죄책감으로 가슴이 먹먹해졌다.

오늘 혹시나 무슨 일이 생길까 봐 마르시아에게조차 어디로 간다고 말해주지 않았다. 제이크를 몰래 동행시키기까지 했으나 그의 조치는 아무 소용도 없었다.

파비안은 침울하게 말했다.

"단검에 독이 묻어 있었습니다."

"아, 그랬군요. 모처럼 둘이 외출했는데……."

마르시아가 아쉽다는 듯 가볍게 한숨을 쉬었다.

"그래서 그렇게 얼굴이 죽상이었군요."

"죽…… 예?"

뒷골목에서나 쓸 법한 단어에 파비안이 주춤하자, 마르시아가 옅게 웃었다.

"좋아요. 덜 찌푸리니까 보기 좋네요. 잘생긴 얼굴인데 자꾸 찡그리지 말아요."

"당신…… 아닙니다."

파비안이 한숨을 쉬었다.

그때였다. 마르시아가 갑자기 침대에서 상체를 벌떡 일으켰다. 그녀는 무슨 이상한 소리라도 들은 것처럼 주위를 두리번거렸다.

파비안은 귀를 기울였지만 아무 소리도 나지 않았다.

"일어나지 마십시오. 오늘 밤은 절대 안정을 취해야 합니다. 필요한 게 있으면 제가 가져다드릴 테니……."

"라리사. 라리사는요?"

마르시아는 눕기는커녕 침대에서 나가려 했다. 이상할 정도로 충격을 받은 표정이었다.

"바로 문밖에 있습니다. 데리고 들어올 테니, 제발 도로 누워요."

파비안은 그녀가 다시 눕는 것을 확인하고 문을 열었다. 그러자 의자 위에서 양 무릎을 끌어안고 있던 라리사와 눈이 마주쳤다. 그가 고갯짓하자 라리사가 주춤주춤 문가로 다가왔다.

마르시아가 침대에 누운 채로 달래듯 목소리를 높여 말했다.

"라리사! 언니는 괜찮아. 놀라서 잠시 정신을 잃었던 것뿐이야."

라리사는 문간에 선 채 떨리는 목소리로 말했다.

"하지만 요전에도 손을 다쳤잖아요……."

"그건 벌써 나았잖니."

"무서웠어요. 언니가 영영 떠날까 봐……."

"이런, 라리사."

마르시아가 도로 침대에서 몸을 일으켰다. 그리고 양팔을 벌렸다.

"네가 성인이 될 때까지 옆에 꼭 있어주겠다고 했잖아. 이리 오렴."

라리사가 재빨리 침대로 달려갔다. 파비안은 문을 닫았다. 그는 오늘 이 방을 나갈 생각이 없었으므로, 자매에게 시간을 주기 위해 멀찍이 문가에 서 있었다.

"아프면 안 돼요. 다치지 말아요. 흑……."

라리사의 목소리에 울음이 섞여들었다.

쯧, 결국 울잖아. 파비안은 난감한 기분으로 라리사를 쳐다보았다.

"날 버리지 말아요. 어엉……."

"라, 라리사!"

"죽으면 안, 안……."

라리사의 울음소리가 커졌다. 마르시아가 당황한 표정으로 번개같이 침대에서 빠져나왔다.

스스로가 울고 있다는 데에 라리사도 놀란 것 같았다. 흠칫, 하고 어깨가 움츠러들었던 것이다.

마르시아는 재빠른 동작으로 이불을 끌어당겨 라리사에게 둘렀다. 라리사의 조그만 몸이 커다란 이불에 완전히 폭 감싸여 가려졌다.

파비안이 한쪽 눈썹을 치켜올렸다. 이불로 감싸 둘둘 말아버리는 것이 우는 아이를 달래는 방법이 아니라는 것 정도는 그도 알았다.

그리고 무엇보다 가장 신경 쓰인 것은, 마르시아가 아무래도 그의 눈치를 보는 것 같다는 거였다.

"마르시아, 주치의가 안정을 취해야 한다고 그렇게 당부했는데……."

"파비안, 자, 잠시 나가주시겠어요? 도로 누울 테니까, 라리사만 안정되면 도로 누울게요. 그러니까 잠시만요."

"……그러지요."

왜 저렇게까지 당황하는 걸까. 하지만 그녀가 나가달라고 했으니 그는 그 말에 따를 뿐이다.

파비안이 뒤로 돌아 문을 열려던 찰나였다. 발에 뭔가가 부드럽게 차였다.

작은 갈색 봉제 인형이었다.

'생강 쿠키 모양…… 인가?'

라리사 것이겠지. 그는 허리를 숙여 인형을 집어 들었다. 조악한 솜씨로 만든 것이지만 이런 때에 여기까지 들고 올 정도면 소중한 것이리라.

'이것만 건네주고 나가야겠군.'

그는 인형을 손에 들고 침대 쪽으로 발걸음을 옮겼다.

"이걸 떨어뜨린 것 같은데……."

"……!"

순간 마르시아의 표정이 경악으로 물들었다.

'왜 저런 표정이지?'

파비안은 문득 발밑을 내려다보았다. 카펫 위에 작지만 선명하게 눈길을 끄는 것이 있었다. 그는 천천히 한쪽 무릎을 꿇고 그것을 주워 올렸다.

파비안의 손에 담긴 것이 벽난로의 빛을 받아 황홀한 광채를 발했다.

마르시아가 신음을 흘렸다.

"이게 도대체……."

요정의 눈물을 손에 쥔 파비안이 고개를 들었다. 그의 붉은 눈동자는 의혹으로 물들어 있었다.

딸꾹. 딸꾹.

라리사를 감싼 이불 속에서 딸꾹질 소리가 났다.

이내 파비안의 얼굴에 어떤 깨달음과 함께 놀라움이 번져 나갔다. 그는 마르시아와 라리사를 번갈아 쳐다보았다. 오래지 않아 그의 눈빛이 가라앉고, 그 자리를 분노가 대신했다.

파비안은 말없이 다이아몬드를 쥔 채 일어섰다. 그는 방을 성큼성큼 가로지르더니, 방문을 단단히 잠그고 돌아왔다.

"자, 이제 말해보십시오."

파비안은 침착한 표정이었으나, 그의 말투에서는 분노를 읽을 수 있었다. 마르시아는 차마 입을 열지 못했다. 그러자 파비안이 다그치듯 물었다.

"누구 짓입니까?"

"네?"

누구 짓이냐니, 뭐가?

질문의 의도를 이해하지 못한 마르시아가 미간을 좁히며 고개를 갸웃했다.

그가 다시 한번 말했다.

"도대체 어느 마녀가 이런 흉악한 마법을 걸었냐고 물었습니다."

"마녀요? 흉악한 마법……? 아."

마르시아는 그 질문 하나에 담긴 것들을 눈치챘다.

파비안은 라리사의 우는 얼굴을 직접 보지는 못했을 것이다. 하지만 바닥에 떨어진 것이 요정의 눈물이라는 것을 한눈에 알아보았다.

'귀하고 비싼 보석이니까 물론 본 적이 있었겠지.'

그것이 광산에서 나오는 보석이 아니라는 것도 알고 있었을 것이다. 살아 있는 생명체가 만드는 보석은 진주와 산호를 제외하면 요정의 눈물뿐이다.

순식간에 라리사가 흘린 눈물이라는 것을 알아챘고, 그러면서도 흉악한 마법이라고 말했다. 축복이 아니라.

마르시아는 파비안을 올려다보았다. 그리고 가만히 귀를 기울였다. 그에게서 들려오는 것은 순수한 분노뿐이었다. 라리사를 이렇게 만든 자에 대한 분노.

그 마음의 소리가 마르시아의 입을 열게 만들었다.

'괜찮아. 이 사람이라면 괜찮을 거야.'

그녀는 나직하게, 그러나 분명하게 말했다.

"마녀가 아니에요."

"그럼……."

"저희 어머니죠."

그녀는 이불에 감싸인 라리사를 꼭 끌어안았다.

"요정이셨거든요."

그 말을 들은 파비안의 표정이 굳었다. 그는 아무 말도 하지 않았다.

마르시아도 더 이상 말하지 않았다. 그녀는 그저 아직 핏기가 돌아오지 않은 입술을 깨물며 라리사를 더 강하게 끌어안을 뿐이었다.

더 이상의 설명은 필요 없었다. 라리사의 눈물 한 방울이 모든 것을 말해준 것이나 마찬가지였다.

라리사가 왜 가족들에게 호되게 학대당했는지. 자매가 왜 집에서 도망쳤어야만 했는지. 마르시아가 왜 그렇게 라리사를 감싸고 돌았는지. 왜 이고르가 금광을 손에 쥐고도 부득부득 라리사를 도로 데려가려 했는지. 그 직후 라리사의 상태가 왜 그렇게 악화되었는지.

파비안은 한 손으로 마른세수를 했다. 그는 피곤한 음성으로 말했다.

"손 줘보십시오."

마르시아가 순순히 한 손을 내밀었다. 그 손바닥에 파비안은 방금 주운 요정의 눈물을 내려놓았다.

"말씀드렸지요. 오늘 밤은 절대로 안정을 취하셔야 한다고요. 몸을 회복하는 게 먼저입니다."

파비안은 한 발짝 물러서더니 침대를 가리켰다.

"일단 주무십시오. 라리사도 이 방에서 함께 자는 게 낫겠군요. 그 편이 두 사람 다 마음이 편하겠지요."

그 말을 들은 라리사가 꼬물거리며 이불에서 고개를 내밀었다. 눈과 코가 빨갰지만 눈물은 멎어 있었다.

딸꾹.

라리사가 겁먹은 토끼 같은 눈으로 파비안을 쳐다보았다. 파비안은 라리사를 보고 있지 않았다. 그는 마르시아를 바라보고 있었다.

그녀의 파리한 얼굴과 팔에 감긴 붕대를 보며 파비안이 말했다.

"제발 침대에 누우시지요. 제가 안아서 눕혀 드리기 전에 말입니다."

부탁으로 시작해서 협박조로 끝나는 말이었다.

마르시아는 결국 라리사와 나란히 침대에 누웠다. 침대는 네댓 명도 충분히 누울 수 있을 만큼 넓었으므로 아무 문제가 없었다.

"몸이 불편하시거나 목이 마르시면 언제든 절 부르십시오. 저는 벽난로 근처에 앉아 있을 테니까요."

"방으로 가지 않으시고요?"

"아픈 아내를 두고 가란 말씀은 아니겠지요. 얼른 눈이나 감으십시오."

하녀들이나 할 일을 직접 하겠다고 나서는 그를, 마르시아는 말리지 않았다. 말려봤자 소용도 없을 테니 그냥 시키는 대로 눈을 감았다.

이내 수마가 그녀에게 찾아들었다.

이마에서 갑자기 차가운 감각이 느껴졌다. 나는 손을 뻗어 이마에 가져다 댔다.

'응?'

뭔가 따뜻하고 커다란 것이 손에 잡혔다. 이게 뭐지?

눈을 뜨자, 시야에 들어온 것은 파비안의 얼굴이었다.

'깜짝이야.'

그렇다면 내 손에 잡힌 이것은…….

'엄마야. 파비안 손이잖아.'

그것도 맨손이었다. 나는 화들짝 놀라며 손을 도로 이불 아래로 쏙 집어넣었다. 장갑 낀 손을 잡은 적이야 몇 번 있었지만, 맨손을 잡은 적은 거의 없었다.

'아, 아니, 손 닿는 것 정도로 뭐가 어때서.'

황급히 손을 치우고 나서야 뒤늦게 그런 생각을 했다. 하지만 이제 와서 도로 파비안의 손에 내 손을 얹으면 더 어색하겠지…….

파비안도 손을 움찔하는 것이, 조금 놀란 것 같았다. 그는 내 이마에 차가운 수건을 제대로 얹어주고는 손을 거두었다.

"좀 어떻습니까?"

"어, 음? 괜찮아요."

"간밤에 열이 많이 났습니다."

밤에 열이 났는지 어떻게 알지? 설마 밤새 내 옆에서 열이 날 때마다 물수건을 갈아준 걸까?

'아니, 소피아가 들어왔었을지도 몰라. 하녀에게 들었을 수도 있긴 한데…….'

나는 새삼스럽게 그의 얼굴을 바라보았다. 언뜻 보면 차가운 듯하지만 실은 걱정 어린 시선과 조심스러운 손길.

한동안 다른 사람을 돌보는 입장이었는데, 반대로 파비안의 손길을 받으며 누워 있자니 가슴이 뭉클했다. 이마에서 느껴지는 찬 기운에 기분이 좋아져 나는 사르르 눈을 감았다.

파비안 말대로 열이 좀 있는 걸까? 어젯밤에 어땠는지 기억이 전혀……. 잠깐, 어젯밤?

'앗, 라리사!'

나는 얼른 간밤에 라리사가 누웠던 쪽을 돌아보았다. 침대는 비어 있었다. 내가 몸을 일으키려는 순간, 반대쪽에서 가느다란 목소리가 들려왔다.

"저는 여기 있어요."

고개를 돌려보니, 벽난로 앞 의자에 앉아 있던 라리사가 내 쪽으로 쪼르르 달려오는 것이 보였다.

벌써 일어났구나. 도대체 지금 몇 시지?

방 안으로 들어온 햇살이 눈부실 지경이었다. 아무래도 아침은 훨씬 지난 것 같은데.

"둘 다 식사는 했나요?"

"아뇨."

"아직입니다."

파비안과 라리사는 나란히 고개를 저었다. 그게 뭐가 우습다고, 괜히 웃음이 나왔다.

'둘 다 내가 깨어나길 기다리느라 아침도 안 먹었구나.'

나는 침대 옆 설렁줄을 당겨 식사를 방으로 들여오도록 부탁했다. 파비안과 라리사는 조그만 테이블을 침대 옆으로 끌어와 아침을 먹었다. 나는 그 광경을 보면서 침대에 기대앉은 채 가볍게 수프와 부드러운 빵으로 식사를 대신했다.

셋 다 어느 정도 배가 차고 나자 파비안이 입을 열었다.

"변한 건 아무것도 없습니다."

그가 대뜸 그렇게 말했다. 돌려 말하지 않고 곧바로 본론으로 찔러 들어가는 그의 화법이 이젠 익숙했다.

"결혼 서약은 유효합니다. 당신은 여전히 제 아내이고, 라리사는 아내의 동생이니 제 가족입니다."

"아……."

라리사가 탄성을 흘리며 파비안을 쳐다보았다. 그는 라리사에게 시선을 돌리며 말했다.

"라리사, 만일을 대비해서 주머니가 달린 손수건을 가지고 다니도록 해라. 혹시라도 눈물이 나오면 닦는 척하면서 손수건의 주머니에 넣어. 그대로 접어서 드레스 주머니나 손가방에 넣으면 어색해 보이지 않을 거다."

라리사는 놀란 표정을 한 채 고개를 끄덕였다. 그가 엷게 웃으며 입술에 손가락을 하나 펴 가져다 댔다.

"비밀은 계속 비밀로 놔두는 게 좋겠지. 나는 어젯밤에 아무것도 못 본 걸로 하자. 아무 일도 없었던 거야. 알겠지?"

라리사는 여전히 눈을 동그랗게 뜨고 있었지만, 이내 또렷하게 대답했다.

"네. 아무 일도 없었어요."

"좋아."

놀란 것은 나도 마찬가지였다.

'저걸로 끝이야? 저렇게 간단하게 결론 내리고 끝?'

그는 남몰래 눈물을 숨기라고 하면서도 그걸 가져오라거나 어떻게 처리하라고는 하지 않았다. 정말로 욕심이 전혀 생기지 않는 모양이었다.

그러고 보니 블리크 저택을 탈출하면서 생각했었지. 라리사의 왕자님은 지위도 재산도 명성도 다 갖춰서, 눈물로 만든 다이아몬드 따위에는 연연하지 않는 사람이어야 한다고.

나는 새삼스러운 눈길로 파비안을 바라보았다. 그는 조건에 딱 들어맞는 남자였다.

'이제 와 확인하는 것도 우습지만 역시 왕자님이 틀림없어.'

다 가진 것 같으면서도 어딘가 인간적인 면모도 갖춘 남자. 동화 속의 완벽한 남자 주인공.

그가 나와 눈이 마주치자 자리에서 일어섰다. 낮은 목소리가 나직하게 울렸다.

"약 드셔야지요."

그는 내 눈앞에서 직접 약병 마개를 열고 약을 스푼에 조금 따랐다.

"제가 혼자 할 수 있는데……."

"그냥 아, 하십시오."

"……."

나는 얌전히 입을 벌렸다. 약은 지독하게 썼다. 눈을 질끈 감고 억지로 약을 삼켰다.

"하하, 그렇게 맛이 없습니까? 어린아이도 아니고."

도로 눈을 뜨니 파비안의 웃는 얼굴이 시야에 가득 들어왔다.

"자요."

그는 내 입에 각설탕을 하나 넣어주었다. 손가락 끝이 입술에 살짝 스쳤다. 스친 자리가 불이 붙은 것처럼 뜨거워졌다.

'뭐야…… 왜 친절한 건데.'

왜 나한테까지 이렇게 다정하게 구는 건데.

나는 혀를 굴려 설탕을 녹이면서 가만히 가슴에 손을 얹었다. 심장이 마구 뛰고 있었다.

'망했다…….'

이 남자에게 반한 게 틀림없었다.

지금까지 아닐 거라고, 설마 그럴 리 없다고 반복해서 스스로에게 되뇌었지만 소용없었다.

좋아하면 안 되는데. 라리사의 왕자님인데.

쓸쓸한 짝사랑은 이미 오래전부터 진행 중이었다. 그걸 이제야 깨달았을 뿐.

'……이게 다 파비안 탓이야.'

계약 때문에 부부인 척하는 사이인데, 그것도 아내랍시고 자꾸 이렇게 챙겨주니까 그렇잖아.

나는 괜히 약병 뚜껑을 닫는 파비안을 서럽게 노려보았다. 각설탕을 다 먹었는데도 입안은 여전히 쌉쌀하기만 했다.

❋

배신자는 쉽게 찾아냈다. 염려와는 달리 대공저에 속한 자는 아니었다.

"디에프역의 역무원이었습니다. 뒷돈을 톡톡히 받아 챙겼더군요. 제가 직접 가서 몰래 사다 드린 기차표의 시간과 행선지를 발설하는 대가로 말이죠."

포투스의 보고였다. 그는 손가락으로 안경을 밀어 올리며 덧붙였다.

"그 대가로 오늘부터 실업자가 되었지만요."

"음."

파비안이 고개를 끄덕였다. 그 자식 해고해, 라고 말하기도 전에 알아서 처리한 모양이다. 언제나처럼 마음에 드는 일 처리였다.

"암살자의 배후는 아직입니다만……. 의외로 다른 곳에서 정보가 들어올지도 모르겠습니다."

"다른 곳이라니?"

포투스가 어깨를 으쓱했다.

"살인 사건이잖습니까. 경관이 오늘 내로 사정 청취하러 올 겁니다. 체포 영장을 들고 올 수도 있겠네요."

파비안이 침음을 흘리며 관자놀이를 문질렀다.

"경찰청장은 감히 대공가에 영장을 보낼 정도로 담대한 인간이 아니야. 무엇보다 정당방위였고. 하지만 골치는 아프겠군."

"어젯밤이 아니라 이렇게 하루 늦게 오는 것 자체가 대공가에 대한 배려일 겁니다. 뭐, 좋게 생각하시죠. 경관이 암살자의 신상을 조사해서 들고 올 테니까요."

"자기 일 아니라고……."

"이게 왜 제 일이 아닙니까? 전하가 일을 벌여놓으시면 그 뒤처리는 다 제 몫인데요! 어제 일만 해도 그렇습니다. 제가 밤중에 그 많은 승객 보상금 처리하느라 얼마나 고생했는지 아십니까? 저도 잠 한숨 못 잤다고요."

포투스가 억울하다는 듯 언성을 높였다.

"제가 말씀드린 대로 열차에서 두 분이 제이크와 같은 객실을 쓰셨더라면 이런 일은 없었을 게 아닙니까?"

파비안이 아무 말도 하지 못하자, 포투스가 그를 째려보며 말을 이었다.

"단둘이 데이트 분위기를 내고 싶다고 기어이 호위 기사를 옆 칸으로 밀어낸 게 누구였죠?"

"……그 건에 대해서는 진심으로 반성하고 있네."

파비안이 괴로워하며 고개를 푹 숙였다. 포투스가 쯧, 하고 혀를 찼다.

"하기야, 비전하께서 그리될 줄 아셨더라면 아예 기차 전체를 전세냈을 분이니……. 비전하께서도 순순히 밀착 호위를 납득하고 받아들이실 분도 아니고요."

똑똑.

포투스의 말을 가르고 노크 소리가 났다. 파비안이 눈짓을 하자 포투스가 문을 열었다. 밖에 서 있는 것은 알프레드였다.

"전하, 경찰청에서 사람을 보내왔습니다. 일단 일 층 두 번째 응접실에 모셔두었습니다."

포투스가 올 게 왔네요, 하는 표정으로 파비안을 돌아보았다.

응접실에 들어선 파비안이 눈썹을 치켜올렸다. 특징적인 콧수염이 아니더라도 잊을 수 없는 얼굴이었다. 선대 대공의 장례식 날 왔던 자였다.

그는 기억을 뒤져 경관의 이름을 찾아냈다. 필립 매크로프트 경사라고 했던가.

"오랜만이오, 매크로프트 경사."

"지금은 경위입니다. 파비안 로랑 대공 전하."

"승진하셨나 보군. 축하하오."

파비안이 나름 친근하게 말을 붙였지만, 필립의 표정은 딱딱했다.

필립은 소신을 가지고 경관이 된 자였다. 항상 열심히 일했으며 나름대로 공정하려고 늘 노력해 왔다. 물론 그 기준은 조금 치우쳐 있었지만, 그것까지 포함해 실로 경관이 되기에 알맞은 남자였다.

해서, 그는 밤새 다른 사람들의 증언을 수집했다. 파비안과 마르시아가 제일 마지막이었다. 나름대로 부상자를 배려한 것이다. 그것을 눈앞의 젊은 대공이 아는지는 모르겠지만.

"벌써 두 번째군요. 살인 사건에 연루되신 것이."

"연루 정도가 아니라, 둘 다 내가 쏴 죽였지."

"살인마라도 되는 것처럼 말씀하시는군요. 한 사람은 자결이었던

걸로 기억합니다. 둘 다 남의 사주를 받아 전하를 해치려 한 자들이
고요."

필립은 피곤한 기색을 보이지 않으려 애쓰면서 수첩을 꺼내 펼쳤다.

"그럼 그날 있었던 일을 가능한 한 상세하게 말씀해 주시겠습니까?"

"그러지."

파비안은 취조에 협조적이었다. 질문에 꼬박꼬박 상당히 객관적으
로 대답해 주었다. 지난 밤 다른 승객들에게서 들은 증언과 크게 다
르지 않았다.

'이 정도라면 정당방위 선에서 마무리될 가능성이 높군. 확실한 증
거만 하나 더 나온다면 좋겠는데.'

그는 다소 아쉬운 얼굴로 수첩을 덮었다.

"이제 되었소?"

"네. 전하의 취조는 끝났습니다. 그럼 이제 대공비를 뵐 차례군요."

"······대공비?"

지금까지 순순히 묻는 대로 대답하던 파비안의 눈빛이 순간 달라
졌다.

"그건 안 돼. 내게 들으시오. 다 대답해 줄 테니까."

필립은 순간 목 뒤로 소름이 돋는 것 같았다. 그는 내색하지 않고
목에 힘을 주었다.

"대공께서 말씀해 주시면 선입견이 들어간 진술이 됩니다. 비전하
께 직접 들어야 합니다."

"아직 외부인을 만날 수 있는 상태가 아니오. 허락할 수 없소."

"대공의 허락이 없어도 비전하의 허락만 있으면 됩니다."

"내쫓기 전에 제 발로 나갈 건가, 아니면 순순히 내게 더 질문할

텐가?"

"제가 영장을 들고 다시 돌아오길 바라십니까?"

"승진한 지 얼마 되지도 않은 경위 자리가 아깝지도 않은가 보군."

"내 이럴 줄 알았지!"

마지막에 대답한 것은 여자의 목소리였다.

응? 서로를 노려보고 있던 두 남자가 동시에 고개를 돌렸다.

"경찰청에서 사람이 왔다는 말을 들었을 때부터 이럴 줄 알았다니까요."

해쓱한 얼굴의 금발 미녀가 응접실 안으로 걸어 들어왔다. 필립은 자리에서 벌떡 일어섰다.

"마르시아 로랑 대공비 전하."

"맞아요. 어라……. 전에 뵌 적이 있던가요?"

"선대 대공의 장례식 때 뵈었습니다. 정식으로 인사드린 적은 없습니다만. 필립 매크로프트 경위입니다."

"반가워요. 어제 있었던 일에 대한 진술이 필요하시다고요?"

그녀는 자연스럽게 파비안의 옆자리에 앉았다. 파비안은 필립이 안중에도 없는 듯 마르시아의 안색을 살피며 물었다.

"누가 이자가 왔다는 걸 알려주었습니까? 더 쉬어야 하는데……. 여기까지 내려오는 동안 아무도 말리지 않았단 말입니까?"

"집에 손님이 오셨는데 그걸 제가 몰라서 되겠어요?"

"물론 됩니다. 안색이 이렇게 나쁘지 않습니까."

"크흠, 흠!"

필립이 헛기침을 했다. 두 사람의 주의가 집중되자 그는 단호하게 말했다.

"대공 전하, 협조 감사합니다. 전하의 취조는 마무리되었으니 나가셔도 좋습니다. 비전하께서는 잠시 시간을 좀 내주십시오."

"물론이지요."

마르시아가 냉큼 대답하자 파비안의 미간에 주름이 잡혔다.

"나도 남아 있겠네."

"전하가 계시면 오히려 진술이 오염될 수 있습니다. 나가주시지요."

"내게 묻는 질문이 아니면 한마디도 안 한다고 약속하지."

파비안이 고집을 부릴 것이 뻔히 보이자, 마르시아가 괜히 손으로 이마를 짚으며 말했다.

"아, 어지럽네요. 빨리 마치는 게 좋겠어요. 이 사람은 없는 셈 치지요. 그래서 제가 뭘 말씀드리면 되나요?"

필립은 얼굴을 찌푸렸지만 불평은 그뿐이었다. 그는 수첩을 꺼내 질문을 던지기 시작했다.

마르시아의 진술은 파비안의 말과 별로 다르지 않았다. 딱 한 가지를 제외하면.

"그 사람이 차장이라면서 표를 보여달라고 했어요. 그런데 전하가 표를 꺼내려고 시선을 돌린 순간, 등 뒤에서 나이프를 꺼내더군요."

이거다. 파비안이 보지 못했던 아주 짧은 찰나. 필립은 열심히 받아 적었다.

"전하께 덤벼들길래 얼떨결에 중간에 끼어들었더니, 표적을 저로 바꾸더군요. 전하께서 절 뒤로 잡아당기지 않았으면 큰일 날 뻔했지 뭐예요."

그녀는 눈짓으로 자기 팔을 가리켰다. 팔에 감아둔 붕대는 긴 소매에 가려져 있었다. 독이 묻은 칼에 베였다는 것은 파비안이 이미 말해주었다. 어떤 독인지 주치의를 통해 소견서도 보내주겠다고 했다.

'저런 아름다운 여성분께 칼질이라니…….'

그는 일순 동정심이 들었다. 핏기없는 얼굴에 드리운 불안 한 가닥. 외려 대공비의 미모가 더욱 돋보이는 듯했다.

"이 정도로 끝나서 다행이지요. 그 뒤로는 기억이 나질 않네요. 어느 순간 정신을 잃었거든요."

필요한 것을 다 받아 적은 필립이 수첩을 덮었다.

"감사합니다, 비전하. 부상당하신 것은 유감입니다. 부디 쾌차하시기 바랍니다."

담담히 진술을 마친 마르시아의 얼굴이 어두워졌다.

"저…… 그 사람은 죽었다고 들었는데요. 그러면 이제 어떻게 되는 건가요?"

"크게 걱정하실 일은 없을 겁니다. 지금까지 들은 진술이 모두 사실이라면 정당방위로 판결 날 겁니다."

그제야 마르시아가 안도의 한숨을 내쉬었다. 아무리 그래도 사람을 죽인 셈이니 적잖이 불안했던 것이다.

팔짱을 낀 채 약속대로 조용히 듣고만 있던 파비안이 입을 열었다.

"그래서 그자는 누구였소? 죽은 자의 신원은 알아냈소?"

"원칙상 지금 알려 드릴 수는 없습니다만……."

필립은 마르시아를 흘끔 쳐다보았다.

"아시는지 모르겠으나 뒷골목에는 돈만 주면 뭐든 다 하는 놈들이 좀 있지요. 어떤 더러운 일도 마다치 않는 부류 말입니다."

그녀가 고개를 끄덕였다.

'여기에도 그런 게 있구나. 동화 속이든 뭐든 사람 사는 동네는 다

똑같네.'

마르시아는 어렴풋이 짐작만 했지만, 파비안은 좀 더 잘 알고 있었다. 그도 몇 번 고용한 적이 있기 때문이었다. 물론 그건 굳이 말할 필요 없는 비밀이었다.

"그런 놈들은 점조직 형태라 잡기 힘들다고 들었소."

"그렇습니다만, 이자는 꼬리가 좀 길었습니다."

필립이 잘 다듬은 콧수염 끝을 손가락으로 매만지며 말했다.

"겉으로는 사립 탐정인 척했습니다만, 실은 몇 건의 살인으로 지명수배가 된 자였습니다. 생포했더라도 사형을 면하기는 어려웠을 겁니다."

"그렇군요."

마르시아가 가슴을 쓸어내렸다. 아무리 정당방위라지만, 애먼 사람을 의심해서 일어난 사고가 아닌 것은 확실했다.

"청부 살인으로 먹고살던 놈이니 배후가 있을 겁니다. 조사해서 밝혀지면 연락드리지요. 두 분 협조 감사드립니다."

필립은 그 말을 끝으로 자리에서 일어섰다. 그는 작별 인사를 하기 직전 파비안에게 말했다.

"참, 기차 운행 방해로 벌금을 좀 내셔야 할 겁니다."

"네? 운행 방해라니요?"

마르시아가 눈을 동그랗게 떴다.

파비안이 재빨리 응접실 문을 손수 열어주었다. 얼른 필립을 내쫓으려는 것이었다.

"수고 많으셨소, 경위. 나중에라도 증언이든 뭐든 다른 게 더 필요하면 언제든 연락 주시오. 그럼 살펴가시길."

"잠깐만요, 파비안?"

그의 방해에도 불구하고 필립은 꿋꿋이 말을 이었다.

"중간에 낀 기차역을 죄다 건너뛰도록 기관사를 협박했습니다."

"예?"

마르시아가 기절한 후 일어난 일이었다. 그녀는 까마득하게 몰랐던 터였다.

"대공께서 직접 하신 건 아닙니다. 제이크 크로포드 경이던가요? 두 분 전하의 호위 기사 말입니다. 그자가 기관사의 관자놀이에 내내 총을 겨누고 있었지요."

"이렇게 수다쟁이인 줄은 몰랐군, 매크로프트 경위."

파비안이 은근슬쩍 화를 냈다.

"아, 물론 그자는 자기가 혼자 과잉 충성한 것이라고 주장하더군요. 하지만 대공 전하의 지시였다고 차장이 증언했습니다."

"총을 겨누고 협박하라고까지는 하지 않았소."

"그럼 기차를 멈추지 못하도록 한 게 진짜란 말이에요?"

어이가 없어진 마르시아가 파비안을 노려보았다. 파비안은 마르시아의 시선을 슬쩍 피하며 말했다.

"벌금 정도야 얼마든지 내도록 하지. 덕분에 비가 목숨을 건졌으니 말이오."

"좋습니다. 그럼 두 분, 몸조심하십시오."

필립은 모자를 가볍게 벗어 인사한 후 사라졌다.

"자, 이제 끝났으니 방으로 돌아갑시다. 얼른 누워야 해요."

파비안은 마르시아를 또 덥석 안아 들기라도 할 기세였다.

"잠깐만요, 파비안."

마르시아는 얼른 한 걸음 뒤로 물러서며 따졌다.

"저 하나 아프다고 열차 전체를 멋대로 움직이면 어떻게 해요? 다른 승객들은 어쩌라고요."

"그럼 당신이 독으로 죽어가는 걸 보고만 있으란 말입니까?"

"그래도……."

마르시아는 할 말을 잃었다.

그랬다. 파비안은 그녀를 살려야만 했을 것이다. 그녀가 지금 죽으면 대공위를 유지할 수 없을 테니까.

'최대한 빨리 다른 귀족 여자와 재혼을 해야겠지…….'

그녀는 계약서의 내용을 떠올리며 입술을 깨물었다. 최소 일 년간 결혼을 유지할 것.

"열차가 두 배, 세 배로 빠르게 달려도 모자랄 판이었습니다. 역마다 십오 분씩 정차하도록 내버려 두었더라면 제가 먼저 목숨이 끊어졌을 겁니다. 사인은 초조함으로 인한 심장마비였겠죠."

"그래도 원칙이란 게……."

"권력과 돈은 이럴 때 쓰라고 있는 겁니다. 승객 전원에게 이미 보상도 마쳤습니다. 기관사에게는 직장을 당장 그만둬도 될 만큼 위로금을 전달했고요."

"그래요…… 그렇군요."

마르시아는 쓸쓸한 기분으로 납득했다.

"그럼 전 침실로 돌아갈게요. 좀 누워야겠…… 꺅?"

파비안이 그녀를 냉큼 안아 들었다.

"좋은 생각입니다."

"내, 내려줘요! 혼자 갈 수 있으니까요."

"아픈 사람이 혼자 계단을 올라가도록 내버려 두란 말입니까?"

"다들 보잖아요!"

"처음 보는 것도 아니니 신경 쓰지 마십시오."

"처음 보는 게 아니라니요? 제가 언제……."

파비안은 대답하지 않았다.

마르시아는 그제야 자신이 기절한 사이 어떻게 해서 침실로 옮겨졌는지 알게 되었다. 그녀의 얼굴이 새빨갛게 달아올랐다.

그녀는 곧 몸에서 힘을 빼고 순순히 품에 안긴 채 파비안의 얼굴을 바라보았다. 자신을 이렇게까지 들었다 놨다 하는 남자는 그가 처음이었다.

'이혼할 때 많이 힘들겠네. 고생길이 훤하다, 마르시아.'

그녀는 절망적인 기분으로 눈을 감으며 마음속으로 중얼거렸다.

그날 밤, 나는 제대로 잠들지 못했다. 다시 열이 올랐던 것이다. 낮에는 좀 괜찮았는데, 밤이 되니까 상태가 악화되었다. 열이 끓는지 몸이 무겁고 정신이 하나도 없었다.

'꼭 독한 감기에 걸린 것 같네…….'

나는 깜빡 잠들었다가 깨어났다가를 반복했다.

"마르……."

누가 날 부른 것 같은데. 나는 대답을 하려고 입을 벌렸다가 끙, 하고 신음만 내뱉었다.

그때 이마에 차가운 수건이 와 닿았다.

'와…… 시원해.'

순식간에 열이 내려가는 느낌이었다. 나는 살며시 눈을 떴다.

눈앞에 서 있는 건 라리사였다. 자다 깼는지 졸음이 채 가시지 않은 표정이었다. 라리사는 조심스레 내 뺨에 손을 대보고는 눈썹을 늘어뜨렸다.

"열이 많이 나요. 물 마실래요? 약을 조금 더 드릴까요? 아니면 소피아나 데이지를 불러올까요?"

라리사는 금방이라도 울 것 같은 얼굴로 어쩔 줄 몰라 했다.

보살핌을 받기만 해도 모자랄 나이인데. 정신없는 와중에도 마음이 따뜻해졌다.

"괜찮아, 라리사. 물수건 고마워."

차가운 물수건을 얹어준 건, 어젯밤 파비안이 하는 걸 보고 배운 걸까. 이마의 열기가 조금 가시니 정신이 살짝 들었다.

라리사는 걱정이 가득한 얼굴로 나를 이리저리 살피다가, 이마에서 수건을 조심스레 도로 집어 들었다. 침대 옆 테이블에 어느새 찬물이 담긴 대야를 가져다 놓은 모양이었다.

'이런 일은 하녀를 시켜도 될 텐데.'

깊은 밤에 하녀를 부르는 게 어쩐지 미안했을지도 모른다. 그래서 일단 직접 나를 보살피는 걸지도……. 라리사는 그런 애니까.

라리사가 물에 수건을 담그는 걸 보며, 나는 마음속으로 생각했다.

'아휴, 우리 라리사. 너는 너무 착해서 탈이야. 아직은 어리광만 부려도 될 나이인데.'

라리사는 물에서 수건을 꺼내 꼭 짜며 말했다.

"언니가 생각하는 것만큼 전 그렇게 착하지 않아요. 제 생각만 하고……. 어제 대공 전하 앞에서도 막 울고……."

차가운 수건이 다시 이마에 덮였다. 시원한 느낌에 어지러움이 가셨다.

"언니가 너무 아프고 이렇게 힘든데, 저는 버려질까 봐 걱정부터 했어요……."

얘 봐. 또 이렇게 내 걱정을 해주고.

"아니야, 라리사. 항상 자기 자신을 제일 먼저 생각해야 해. 험한 세상이니까. 특히 너는……."

어……? 잠깐. 조금 전에 라리사가 착해서 탈이라는 말을 내가 입 밖으로 냈던가?

벼락 맞은 것처럼 정신이 번쩍 들었다.

아니다. 분명 나는 머릿속으로 생각만 했다. 말로 꺼내지 않았다. 나는 숨도 제대로 쉬지 못한 채 옆을 돌아보았다.

라리사가 금방이라도 눈물을 떨굴 것 같은 표정으로 계속 말했다.

"제가 전하 앞에서 울어서 언니가 곤란했죠? 울지 않으려고 했는데……."

'입 밖으로 내지 않은 말에 라리사가 대답했어.'

가슴이 철렁 내려앉았다. 나는 충격에 빠진 채 물었다.

"라리사, 너 설마…… 다른 사람의 생각이 들리니?"

라리사의 눈동자가 서서히 커졌다. 그녀는 이윽고 손으로 입을 가렸다.

"엿들으려고 한 건 아니에요. 그냥…… 들려서……."

나는 질끈 눈을 감았다. 마음의 소리를 들을 수 있는 건 나 혼자가 아니었던 것이다.

어떻게 된 건지는 금세 알 수 있었다. 내가 마음속으로 '라리사는 너무 착해서 탈'이라고 생각했을 때, 라리사는 나를 보고 있지 않았다. 미지근해진 수건을 도로 찬물에 담그느라.

'순간 헷갈린 거야. 마음의 소리인지, 그냥 말소리인지.'

내게도 자칫 잘못해서 마음의 소리에 무심코 대답할 뻔한 순간이 얼마나 많았던가. 블리크가에서 지낼 때는 그러지 않으려고 부단히 노력해야 했었다.

"라리사……."

이 끔찍한 능력을 물려받은 건 나뿐인 줄 알았는데. 이 조그만 아이가……. 수시로 사방에서 들려오는 남의 더러운 속마음과 욕을 들어야 한다니. 그게 나뿐만이 아니라니.

나는 침대에서 몸을 일으켰다. 도저히 누워만 있을 수가 없었다.

라리사가 깜짝 놀라며 곁으로 다가왔다. 그리고 베개며 쿠션을 집어다가 내 등 뒤에 받쳐주었다. 이 상황에서마저.

나는 그 손을 꼭 붙잡았다. 라리사가 동그란 눈으로 나를 쳐다보았다. 나와 꼭 닮은 초록빛 눈동자가 가늘게 떨리고 있었다.

"괴롭지는 않았어? 세상이 원망스럽지는 않던? 왜, 왜 말하지 않았어……."

말해봤자 내가 뭘 어떻게 해줄 수 있는 것도 아니지만, 그래도 고충을 나누고 서로를 감싸 안을 수는 있었을 텐데. 우린 같은 능력을, 같은 괴로움을 가졌으니까.

아니, 라리사는 더 괴로웠겠지.

눈시울이 뜨거워졌다. 나는 괴로움에 입술을 깨물었다.

내 떨리는 손 위에 라리사가 가만히 다른 손을 얹었다. 그녀는 눈을 동그랗게 뜨고 고개를 저었다.

"아니요! 그렇지 않아요. 오히려 도움을 받은 적이 더 많은걸요."

아니, 이 아이는 도대체 어디까지 착한 걸까.

그렇지. 도움이 되긴 하지. 남의 속마음을 엿듣고 계획을 파헤치거나 역으로 이용해 먹을 때.

'응……?'

뭔가 좀 이상한데. 내가 지금 열이 올라서 착각했나?

'내가 방금 부정적인 생각을 했던가?'

나는 욕을 하지 않았다. 불만도, 괴로움의 표현도 아니었다.

'그럴 리가 없지, 라리사를 생각하고 있었는걸.'

혹시.

마음에 작은 파문이 일었다. 나는 조용히 물었다.

"모든 생각이 다 들리는 건 아니지?"

"네…… 그렇지는 않아요. 뭐든 다 들리는 건 아니에요."

라리사는 잘못을 저지르기라도 한 것처럼 눈을 내리깔고 의기소침하게 대답했다. 나는 라리사의 손을 살짝 토닥여 주면서 조심스럽게 물었다.

"그럼…… 주로 어떤 게 들려?"

"음…… 그게……. 다른 사람을 향한 감정이 섞인 말이요. 그러니까……."

나는 마른침을 삼켰다. 라리사가 시선을 들어 나를 바라보며 말을 이었다.

"사랑이 담긴 말이 제일 잘 들려요."

"사랑?"

얼빠진 목소리로 되묻자, 라리사는 천천히 고개를 끄덕였다.

"애정이 담겨 있거나, 행복해하는 말들이요."

아.

'나와는 반대였구나.'

그 말을 듣는 순간 마음속에서 폭풍이 휘몰아쳤다. 안도감과 불안, 그리고 부러움이 뒤섞인 감정의 소용돌이였다.

'어머니가 라리사에게 물려준 능력은 요정의 눈물인 줄 알았는데, 내 착각이었어. 그게 아니었어.'

요정들은 누구나 요정의 눈물을 흘린다. 그러니까 라리사의 눈물이 다이아몬드로 변하는 건, 그냥 라리사가 어머니를 많이 닮아서 요정의 특징이 발현된 것뿐이었다.

진짜 능력은 따로 있었던 것이다. 선의가 담긴 마음의 소리를 듣는 능력.

나는 라리사의 눈동자를 쳐다보았다. 나와 꼭 같은 초록빛이면서도 훨씬 맑고 깨끗한 아이의 눈동자. 지금 그 속에 보이는 것은 오로지 나에 대한 걱정뿐이었다.

'험한 일을 당하고서도 이렇게 빨리 회복하고 착한 아이로 남은 건 이 능력 때문이었을지도⋯⋯.'

주변 사람들이 서로를 아끼고 사랑한다면 라리사는 그 소리를 계속 듣고 있었을 것이다.

블리크 저택에서 서로를 미워하고 불평하는 소리만을 들으며 과거의 마르시아가 점차 미쳐간 것과 반대로. 라리사는 대공저에 온 후 따뜻한 소리를 들으며 마음의 상처가 조금씩 메워진 걸지도 모른다.

'이게 좋은 건지 나쁜 건지 모르겠어.'

나는 입술을 잘근잘근 깨물었다.

사람들은 생각보다 모순적인 존재이지 않은가. 마음의 소리와 행동이 일치하지 않는 경우는 얼마든지 있다. 누군가를 좋아하면서도 겉으로는 못된 말을 퍼붓거나 괴롭힐 수도 있다.

그런 일을 겪으면 오히려 사랑을, 사람을 더 못 믿게 되지는 않을까?

이런 능력을 가지고 있다는 걸 들키기라도 한다면…….

"라리사, 사람은 보통 다른 사람의 생각을 들을 수 없어."

내 말에 라리사가 고개를 끄덕였다.

"그런 것 같았어요."

그런 것 같았다니. 정말 큰일 날 뻔했다.

자칫 잘못하다간 마녀로 몰리게 될지도 몰랐다. 나는 라리사의 어깨를 붙잡았다.

"절대, 절대로 마음의 소리를 들을 수 있다는 게 알려져서는 안 돼. 이 능력에 대해 다른 사람이 알게 되면 네 눈물의 비밀보다 더 위험해질 수도 있어. 알았지?"

"……네."

라리사는 순순히 대답했다.

그나마 다행이었다. 다른 사람들의 더러운 속마음이 들리는 게 아니라니.

'난 마음의 소리 따위 듣고 싶지 않은데. 이 능력을 없앨 수만 있다면 그러고 싶은데.'

가만히 있어도 주변에서 듣고 싶지 않은 소리가 들려오는 것은 괴로운 일이었다. 익숙해지는 데 얼마나 오랜 시간이 걸렸는지 몰랐다.

라리사도 그럴까? 아무리 긍정적인 말들만 들린다 하더라도 결국 다른 사람이 속으로만 생각하는 것이 들리는 것이다. 알리고 싶지 않아 하는 정보를 알게 되는 경우도 있을 텐데.

"혹시 말인데, 그 능력을 없애고 싶지는 않아?"

내 질문에 라리사는 눈을 몇 번 깜빡거렸다.

"음…… 잘 모르겠어요."

하긴, 늘 들리던 것들이 안 들리기 시작하면 그건 그것대로 또 힘들려나.

"한번 생각해 봐. 실은 어제……."

"네?"

"아, 아니야."

나는 마녀에 대한 이야기를 꺼내려다가 그만두었다. 아직 마녀가 우릴 만나줄지 아닐지도 모르는 상황이었다. 어떤 마법을 쓰는지도 전혀 모르고.

나는 천천히 도로 자리에 누웠다. 라리사가 차가운 수건을 내 이마에 얹어주며 말했다.

"전 괜찮아요. 사람들이 서로 아끼고 사랑하는 소리를 듣는 건 정말 가슴이 따뜻해지는 일이거든요."

그리고 라리사는 생긋 웃었다.

"그러니까 걱정 마세요."

흔들림 없는 미소였다.

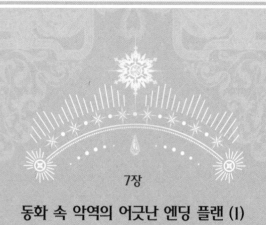

7장

동화 속 악역의 어긋난 엔딩 플랜 (1)

내 상태를 봐주던 벨만 선생이 청진기를 내려놓았다. 그는 다소 놀란 듯한 표정이었다.

"허, 거참."

"왜 그러시죠? 혹시……."

나는 그의 심각한 얼굴을 뚫어져라 쳐다보며 마른침을 꼴깍 삼켰다.

증상이 악화됐나? 몸은 가뿐한 것 같은데.

"이렇게 빨리 회복되는 사람은 처음 봅니다. 후유증 하나 남지 않았습니다."

뭐야, 놀랐잖아. 내가 좀 건강하긴 하지.

벨만은 믿을 수 없다는 표정으로 말했다.

"이제 전에 드린 약은 더 드시지 않아도 됩니다. 완전히 회복하셨습니다."

"와아!"

옆에서 걱정스러운 얼굴로 나와 벨만 선생을 번갈아 쳐다보고 있던 라리사가 탄성을 질렀다.

"다행이에요, 정말! 그렇죠?"

라리사가 두 손을 꼭 모으고 눈을 반짝이며 동의를 구한 건, 바로 옆에 붙어 서 있던 파비안이었다.

"그래."

파비안이 라리사의 머리를 가볍게 두어 번 쓰다듬었다. 그러자 라리사는 헤헤, 하는 표정으로 나를 돌아보았다.

'……도대체 언제 저렇게 친해진 거지?'

요 며칠간 주치의가 진찰하러 올 때마다 파비안이 따라 들어오긴 했다. 그러면 옆에 있던 라리사와 꼭 한두 마디씩은 뭐라고 말을 주고받는 것 같기는 했는데…….

뭐랄까, 라리사가 파비안을 대하는 태도가 전보다 훨씬 스스럼없다고 해야 할까. 파비안도 자연스럽게 다 받아주는 것 같고.

'아무래도 라리사의 비밀을 들킨 이후부터인 것 같은데.'

요정의 눈물을 보고도 조금도 욕심이 생기지 않은 것 같은 파비안에게 신뢰감이 생긴 건, 나뿐만 아니라 라리사도 마찬가지였나 보다.

"저, 대공님, 잠시만 귀 좀 빌려주세요."

라리사가 파비안의 소매를 잡아당겼다. 파비안이 순순히 허리를 숙이자, 라리사는 발돋움을 하고는 파비안의 귀에 뭐라고 조그맣게 속닥거렸다.

'뭐, 뭐야, 날 빼고 둘이서 무슨 비밀 이야기를 하는 거야?'

라리사가…… 라리사가 나 말고 다른 사람에게 비밀 이야기를 하다니…….

'아니, 둘이 같이 붙어 있는 건…… 참 좋긴 한데 말이야.'

예쁜 사람들끼리 붙어 있으니 눈도 즐겁고, 미래도 밝고…….

내가 충격을 받아 입을 벌리든 말든 짧은 비밀 이야기는 곧 끝났다. 파비안은 눈을 내리깔고 듣다가 이내 픽 웃었다.

"좋은 생각이야."

"헤헤……."

아, 뭐야, 뭔데?

그런데 라리사가 쪼르르 내 옆으로 달려왔다.

"마르시아 언니 회복 축하 기념으로 셋이서 티 파티를 하기로 했어요!"

"……그걸 지금 말해 버리면 비밀이 아니잖아."

파비안의 지적에 라리사가 웃으며 대꾸했다.

"지금은 초대만 한 거예요. 자세한 건 비밀이니까 괜찮지 않나요?"

둘이서만 비밀 이야기를 한다고 조금이나마 섭섭해했던 내가 바보 같아졌다. 우리 라리사는 왜 이렇게 귀여운 거야!

"나 지금 초대받은 거야?"

"네! 오실 거죠?"

라리사가 활짝 웃으며 내 손을 꼭 잡았다.

"아, 장소는 아직 안 정했는데…….."

장담하는데, 라리사의 지금 저 얼굴에 대고 싫다고 할 수 있는 사람은 세상에 한 명도 없을 거야.

"물론이지. 고마워."

라리사를 꼭 끌어안아 주는데, 파비안과 눈이 마주쳤다. 그는 엷은 미소를 띠고 우리를 바라보고 있었다.

저 따스한 눈길.

'두 사람 사이에 애정이 싹텄…… 나……?'

나는 의심스러운 눈길로 파비안을 쳐다보았다. 아까 머리를 쓰다듬어 준 거나 라리사의 반응을 보면 남녀 사이의 애정과는 좀 다른 것 같고.

'……아무래도 동지애나 형제애에 가까운 것 같은데.'

내가 아픈 사이에 둘이서 한편이 되기라도 했나. 이렇게 보고 있자니 사랑에 빠질 사이라기보다는 큰오빠와 막냇동생 같아 보였다. 도대체 원작과 어디까지 달라지려는 걸까.

나는 이내 머리를 가볍게 흔들어 그 생각을 털어버렸다. 내가 혼자 아무리 생각해 봐야 아무 소용도 없잖아.

'제일 웃긴 건 내가 지금 파비안에게 가져선 안 될 마음을 품고 있다는 거지.'

더 깊게 생각했다간 내 꼴만 말이 아니게 될 게 뻔했다. 나는 그냥 다가올 티타임이나 즐기기로 했다.

똑똑, 노크 소리가 들려온 건 그때였다. 소피아가 문을 열자 알프레드가 들어왔다.

"마님, 주인님. 두 분께 편지가 왔습니다."

그는 은쟁반을 내 쪽으로 내밀었다. 쟁반 위에는 편지 봉투가 하나 놓여 있었다.

"이건……."

화려한 금박으로 아낌없이 장식한 봉투였다. 입구를 봉한 붉은 밀랍에 찍혀 있는 것은 틀림없는 왕실의 문장이었다.

'올 게 왔구나.'

아니나 다를까, 수신인은 로랑 대공 부부, 발신인은 에른스트 노이만 왕세자였다. 파비안이 내 쪽으로 다가왔다. 우리는 사람을 물리고 함께 편지를 뜯어보았다.

"왕실 무도회 초대장이군요."

그것도 우리를 주빈으로 명시한 초대장. 에른스트가 약속을 지킨 것이다.

"날짜가…… 한 달 뒤?!"

겨우 한 달? 너무 촉박하잖아!

나는 황급히 파비안에게 물었다.

"그럼 우린 언제 수도로 출발해야 하나요?"

"음……. 늦어도 무도회 일주일 전에는 수도에 도착하는 게 여러모로 좋을 것 같습니다."

그럼 내게 남겨진 시간은 많아야 삼 주였다.

"헉, 그럼 지금 이럴 때가 아니잖아요."

준비할 게 너무 많았다. 밀린 신문도 다 읽어야 하고, 다른 귀족들을 어떻게 대해야 할지 대책도 세워야 한다. 물론, 드레스와 보석도 잔뜩 맞춰야 하고. 라리사 것까지.

내 속도 모르고 파비안이 태연히 말했다.

"어렵게 생각하지 않으셔도 됩니다. 그냥 가서 춤 한 번 추고 온다고 생각하시면 될 텐데요."

"무슨 말씀이세요? 왕세자 전하의 무도회에 주빈으로 가는 건데 그게 춤 한 번으로 끝날 리가 없잖아요. 그 이후로 초대장이 산처럼 날아올 거라고요."

그중 잘 골라서 로랑가에 도움이 될 만한 귀족들을 만나야 한다. 그냥 만나기만 하는 게 아니라, 파비안의 출신만 보고 편견을 가진 사람들의 마음을 돌려야 할지도 모른다. 적어도 파비안이 생각만큼 나쁜 놈은 아니라고 생각할 정도까지는.

'나더러 내키는 대로 맘껏 저지르고 가문의 명성을 망쳐도 된다고 했지만, 그러다가 눈총을 받는 건 결국 다 나잖아.'

눈총뿐인가, 속으로 내 험담을 하면 듣지 않으려 해도 내겐 다 들릴 텐데. 난 사서 욕먹기 싫다고.

"소피아!"

"네, 마님."

"베르너 부인에게 당장 연락해서 급히 와주실 수 있겠냐고 물어봐 줘."

"네, 알겠습니다."

"그리고 의상실 카탈로그도 좀 가져다줘. 손이 빠른 곳 위주로."

"네, 마님!"

소피아가 나가자마자 나는 자리에서 벌떡 일어섰다. 할 일이 많았다.

지금까지 미뤄뒀던 드레스를 이제 와서 급하게 맞추려니 선택할 거리가 없었다.

'파비안이 드레스 룸 가득 옷을 채워놔서 새로 맞추는 건 좀 천천히 해도 되겠지, 했던 건데.'

나는 소피아가 추려온 의상실 카탈로그를 재빨리 훑어보고 그중 세개를 뽑아냈다. 그 세 군데에서 동시에 여러 벌을 맞추기로 했다.

파비안이 선물해 준 드레스의 태반이 아직 입어보지도 않은 것들이었으므로, 그중 괜찮은 걸 골라서 수도의 타운하우스로 먼저 보냈다.

'우선 옷 문제는 이걸로 대충 해결이고.'

남은 기간 동안 라리사와 함께 베르너 부인에게 속성으로 예절 교육을 받기로 했다. 정말 다행이었다. 첫 수업을 듣고 보니, 몰랐던 게 너무 많았던 것이다.

'찻잔 드는 손가락의 각도까지 정해져 있다니. 게다가 뭐? 부채를 이용해서 의사 전달이 가능하다고?'

그것도 한두 마디가 아니라 꽤 자세한 의사소통이 가능하다는 것이었다. 이쯤 되면 수화 아니야?

거기에 지금까지 만날 일이 없으리라 여겨 무시해 왔던 고위 귀족 가문들에 대해 전부 외워야 하는 건 덤이었다.

할 일이 너무 많은 탓에 나는 포투스를 찾아갔다. 일을 하나라도 줄여야 했다.

"아무래도 당분간 승마 수업은 못 받겠어. 수도에서 돌아온 이후로 미뤄도 되겠지?"

"물론이죠, 비전하."

갑작스러운 수도행 결정에 포투스에게도 일이 쏟아졌는지, 의외로 반색하며 대답했다.

"어차피 비전하껜 더 가르칠 것도 별로 없습니다. 워낙 출중하셔서."

승마를 배우면서 우리는 서로 가벼운 농담을 던질 정도로 친해졌다. 출중하다는 건 농담이겠지만, 칭찬은 칭찬이니까 나는 기분 좋게 받았다.

"고마워. 라리사는…… 라리사는 워낙 쿠키를 좋아하니까, 가기 전까지 수업을 계속하는 게 낫겠지?"

"그렇게 하지요. 그 나이대 아이는 자주 나가 놀아야 하니까요."

"고마워. 앞으로도 잘 부탁해, 포투스."

나는 말을 마치고 나가려 했다. 그런데 포투스의 말이 내 발목을 잡았다.

"그럼 춤 강습은 어떻게 하실 거죠?"

"춤?"

춤 강습은 받을 필요가 없는데. 나는 춤이라면 오히려 가르쳐도 될 정도고, 라리사는 아직 무도회에 나갈 나이가 아니니까.

고개를 갸웃하며 포투스를 돌아보았더니, 그는 웃음을 참고 있었다.

"대공 전하께서 비전하께 배울 거라고 하시면서 그레이 부부를 해고하셨는데요."

'……그게 진짜였어?'

미치겠다. 가뜩이나 남은 시간도 별로 없는데.

그렇다고 무려 왕세자가 주최하는 무도회에서 춤을 못 추는 파비안의 모습은 보고 싶지 않았다.

'앗, 아냐. 어쩌면 이게 오히려 기회일 수도 있어.'

생각해 보면 춤을 추면서 기분이 묘해졌던 건 파비안이 처음이었다. 춤을 가르친답시고 매번 그렇게 달라붙어 있으면 내 수명이 줄어들겠지. 요즘 자꾸 파비안이 좋아지는 것 같으니까.

'이걸 핑계로 당분간 멀리해야겠어.'

"그레이 부부를 다시 불러오면 안 돼?"

"아, 제발, 비전하. 이러시는 게 어딨습니까? 제가 수업 딱 한 번 하고 자르면서 얼마나 미안했는지 아세요? 워낙 인기 있는 분들이라 모셔 오기도 힘들었는데."

나를 놀리려다가 되레 일을 떠맡게 된 포투스가 불평했다.

"나도 미안해. 하지만 알잖아, 내 예절 수준. 수도로 떠나는 기차 안에서도 수업을 받아야 할 지경인걸. 뭣하면 다른 사람이라도 구해봐."

"비전하께서 그때 대공 전하의 얼굴을 보셨으면 그렇게 말씀 못 하실 텐데요."

……도대체 어떤 얼굴이었길래. 궁금했지만 나는 일부러 묻지 않았다. 내가 그런 걸 알아서 뭐 하겠어.

"바빠서 승마 수업까지 취소한 마당에, 누굴 가르칠 시간이 없어. 배울 게 산더미라고."

"그거야……."

"파비안은 나더러 대공가를 다 말아먹어도 된다고 했지만, 솔직히 그러긴 싫어. 포투스도 그렇지 않아?"

"……대공 전하의 결정에 제가 뭐라고 감히 말을 보탤 수 있는 건 아니지만, 그렇긴 하죠."

"그렇지? 내가 조금이나마 욕을 덜 먹으려면 지금 파비안하고 춤이나 추면서 노닥거릴 시간이 없다고. 지금도 베르너 부인이 기다리고 있는걸."

포투스가 가볍게 한숨을 쉬었다.

"알겠습니다. 그레이 부부에게 다시 연락을 넣어보지요."

"고마워, 포! 그리고 춤 선생이 바뀌었다는 것도 파비안에게 전해줘. 나는 너무 바빠서 안 되겠다고."

"그러죠. 그런데 어려운 일 시키면서 자꾸 그렇게 절 애칭으로 부르지 마세요. 정들잖습니까."

포투스는 부부가 똑같다며 툴툴거리면서도 착실하게 수첩에서 그레이 부부의 연락처를 찾아냈다.

'좋아, 일단 하나 해결.'

나는 흡족해하며 방을 나섰다.

그 뒤로 파비안을 피해 다녔다. 바쁘다는 핑계로 식사 시간에도 식당에 내려가지 않고 방에서 먹었다. 파비안의 집무실은 근처에도 가지 않았다. 파비안이 찾아오기라도 할까 봐 웬만하면 공부방에서 시간을 보냈다. 그는 몇 번 나를 찾아왔지만, 그때마다 내가 베르너 부인에게 수업을 받는 중이라 그냥 돌아간 모양이었다.

핑계가 아니라, 실제로도 정신없이 바빴다.

'라리사하고 놀 시간도 없다니, 이게 무슨 일이야.'

17년간 등한시한 걸 한꺼번에 몰아서 하자니 어쩔 수 없었다.

나는 왕궁 무도회 삼 주의 벼락치기 전사가 되어 속으로 엉엉 울면서 귀족 인명록을 외우고, 예절 수업을 받았으며, 한편으로는 수도에서 필요할 물건들을 사들였다.

어느 순간부터 파비안은 더 이상 나를 찾아오지 않았다. 신경 쓰지 않으려 했지만, 그럴수록 더 신경이 쓰였다.

'……파비안도 바쁘겠지. 그러니까 안 찾아오는 거겠지.'

파비안이 생각날 때마다 일부러 더 열심히 할 일을 했다.

시간은 눈코 뜰 새 없이 바쁘게 지나갔다. 어느새 수도로 떠나기로 한 날이 바로 내일로 닥쳐왔다. 대부분의 짐은 벌써 타운하우스로 보내놓았고, 기차에서 필요한 것들을 소피아와 함께 챙기는 중이었다.

"마님, 급한 연락이 왔습니다."

알프레드가 가져온 것은 블리크가에서 온 전보였다.

"전보? 블리크가에서?"

나는 깜짝 놀라며 전보를 받아 들었다. 금광을 떠안겨 주고 인연을 끊다시피 했는데, 이제 와 전보라니. 도대체 무슨 일일까. 수상했다.

'혹시 모르는 게 약인 소식인 건 아닐까.'

나는 눈을 가늘게 뜨고 얇은 종이를 노려보다가, 용기를 내어 전보를 펼쳤다. 거기 써 있는 것은 단 한 줄이었다. 그러나 그 문장을 읽은 순간, 나는 당장 파비안을 찾아갈 수밖에 없었다.

[이고르 블리크 사망.]

"이 멍청한 작자가 진짜!"

빌레인은 버럭 소리를 질렀다. 생각할수록 열이 받아 견딜 수가 없었다.

"지금 죽으면 어떡하냐고! 하필 지금!"

라리사를 되찾아 오려면 힘을 합쳐도 모자랄 판에 이고르는 혼자 떠나 버렸다. 그를 혼자 버려두고 멋대로 죽어버렸다.

"아버지……."

빌레인은 의자에 털썩 주저앉았다. 멀리서 신전의 종소리가 들렸다. 열한 번. 빌레인은 멍하니 생각했다.

'한 시간 남았군.'

이고르의 장례식이 열두 시에 예정되어 있었다.

"빨리 죽어서 유산이나 물려줄 것이지."

그런 말을 입에 달고 살았던 빌레인이었다. 이고르가 로랑 대공에게서 무려 금광을 통째로 뜯어오기 전까지는.

그 어처구니없는 금 벨트. 금광을 받아온 이후 이고르의 허리가 어찌나 눈부시게 빛이 나던지. 이고르는 당당하게 허리에 손을 얹으며 큰 소리로 웃었었다.

"이제 요정의 눈물 따위는 없어도 된다!"

그는 라리사에 대한 미련을 접기라도 한 듯, 냉큼 새 사업을 시작했다. 빌레인이 라리사나 마르시아에 대한 이야기를 꺼내면 앞으로 몇 년 정도는 그냥 내버려 두어도 되지 않겠냐며 어물쩍 넘어가려 했다.

그러나 빌레인은 그렇게 넘어갈 수 없었다. 라리사를 반드시 도로 데려와야만 했다. 그리고 마르시아에게 오라비를 우습게 본 벌을 주어야 했다. 돈 문제라기보다는 자존심 문제였다.

이고르를 설득하는 데는 꽤 오랜 시간이 걸렸다.

'간신히 설득에 성공해 내 계획에 동참하도록 만들었는데.'

그러자마자 죽어버린 것이다. 그냥 죽은 것도 아니었다. 죽은 방식조차 한심하기 짝이 없었다.

"하하! 금에 깔려 죽다니!"

빌레인이 고개를 뒤로 젖히고 웃어댔다.

이고르는 광부들을 믿지 못하고 광산 안까지 들어가서 금 매장량을 확인하다가 사고를 당하고 말았던 것이다.

'광부도 아니고.'

기술이 발전해서 오히려 광부들도 광산 안에 갇혀 죽는 일은 드물 어졌다던데.

금광의 주인이 금에 깔려 죽다니, 이게 도대체 무슨 말인가.

노스트랜드의 모든 펍에서 술안주로 백 년은 오르내리게 생겼다.

'젠장, 쪽팔리게.'

빌레인은 이를 갈았다. 그의 시선이 의자 옆 테이블 위로 향했다. 그 위에는 마르시아에게서 온 전보가 놓여 있었다.

장례식에 불참하겠다는 내용이었다.

'약아빠진 년.'

마르시아는 홀랑 빠져나가고 혼자 이 수모를 감당해야 하다니.

마음 같아서는 장례도 치르지 않고 대충 묻어버리고 싶었지만, 그 럴 수가 없었다. 신관의 인정을 받고 제대로 된 장례를 치러야만 잡음 없이 유산을 물려받을 수 있기 때문이었다.

그는 유산이 필요했다. 블리크가에 딸린 작은 영지 따위는 이제 있 으나 없으나 별 차이도 없지만, 금광만큼은 온전히 넘겨받아야 했다.

"빌어먹을!"

게다가 마르시아가 보낸 것은 달랑 전보 한 장이 아니었다. 그녀는 변호사를 통해 내용증명까지 보내왔다. 이고르가 남긴 유산에 한 푼 도 손대지 않겠다는 내용이었다.

'하! 그거나 처먹고 떨어지란 말이지!'

그게 빌레인의 화를 더욱 돋웠다. 누구는 금광이 필요해서 웃기지 도 않은 장례식에 억지로 참석하고 추모하는 척해야 하는데, 누구는 금광 따위 눈 하나 깜짝하지 않고 버리듯 내주는 작자를 남편으로 두었다니. 희귀한 다이아몬드를 끊임없이 생산해 낼 수 있는 라리사까지 손에 틀어쥐고서.

'영악한 것 같으니라고.'

마르시아는 빌레인에게서 라리사를 빼앗아갔고, 라리사는 그에게서 어머니를 빼앗았다. 피를 나눈 동생이란 것들이 그의 인생에 전혀 도움이 되지 않았다.

그때 문을 두드리는 소리가 들렸다.

"도련님, 이제는 정말 출발하셔야 해요!"

유모의 목소리였다. 빌레인은 짜증을 내며 외쳤다.

"닥쳐! 한 번만 더 도련님이라고 불렀다가는 목을 따버릴 테니까!"

"죄, 죄송합니다. 주인님……."

주인님 소리를 들어도 분은 풀리지 않았다. 빌레인이 중얼거렸다.

"저것부터 잘라 버려야겠어."

안 그래도 요즘 유모가 자꾸 집안을 자기 치마폭에 넣으려는 것이 눈에 거슬리던 참이었다. 빌레인은 인상을 찌푸리며 옆에 놓여 있던 술을 병째로 들이켰다.

나는 벌어진 입을 다물지 못했다.

"열차 안인데…… 침실과 응접실이 따로 있네요?"

기차를 타고 수도의 타운하우스로 향한다고 했을 때만 해도, 나는 전처럼 일등석 객실을 이용하는 줄만 알았다. 일등석도 충분히 널찍

하고 좋았는데, 기차에는 특등석이라는 게 있었다. 열차 한 량 전체가 특등석 한 칸이었다.

마치 최고급 호텔의 스위트룸처럼 꾸며진 특등석을, 당연하다는 듯 아무렇지 않은 눈길로 쳐다보며 파비안이 대꾸했다.

"전처럼 신분을 숨기고 타는 게 아니니까요. 수도엔 내일 저녁에야 도착할 텐데, 이 정도는 되어야지요."

특등석의 승객은 나와 파비안, 그리고 라리사 세 명이었다.

바로 옆 칸은 평범한 일등석이었는데, 침대칸과 붙어 있어서 거기에 우리와 함께 갈 고용인과 수행원들이 타게 되었다.

특등석으로 오는 길목은 아무도 함부로 들어오지 못하도록 제이크가 단단히 지키고 섰다. 식사는 식당 칸에서 만든 특별식을 소피아와 데이지가 번갈아 날라 가져왔다. 덕분에 이틀간 여행하면서 대공저의 식구들 외에 다른 사람을 마주칠 일은 단 한 번도 없었다.

기차 여행은 호화스럽고 동시에 편안했다.

"수도는 어떤 곳일까요?"

창가에 턱을 괴고 앉아 바깥을 정신없이 구경하던 라리사가 문득 말했다.

"그러게, 어떨까. 나도 궁금하네."

나와 라리사의 대화를 듣던 파비안이 대답했다.

"번화하기로는 대공령의 중심가와 크게 다르지 않습니다. 규모가 좀 더 크고 왕궁과 아카데미가 있다는 것만 빼면요."

"그런가요?"

전에 오페라 극장에 가느라 보았던 화려한 밤거리가 떠올랐다. 그때는 정신이 없어서 제대로 구경도 못 했었는데.

"우리 라리사는 대공가에 살면서도 저택 밖을 한 번도 못 나가봤네. 대공령보다 수도를 먼저 구경하게 되다니."

내가 아쉬운 듯 말하자, 라리사가 생글생글 웃으며 대답했다.

"그래서 더 기대돼요!"

집 밖으로 거의 나가본 적이 없는 아이의 말이라 그런가, 라리사의 웃는 얼굴이 내 가슴을 울리는 것 같았다. 나는 그녀를 꼭 끌어안으며 말했다.

"분명 신기하고 즐거울 거야."

"그렇겠죠? 전 타운하우스 안에서만 지내도 재미있을 것 같아요."

"무슨 소리야, 여기저기 갈 수 있는 곳은 다 가보고 실컷 구경해야지. 나도 수도는 처음이니까, 함께 다니면 탐험하는 것 같을 거야."

나는 부드러운 은발을 헝클어뜨리며 마구 쓰다듬어 주었다. 라리사는 볼을 살짝 붉히고 헤헤 웃었다.

그날 밤, 나는 특등석 침대에서 라리사가 잠드는 것을 보고 살그머니 응접실로 나왔다. 파비안은 창가의 긴 의자에 다리를 쭉 뻗고 앉아 뭔가를 읽고 있었다. 그의 옆얼굴에 달빛이 떨어지며 콧날을 따라 부드럽게 실루엣을 그렸다.

"안 주무세요?"

내 말에 그가 고개를 들었다.

"그러는 마르시아 당신은 안 주무십니까?"

"멀쩡한 침대 놔두고 소파에서 잔다고 하니까 미안해서 잠이 안 오네요."

"이게 처음인 것도 아닙니다만."

"……농담이에요."

나는 그의 맞은편 의자에 가서 앉았다.

"실은, 장례식이 자꾸 마음에 걸려서 잠이 안 와요."

파비안이 읽던 걸 덮어 옆에 내려놓았다.

이고르의 장례식은 오늘이었다. 파비안은 수도행을 늦춰도 된다고 했지만 내가 그냥 예정대로 가자고 했다.

"그런 식으로 죽을 줄은 몰랐어요. 정말 웃기지도 않죠, 금에 깔려 죽다니 말이에요."

파비안이 쓴웃음을 지었다.

"정확히는 금이 아니라 광산의 바위였다던데요."

"그러면 뭐 해요. 모든 사람이 금에 깔려 죽은 사람으로 기억할 텐데요."

나는 두 다리를 의자에 올리고 무릎을 끌어안았다. 숙녀의 몸가짐과는 거리가 멀었지만 뭐 어때. 어차피 파비안도 전혀 신경 쓰는 것 같지 않았다.

"시원해요. 골칫거리가 하나 사라져서요."

"그런 것치곤 그리 시원해 보이지 않는군요."

"……역시 그런가요?"

시원했지만 동시에 찜찜했다. 가족 간의 추억 같은 건 하나도 없었지만, 어쨌거나 마르시아와 17년간 한집에서 살았던 사람이니까.

나는 껴안은 무릎 위에 고개를 얹으며 나지막이 말했다.

"라리사에게 뭐라고 말해야 할지 모르겠어요."

"당분간 알리지 않는 편이 좋을 것 같습니다."

파비안의 말에 나는 고개를 끄덕였다.

라리사는 이고르의 죽음을 기뻐할까? 어쩌면 슬퍼할지도 모른다. 그래도 피를 이은 가족이고, 워낙 착한 아이니까. 나도 좀 찜찜한 정도니 라리사는 충격을 받을지도. 이고르가 찾아온 날, 잠깐 마주친 것만으로 얼마나 힘들어했던가. 지금은 그때보다 훨씬 나아졌지만 큰 충격을 받으면 어찌 될지는 아무도 몰랐다.

'아예 평생 비밀로 할 수만 있다면야 좋겠지만…….'

"저야 성인이니까 유산을 포기하고 연을 끊을 수 있지만, 라리사는 아직 아니잖아요. 유산 문제 때문에라도 결국 언젠가는 알게 될 텐데……."

이고르가 물려줄 재산이래 봤자 결국 파비안이 준 금광이 대부분이었다. 라리사도 그냥 그까짓 유산은 거절해 버리는 편이 나을 테지만, 그렇게 할 수가 없었다. 아직 미성년자라 법적 권한이 없는 것이다.

"마르시아 당신을 대리인으로 지정했으니, 성인이 되기 전까지는 블리크가에서 라리사에게 직접 연락할 수 없을 겁니다."

그의 위로에도 자꾸만 걱정이 새어 나왔다.

"아……. 오늘 장례식에 안 간 게 잘한 일인지 모르겠어요."

휴우. 한숨이 절로 나왔다.

"빌레인이 그걸 가지고 어떻게든 꼬투리를 잡아서 라리사를 괴롭히려 들지 않을까요?"

"절대 그럴 수 없을 겁니다."

파비안이 단호하게 말했다.

"그리고 장례식에 안 간 건, 잘한 겁니다. 가봤자 못 볼 꼴밖에 더 보겠습니까? 제 할아버지의 장례식 기억하시죠?"

물론 생생하게 기억했다. 암살 소동에 경찰까지 개입한 몸싸움까지.

나는 쓴웃음을 지었다. 블리크가도 더하면 더했지 결코 그보다 덜하지 않을 것이다.

"빌레인도 금광을 통째로 차지했으니 그걸로 만족했으면 좋겠네요."

"만족해야 할 겁니다."

'……안 하면?'

나는 고개를 들어 물끄러미 파비안을 바라보았다. 그는 평온한 표정이었다. 그걸로 만족하지 못하면 억지로라도 만족시켜 주겠다는 뉘앙스로 말한 사람처럼은 보이지 않았다.

'……설마 금광이 무너진 건…… 아무리 그래도 사고 맞겠지?'

그렇겠지, 설마. 진짜 사고가 아니었다면 마음의 소리가 들렸을 것이다. 파비안이나 포투스, 누가 됐든 뭐라도 들렸겠지. 그러니까 쓸데없는 의심이야. 사고가 아니면 어쩔 건데?

이런 의심이 드는 것도 다 전에 파비안이 가뿐하게 암살자를 보내겠다고 했기 때문이다. 내가 극구 말려서 넘어가긴 했지만.

'그나저나 라리사가 걱정이네.'

수도에 있는 동안은 대공저에서만큼 라리사의 안전을 보장할 수 없었다. 나도 전처럼 매일 라리사 곁에 붙어 있을 수도 없고. 이고르가 죽은 건…… 안되긴 했지만 덕분에 걱정을 덜었다. 빌레인도 장례식이다 유산상속이다 바쁠 테니 쓸데없는 생각은 하기 어렵겠지.

'당분간은 마음을 좀 놓아도 되겠어. 수도 생활이나 실컷 즐겨야지.'

나는 의자에서 일어섰다.

"너무 오래 깨어 있지는 마세요."

파비안이 고개를 끄덕였다.

"도와줘서 고마웠어요."

"감사 인사는 어제도 하셨습니다."

그랬지. 전보를 받고 뭘 어찌해야 할지 몰라 패닉에 빠졌을 때 생각났던 건 파비안뿐이었으니까.

'웃기기도 하지. 그렇게 마주치지 않으려고 삼 주간 무진 애를 썼는데.'

파비안의 얼굴을 본 순간, 그를 만나지 않았던 삼 주의 시간은 그냥 아무것도 아닌 것처럼 사라졌다. 그 정도 떨어져 있었다고 해서 변한 것은 아무것도 없었다. 내 심장은 여전히 그를 향해 방정맞게 뛰었고, 얄궂게도 그의 잘생긴 얼굴도, 친절함과 배려심도 그대로였다.

파비안은 침착하게 나를 위로한 다음 가문의 변호사를 불러주었다. 덕분에 나는 지금 블리크가에서 빌레인과 얼굴을 맞대고 싸우는 것이 아니라, 예정대로 수도로 향하는 기차 안에 있을 수 있었다.

고맙지 않을 수가 있나. 나는 쓴웃음을 지으며 가볍게 고개를 까딱여 밤 인사를 했다. 그러자 파비안은 할 말이라도 있는 것처럼 나를 빤히 쳐다보다가, 이내 낮은 목소리로 말했다.

"안녕히 주무십시오."

그는 내게서 시선을 떼고 읽다 내려놓았던 종이 뭉치를 도로 집어 들었다.

3권에서 계속…